LIZ WEBB

Die Bucht

Du liebst ihn. Du vertraust ihm.
Du hast keine Ahnung, wer er wirklich ist.

Liz Webb
Die Bucht

Du liebst ihn. Du vertraust ihm.
Du hast keine Ahnung,
wer er wirklich ist.

Roman

Aus dem Englischen
von Sabine Thiele

GOLDMANN

Der Verlag behält sich die Verwertung der urheberrechtlich
geschützten Inhalte dieses Werkes für Zwecke des Text- und
Data-Minings nach § 44 b UrhG ausdrücklich vor.
Jegliche unbefugte Nutzung ist hiermit ausgeschlossen.

Penguin Random House Verlagsgruppe FSC® N001967

1. Auflage
Deutsche Erstveröffentlichung April 2025
Copyright © 2024 by Elizabeth Anne Linden
Copyright © der deutschsprachigen Ausgabe 2025
by Wilhelm Goldmann Verlag, München,
in der Penguin Random House Verlagsgruppe GmbH,
Neumarkter Straße 28, 81673 München
produktsicherheit@penguinrandomhouse.de
(Vorstehende Angaben sind zugleich
Pflichtinformationen nach GPSR)

Umschlaggestaltung: Uno Werbeagentur, München
Umschlagmotive: © Ann Cutting / Trevillion Images; FinePic®, München
Redaktion: Christine Neumann
LK · Herstellung: ik
Satz: GGP Media GmbH, Pößneck
Druck und Bindung: CPI books GmbH, Leck
Printed in the EU
ISBN: 978-3-442-49663-1

www.goldmann-verlag.de

*Für meine brillanten Autorenfreunde.
Vor allem meine Schreibgruppe: Jo Pritchard, Katherine Tansley,
Marija Maher-Diffenthal und Sarah Lawton.
Und meine Schreibmentorin Sarah Clayton.*

»In meiner Seele ist etwas am Werk, was ich nicht verstehe.«

Mary Shelley, *Frankenstein*

VORBEMERKUNG ZUM ORT DER HANDLUNG

Schottland hat 94 bewohnte Inseln. Ich habe eine 95. erfunden und sie Langer genannt.

Vorbild für alle positiven Seiten an Langer sind die wunderbaren schottischen Slate Islands Seil, Luing und Easdale, die mit dem dort abgebauten Schiefer »die Welt gedeckt haben«. Alle negativen Seiten meiner Insel oder ihrer Bewohner sind rein fiktiv und meiner verdrehten Fantasie entsprungen. Die Realität war zwar mein Vorbild, doch bei den Landschaften, Gebäuden, Fähren, dem Wetter, Strudeln, religiösen Aspekten und der Kirche habe ich mir kreative Freiheiten erlaubt.

KAPITEL EINS

Ich beuge mich über die eiskalte Reling der Fähre, während sich die weißen Nebelschwaden vor uns langsam lichten.
Und … da ist sie. Die Insel, die unser neues Zuhause sein wird. Langer.
Die anderen Passagiere der kleinen Fähre sind alle in ihren Autos geblieben. Calder und ich sind als Einzige so dumm, die Anfahrt zur Insel an Deck und in der beißenden Kälte zu verfolgen, womit wir sofort als Neuankömmlinge zu erkennen sind. Was zumindest auf mich auch zutrifft. Calder ist hier geboren, hat die Insel aber vor über zwanzig Jahren verlassen. Ich sehe zu ihm hoch, seine langen schwarzen Haare flattern im Wind, seine Wangen sind gerötet, die Stirn gerunzelt, die Augen leicht zusammengekniffen. Wegen der Kälte? Oder holen ihn Erinnerungen an seine Kindheit ein?
»Alles okay?«, frage ich ihn mit erhobener Stimme, um den Wind zu übertönen.
Er nickt, wendet den Blick aber nicht von der Insel.
Ich sehe aufs Wasser, unter uns wippt eine fette Möwe auf den Wellen. Frieren dem Vogel nicht die Füße ein? Offenbar nicht, er wirkt völlig gelassen und selbstzufrieden.
Laut dem Aushang am Kai soll die Fahrt zu der Schieferinsel an der Westküste von Schottland vierzehn Minuten dauern. Das klang sehr kurz, doch es fühlt sich viel länger an. Wie kann die Sonne scheinen und es gleichzeitig so bitterkalt sein?
Unser Mietwagen steht bei den anderen fünf Autos, die der untersetzte Mann im dicken braunen Pullover eingewiesen hat. Ich habe jedoch darauf gedrängt, dass wir aussteigen und uns an

den Bug stellen, weil ich jeden Moment unserer Anreise genießen will, egal wie eisig.

Die fette Möwe verschwindet abrupt unter Wasser und wird sofort von den grauen Tiefen verschluckt. Ich warte, dass sie wieder hochkommt, doch sie taucht nicht mehr auf.

»Wo ist der Vogel?«

»Welcher Vogel?«, fragt Calder abwesend.

»Eine Möwe. Gerade war sie noch da.« Ich deute in die Richtung. »Ich habe sie beobachtet, und dann ist sie plötzlich abgetaucht und verschwunden.«

»Ach, Nancy, es geht ihr bestimmt gut.«

»Aber wie lange kann sie da unten überleben? Das Wasser ist doch eiskalt.«

Er sieht mich an und hebt eine Augenbraue. »Ich bezweifle ernsthaft, dass irgendein Vogel sich umgebracht hat, weil du ihn angestarrt hast. Andererseits ist dein Blick auch wirklich einschüchternd ...«

»Jaja.« Ich lache. Doch als er zurück zur Insel sieht, ziehe ich die Ärmel meiner dünnen Jacke über meine Finger mit den abgekauten Nägeln, um mich an der Reling festzuhalten, dann beuge ich mich so weit darüber, wie ich es wage, um die Wasseroberfläche zu beobachten.

»He, pass auf«, ruft Calder und zieht mich zurück.

»Schon gut.« Ich lache wieder. Aber wo ist jetzt der arme Vogel? Mittlerweile muss er doch erfroren sein? Warum treibt er dann nicht leblos an der Oberfläche? Ich atme die kalte salzige Luft ein, während ich auf das sich ständig ändernde Muster der Wellen starre. Könnte die Möwe bis unter die Fähre getaucht sein? Ich laufe hin und her. Sie ist nirgends zu sehen. Nur das weiß schäumende Wasser, das die Fähre hinter sich herzieht, so wie wir unser altes Leben hinter uns lassen, einschließlich aller Menschen darin.

Bitte, komm wieder hoch, du dummer Vogel. Das ist doch sicher ein schlechtes Zeichen für unseren Umzug. Doch das Vieh ist nirgends zu sehen. Es ist tot, ganz sicher. Das Leben ist so zerbrechlich. Wenn man nicht aufpasst und es festhält, ist es, zack, einfach vorbei.

Plötzlich taucht der Vogel direkt vor mir auf und lässt das Wasser an sich abperlen. Dem Himmel sei Dank. Die Möwe legt den Kopf schräg und wirft mir einen überheblichen Blick aus ihren Knopfaugen zu. Dann treibt sie auf den Wellen davon. Alles ist in Ordnung.

Ich stoße eine weiße Atemwolke aus und richte den Blick wieder auf die Insel vor uns. Der Nebel ist an uns vorbeigezogen und hüllt nun alles hinter uns ein, löscht aus, woher wir gekommen sind. Die Insel präsentiert sich uns in ihrer ganzen Pracht. Vor Calder hatte ich von den Hebriden gehört, von Skye und Mull, aber immer gedacht, es handele sich um gerade mal zwanzig oder dreißig Inseln vor der schottischen Küste. Jetzt weiß ich jedoch, dass es über 900 gibt. 95 davon sind bewohnt. Manche von ein paar Tausend Menschen, andere von weniger als hundert, wie diese windumtoste Schönheit. Sie ist lang und zugespitzt, mit endlosen Buchten und Plateaus in allen Grau-, Grün- und Braunschattierungen, die man sich nur vorstellen kann. Sie sieht aus wie ein geflecktes schlafendes Ungeheuer, halb in der grauen See versunken, halb in der Sonne badend. Rechts von dem kleinen gemauerten Hafen erstreckt sich ein Strand aus Schiefer, den man eigentlich kaum als solchen bezeichnen kann. Kantige graue Splitter glitzern in der Sonne, als ob sich die Wassermassen um uns erhoben hätten, gefroren und dann an der Küste zersprungen wären.

»Wunderschön«, flüstere ich.

Calder holt abrupt Luft, als er aus seiner seltsamen Trance gerissen wird und sich zu mir dreht. »Aufgeregt?«

»Total.« Ich lache. »Keine Hypothek, kein Chef, kein Pendeln zur Arbeit. Nur … das alles hier.« Ich deute auf die schroffe Schönheit vor uns. »Das muss man doch einfach lieben.«

»Wir werden von jetzt an unsere eigenen Chefs sein. Ich hoffe, mit uns kann man locker arbeiten.«

»Oh, ich habe vor, sehr locker zu sein.«

Er lacht. Nachdem er jahrelang in einer Firma für Dachbodenausbau gearbeitet hat, macht er sich jetzt mit seinem eigenen Unternehmen selbstständig. Ich tausche das hektische Leben als BBC-Radioproducerin gegen das einfache Dasein als Script Doctor. Calder hat mich unzählige Male gefragt, ob ich diese Veränderung wirklich will, und ja, ich will sie. Mehr, als ihm bewusst ist.

Die Fähre vibriert, und mich überläuft ein Schauder. Mir war nicht klar gewesen, wie seltsam es sich anfühlen würde, ein aufgewühltes Meer zu unserem neuen Heim zu überqueren. Davon zu träumen, auf eine Insel zu ziehen, ist das eine, es dann auch tatsächlich zu tun, etwas völlig anderes. Ich begreife jetzt erst, dass wir abends, wenn die Fähren nicht mehr fahren, komplett von der Außenwelt abgeschnitten sein werden. Wie aufregend! Als würden wir uns in ein magisches, abgeschirmtes Reich begeben.

Ich atme tief ein, und die kalte Luft lässt mich schwindeln. Vermutlich bin ich auch deshalb so überdreht, weil ich seit 24 Stunden wach bin. Siebeneinhalb Stunden im Nachtzug von London nach Glasgow, dann drei Stunden Zugfahrt von Glasgow nach Oban, wo wir unseren Mietwagen geholt haben, dann eine halbe Stunde auf der Fahrt von Oban an die Küste, alles ohne Schlaf. Jetzt befinden wir uns auf dem letzten Abschnitt unserer Reise, und bei dieser arktischen Kälte könnte wahrscheinlich niemand schlafen. Es war spannend, für alle Reiseabschnitte nur einfache Fahrkarten zu kaufen. Zuerst fand ich die Option gar nicht auf der Buchungsseite, nur Hin- und Rückfahrttickets, als ob das Portal sagen wollte: *Einfache Fahrkarten nach Schottland, noch dazu auf eine einsame Insel, sind Sie sich da ganz sicher?* Ja, das war ich. Und bin es immer noch. Das hier ist ein völlig neuer Anfang, mit dem einzigen Menschen, der mir noch etwas bedeutet.

»Fünf Pfund!«, ertönt eine laute Stimme. Der untersetzte Mann im dicken braunen Pullover nähert sich uns mit einer schwarzen Schultertasche und einem Kartenlesegerät in der Hand.

»Natürlich«, sagt Calder und zieht einen Geldschein aus seiner vollgestopften Geldbörse.

»Calder, richtig?«, fragt der Mann.

»Ja. Hi, Mr Mullins, ich wusste nicht, dass Sie mich erkennen.«

Der Mann schnaubt. »Aber klar habe ich dich erkannt. Dich kleinen Scheißer würde ich doch nie vergessen.«

Ich versteife mich, doch Calder lacht.

»Außerdem hat man uns vorgewarnt, wir sollten Ausschau nach dir halten. Auf der Insel redet man über nichts anderes als deine Rückkehr und dass du in das Haus deiner Mum einziehst. Nicht viele unserer verlorenen Kinder kommen zurück. Willkommen zu Hause.«

Sie nicken einander wissend zu.

»Oh, und das hier ist meine Freundin Nancy.«

»Schön, Sie kennenzulernen«, murmelt der Mann und stapft davon.

»Verlorene Kinder?«, frage ich, sobald er außer Hörweite ist.

»Das klingt düsterer, als es ist. Man drückt sich hier nur gern dramatisch aus. Viele der Jungen auf der Insel langweilen sich spätestens als Teenager und gehen so bald wie möglich fort. Doch die Leute hier müssen uns Schuldgefühle einreden und lassen deshalb alles gleich viel trauriger und mysteriöser klingen als nötig.«

Eine eiskalte Windböe bringt mich zum Schaudern.

»Alles in Ordnung?«, fragt Calder.

»Ja, ich bin nur aufgeregt – und ich friere.«

Er zieht seinen schwarzen Mantel aus und legt ihn mir um die Schultern. »Wir müssen dir eine dickere Jacke besorgen.«

»Aber jetzt ist dir kalt.«

»Pah, ich bin aus härterem Holz geschnitzt.«

»Pah?«

»Ja, pah!«

Bisher war ich erst einmal hier, im Sommer und nur eine Nacht, um endlich Calders Mutter Isla kennenzulernen, von der ich schon so viel gehört hatte. An dem Tag brannte die Sonne vom blauen Himmel, und als wir uns für den Umzug entschieden, habe ich nicht einkalkuliert, wie extrem das Wetter im Winter werden würde. Doch die Kälte ist auch irgendwie aufregend, sie unterstreicht, wie neu und anders unser Leben hier sein wird. Als Isla vor einigen Monaten unerwartet an einem Herzinfarkt starb, wurde sie gemäß den Anweisungen in ihrem Testament kremiert, das Cottage hinterließ sie Calder. Zu dem Zeitpunkt waren wir erschöpft von unseren anstrengenden Jobs in London, kämpften mit der hohen Miete und den sich anhäufenden Rechnungen und fragten uns, ob es im Leben nicht noch mehr geben könnte als dieses unerbittliche Hamsterrad. Deshalb beschlossen wir spontan – worauf uns alle unsere Freunde für verrückt erklärten –, auf diese spärlich besiedelte, unzugängliche Insel vor der Westküste Schottlands zu ziehen, mit ihren 83 Einwohnern, einem Pub und einem Laden.

»Ich kann es gar nicht erwarten, wieder rauszufahren«, sagt Calder und deutet auf ein kleines Segelboot, das die Wellen durchschneidet und sich von uns entfernt. »Früher bin ich so gern gesegelt, war aber nicht mehr draußen, seit ich sechzehn war.«

Oh. Ich hatte nicht daran gedacht, dass er auf dem Wasser unterwegs sein könnte. Wie dumm.

»Keine Angst«, er tätschelt meine Schulter, »Segeln ist wie Autofahren für mich.«

Nachdem ich meine Eltern bei einem schrecklichen Autounfall verloren habe und mich daher hinter kein Lenkrad setze, ist das nicht gerade beruhigend, aber ich halte Calder für einen ausgezeichneten Fahrer, insofern … ist es wohl Zeit für einen meiner Vorsätze für diesen Umzug. Ich habe mir nämlich vorgenommen, mir nicht ständig das Schlimmste auszumalen. Hier werde ich ein neuer, besserer Mensch sein: Ich werde meditieren und gesund essen, joggen gehen, entspannt sein und Brot backen, wahrscheinlich mit einem Tuch um den Kopf.

Calder sieht zu mir hinunter und streicht mir eine Haarsträhne aus dem Gesicht. »Nancy, ich …«

»Ja?«

Er schüttelt den Kopf. »Nichts. Ich habe nur dieses komische Gefühl, das man hat, wenn man an den Ort seiner Kindheit zurückkehrt.«

»Ich weiß, was du meinst.« Ich lasse meine Hand an der Reling entlanggleiten und schiebe meine Finger zwischen seine.

Er runzelt die Stirn. »Glaubst du, dass ich wirklich genug Kunden finde?«

»Definitiv. Du hast doch gesagt, dass viele Häuser hier ebenerdig sind und genug Potenzial für Loft- und Dachbodenausbauten da ist. Du wirst quasi der Hahn im Korb sein.« In London war er nur ein Rädchen in einer großen Firma mit Hochglanzbroschüren gewesen. Sein bester Freund Hamish, der mit ihm von der Insel weggezogen war, hatte das Unternehmen – »Lofty Ambitions«, ein bisschen zu viel Wortspiel für meinen Geschmack – gegründet und war für die Kundenakquise und -betreuung zuständig. Nein, ich darf nicht über die Vergangenheit nachdenken. Calders ruppige Ehrlichkeit wird hier sehr gut funktionieren. Seine etwas nüchterner »Loft Rooms« getaufte Firma wird Erfolg haben. Ich knabbere an einem widerspenstigen Stück Haut neben dem Daumennagel. Das ist die Kehrseite der Liebe. Jetzt sind Calders Sorgen auch meine Sorgen, und sie wiegen viel schwerer. Wenn ihn etwas belastet, belastet es auch mich, und ich versuche alles, um ihm zu helfen und an der Situation etwas zu ändern.

Beim Anlegen verfehlt die kleine Fähre den Pier und wird mit stotterndem Motor langsamer. Wie ungeschickt. Doch dann wird mir klar, dass das Manöver Absicht ist, als das Boot in einer Art Tanz dreht und sich dann rückwärts dem Pier nähert. Jetzt erkenne ich, dass das Anlegemanöver tatsächlich sehr gekonnt ausgeführt wird und der Kapitän dabei Geschwindigkeit, Abstand zum Land und den Wellengang einberechnen muss. Während der letzten Monate in London habe ich einen ähnlich seltsamen Tanz aufgeführt und versucht, mein Leben trotz Arbeitsstress und wachsender Angst zusammenzuhalten. Ich knabbere weiter an dem harten Stück Haut und reiße es schließlich ab. Der brennende Riss füllt sich mit Blut.

Metall und Ketten klirren, und ich sehe, wie die breite Rampe abgesenkt wird. Scharrend kommt sie auf dem Beton auf, während wir uns wieder ins Auto setzen. Einer nach dem anderen werden die Wagen von der Fähre gewinkt, und schließlich rollen wir ebenfalls holpernd über die Rampe an Land.

»Geschafft«, verkündet Calder. »Willkommen in deinem neuen Zuhause.«

»Hurra!«, rufe ich und sehe mich eifrig um, als wir eine steile Anhöhe hinauffahren, die sich über dem Strand erhebt. Ich berühre Calders Hand am Lenkrad. »Können wir einen Moment anhalten, damit ich ein Stück Schiefer mitnehmen kann?«

Er lacht und schaltet den Motor aus. »Klar. Ist ja nicht so, als wäre der hier Mangelware, nachdem er jetzt in Wales abgebaut wird.«

Ich steige aus, stemme mich gegen den Wind und trete auf die Schieferstücke. Unter meinen unsicheren Füßen stoßen sie mit einem Geräusch aneinander, das mich an die Jenga-Holzklötze erinnert. Ich hebe einen langen Splitter auf, der eiskalt und scharf in meiner von der Kälte tauben Hand liegt, und werfe ihn zu Boden.

»Willst du ihn zerbrechen?«, fragt Calder beim Aussteigen.

»Nein. Das Zeug sieht unverwüstlich aus. Kein Wunder, dass man damit Dächer deckt.«

»Jedes Stück hat eine Schwachstelle, egal wie groß und stabil es zu sein scheint.« Er deutet auf die Felsen in der Biegung der Bucht. »So zerteilt man den Schiefer. Man zieht eine kleine Kerbe hinein und sucht mit Hammer und Meißel nach der Bruchlinie.« Er hebt mein Stück Schiefer auf und wirft es erneut zu Boden. Dieses Mal zerbricht es in zwei Teile. »Siehst du.«

Ich sammle die beiden Stücke auf und halte sie aneinander. »Zwei Hälften eines Ganzen. Wie wir.«

»Oh, das ist süß.« Er lacht. »An den Kanten ist aber etwas abgesplittert, schau. Man sagt, gebrochener Schiefer kann nicht repariert werden.«

»Wer ist man?«

»*Sie.*« Er hebt die Hände wie ein Geist. »Ooooh.«

Ich lache.

»Also, möchtest du dir den Strand noch näher ansehen, oder sollen wir direkt ins Cottage fahren?«

»Fahren wir zu unserem neuen Zuhause.«

Nachdem wir zehn Minuten lang den grandiosen Ausblick aufs Meer genossen haben, rollen wir knirschend über einen Schotterweg. Islas gedrungenes weißes Haus steht hoch über einer atemberaubenden Bucht mit einer Steilküste und einem dramatischen Schieferstrand. Hinter dem einsamen Haus ragt eine steile Anhöhe empor. Calder kämpft mit dem Schloss, doch schließlich stößt er die knarzende Tür auf, die direkt in die Küche führt. Es riecht muffig und ist gefühlt noch kälter als im Freien. Der Raum liegt nahezu im Dunkeln, da die kleinen Fenster in den dicken Mauern kaum Licht hereinlassen.

Plötzlich ertönt ein bedrohliches Knurren.

»Was ist das?« Ich weiche zurück.

Calder hebt einen Stuhl hoch und hält ihn in Richtung des Geräuschs.

Etwas knackt.

Ein Fauchen.

Eine große schwarze Katze schießt direkt an uns vorbei nach draußen.

»Himmel, habe ich mich erschrocken!«

»Schon okay, das ist ein gutes Omen.« Calder lacht. »Schwarze Katzen beschützen die Fischer auf dem Meer.«

Ich dachte eigentlich, es wäre ein schlechtes Omen, wenn eine schwarze Katze den Weg kreuzt.

Calder schaltet das Licht ein.

Wir schnappen beide nach Luft.

Es sieht aus wie in einem Horrorfilm. Stühle sind umgeworfen. Der alte Gasherd ist verdreckt. Alles ist von einer dicken Staubschicht bedeckt, Spinnen haben ihre Netze gewebt.

»Verdammt, schau dir das nur an«, sage ich und wage einen weiteren Schritt in den Raum.

»Schon okay, keine Panik. Hier muss nur mal ordentlich sauber gemacht werden. Wir wussten doch, dass es einiges zu tun geben würde, wenn das Haus eine Weile leer gestanden hat.«

»Ja, klar.« Ich versuche, meinen Abscheu zu verbergen. »Wir müssen einfach nur die Ärmel hochkrempeln.«

»Holen wir erst mal das Gepäck aus dem Wagen, dann kaufe ich im Dorf Putzzeug und Vorräte.«

»Okay.« Ich nicke unsicher.

»Und dann sehen wir, was wir noch alles hochkrempeln.« Er zwinkert mir zu.

Ich lache und schraube meine Erwartungen an unsere ersten Tage in unserem neuen Heim herunter, während ich meine Schultertasche auf den Küchentisch lege. Neben eine unscheinbare Holzkiste. »Was ist das?«

Calder wischt den Staub vom Schieferdeckel, verengt die Augen und zuckt zurück. »Verdammt noch mal.«

»Was?«

Er schüttelt den Kopf. »Das ist Mum.«

»Was meinst du damit?« Ich lehne mich zu ihm, um die Gravur zu lesen, die er freigelegt hat.

ISLA CAMPBELL 1956–2022

Kommt alle zu mir, die ihr euch plagt und schwere Lasten zu tragen habt. Ich werde euch Ruhe verschaffen.
Matthäus 11,28

»Ist das ihre Asche?«, frage ich.

Er starrt die Kiste an.

»Calder?«

»Ich glaube schon.«

»Das Zitat ist ganz schön düster. Wer …«

Er nimmt die Kiste hoch. »Ich räume … sie mal weg«, murmelt er, schiebt die Asche seiner Mutter in einen Küchenschrank und schlägt die Tür zu.

»Dahin? Sollten wir sie nicht an einen etwas würdevolleren Ort stellen?«

»Wenn wir uns eingerichtet haben«, gibt er knapp zurück.

»Dann suche ich ihr einen ordentlichen Platz.«

Ich berühre ihn am Arm, doch er schüttelt mich ab. »Es geht mir gut, Nance. Lass uns das Gepäck ins Haus bringen. Wir haben viel zu tun.«

Immer wieder sehe ich zu dem Schrank, während wir auspacken. Ich weiß, dass hinter der Lamellentür nur Islas Asche steht. Eine Kiste voll Staub. Trotzdem merke ich, wie Calder sich unbewusst von ihr abwendet, als er unsere Sachen ins Haus trägt.

Aber es ist natürlich auch ein Schock, so auf die Überreste seiner Mutter zu stoßen. Welcher Sadist hat die Kiste hier in die Küche gestellt, damit er sie findet? Natürlich hat ihn das erschüttert, aber er erholt sich bestimmt schnell davon. Außerdem muss ich unser neues Leben organisieren. Ich gehe zur Tür und stolpere prompt über einen gusseisernen Schuhabkratzer, der fest im Boden verankert ist. Himmel. Auf das Ding muss ich aufpassen, das kann einen umbringen. Ich gehe ins Freie und schüttele meine alberne Vorahnung drohenden Unheils ab. Wie üblich male ich mir wieder das Schlimmste aus.

Oder? Spielt doch nur meine Fantasie verrückt?

KAPITEL ZWEI

O mein Gott. Ehrfürchtig betrachte ich den blauen Himmel, der mit dem silbrigen Meeresteppich zu verschmelzen scheint. Drei Tage lang haben wir das Cottage geputzt, dann hat Calder beim ersten Tageslicht, also etwa um halb neun Uhr morgens, das Haus verlassen, um eine Segeltour im kleinen Boot seiner Mutter zu machen. Vom Klippenrand aus halte ich nach ihm Ausschau. Doch ich sehe nur diese umwerfenden Farben, die am Horizont eine Verbindung eingehen.

Der Anblick ist atemberaubend, doch die Kälte kriecht mir in die Knochen, und ich stehe auch nicht gern so nahe an dem pyramidenförmigen Schieferturm, der die Stelle kennzeichnet, an der Calder Islas Asche beigesetzt hat. Um seiner willen bin ich froh, dass sie nicht mehr in der Küche ist.

Ich gehe zurück zum Haus seiner Mutter – unserem Haus, in die Wärme unserer neuen Heizlüfter, die Calder gekauft hat, um die Lieferung von Ölkanistern für die Heizung zu überbrücken. Die Küche sieht jetzt sauber und einigermaßen bewohnbar aus. Und wir haben noch einen halb vollen Benzinkanister für den Herd, bis wir Nachschub besorgen können. Bis auf Strom wird hier alles an Energiequellen geliefert, daran muss ich mich erst noch gewöhnen. Aber das schaffe ich.

Ich sehe zu meinem aufgeklappten Laptop. In weiser Voraussicht habe ich in London alles Notwendige aus der Cloud auf der Festplatte gespeichert, nachdem ich nicht wusste, wann wir hier einen Internetanschluss bekommen würden. Und zum Glück habe ich auch einen eselsohrigen Papierausdruck meines aktuellen Skripts, der auf dem alten Küchentisch liegt. Mein erster

Auftrag als Freelancerin ist das Lektorat eines Drehbuchs zu einer modernen Verfilmung des *Frankenstein*-Stoffs. Gähn. Warum muss alles neu interpretiert werden? Dieses wunderbare Buch war eine Metapher für Wissenschaft, die zu weit gegangen ist, und darüber hinaus auch eine wirklich gruselige Geschichte. Doch in dieser abgedroschenen Neuerzählung namens *Keine Firewall* ist die Menschheit bei Social Media zu weit gegangen. Ein hübsches Tech-Genie namens Victoria (eine junge, moderne, weibliche Version von Dr. Victor Frankenstein) hat eine Onlineversion von sich selbst geschaffen, die außer Kontrolle geraten ist und ihres und das Leben ihrer Nächsten zerstört. Die moderne Parallele ist durchaus nachvollziehbar, doch das Skript ist oberflächlich und albern. Nachdem das Monster nur im Internet existiert, verfügt es nicht über die grausige Faszination der zum Leben erweckten Körperteile aus dem Original. Aber hey, man bezahlt mir einen Haufen Kohle, um dieses pseudocoole Machwerk aufzupolieren, also los. Ich öffne die Datei bei Kapitel drei, in dem Dr. Frankensteins Mutter stirbt. *Ich bin bestrebt, mich frohen Mutes dem Tod zu ergeben, und hoffe auf ein Wiedersehen in einer anderen Welt.* Seufz. Wer ergibt sich dem Tod schon frohen Mutes?

Ich sehe durch das kleine Küchenfenster zur Bucht und werde von plötzlicher Panik erfasst. Wo ist Calder? Sind wir hier in diesem isolierten Cottage in Sicherheit? Bin ich diesem einfachen Leben mit den Ölkanistern gewachsen? Werde ich hier wirklich leichter schwanger werden? Und wie werde ich damit klarkommen, den ganzen Tag allein an meinem Computer zu sitzen? Was, wenn ich zu einem unscheinbaren, unfruchtbaren Mehlsack werde, der an den Laptop gekettet ist, während sein attraktiver, windzerzauster Mann wie ein schneidiger Pirat übers Meer kreuzt?

Dann höre ich Schritte vor dem Haus und sehe, wie Calder sich nähert und dabei seine schwarzen Locken zurückwirft.

»Hallo«, sagt er fröhlich, als er durch die Tür tritt.

»Hallo«, erwidere ich und hämmere gespielt eifrig auf die Tastatur ein. Alles ist in Ordnung. Wie üblich gehe ich nur wieder vom Schlimmsten aus. Nichts ist je so schrecklich wie meine Fantasie.

»Die Tour um die Bucht herum war schön«, sagt er, während er die Brotdose öffnet und das schwere Sodabrot herausholt, das ich gestern gebacken habe, als ich meinen Vorsatz, mehr in der Küche selbst zu machen, in die Tat umsetzen wollte. Doch Islas Ofen ist unberechenbar und das Brot steinhart.

»Du musst das nicht essen«, meine ich lachend.

»Oh, ich möchte aber.« Er grinst und schneidet zwei dicke Scheiben ab. »Ich bin Manns genug für diese Herausforderung.« Mit einer kleinen Gewehrsalve springt der Gasgrill seiner Mutter an, Calder legt die Brotscheiben darauf und öffnet den Kühlschrank. »Dieses Ding hier ist so riesig, viermal so groß wie unser alter. Und das Gefrierfach. Mein Gott. Ohne die Fächer könnte ich darin stehen. Siehst du?«

»Meine Kochkünste sind also eine Herausforderung? Sag das noch mal, und du kommst nie wieder aus diesem Gefrierschrank heraus.«

»Eigentlich wollte ich sagen, deine Kochkünste sind …«

Ich sehe ihn gespielt aufgebracht an.

»Eine wahre Gaumenfreude!«

»Hmm.«

Als sein Toast fertig ist, streicht er dick Butter darauf.

»Hey, du bekommst noch einen Herzinfarkt. Denk an deinen Dad. Stell die wieder zurück in unseren Eissarg.« Ich will die Butter nehmen, doch er packt meine Hand.

»Lass mich los«, protestiere ich lachend.

Er drückt meine Handfläche in die Butter.

»Dann werde ich die Kalorien wohl einfach abarbeiten müssen«, murmelt er, zieht meine Hand hoch und leckt grinsend die Butter von meiner Haut. »Außerdem müssen wir den Tisch einweihen.« Er hebt mich hoch. Ich atme seinen Geruch ein, als er sich über mich beugt, mein Kleid aufknöpft und seine Hände über meinen Körper gleiten lässt, während ich sein Shirt hochziehe und mich an ihn klammere. Wir küssen uns stürmisch, ziehen uns zurück, bis sich unsere Lippen nur noch leicht berühren, dann fallen wir erneut übereinander her. Mit der Hüfte stoße ich eine halb volle Tasse Tee um, und die karamellfarbene Flüssigkeit ergießt sich über die Tischplatte, sickert in die Kerben und Ritzen.

Danach sind wir benommen und erschöpft. Calder klappt seine von der geschmolzenen Butter durchweichten Brotscheiben zusammen und beißt herzhaft hinein.

»Schau, du hast es in die Zeitung geschafft«, sage ich und hebe das teefleckige Exemplar der *Langer Times* hoch, das er gestern aus dem Laden mitgebracht hat. »Sogar in die Schlagzeile: VERLORENE KINDER KEHREN ZURÜCK.«

Calder streckt die Hand nach der Zeitung aus, doch ich ziehe sie zurück und lese vor. »›Langer hat schon immer unter dem Fortgang seiner jungen Einwohner gelitten und uns damit die Herzen gebrochen.‹ Ganz schön dick aufgetragen, das würde ich anstreichen. Aber es geht noch weiter: ›Jetzt werden hier nicht nur Häuser von Zugezogenen aufgekauft, sondern einige unserer verlorenen Kinder‹«, ich deute theatralisch auf Calder, »›die als Teenager aufs Festland gezogen sind, verführt von den hellen Lichtern der Großstadt, kehren auf die Insel zurück. Als Erwachsene schätzen sie die stille Schönheit und das Gemeinschaftsgefühl. Kurz vor Weihnachten heißen wir voller Dankbarkeit und mit offenen

Armen Martin Ferguson, Jean Connolly und‹ – Trommelwirbel – ›Calder Campbell willkommen.‹«

»Was für ein Mist, wir haben Langer alle aus unterschiedlichen Gründen verlassen«, sagt er und sieht zum Meer.

»Zum Beispiel?«

Er winkt ab. »Jeder hat seine eigenen Dämonen.«

Ich erstarre. Warum hat er das gesagt? Er kann doch unmöglich etwas von meinen Dämonen wissen.

Oder?

»Eine seltsame Wortwahl«, bemerke ich leichthin und stelle seinen Teller in die Spüle, damit er meinen Gesichtsausdruck nicht sieht.

»Du weißt doch, was ich meine. Teenager sind starrköpfig, voller Hormone und Geheimnisse.«

»Sehr mysteriös«, sage ich und spüle den Teller übertrieben sorgfältig ab. »Was war gleich noch mal dein Grund?«

»Ein kultiviertes Stadtmädchen zu finden, um es für die Bauerntrampel mitzunehmen, natürlich.«

»Und dann hast du nur mich bekommen.«

»Tja, damit muss ich mich wohl zufriedengeben.« Lachend knöpft er seine Jeans zu und schlüpft in seine Jacke. »Ich muss los, ich habe heute noch drei Besprechungstermine wegen Dachausbauten. Warum gehst du nicht in die ›Metropole‹ und lernst die Einheimischen kennen? Soll ich dich mitnehmen?«

Ich lächle über unseren albernen Namen für das winzige Dorf auf der anderen Seite des Hügels. »Ich glaube, ich mache einen Strandspaziergang.« Nach seiner Erwähnung der »Dämonen« muss ich allein sein, wieder zur Ruhe kommen.

»Zieh dich gut an, am besten mehrere Schichten. Du weißt ja, dass wir hier fünf verschiedene Wetter an einem Tag haben können.«

Ein lautes Miauen ertönt, und wir sehen uns stirnrunzelnd an. Calder öffnet vorsichtig die Haustür. Das schwarze Katzenbiest, das bei unserer Ankunft fauchend davongerannt ist, spaziert in die Küche, als wäre es der Besitzer.

»Komm her, Miez«, sage ich lockend.

»Geh zu Mum.« Calder lacht, als die Katze den Kopf an seinem Bein reibt.

Ich halte mich am Tisch fest. Er denkt sich nichts dabei, aber nach zwei Jahren voller vergeblicher Versuche, schwanger zu werden, schmerzt es, als »Mum« bezeichnet zu werden. Aber vielleicht haben wir ja jetzt gerade ein Kind gezeugt? Ein Butterkind? Ich sehne mich so sehr nach einer Familie. Meine Eltern waren gute, liebevolle Menschen. Sie waren sofort tot, als unser Auto bei dem Unfall zu einer Ziehharmonika wurde. Ich war damals vierzehn, ein Einzelkind, und danach vier Jahre in Pflegefamilien. Dann war ich eine verkorkste, schwer schuftende Sekretärin und arbeitete mich zur Producerin bei der BBC hoch, bis ich mit 32 Calder kennenlernte und er zu meiner Familie und meinem sicheren Hafen wurde.

»Na, wer bist denn du?« Ich nehme die sich sträubende Katze hoch und streichele sie beruhigend. Doch sie kratzt mich und springt zu Boden.

»Irgendwie muss ich gerade an Attila denken, den Hunnenkönig, auch wenn es ein Weibchen ist«, sagt Calder und deutet zum Hinterteil der Katze. Sie lässt sich von ihm streicheln, und ich reibe an dem Kratzer an meinem Hals. »Alles okay?«

»Ja. Fahr nur zu deinen Terminen.« Ich habe Angst, dass das Verhalten der Katze irgendwie unterstreicht, dass ich hier die Außenseiterin bin und Calder der wahre Insulaner.

»Okay, dann bin ich mal weg.« Er nimmt seine Tasche und marschiert aus dem Haus. »Bis später.«

»Bis später«, erwidere ich.

Ich höre, wie er mit unserem Mietwagen davonfährt. Nachdem ich mein ganzes Leben in London verbracht habe, musste ich nie fahren, doch hier werde ich in den sauren Apfel beißen müssen. Unseres ist das einzige Cottage in der Bucht. Wir haben noch kein Internet. Das Festnetztelefon ist abgestellt, und es gibt kaum Handynetz. Ohne Calder wäre ich hier völlig aufgeschmissen.

Ich gehe ins Schlafzimmer, es ist immer noch ungewohnt für mich, dass in diesen Häusern alle Räume ebenerdig sind. Während ich mir ein paar zusätzliche Schichten anziehe, spüre ich Calders Berührung noch auf meinem Körper. Der Sex mit ihm war schon immer intensiv gewesen, aber auch intuitiv und unkompliziert. Trotz unseres stürmischen Kennenlernens hatte er uns von Anfang an miteinander verbunden.

An einem heißen Nachmittag vor fünf Jahren am Regent's Canal in London war ich betrunken auf eine grellgrüne Grasfläche getreten, die unter mir nachgegeben hatte. Ich versank im Wasser, wo ich wild um mich schlug und nach Luft schnappte. Als ich kurz davor war, ohnmächtig zu werden, wurde ich am Arm nach oben gerissen und mein schleimiger Kadaver ans Ufer gezogen, wo ich mich übergab.

»Das ist kein Gras, sondern Algen. Bist du dumm, oder was?«, schnauzte mich ein großer Mann an und wandte sich ab.

»Hey«, rief ich ihm hustend hinterher. »Wie heißt du?«

»Calder«, knurrte er.

»Was?«

»Calder. Das ist Schottisch und heißt ›wildes Wasser‹.«

»Wie das hier?« Ich hustete wieder und deutete zum Kanal.

Er schnaubte. »Das ist doch nicht wild. Du schon.«

Ich grinste. »Und wie wild bist du, Calder?«

Im Bett harmonierten wir sofort, als wir mit der gleichen hemmungslosen Leidenschaft übereinander herfielen. Wir waren zwar im selben Alter, aber sehr unterschiedlich – ich klein, gut ausgebildet und wortgewandt; er groß, mit sechzehn von der Schule abgegangen und praktisch veranlagt –, doch die körperliche Anziehung dauerte lange genug an, bis wir eine tiefere emotionale Verbindung aufgebaut hatten. Nach der Reihe selbstverliebter Schauspieler und Schriftsteller, bei denen ich mich nie gut genug gefühlt hatte, war ein Mann, der mich vergötterte, wie ... zum ersten Mal auf festem Boden zu stehen. Ein Leben ohne ihn kann ich mir nicht mehr vorstellen. Und nach fünf gemeinsamen Jahren wohne ich jetzt mit ihm im Cottage seiner Mutter auf dieser winzigen Insel inmitten von wirklich wildem Wasser.

Ich erhasche einen Blick auf mich im Schrankspiegel. Mein akkurat geschnittener schwarzer Bob franst mit jedem Tag mehr aus, und am Seitenscheitel sind die braunen Ansätze zu sehen. Gut. Ich will diese ernste schwarzhaarige Version von mir zurücklassen. Werde nicht in der Vergangenheit verharren. Ein neuer Ort, ein neues Ich. Ich muss aus dem Haus und das wilde Wasser da draußen bewundern. Nachdem es hier Ende November um vier schon wieder dunkel wird, beeile ich mich besser. Ich ziehe Stiefel, Mantel und meine grellrosafarbene Wollmütze an, die in London cool gewirkt hat und hier eindeutig nach Tourist aussieht.

Es geht mir besser, sobald ich draußen bin. Unter dem unendlichen blauen Himmel. In Bewegung. Als ich mit knirschenden Schritten den Weg entlanggehe und frische Luft meine Lunge füllt. Auf dem Schiefer am Strand bin ich ein neu geborenes Kalb, das unsicher trippelt, ausrutscht und sich an schleimig-grünen Felsen festhalten muss. Auf den Füßen zu bleiben, erfordert meine ganze Konzentration. Ich schnaube, als ich daran denke, wie ich in London 135 Pfund für ein Balance Board ausgegeben habe. Dieser schroffe Hindernisparcours ist viel besser. Die helleren, trockenen Schieferplatten sind einfacher, doch die dunkel glänzenden, nassen sind trügerisch, vor allem die von Seegras überzogenen.

»Hey«, ruft da plötzlich jemand.

Ich reiße den Kopf hoch und entdecke einen dunklen, flimmernden Umriss in einiger Entfernung. Als ich die Augen beschatte und in die Sonne spähe, erkenne ich eine große, geisterhafte Gestalt in langen grauen Gewändern, die sich gespenstisch schnell über den Schiefer bewegt. Als würde sie von einer unsichtbaren Kraft vorangetrieben. Doch dann sehe ich, dass es sich um einen großen, dünnen Mann in einem langen grauen Regenmantel handelt, mit Glatze, einem kantigen Gesicht und stechenden blauen Augen. Er muss fast einen Meter neunzig groß und etwa Mitte fünfzig sein und strahlt eine vibrierende Energie aus, wie ein ehemaliger Basketballer, der sich fit hält. Beunruhigt sehe ich mich um, schließlich bin ich ganz allein hier. Er hält mir die Hand entgegen. Auf dem Schiefer kann ich nicht weglaufen, weshalb ich angespannt lächele und ihm die Hand hinstrecke. Doch als ich einen Schritt nach vorn machen will, rutsche ich aus. Er packt meine Hand.

»Vorsicht, der Schiefer kann sehr glatt sein«, sagt er mit tiefer Stimme.

»Danke.« Ich befreie mich aus seinem verschwitzten Griff.

Er deutet nach oben. »Ich habe geklopft, aber niemand hat aufgemacht, dann habe ich Sie hier unten am Strand gesehen.«

»Kann ich … Ihnen irgendwie helfen?«

»Eher umgekehrt.« Er grinst, als müsste ich ihn verstehen.

»Oh?«

»Ja, Mrs Campbell.«

Er weiß, wer ich bin? Hatte man ihn wie den Mann auf der Fähre vorgewarnt? Calder und ich sind nicht verheiratet, aber das verrate ich diesem beunruhigend charismatischen Fremden nicht.

»Ich bin Arran«, sagt er und schüttelt mir stürmisch die Hand.

»Wie der Pullover?«, entfährt es mir.

»Wie der Pullover, aber mit zwei r«, antwortet er grinsend. Seine blauen Augen blitzen. »Es bedeutet ›Inselbewohner‹. Ich bin stolz auf meinen Namen. Ich liebe die Insel und ihre Gemeinschaft. Und Sie, Nancy, sind ihr neuester, überaus reizender Zuwachs.«

Okay, der Typ ist seltsam, weg hier. »Äh ja. Schön, Sie kennenzulernen, aber ich muss jetzt los.«

»Ich bin der Pastor der Insel.«

Oh. Ich bin eigentlich nicht religiös, aber ich weiß, dass Calders Eltern sehr gläubig waren. Sein Vater war ein Kirchenältester, seine Mutter hatte sich um den Blumenschmuck in der Kirche gekümmert und geputzt. Ich sollte besser respektvoll sein.

»Natürlich. Ich habe schon von Ihrer berühmten Kirche gehört.«

Er lächelt, sieht mir zu tief in die Augen.

»Sie hat einen Altar aus Schiefer, nicht wahr?«, plappere ich weiter. »Ich glaube, ich habe davon in einem Reiseführer gelesen.«

Er starrt mich an. Ich blinzele nervös, kann den Blick aber auch nicht abwenden.

»Das stimmt«, sagt er schließlich. »Eine bekannte Touristenattraktion. Aber ich hatte gehofft, dass ihr, Sie und Calder, uns bei der Messe Gesellschaft leistet. Wir freuen uns alle sehr, dass er zu uns zurückgekehrt ist.«

Was soll eigentlich diese komische besitzergreifende Art, die sie alle Calder gegenüber an den Tag legen?

»Oh, ja, nun, ich werde es ihm ausrichten.« Ich sehe uns nicht als Kirchgänger. Oder müssen wir das auf so einer kleinen Insel sein?

Er bemerkt meine Zurückhaltung.

»Calders Mutter Isla war der Kirche sehr verbunden«, sagt er. »Es war eine große Enttäuschung für sie, dass er ihr als Jugendlicher den Rücken gekehrt hat.«

Diese implizierte Kritik an Calder ärgert mich. »Haben Sie ihre Asche auf unserem Küchentisch abgestellt?«

Er holt abrupt Luft. »Es war Islas Wunsch, in ihr Cottage zurückzukehren.«

»Aber ist Ihnen nicht der Gedanke gekommen, wie verstörend es für Calder sein muss, sie dort zu finden? Ohne Vorwarnung?«

Er runzelt die Stirn. »Ach herrje, daran habe ich wirklich nicht gedacht. Geht es ihm gut?«, fragt er und berührt mich am Arm.

»Ja, alles in Ordnung.« Ich will einen Schritt zurücktreten, rutsche dann jedoch auf etwas Seegras aus, und er fängt mich wieder auf.

»Vorsicht.« Er zieht mich zu sich. »Ist er später zu Hause? Ich sollte mich bei ihm wegen Islas Asche entschuldigen. Das war wirklich gedankenlos.«

»Ich sage ihm, dass Sie vorbeigeschaut haben.« Ich trete einen Schritt zurück.

Er bückt sich, hebt ein Stück moosüberzogenen Schiefer auf und hält es mir hin. »Befreie mich von dieser Schuld, Gott, damit wir den Tag neu beginnen können.«

»Wie bitte?«

Er wischt das Moos von dem Stück Schiefer, während er sich aufrichtet. »Bewahre mich vor gedankenlosen Sünden, vor dem Glauben, ich könne deine Arbeit machen. Dann kann ich diesen

Tag in Sonne getaucht beginnen, reingewaschen vom Schmutz der Sünde.«

»Äh, ich …«

Er grinst. »Psalm 19, Vers 13. In einer modernen Version, aber mir gefällt einfach das Bild so gut.«

»Oh, ach ja.«

»Haben Sie sich schon mal gewünscht, ganz neu anfangen zu können, Nancy? Alles von sich abwaschen zu können?« Er sieht mich eindringlich an.

»Ich …« Kann er Gedanken lesen? Ich wende mich abrupt ab und blicke hinauf zu der Anhöhe hinter unserem Cottage, um die Tränen in meinen Augen zu verbergen.

»Alles in Ordnung?«

»Ich bewundere nur das Schaf da oben«, bringe ich mühsam heraus und deute zu dem wolligen Tier, das auf der steil abfallenden Grasklippe balanciert, was sehr gefährlich aussieht. »Unglaublich, dass es nicht abstürzt.«

»O doch, fallende Schafe kommen häufiger vor, als man denkt.«

Seine Überheblichkeit geht mir allmählich auf die Nerven. »Kommen Sie schon, das ist jetzt aber eine Bibelmetapher, oder?«

»Nein, sie stürzen wirklich ab. Und sterben.«

Ich wende mich zu ihm. »Wie bitte, ich dachte, Schafe wären so trittsicher?« Ich sehe ihn irritiert an. Kann er dieses ganze mysteriöse Getue nicht lassen und endlich abhauen?

Er lächelt. »Als ich mir letztes Jahr den Knöchel verstaucht habe, habe ich nur Menschen gesehen, die mühelos auf zwei gesunden Füßen herumgelaufen sind. Wir nehmen das wahr, was uns besonders beschäftigt. Diese Metapher vom gefallenen Schäfchen scheint Sie besonders beunruhigt zu haben, oder?«

»Oh, jetzt bin ich also ein Schaf?«

»Wir sind alle ein Teil von Gottes Herde. Mein Titel Pastor kommt aus dem Lateinischen und heißt ›Hirte‹. Das Verb dazu lautet *pascere*, ›füttern, auf die Weide führen‹. Wenn Sie also Führung benötigen …«

»Nein«, falle ich ihm ins Wort.

Er zuckt mit den Schultern. »Dann gehe ich mal besser. Richten Sie Calder bitte aus, dass ich hier war. Und ich freue mich darauf, euch beide beim Gottesdienst zu sehen.« Mühelos spaziert er über die rutschigen Schieferstücke davon.

Verdammt. Mein erster Kontakt mit einem Einheimischen war eine völlige Katastrophe. Ich bin immer noch irritiert, bereue aber trotzdem, so abweisend reagiert zu haben. Er hatte ja nichts Böses im Sinn. Es war nur ein unglücklicher Zufall, dass er von Neuanfängen gesprochen hat und ich dachte, er könne meine Gedanken lesen. Wie bei Horoskopen: Ich lese den Text zu meinem Sternzeichen und fühle mich gleich angesprochen. Doch wenn ich die anderen Sternzeichen lese, sprechen sie mich auch an.

Allerdings war er beunruhigend nahe an der Wahrheit.

Ich bin ein gefallenes Schaf.

Vor ein paar Monaten war Calder beruflich auf Reisen, und ich hatte einen betrunkenen One-Night-Stand. Mir wird schlecht vor Selbstekel, wenn ich daran denke. Ich weiß, dass es passiert ist, kann es aber trotzdem nicht glauben. Wie konnte ich nur? Völlig egal wie betrunken ich war. Was für eine unfassliche Gedankenlosigkeit hatte da nur von mir Besitz ergriffen? Ich schließe die Augen, will mich von innen nach außen stülpen, aus mir selbst fliehen. Ich habe versucht, »gut« zu mir zu sein. Mir zu sagen, was ich einer Freundin in derselben qualvollen Lage sagen würde: *Es war ein einmaliger, schrecklicher Fehler, als du sehr betrunken und sehr verzweifelt warst; alle machen Fehler; du musst dir vergeben; versuch, nach vorn zu schauen.* Anderen rate ich das immer. Doch jetzt weiß ich, dass es sich zwar gut anfühlt, es auszusprechen, es jedoch völlig nutzlos ist, es selbst zu hören. Ich habe die Liebe meines Lebens betrogen. Ich verdiene es, zu leiden.

Danach gerieten meine Angstzustände außer Kontrolle, meine Arbeit litt, und ich war kurz vor einem Zusammenbruch. Nur zu bereitwillig ergriff ich die Chance, auf die Insel umzuziehen. Ich durfte Calder einfach nicht verlieren, meinen sicheren Hafen. Wenn ich es ihm erzählt hätte, hätte ich meine Sünde nur noch vergrößert, indem ich ihn und uns vernichtet hätte. Doch jetzt habe ich ein Geheimnis vor ihm. Nun, da muss ich wohl durch. Nachdem man die zerschmetterten Leichen meiner Eltern aus dem Autowrack gezogen hatte, hatte ich gelernt, das weiße Rauschen der Angst in meinem Kopf auszublenden, Gedanken zu verdrängen, denen ich mich nicht stellen konnte, und mich im Hier und Jetzt auf die vor mir liegende Aufgabe zu konzentrieren. Mehr kann ich auch im Moment nicht tun. Außer mein neues Leben hier annehmen und hoffen, dass es mir zur Gewohnheit wird, und irgendwie weitermachen.

Also dann. Ich habe die Auswahl zwischen dem Laden, dem Pub und dem Hafen.

Alkohol sollte ich besser nicht trinken. Boote hasse ich. Dann also zum Laden.

Er befindet sich auf der anderen Seite der Insel in der »Metropole«, und man erreicht ihn, indem man einfach der Küstenstraße folgt, egal in welche Richtung. Über die Hügel führt jedoch ein kürzerer Weg, den ich mit Calder während unseres ersten Besuchs auf der Insel gegangen bin. Der Tag ist sonnig und ruhig, und die Wanderung wird mich auf andere Gedanken bringen.

Ich gehe am Cottage vorbei und beginne den Aufstieg durch das flache Gebüsch zu dem nur gute zehn Zentimeter breiten

Pfad hinauf, der von dort steil nach unten führt. Auf flachem Untergrund könnte ich unbesorgt draufloslaufen, doch das Gefälle macht den Weg tückisch. Beim letzten Mal hat Calder mir den Rat gegeben, nicht nach unten zu sehen, sondern nach vorn und mich dabei Richtung Hang zu lehnen. Jetzt berühre ich beinahe die Steigung neben mir, während ich mich mit Trippelschritten fortbewege, bis es endlich wieder ein Stück nach oben geht. Auf dem Gipfel komme ich wieder zu Atem und nehme den großartigen Ausblick in mich auf: den wilden Atlantik, die weiten Grasflächen und die Hügel in Grün-, Braun- und Lilaschattierungen.

Hier muss der höchste Punkt der Insel sein. Der Untergrund ist uneben und sumpfig, weshalb ich von einer der zerklüfteten Spalten zurücktrete, die Calder mir gezeigt hat und die sich während des heißen Sommers gebildet haben. Der klarblaue Himmel mit den gelegentlichen weißen Wolkenstreifen erstreckt sich ins Unendliche. In London habe ich kaum bemerkt, dass es so etwas wie einen »Himmel« überhaupt gab, dort war er zwischen den Hochhäusern nur angedeutet wie ein blauer Strich auf einer Kinderzeichnung. Hier ist der Himmel übermächtig. Das Sonnenlicht taucht den Hügel in weiches Licht, und ich fühle mich Gott seltsam nahe. Ha. Arran wäre entzückt. Ich befinde mich in einer natürlichen Kathedrale, an einer Kreuzung zwischen Mensch und Himmel. Vielleicht kann ich mir hier endlich vergeben.

Plötzlich ziehen Wolken vor die Sonne, und ein starker Wind kommt auf, gegen den ich mich stemmen muss. Die zarten Schleier sind verschwunden, erdrückende grau-lila Gebilde türmen sich auf, senken sich herab wie ein Raumschiff und verdecken das Licht. Der Wind ist ein unsichtbarer Rammbock, der mich zur Seite drängt. Dieses Wetter könnte mich umbringen. Mühelos. Ich muss mich beeilen.

Eisiger Regen peitscht mir ins Gesicht, während ich den breiteren Pfad auf der anderen Seite des Hügels mit vorsichtigen Schritten hinuntergehe. Arran hat sicher gelogen, als er gesagt hat, von hier oben würden Schafe abstürzen, doch ich sehe die ganze Zeit vor mir, wie ich blökend in die Tiefe falle.

Genau unter mir nähert sich die Fähre. Sie kommt nicht direkt vom Festland, sondern von der etwas dichter besiedelten Insel daneben, die mit einer Brücke mit dem Festland verbunden ist. Über den Bau war offenbar viel diskutiert worden. Nicht mit freudiger Zustimmung hatte man auf den Vorschlag reagiert, wie ich es erwartet hätte, sondern mit vehementer Ablehnung. Die Einwohner hatten argumentiert, dass sie »den Inselstatus zerstören würde«, »ja jeder herüberkommen könne« und »niemand wisse, wo sich die Kinder herumtreiben würden«. Nach dem ganzen Gerede von den »verlorenen Kindern« frage ich mich, ob die Insulaner nicht eher versucht haben, ihre Kinder hier festzuhalten.

Endlich erreiche ich die »Metropole«, die wie eine Spielzeugstadt aus einem Kinderbuch aussieht. Zwei lange Reihen niedriger weißer Häuser säumen die einzige Straße. Am Ende der einen Reihe befindet sich das Pub, das aus zwei weißen Häuschen und einem klapprigen Anbau auf der Rückseite besteht. Auch der Laden und das Hafenbüro sind in den gedrungenen weißen Häusern untergebracht. Ich fühle mich wie eine Ratte bei einem Laborexperiment, bei der man darauf wartet, in welchen weißen Würfel sie als Nächstes huscht. Nur Arrans Kirche scheint zweckmäßig gebaut. Sie ist klein, feierlich und natürlich mit grauem Schiefer gedeckt. Ich dachte, sie gehöre zur Church of Scotland, doch hier hängt man einer eigenen Form des Christentums an, einer ziemlich altmodischen, wie Calder mir erzählt hat. Das ist noch viel weniger unser Ding. Die Kirche thront auf einer kleinen Anhöhe über der Straße, sodass ihr mahnendes Kreuz seinen kalten Schatten auf mich wirft, als ich daran vorbeigehe. Ich bin nicht gläubig, fühle mich aber trotzdem verurteilt.

Vermutlich gehen Menschen in die Kirche, um Buße zu tun und nach vorn zu schauen. Manche Menschen leben mit so viel Schlimmerem als meinem Vergehen, mit ständigen Affären, Verbrechen, Gewalt, sogar mit Mord. Und doch sehen sie fern, gehen einkaufen, küssen ihren Partner oder ihre Partnerin und gehen daran nicht kaputt. Wie machen sie das nur?

Eisiger Regen trifft meine Wangen wie Nadelstiche. Ich habe die teure Feuchtigkeitscreme, die mir Hamishs Frau Gina zum Abschied geschenkt hat, nicht benutzt, und meine Haut brennt, als ich »Janeys Laden« erreiche. Es ist großartig, dass der Laden tatsächlich so heißt und der Name in Großbuchstaben auf einer Tafel steht. Calder sagt, wir würden den Großeinkauf auf dem Festland erledigen und die Dinge des täglichen Bedarfs hier im örtlichen Postamt und Laden kaufen. Laut ihm hat die Royal Mail mal versucht, Janey wegen der geringen Einwohnerzahl die Lizenz zu entziehen, sie hat dann jedoch die Insulaner zusammengetrommelt und dagegen protestiert, weshalb die Post bleiben durfte.

Die Türglocke läutet, als ich den vollgestopften Laden betrete. Ich sehe eine große, schlanke Frau mit langen grauen Haaren und wachen braunen Augen, die Armeehosen und ein gebatiktes Oberteil mit zwei Fischen, die das Yin-und-Yang-Symbol bilden, trägt. Sie steht vor Regalen mit Süßigkeiten, Kaugummi, Angelbedarf, Rubbellosen und Zigaretten.

Okay, bei meinem zweiten Kontakt mit den Einheimischen werde ich mich mehr anstrengen. Ich kann es mir nicht leisten, es mir bei den wenigen Einwohnern mit noch jemandem zu verscherzen.

»Guten Morgen, Nancy«, begrüßt mich die Frau. »Tut mir leid, hier spricht sich alles schnell herum. Du bist Calders Frau, nicht wahr? Wir freuen uns alle so, dass er zurück ist. Was kann ich für dich tun?«

Ich korrigiere sie nicht. »Janey?«

Sie nickt. »Ja.«

»Hallo. Ich wollte mich nur mal umsehen«, sage ich gezwungen fröhlich.

Sie schürzt theatralisch die Lippen und grinst dann breit. Ich lache. Natürlich »sieht sich« niemand einfach so in dem Laden um. Das macht man in London.

»Tu dir keinen Zwang an«, sagt Janey.

Plötzlich ertönt im Hinterzimmer ein lautes Poltern. Ihr Blick flackert kurz.

»Alles ... okay da hinten?«

»Ja, warum?«

»Äh, hast du das nicht gehört?«

Die Tür hinter ihr öffnet sich. Ein kleiner Mann mit Halbglatze und warm funkelnden Augen sieht grinsend durch den Spalt.

»Entschuldigung, ich habe was umgeworfen ...« Er entdeckt mich. »Tut mir leid«, murmelt er, verzieht das Gesicht in Richtung Janey und wendet sich ab. Mir fällt das tätowierte C in seinem Nacken auf.

»Das ist nur Rob, ein Freund. Er hat den Abfluss repariert.«

Ich grinse, und sie wird rot.

»Er hat wirklich den Abfluss repariert. Also ...«

Ich lächele wieder. »Schon gut, ich gehe wohl besser.«

»Nein, warte, einen Moment nur.«

Sie geht nach hinten. Durch die halb offene Tür sehe ich, wie Rob ihre Wange streichelt und sie sanft auf die Lippen küsst. Ein zärtlicher intimer Moment zwischen zwei Menschen, die offensichtlich ineinander verliebt sind, und ich habe ein schlechtes Gewissen, weil ich ihnen dabei zusehe. Rasch gehe ich zum anderen Ende des Ladens. Dann höre ich, wie eine Tür geschlossen wird und Janey zurückkommt. »Lass uns eine Tasse Tee trinken. Ich könnte jetzt eine gebrauchen.«

»Ja gern, aber ...«

»Komm mit nach hinten.«

»Aber der Laden ...«

»Das möchte ich sehen, dass jemand mich zu bestehlen versucht.«

Ich folge ihr in einen niedrigen rechteckigen Raum, in dem ein Feuer im Kamin brennt. Davor steht ein abgewetztes L-förmiges Sofa, das mit farbigen Überwürfen und Kissen bedeckt ist.

»Zieh die Stiefel und die nasse Hose aus und wickle dich in die Decke«, befiehlt sie. Sie steckt meine nassen Sachen in den Trockner, während ich mich auf ihrem gemütlichen Sofa einrolle. Ich mag sie jetzt schon. Sie strahlt Wärme aus. Vielleicht kann ich in ihrem Schein auftauen.

»Ich weiß, das ist eine komische Bitte«, sagt sie, als sie mit den Teetassen zurückkommt, »aber könntest du vielleicht niemandem gegenüber etwas von Rob erwähnen? Die Situation ist etwas ›delikat‹.«

»Äh, okay?«

»Er war beziehungsweise ist noch mit Alison verheiratet, einer Frau hier auf der Insel.« Ich schlucke. Arran hatte recht – ich sehe meine Sünde überall. »Sie sind getrennt, aber wenn man ein gemeinsames Kind hat, ist man das ja nie vollständig.«

Ich zucke beiläufig mit den Schultern. Aber sie hat recht. Wie ich nur zu gut weiß.

»Die Trennung war böse, mit allen möglichen unschönen Lügen und Gerüchten. Er ist ein toller Mann, aber ich will nicht für noch mehr Ärger sorgen, weswegen wir uns bedeckt halten.«

»Sehen ihn die Leute denn nicht auf der Insel? Sie ist ja nicht sehr groß.«

»Wir treffen uns normalerweise auf dem Festland, doch ganz ab und zu kommt er mit seinem Boot nach Einbruch der Dunkelheit und fährt bei der ersten Morgendämmerung wieder. Heute hat er verschlafen. Bitte erzähl es auch Calder nicht. Oder ist das schwierig?«

»Kein Problem.« Ich hätte nie gedacht, dass ich überhaupt mal Geheimnisse vor Calder haben würde. Was machte eines mehr da schon aus?

»Also«, sagt sie und schüttelt ihre wunderschönen grauen Haare, »habt ihr euch da oben schon gut eingerichtet?«

»Wir haben viel geputzt und repariert, langsam wird es wohnlich. Wir haben sogar eine Katze, glaube ich. Ein großes schwarzes Tier.«

»Wahrscheinlich ist die von dem wilden Wurf, den Isla vor zwei Jahren durchgefüttert hat. Sie hat die Mutter und die Kleinen auf einem alten Rucksack in ihrem Schuppen gefunden. Das überrascht mich, dass sie bei euch bleibt, wilde Katzen trauen eigentlich niemandem.«

»Calder schien sie sofort zu vertrauen.«

Sie nickt, als wollte sie sagen: *Natürlich! Er ist ja auch Insulaner.* »Habt ihr ihr einen Namen gegeben?«

»Attila.«

Sie neigt den Kopf. »Interessanter Name für ein Weibchen.«

»Ich habe sie hochgenommen, da hat sie mich gekratzt, und Calder musste in dem Moment an Attila denken. Damit war die Sache entschieden.«

Sie lacht. »Na ja, wenn sie da oben überlebt hat, ist sie zäh und der Name genau richtig. Attila war ein starker Mann, hat nur eine Schlacht verloren. Auch wenn er unter mysteriösen Umständen gestorben ist.«

»Oh?«

»Ja, nach der Hochzeit mit seiner zweiten Frau lag er am nächsten Morgen tot im Bett, den Mund voller Blut. Niemand weiß, was ihn getötet hat – zu viel Alkohol, plötzliches heftiges Nasenbluten ... oder vielleicht seine neue Frau?«

Wir trinken unseren Tee.

»Und, hast du schon viele von uns kennengelernt?«, fragt Janey schließlich.

»Nur einen, den Pastor. Und das habe ich vermasselt.«

»Arran?«

»Ja. Ich war eher abweisend, und ich glaube, ich habe ihn beleidigt.«

»Oh, Arran vergibt sehr gern. Einigen Menschen zumindest.«

»Wie bitte?«

»Er meint es gut, aber er ist ein Kontrollfetischist. Denkt, er wüsste, was für alle am besten wäre.«

»Ja, den Eindruck hat er auf mich gemacht. Aber ich will hier dazupassen. Ich will so viele Leute kennenlernen wie möglich.«

»Tut mir leid, dass ich dir Rob nicht vorgestellt habe. Ich weiß, das war unhöflich. Aber seine Ex, Alison, hat gesagt, sie würde ihn umbringen, wenn er noch mal einen Fuß auf die Insel setzt. Außerdem dachte ich, es wäre komisch, da er ja Caitlins Vater ist.«

»Caitlin, Calders ehemalige Freundin? Ja, ja, er hat sie erwähnt. Sie hat die Insel kurz vor ihm verlassen, richtig?«

»Mhm. Im selben Jahr wie Calder und ein anderer junger Mann, Hamish.«

»Ja, Hamish und Calder hatten in London eine gemeinsame Firma für Dachausbauten.«

»Das wussten wir.«

»Die drei gehörten also zu den ›verlorenen Kindern‹ aus der Zeitung?«

»Ich schätze schon. Rob hat es jedenfalls schwer getroffen, dass Caitlin gegangen ist. Er hat in London nach ihr gesucht. Doch sie hat den Kontakt zu allen abgebrochen, auch zu ihren Eltern. Einmal im Jahr schickt sie eine Postkarte an ihre Mutter, am Jahrestag ihres Weggangs von der Insel. Nur dann reden Rob und Alison miteinander. Er ist danach jedes Mal ganz fertig.«

»Hat er sich deshalb das C im Nacken tätowieren lassen?«

»Ja.« Sie lächelt schwach und senkt dann den Blick, wie um das Thema zu beenden. Wie seltsam, die Erinnerung an das eigene Kind durch ein Tattoo an einer der schmerzhaftesten Stellen am Körper aufrechtzuerhalten. Aber ich habe nicht das Gefühl, weitere Fragen stellen zu können.

»Wie geht es euch beiden denn hier?«, fragt Janey gezwungen fröhlich und trinkt von ihrem Tee.

»Oh, Calder hat den Umzug mühelos verkraftet. Ich … brauche noch ein bisschen.«

»Calder ist Insulaner. Du …«

»Ich weiß, ich bin eine Außenstehende.«

»Unsinn. Du bist Calders Frau.«

Ich nicke, auch wenn mich ihre Annahme, wir seien verheiratet, immer noch etwas ärgert. Ich will auf dieser traditionellen Insel aber auch nicht zu »alternativ« erscheinen.

»Wollt ihr Kinder?«

Jetzt senke ich den Blick.

»Bitte entschuldige, das war unhöflich. Es geht mich überhaupt nichts an.«

Ich lächele schwach und winke ihre Verlegenheit weg. »Wir können nicht schwanger werden«, murmele ich.

Janey stellt ihre Tasse ab und tätschelt meine Hand. »Du bist einfach *noch* nicht schwanger«, sagt sie betont.

Sie ist so warmherzig, so einfühlsam, so nett. Am liebsten würde ich ihr alles gestehen. Aber ich darf es nicht.

»Ich könnte dir helfen«, sagt sie sanft. »Ich bin Homöopathin.«

O nein, bitte nicht dieser Hokuspokus.

»Es ist kein Hokuspokus.« Sie lächelt. Himmel, können hier alle Gedanken lesen? »Also, bis zu den Behandlungen im Mondlicht, wenn wir im Blut von Jungfrauen baden ... Haha, dein Gesicht. Ich bezweifle, dass es viele Jungfrauen hier auf der Insel gibt. Es ist eiskalt, das Internet ist mies, und wir müssen für unsere eigene Unterhaltung sorgen.«

Ich lache.

Sie berührt meine Hand. »Du fühlst dich kalt an.«

Ich weiß, dass das nur Hokuspokus ist. Unter der Decke vor dem Kaminfeuer ist mir heiß.

»Ich koche dir Ingwertee, um dich aufzuwärmen. Mach dir keine Gedanken.«

»Doch, ich mache mir über alles Gedanken. Ich hoffe, ich kann hier besser entspannen. Doch sobald Calder heute mit dem Boot seiner Mutter rausgefahren war, habe ich mir wieder alle möglichen Katastrophen ausgemalt.«

»Das ist ja auch klar.«

»Warum?«

Sie runzelt die Stirn. »Wegen seines Vaters.«

»Douglas?«

Sie blinzelt, ihr wird klar, dass ich keine Ahnung habe, wovon sie redet.

»Schwarzes Wasser.« Sie sieht zum Fenster, zum Meer.

»Was?«

»Douglas. Das kommt vom gälischen Wort *dubh*, ›schwarz‹, und *glas* bedeutet ›Wasser‹.«

»Das mit dem Wasser ist also so ein Familiending? Denn ich weiß, dass Calder ›wildes Wasser‹ bedeutet.«

»Ja, das stimmt. Aber als du gesagt hast, du hättest Angst gehabt, als Calder heute mit dem Boot seiner Mutter rausgefahren ist, da dachte ich … wegen dem, was passiert war.«

»Warum? Was war passiert?«

»Douglas ist ertrunken.«

KAPITEL DREI

»Sie wollen eine Ausstattung wie in London, aber zu Highland-Preisen«, stöhnt Calder, während er sich die Hände in unserer tiefen Spüle in der Küche wäscht.

»Mhm«, murmele ich.

Attila streicht ihm um die Beine. Mich hat sie völlig ignoriert, seit ich von Janey zurück bin.

»Ein Ehepaar hat das alte Sullivan-Cottage am Ortsrand als Ferienhaus gekauft. Das finden die Einheimischen natürlich nicht so toll, aber hey, wenn die beiden das Dach aus- und einen Balkon anbauen lassen wollen, sage ich nicht nein.«

»Mhm.«

»Was hast du heute gemacht?«, fragt er und dreht sich zu mir um, als ihm meine einsilbigen Antworten auffallen.

»Nicht viel«, erwidere ich und lächele gespielt fröhlich. »Ich habe einen kleinen Spaziergang in die ›Metropole‹ gemacht.«

»Gut.« Er sieht nach einer weiteren Ziegelsteinbrotscheibe auf dem Grill.

»Du verdirbst dir den Appetit«, sage ich.

»Oh, davon habe ich genug«, meint er zwinkernd.

Er öffnet eine Flasche Rotwein und schenkt uns zwei Wassergläser ein. Ich trinke meins in einem Zug aus, um meine innere Wutgranate zu zünden. Warum zum Teufel hat er mich all die Jahre angelogen und erzählt, sein Vater sei an einem Herzinfarkt gestorben?

»Ich habe heute Tee mit Janey getrunken«, sage ich abrupt.

»Ich wusste, du würdest sie mögen.«

»Sie hat deinen Vater erwähnt.«

Wenn Calder eine Katze gewesen wäre, hätte er jetzt das Fell gesträubt.

»Alles in Ordnung?«

»Ja.« Er holt die kuhförmige Butterdose aus unserem sargartigen Kühlschrank.

»Was ist los?«

»Nichts«, murmelt er.

»Sie hat gesagt, er sei ertrunken.«

Es riecht nach angebranntem Brot. Calder stürzt zum Grill.

»Verdammt noch mal.« Fluchend lässt er die Grillpfanne fallen, die geschwärzte Brotscheibe schlittert über den Boden.

»Dein Vater ist also ertrunken?«

Er hebt die verbrannte Brotscheibe auf und verstreicht Butter auf ihr, wobei er schwarze Krümel im Butterblock hinterlässt.

»Calder? Ist er ertrunken?«

Er lässt das Messer fallen. »Ja. Himmel. Ich wollte es dir noch erzählen.«

»Aber warum hast du überhaupt deswegen gelogen?«

Er wischt sich die Hände ab. »Na ja, ich habe nicht direkt gelogen.«

»Aber du hast meine Vermutung, dass er an einem Herzinfarkt gestorben ist, auch nicht korrigiert.«

Er lässt sich auf einen Stuhl fallen. »Hör mal, als wir uns kennengelernt haben, wärst du fast ertrunken. Und du bist so ausgeflippt, schienst panische Angst vor dem Wasser zu haben, deshalb wollte ich es nicht gleich erwähnen. Und dann verging die Zeit, und irgendwie ... schien es dann nicht mehr nötig. Ich wusste, dass ich es dir erzählen müsste, wenn wir erst einmal hier wären, klar. Auf der Fähre hätte ich es dir auch fast erzählt, doch dann wollte ich warten, bis wir uns ordentlich eingerichtet hatten.«

»Aber du wusstest, dass ich dachte, es sei ein Herzinfarkt gewesen. Ich habe mir Sorgen wegen der Erblichkeit gemacht, dir Getränke empfohlen, die gut fürs Cholesterin sind, habe dir das Herzgesundheitskochbuch gekauft ...«

»Es tut mir leid. Ich ...«

Ich marschiere zur Tür und reiße sie auf, blicke hinaus auf das tosende Meer. »Du hast dich wahrscheinlich köstlich amüsiert, während du mich hinters Licht geführt hast.«

»Nein. Auf keinen Fall!«, ruft er und kommt zu mir. »Ich habe mich wohl davor gedrückt, weil ich überhaupt nicht daran denken will. Es hat meine Mum vernichtet. Aber du hast natürlich recht, ich hätte es dir erzählen sollen.«

Wir stehen in der Eiseskälte in der Tür. Er streckt die Hand nach mir aus, doch ich zucke zurück. Er sieht mich wie ein kleiner Junge an.

»Ich hasse Geheimnisse«, sage ich und zucke innerlich wegen meiner Heuchelei zusammen.

Wir lauschen dem Rauschen der Wellen und dem Klirren der Schieferstücke, die das Wasser mit sich reißt.

Rausch. Klirr. Rausch. Klirr.

Mein Ärger verfliegt. Ich verstehe, warum er gelogen hat. Alles ist in Ordnung.

Ich stöhne.

»Was?«

»Bei dem Plätschern muss ich pinkeln.«

Er lacht. »Dann platzt deine Blase bestimmt gleich.«

Da ist sie wieder, unsere Verbindung. Er streckt die Hand aus, und ich schlage sie spielerisch weg. Lachend zieht er mich zurück in die Küche, schließt die Tür und umarmt mich. Er sieht zu mir hinunter, seine wunderschönen Augen sind so ehrlich, sein Gesicht so offen und freundlich. Ich kann einfach nicht böse auf ihn sein. Ich weiß, dass er mich nie absichtlich verletzen würde.

»Jetzt muss ich aber«, sage ich und löse mich aus seinen Armen.

Als ich von der Toilette zurückkomme, sitzt er am Tisch und schenkt uns Wein nach. »Nance, es tut mir wirklich leid.«

»Und mir tut das mit deinem Vater leid.« Ich setze mich neben ihn und lege die Füße in seinen Schoß. »Was ist passiert?«

»Ich war in der Mittelstufe. Du weißt, dass ich vier Nächte die Woche auf dem Festland im Internat war?«

»Ja. Gibt es immer noch nur eine Grundschule auf der Insel? Falls wir je …«

»Ja, da hat sich nichts geändert. Grundschule auf der Insel, weiterführende Schulen auf dem Festland. Es passierte an einem Dienstagabend, ich war also im Internat. Sein Boot wurde angespült. Meine Mutter hat gesagt, er sei betrunken aufs Meer gefahren und musste da draußen in Schwierigkeiten geraten sein.«

»Wie alt warst du?«

»Vierzehn.«

»In dem Alter habe ich auch meine Eltern verloren.«

»Ich weiß. Als du mir erzählt hast, was mit ihnen passiert ist, wusste ich, dass ich dir von Dad erzählen musste, wollte mich aber nicht in deinen Verlust hineindrängen, weshalb ich wieder gewartet habe. Es tut mir wirklich leid. Kannst du mir verzeihen?«

»Natürlich.«

Er nickt und massiert meine Füße.

»Hast du ihre Asche deshalb auf der Klippe bestattet?«

»Was?«

»Deine Mum. Sodass sie sieht, wo dein Dad ertrunken ist.«

»Oh, äh, ja, vermutlich.«

»Endlich sind sie zusammen. Wie meine Eltern. Du weißt doch noch, wie ich dir gezeigt habe, wo ihre Asche am Bloomsbury Square verstreut ist. Da hatten sie sich kennengelernt.«

»Mhm.« Er ist so still, aber das ist nicht ungewöhnlich. Ich weiß mittlerweile, dass er nicht gern über schwierige Dinge redet, deshalb lasse ich das Thema ruhen. Fürs Erste. Ich habe Ewigkeiten gebraucht, um mir zusammenzureimen, wie hart seine Kindheit war, mit der streng religiösen Mutter und dem schroffen Vater. Doch sie waren ein starkes Paar – wie meine Eltern. Ich hatte schon immer gedacht, wir wären uns ähnlich und würden beide versuchen, eine ebensolche lebenslange Verbindung aufzubauen, doch jetzt wird mir klar, dass wir außerdem beide mit vierzehn Tragödien erlebt haben. Angesichts seiner Ehrlichkeit schnürt mir mein Geheimnis die Kehle zu, doch ich schlucke es hinunter. »Ich habe nichts gekocht«, sage ich zur Ablenkung.

Er sieht mich mit gespieltem Entsetzen an.

»Ich habe mir gedacht, *wenn er glaubt, ich koche ihm das Abendessen, dann hat er sich geschnitten.* Attila war empört darüber.« Ich beuge mich nach unten, um sie zu streicheln, doch sie schlängelt sich natürlich um Calders Beine.

»Gute alte Attila.« Er krault sie unter dem Kinn. »Wir beide finden schon was fürs Abendessen.«

Wir holen Pasta aus dem Schrank, und Calder öffnet mit einem Knacken ein Glas Nudelsoße. Als er uns noch Wein holen will, zögert er bei einer Flasche Whisky, die seiner Mutter gehört hat, als sähe er einen verloren geglaubten Freund. Ich denke zurück an unsere Anfangszeiten, als wir oft und viel tranken und dann auch heiß diskutierten. Ich trank schnell. Calder war ein Marathontrinker, wie mir nach und nach klar wurde, der oft schon mittags mit dem Trinken anfing und dem man den

Alkohol erst viel später am Abend anmerkte. Als er noch mit Hamish zusammenarbeitete, aßen sie regelmäßig im Pub zu Mittag. Im ersten Monat unserer Beziehung dachte ich, dass die »Büronummer«, die er mir gab, tatsächlich zu seinem Büro gehörte, und meine Naivität war mir peinlich, als ich herausfand, dass es die Nummer eines schäbigen Pubs war. Ich trank wegen meiner erdrückenden Unsicherheit nach dem plötzlichen Tod meiner Eltern. Trank er, weil sein Vater ertrunken war? Hatte er deshalb die Insel verlassen? Ich kann das alles noch nicht richtig einordnen. Aber ich weiß, dass es uns irgendwann noch näher zusammenbringen wird.

»Du solltest stolz auf mich sein, dass ich mich heute mit den Einheimischen unterhalten habe«, sage ich, um die Stimmung aufzuhellen. »Nicht nur mit Janey, sondern auch mit Arran, dem Pastor, auch wenn das etwas holpriger verlief.«

Er verdreht die Augen. »Ah, der hübsche Pastor.«

»Was?«

»So haben ihn die Jungs immer genannt, ›der hübsche Pastor‹, weil er gut aussah und sehr beliebt bei den Frauen war.«

»Ich habe ihm ein wenig die Hölle heiß gemacht, weil er Islas Asche hier einfach auf den Tisch gestellt hat.«

»Oh, Nance.«

»Na, das war doch auch gruselig. Und wie ist er überhaupt hier reingekommen?«

»Die Kirche hat bestimmt einen Schlüssel. Damit ihr jemand helfen konnte, wenn sie krank war.«

»Oje. Jetzt habe ich ein schlechtes Gewissen. Er hat gesagt, er freut sich darauf, dich – uns – beim Gottesdienst zu sehen.«

Calder verzieht das Gesicht. »Ganz bestimmt nicht. Aber er war für Mum da, als Dad gestorben ist. Sie hat seinen Tod nie verwunden. Sie wurde … hart. Nur die Kirche war ihr noch geblieben. Sie bat Arran, auf mich aufzupassen, was mir überhaupt nicht gefallen hat. Aber ich war froh, dass die Kirche für sie da war, nachdem ich weggezogen bin. Und in ihren letzten Monaten.« Er beißt sich auf die Lippe und wirft dem Whisky wieder einen Blick zu.

»Möchtest du einen?«

Er seufzt. »Das möchte ich immer. Aber ohne geht es mir besser.«

»Könntest du morgen bei Arran vorbeischauen? Damit er sieht, dass ich dir ausgerichtet habe, dass er nach dir gesucht hat. Und um ihm zu sagen, dass es mir leidtut, falls ich ihn beleidigt haben sollte.«

»Äh, muss ich? Er ist so ein überheblicher Arsch.«

»Bitte. Ich will hier doch dazugehören.«

Bis auf das Gluckern des Weins, als er uns nachschenkt, ist nichts zu hören. Ist die Rückkehr zu viel für ihn? Hat er das vielleicht nur mir zuliebe getan, weil ich unbedingt aus London fliehen wollte?

»Willst du wirklich hier leben?«, frage ich ihn schließlich. »Wenn du es dir noch einmal überlegen möchtest, haben wir immer noch unseren Notgroschen auf deinem Firmenkonto. Wir könnten das Cottage verkaufen und irgendwo anders hinziehen, egal wohin.«

Er schüttelt den Kopf. »Arran nervt. Aber ich gehe bei ihm vorbei und versuche, alles auszubügeln. Für dich mache ich das natürlich. Und ich will gern hier wohnen. Heute bin ich ein anderer Mensch als der Teenager von damals. Und jetzt habe ich dich. Meine eigensinnige, nicht kochende Geliebte.«

»Alle hier nennen mich deine Frau. Das ist schon okay, ich weiß, wir haben beide gesagt, dass wir nicht ...«

»Sag niemals nie.«

Ich hebe die Augenbrauen, er tut es mir nach. Dann grinst er und trinkt einen Schluck Wein.

Herrje. Ich dachte, nur ich würde darüber nachdenken. Keiner von uns beiden hatte je das Bedürfnis, zu heiraten, um uns zu beweisen, dass wir für immer zusammenbleiben werden. Doch hier auf dieser traditionellen Insel fühlt es sich auf einmal richtig an. Für Calder vielleicht auch? Wir werden es hier schön haben. Richtig schön.

Wir essen zu viele Nudeln und schauen uns danach einen Film im Fernsehen an. Mein Kopf liegt auf seiner Schulter. Attila hat sich auf Calders Schoß eingerollt. Mit mir will sie nichts zu tun haben, doch von ihm ist sie wie besessen. Ich bin immer noch etwas durcheinander wegen seiner Enthüllung über den Tod seines Dads. Doch Calder hat nur eine kleine Unterlassungssünde begangen, weil er mir nichts von einer schmerzhaften Erinnerung erzählt hat. Ich hingegen habe eine weit größere Tatsünde begangen. Hier kann ich hoffentlich reinen Tisch machen und noch mal neu anfangen, wie der »hübsche Pastor« gesagt hat.

Ich drücke Calders Hand und atme tief den Frieden ein, den seine Berührung, sein Geruch, seine solide Präsenz mir vermittelt.

»Versprich mir eins«, flüstere ich.

»Was?«

»Dass du nie betrunken mit dem Boot aufs Meer fährst. Oder bei schlechtem Wetter. Dass du immer vorsichtig sein wirst. Ich könnte es nicht ertragen, wenn dir etwas zustößt. Du bist meine ganze Familie.«

Er zieht mich an sich. »Ich werde aufpassen.«

»Versprochen?«

»Versprochen.«

KAPITEL VIER

Ich zittere vor Kälte auf der harten, unvertrauten Matratze. Links von mir höre ich einen seltsames Geräusch. Ich strecke die Hand nach Calder aus, doch ich berühre nur das kalte, zerknitterte Laken. Als ich mich aufsetze und in das Dämmerlicht blinzele, das durch das winzige Fenster hereinfällt, merke ich, dass das Geräusch der Regen ist, der waagrecht gegen die Scheibe prasselt. Ich werfe einen Blick auf meinen kleinen Wecker. Neun Uhr morgens. Calder frühstückt bestimmt gerade.

»Calder«, rufe ich auf dem Weg zur Küche, während ich die Zehen auf den eiskalten Steinfliesen einziehe. »Calder, komm wieder ins Bett.«

Doch die Küche ist leer.

Auch das Bad und das Wohnzimmer sind kalt und leer.

Okay, ist er schon bei der Arbeit und wollte mich nicht wecken? Ich suche beim Wasserkessel nach einer Nachricht, wie wir es in London immer gemacht haben. Nichts. Dann ist er bestimmt draußen und kümmert sich um eines der vielen Dinge, die wir noch erledigen müssen, damit das Haus wirklich bewohnbar ist. Ich brauche einen starken Tee, bevor ich mich selbst an meine Liste machen kann, doch als ich den Wasserkessel hochhebe, ist er kalt. Das ist seltsam. Calder trinkt sonst immer einen Tee nach dem Aufstehen. Ich öffne die Haustür und weiche gleich wieder einen Schritt vor dem peitschenden Regen zurück.

Unser Auto steht noch da. Dann kann er nur irgendwo in der Nähe sein. Ich schlüpfe in meine Wanderstiefel, ziehe meine Jacke über das lange weiße Nachthemd und gehe ins Freie, wo mich der Regen sofort durchnässt.

»Calder!«, brülle ich, doch der Wind entreißt mir meine Stimme. Ich stapfe um unser gedrungenes Cottage, das Nachthemd klebt an meinen Beinen, die Haare liegen quer über meinem Gesicht.

Wo zur Hölle ist er nur?

Ich verenge die Augen, rechne damit, seine riesige Gestalt jede Sekunde zu sehen, doch der Regen ist undurchdringlich. Mir fällt das altmodische Fernglas seiner Mutter ein, das im Haus an einem Haken hängt, und ich kehre um. Wie immer stolpere ich über den verflixten Stiefelkratzer. Als ich das Fernglas abnehme, sehe ich, dass Calders Jacke nicht an ihrem Haken hängt und seine Wanderstiefel nicht auf der Bank darunter stehen. Okay, dann ist er also wirklich irgendwo da draußen. Ich ziehe die Kapuze tief ins Gesicht und gehe wieder ins Freie, wo ich mit dem Fernglas die steile Anhöhe hinter dem Cottage absuche.

Doch er ist nirgends zu sehen.

»Calder?«, brülle ich. »CALDER!«

Also gut. Denk nach. Wo könnte er sonst noch sein? Am Strand? Ich atme flacher, als ich mich dem Klippenrand nähere. Meine Schuhe knirschen auf dem Schotter. Vorsichtig beuge ich mich über den Rand und sehe nach unten.

Doch da erstreckt sich nur der graue Strand, über den sich mächtige Wellen mit gewaltiger Gischt ergießen.

Mit dem Fernglas suche ich die Bucht ab. Dabei fällt mir auf, dass Islas Boot nicht an seinem üblichen Platz festgemacht ist. Meine Brust verkrampft sich. Nein. Bei diesem Wetter würde er doch nicht rausfahren. Oder? Erst vor ein paar Tagen hat er mir versprochen, dass er auf dem Wasser ganz besonders aufpassen werde. Ich weiß, dass er ein fähiger Segler ist, doch das Meer ist schiefergrau und aufgewühlt. Mit steifgefrorenen Fingern versuche ich, das Fernglas neu einzustellen, und suche damit das Wasser ab.

Komm schon, komm schon, komm schon. Wo bist du?

Ich wische Regentropfen von den Linsen und ziehe die Kapuze noch tiefer ins Gesicht. Bei meinem nächsten Versuch entdecke ich am Horizont einen dunklen Fleck. Ein gekentertes Boot.

O mein Gott! Nein. Das kann nicht seins sein. Oder? Doch es ist unzweifelhaft ein Boot, und unseres ist verschwunden. Himmel. Was soll ich jetzt machen? Ich brauche Hilfe. Aber hier oben in unserer abgeschiedenen Bucht bin ich völlig allein.

Ich renne zurück ins Cottage und greife nach meinem Handy, das in der Küche gerade auflädt. Kein Netz. Mist. Aber ich brauche Hilfe. Sofort. Ich haste ins Schlafzimmer, rufe laut »Nein, nein, nein«, raffe meine Kleider vom Boden, ziehe sie hektisch über, kämpfe mit der durchnässten Jacke und den Stiefeln und stürze wieder ins Freie, ohne die Haustür zu schließen. Warum habe ich nur nie den Führerschein gemacht? Gott, beeil dich, beeil dich. Jede Sekunde zählt. Die Straße zum Dorf würde zu Fuß zu lange dauern, deshalb renne ich hinter das Cottage und erklimme schniefend und stolpernd den Hügel. Der Regen peitscht mir ins Gesicht. Auf der Anhöhe muss ich den schmalen Pfad entlanglaufen, der nur mit Kalk auf dem Boden markiert ist. Nicht nach unten schauen. Weiter, immer weiter. Bloß nicht stürzen, sonst ist Calder verloren.

Mit angehaltenem Atem springe ich über eine Spalte und schnappe keuchend nach Luft, als ich schwer auf der anderen Seite aufkomme. Nicht stehen bleiben. Auf Händen und Füßen stolpere ich über die kalten scharfen Felsen, dann laufe ich weiter.

»Hilfe!«, brülle ich, als ich auf der anderen Seite des Hügels hinunterrenne. Nach Luft schnappe. Auf Schieferplatten ausrutsche, nach vorn stolpere.

Denk nicht nach. Mal dir nichts aus. Mach einfach.

Im eisigen Regen nähere ich mich dem Dorf. Eine große Gestalt in einem langen grauen Regenmantel sitzt im Buswartehäuschen. Ihn möchte ich gerade wirklich nicht sehen, aber das ist egal, ich brauche Hilfe.

»Arran!«, schreie ich.

Er reißt den Kopf hoch und blinzelt.

»Haben Sie ein Boot?«, rufe ich.

Er steht auf und hebt verwirrt die Hände.

»Ein Boot!«, schreie ich im Näherkommen.

»Die Fähre ist noch nicht da. Es dauert mindestens noch eine halbe …«

»Nicht die Fähre. Ich brauche jemanden mit einem eigenen Boot«, keuche ich.

»Ich habe eins, aber …«

»Fahren Sie mich damit raus!«, rufe ich.

»Ich glaube nicht …«

»Sofort. Ein Boot ist in der Bucht gekentert, und Calder ist verschwunden.«

»Was?« Er stürzt an mir vorbei und sieht zum Meer.

»Nicht hier. Auf der anderen Seite der Insel, ich habe es von der Klippe aus gesehen. Kommen Sie mit.«

Plötzlich ist er hellwach. »Wo genau?«, fragt er und marschiert auf den kleineren der beiden Piers vor uns zu.

»An der rechten Biegung unserer Bucht«, rufe ich und deute in die Richtung.

»Die Strömung treibt es hinaus. Haben Sie Calder gesehen?«

Ich schüttele den Kopf. »Zuletzt gestern Abend, als wir ins Bett gegangen sind. Jetzt weiß ich nicht, wo er ist.«

»O Gott. Ich funke die Küstenwache von unterwegs aus an.« Nebeneinander rennen wir den schmalen Pier entlang, bis zu einem dunkelblau-weißen Boot.

»Ich zeige Ihnen, wo ich es gesehen habe«, sage ich, als er hineinspringt und ein Tau abwickelt.

»Nein ...«

»Ich komme mit!«, falle ich ihm ins Wort.

Er öffnet den Mund, nickt dann. »Ziehen Sie die über, und machen Sie genau, was ich Ihnen sage«, befiehlt er und wirft mir eine orangefarbene Rettungsweste zu.

»Fahren Sie einfach los!«, rufe ich.

Arran betätigt den Anlasser, und schon pflügen wir durch die Wellen. »Ich habe ihn doch gestern noch gesehen. Er hatte so viele Pläne. Warum sollte er bei diesem Wetter rausfahren?«, ruft er mir zu.

»Ich weiß es nicht. Bitte, beeilen Sie sich.«

Das Boot ist größer als Calders und hat schon bessere Tage gesehen. Im Heck ist eine zerkratzte Sitzbank aus Holz, über den Bug spannt sich ein Unterstand mit schmutzigen Fenstern. Aber es ist stabil. Warum hat Isla uns nur ein so winziges Boot hinterlassen? O Gott. Das hier passiert wirklich. Es ist keine meiner Horrorfantasien. Trotzdem fühlt sich alles völlig unwirklich an. Calder ist ... Die Realität dessen, was passiert, trifft mich mit voller Wucht, und eine kalte Leere breitet sich in mir aus. Calder ist ... Dann reiße ich mich zusammen und konzentriere mich auf das, was vor uns liegt.

Arran spricht in ein schwarzes Funkgerät und erklärt der Küstenwache, was passiert ist. Das Boot hechtet über die Wellen, eisige Wasserspritzer treffen mich. Der Regen hat aufgehört, doch es ist nicht wärmer geworden. Als wir die Landzunge umrunden, sehe ich ein paar fette Robben auf den Felsen. Mit ihren großen, glänzenden Augen sehen sie gelangweilt zu uns. Das kann doch alles nicht real sein, oder?

Ich drehe mich in alle Richtungen, suche nach Calder. Er muss doch hier irgendwo sein, am Leben. Er ist ein guter Schwimmer, er ist stark, na los, na los. Gleich sehe ich ihn, ganz bestimmt. Doch vor mir erstreckt sich nur das endlose, aufgewühlte Meer.

Plötzlich erhasche ich einen Blick auf den dunklen Bootsrumpf.

»Da!«, schreie ich.

Das Boot springt in die Höhe.

»Das ist ein Tümmler«, ruft Arran.

Und er hat recht. Ein geschwungener dunkler Leib taucht wieder im Wasser ab und macht alles noch surrealer.

Plötzlich merke ich, dass das Meer um uns herum brodelt und kreist, als wären wir in einem Kessel.

»Was ist hier los?«, rufe ich. Es wirkt, als wollte gleich ein riesiger Wassergott aus den Wellen aufsteigen und uns zerschmettern.

»Das sind die Strudel.«

»Was?«

»Die Strudel. Wenn die Gezeiten wechseln, strömt besonders viel Wasser zwischen den Inseln hin und her, und wegen einer Felsspitze am Meeresgrund bilden sich hier riesige Strudel.«

»Glauben Sie, dass Calder hier reingeraten ist?«

»Sehr unwahrscheinlich. Wenn man vernünftig mit dem Meer umgeht, ist es ungefährlich.«

»Da!«, schreie ich. »Da drüben.« Und dieses Mal sehe ich tatsächlich Calders gekentertes Boot, die rostige dunkle Farbe glänzt.

»Hab's gesehen.« Arran fährt langsamer weiter. Wir suchen die Wasseroberfläche ab. »Er könnte unter dem Boot sein«, sagt er düster.

Ich will schon ins Wasser springen, da packt er meine Schulter.

»Seien Sie nicht verrückt. Die Strömung ist stark und das Wasser eiskalt. Es wird Sie umbringen.«

Wenn das stimmt, ist Calder bereits tot.

Plötzlich bewegt sich das gekenterte Boot auf den äußersten Ring des Strudels zu.

»Was passiert da?«, schreie ich. Calders kleines Boot kreist um sich wie ein Spielzeug in der Badewanne und wird immer weiter in den Strudel gezogen.

Dann ist es verschwunden.

»Nein«, heule ich auf.

Arran bekreuzigt sich. »Es tut mir leid«, sagt er leise und umarmt mich.

Einen Moment bin ich wie erstarrt.

Dann mache ich mich los. »Das darf nicht das Ende sein. Nein. Nein!« Ich wirbele herum und suche wieder das Wasser ab.

Plötzlich sehe ich etwas, es ist blau und orange. »Da! Calders Jacke ist blau!«

»Und Rettungswesten sind orange!«, ruft Arran und wendet das Boot.

»CALDER!«, schreie ich. »Wir kommen!«

Er reagiert nicht.

Doch er ist es! Reglos treibt er in seiner Rettungsweste auf dem Wasser. Ist er bewusstlos? Der Wellengang ist so stark, dass ich sein Gesicht nicht sehen kann.

Arran schaltet den Motor schon aus, als wir noch ein paar Meter von Calder entfernt sind.

»Fahren Sie näher ran!«, rufe ich.

»Das geht nicht, sonst rammen wir ihn. Der Wind kommt von Steuerbord und treibt uns nach und nach zu ihm.«

Es dauert eine Ewigkeit.

Als wir ihn endlich erreichen, sehe ich Calders weit aufgerissene Augen.

Etwas schießt an meinem Kopf vorbei. Ich zucke zurück, als Arran einen großen Haken in Calders Rettungsweste versenkt und ihn zu uns zieht. Ich sehe sein unheilvoll graues Gesicht, seine starr blickenden Augen. Komm schon, Geliebter, atme. Bitte atme. Ich strecke meinen Arm zu seiner durchweichten blauen Jacke aus, während Arran ein Tau um Calder schlingt, um ihn damit zu sichern.

»Fallen Sie nicht rein, Nancy, aber wenn Sie sich etwas weiter über den Rand beugen, können wir ihn zusammen an Bord hieven. Vorsicht, er wird sehr schwer sein.«

Ich nicke wild und sammle all meine Kraft. Das Wasser ist eiskalt. Calder ist eiskalt. Wir beugen uns beide weit über die Reling, versuchen, ihn zu greifen. Arran packt ihn an seinen Armen, während ich seine Schenkel mit meinen kältestarren Händen ergreife.

»Auf drei«, ruft Arran. »Eins, zwei … DREI.«

Und wir ziehen.

Calder scheint Tonnen zu wiegen, aber ich lasse nicht los.

Meine rechte Schulter will aus dem Gelenk springen, aber ich lasse nicht los.

Das Meer will ihn zurückziehen, aber ich lasse nicht los.

»AAAAAH!«, schreien wir, als Calder sich aus dem Wasser löst und wir ihn ins Boot hieven können, wo er auf uns fällt. Ein tiefer Kratzer überzieht sein Gesicht, er atmet nicht. Seine Haut ist wachsbleich und blutleer. Seine wunderschönen Augen starren ins Leere, die Pupillen sind riesige schwarze Scheiben, wie bei einer Puppe.

Ich bin eingeklemmt unter seinem … toten Gewicht.

KAPITEL FÜNF

»Mund zu Mund!«, brülle ich.

Arran rappelt sich auf, und Calder rollt von ihm auf den Rücken. Er ist so still, sein Gesicht schlaff, die Augen blicklos.

»Du weißt doch, wie das geht, oder?«, rufe ich und denke gar nicht mehr darüber nach, den Pfarrer zu siezen.

»Ja, aber ich glaube, Herzdruckmassage ist jetzt wichtiger. O Gott ... ist das beim Ertrinken auch so?«

Ich stoße ihn an. »Komm schon, mach was!«

Er löst sich aus seiner Erstarrung und führt die Herzdruckmassage durch, zählt laut bis dreißig, dann hebt er Calders Kinn, hält ihm die Nase zu und bläst zweimal Atemluft in seinen Mund. Dann wiederholt er alles. »Ich glaube, so ist es richtig. Übernimm du, ich muss uns an Land bringen.«

»Bis dreißig, dann zweimal in den Mund?«

Er nickt, und ich beginne mit der Herzdruckmassage.

»Ich gebe der Küstenwache Bescheid und fahre an Land. Drück stärker, mit beiden Händen, richtig fest.« Er nimmt das Funkgerät.

»Wach auf, bitte, wach auf«, flehe ich schluchzend, während ich mit aller Kraft auf seinen Brustkorb drücke. »Komm schon, Calder. Komm zurück zu mir, bitte.«

»Sie schicken den Notarzthelikopter aus Oban!«, ruft Arran.

Ich pumpe mit aller Kraft und starre dabei auf Calders geschundenes Gesicht. Pump, pump, pump. Meine Schultern bringen mich um, meine Hände sind taub, ich keuche, doch ich mache unbeirrt weiter, während mir Tränen über das Gesicht laufen.

»Wir sind fast da«, ruft Arran nach einer Ewigkeit, und ich sehe den Pier vor uns, als ich den Kopf hebe. Ein paar Fischer haben sich versammelt und starren uns düster entgegen.

»Der Helikopter wird auf der Wiese über dem Strand landen«, ruft Arran und deutet in die Richtung. »Wir versuchen es weiter. Wir geben nicht auf.«

Die Männer hieven Calder an Land. Eine quälende Ewigkeit lang wechseln Arran und ein Mann mit Bart sich mit den Wiederbelebungsmaßnahmen ab. Als der Bärtige mir schwach zulächelt, erkenne ich in ihm den stämmigen Fährmann, der auf der Überfahrt mit Calder gesprochen hat. Alle schweigen. Nachdem sich die beiden noch zweimal abgewechselt haben, blickt sich der Fährmann um, als wollte er die Erlaubnis, aufzuhören, einholen. Dann treffen sich unsere Blicke, und er macht weiter.

Endlich hören wir ein lautes Knattern, und ein orangefarbener Hubschrauber wie aus einem Zeichentrickfilm nähert sich.

»Tragt ihn zum Landeplatz!«, ruft Arran, der völlig durchnässt ist. Die Männer schieben Calder auf eine Plane und schleppen ihn die Anhöhe hinauf, durch das Tor und auf den Landeplatz, wo der Helikopter gerade zu Boden schwebt. Der Fährmann macht mit den Wiederbelebungsmaßnahmen weiter, während die Helikoptertür geöffnet wird und zwei Sanitäter in grünen Uniformen und weißen Helmen herausspringen und zu uns rennen, auf dem Rücken große gepolsterte Rucksäcke. Sie ziehen die Helme ab, und die Frau setzt einen Beatmungsbeutel auf Calders Mund und drückt regelmäßig darauf. Ihr Kollege befestigt Elektroden auf Calders Brust und sieht erst zu dem angeschlossenen Monitor, dann zu seiner Kollegin. Er schüttelt den Kopf.

»Zurück!«, brüllt er. Alle treten einen Schritt nach hinten, als der Strom Calder durchzuckt.

Der Sanitäter schüttelt wieder den Kopf.

»Zurück!«, ruft er und defibrilliert erneut.
Sieht zum Monitor, schüttelt den Kopf.
»Zurück.« Jetzt klingt er schon sehr viel weniger bestimmt.
Die Sanitäter sehen erst zum Monitor, dann einander an.
»Bitte, geben Sie nicht auf!«, ruft Arran. »Versuchen Sie es weiter.«
»O Gott, bitte, ja, machen Sie weiter«, flehe ich.
»Wir bringen ihn nach Glasgow«, sagt die Sanitäterin. »Dabei setzen wir die Herzdruckmassage fort. Wir geben nicht auf.«
Arran betet stumm mit verschränkten Händen.
Die anderen Männer haben die Köpfe gesenkt.
»Bitte, darf ich mitkommen?«, frage ich die Sanitäterin. »Ich bin seine Partnerin, ich …«
Sie nickt. Dann sagt sie etwas Seltsames. »Geben Sie die Hoffnung nicht auf. Er ist stark unterkühlt. Man ist erst tot, wenn man warm und tot ist.«

Das monotone Geräusch der Rotorblätter begleitet uns auf dem Flug in dieser allen physikalischen Gesetzen trotzenden Blechbüchse. Ich drehe mich zu Calder, der unter den Gurten auf seiner Trage zittert. Nein, das sind die Erschütterungen durch den Flug, nicht er, rufe ich mir in Erinnerung. Der Lärm ist unbeschreiblich, selbst mit den schweren Ohrenschützern, die ich trage. Mein Kopf hämmert, meine Eingeweide sind verkrampft, und ich fühle mich komplett taub. Als ich Calder im Meer entdeckt habe, ist etwas in mir explodiert, und seither begreife ich gar nichts mehr. Wie kann er hier liegen, direkt neben mir, und nicht am Leben sein? Der Sanitäter setzt die Herzdruckmassage fort, über den Beutel wird er beatmet. Doch sein Herz schlägt immer noch nicht. Keine Gedanken zucken durch sein Gehirn. Und das schon zu lange. Viel zu lange. Wir transportieren seinen Körper, um das Offensichtliche zu bestätigen.

Wenn ich doch nur ...

Wenn ich doch nur nicht verschlafen hätte. Wenn ich doch nie dem Umzug auf die Insel zugestimmt hätte. Wenn ich doch nur in London nicht fremdgegangen wäre, dann hätte ich auch nicht auf den Umzug gedrängt. Wenn ich doch nur besser über meine Entscheidungen und die Konsequenzen nachgedacht hätte. Dann hätte ich das hier verhindern können.

Es ist meine Schuld.

Endlich landen wir und werden dabei alle durchgeschüttelt. Das Knattern der Rotorblätter wird noch lauter, als die hintere Tür des Helikopters aufgerissen wird und Männer in Overalls und mit Ohrenschützern Calder nach draußen ziehen. Ich kann den verdammten Sicherheitsgurt nicht lösen.

»Machen Sie mich los!«, schreie ich. Der Pilot schiebt meine Hände beiseite und betätigt den Mechanismus. Ich stürze aus dem Hubschrauber und springe auf den grauen Asphalt des Landesplatzes. Meine Augen brennen in der aufgewirbelten Luft, als ich Calder hinterherstolpere. Menschen in grüner und blauer Krankenhauskleidung umringen ihn wie hungrige Aasfresser. Einer klettert auf die Trage und führt die Herzdruckmassage fort, während die wogende Menschentraube vom Krankenhaus verschluckt wird. Ich haste durch die Eingangshalle und sehe, wie seine Trage einen langen Korridor entlang durch eine automatische Schiebetür gefahren wird. Eine Frau in blauer Schwesternkleidung hält mich davor auf.

»Ich muss bei ihm bleiben«, flehe ich und will sie abschütteln.

»Es tut mir leid, aber Sie dürfen hier nicht rein.«

»Bitte, ich muss aber.«

Sie packt meine Schultern. »Lassen Sie uns jetzt übernehmen. Ich weiß, dass das beängstigend ist. Man hat uns über den Zustand Ihres Mannes informiert, und unser Team kümmert sich um ihn. Ich muss auch zu ihm. Jede Sekunde zählt.« Sie deutet auf einige Stuhle in einem kleinen Wartebereich.

Die ganze laute Aufregung der Rettung, die Bemühungen der Sanitäter und der Hubschrauberflug sind durch die Schiebetür gesaugt worden und haben mich hier allein zurückgelassen. Wie eine Puppe, die ein Tornado weggewirbelt hat. Ich lasse mich auf einen harten Stuhl fallen.

Es ist so still. Jetzt bin ich die Laute, weil mein Herz gegen den Brustkorb hämmert. Tief in den Eingeweiden des Krankenhauses befindet sich mein wunderbarer, warmer Calder und ist eiskalt. Ihn zurückholen zu wollen, ist doch jetzt sicher reine Science-Fiction, die Wiederbelebung von Leichen, das Reich von Frankenstein.

Der Boden ist aus grauem Linoleum. Ich hebe meinen Stiefel an, und er löst sich gallertartig. Noch einmal. Und noch einmal. Ich muss es wissen. Will es nicht wissen.

Nach einer Ewigkeit kommt ein Mann mit hoher Stirn in einem weißen Kittel, und eine Schwester zeigt in meine Richtung. Ich springe auf.

»Mrs Campbell?«, fragt der Klingone.

Das werde ich nie mehr sein können, aber ich nicke.

»Ihr Mann ist jetzt an die Herz-Lungen-Maschine angeschlossen, da sein Herz nicht von allein schlägt. Die Maschine transportiert sein Blut und bläst seine Lunge auf ...«

»Aber er hat seit Stunden keinen Herzschlag mehr«, stoße ich hervor.

Er nickt.

Bitte, stimm mir nicht zu.

»Also ist er ... tot.«

Er zögert einen Moment. »Ja, er ist klinisch tot. Aber wir haben noch eine Chance.«

»Ich verstehe nicht.«

»Normalerweise wäre ein Patient schon nach wenigen Minuten ohne Sauerstoffversorgung des Gehirns und der Organe nicht mehr zu retten. Aber Ihr Mann ist nicht ertrunken, die Rettungsweste hat ihn über Wasser gehalten, und sein Herz hat wegen der extremen Kälte aufgehört zu schlagen. Er ist unterkühlt, sein Stoffwechsel hat sich stark verlangsamt, und seine Organe brauchen viel weniger Sauerstoff. Wir erhöhen seine Temperatur ganz langsam, alle zehn Minuten um ein Grad, führen ihm nach und nach wieder erwärmtes, sauerstoffreiches Blut zu und hoffen, dass sein Herz wieder anfängt zu schlagen.«

»Er ist also ... nicht tot?«

Der Arzt spricht langsam und bedächtig. »In Fällen wie diesem müssen wir Mediziner unser Konzept vom Tod erweitern. Die Grenzen dessen, was wir früher unter Tod verstanden haben, sind ... durchlässiger. Ich will Ihnen keine Hoffnungen machen, aber es gibt eine Reihe von gut dokumentierten Fällen auf der ganzen Welt, bei denen Herzen von massiv unterkühlten Patienten mehrere Stunden lang stillstanden und erfolgreich wieder in Gang gesetzt wurden.«

»Man ist erst tot, wenn man warm und tot ist«, sage ich langsam. »Das hat die Sanitäterin auch gesagt. Nur dass ich es da nicht verstanden habe.«

»Diese Redewendung benutzen wir, ja.« Er lächelt schwach.

»Aber wie lange kann er an der Herz-Lungen-Maschine bleiben? Wenn sein Herz nicht wieder anfängt zu schlagen?«

Er runzelt die Stirn.

»Wochen? Tage?«

Er schweigt.

»Stunden?«

»Wir müssen sein Herz so schnell wie möglich wieder zum

Schlagen bringen. Es tut mir leid, aber ich muss zurück. Das ist mein erster Fall dieser Art, aber ich stehe mit Kollegen in Kontakt, die mehr Erfahrung mit solchen Situationen haben als ich.« Er nimmt meine Hand und drückt sie fest. »Ich verspreche Ihnen, dass wir unser Bestes für ihn tun werden.«

Ich versuche, mir Calder vorzustellen, wie sein gefrorenes System auftaut, wie der sich ausbreitende Baum seiner Venen, Arterien und Kapillaren das kalte blaue Blut abgibt und sich mit dem kräftigen, warmen roten Blut füllt. Aber das klingt so weit hergeholt. Wie Frankensteins Monster, das zum Leben erweckt wird. Warum muss ich ausgerechnet jetzt an diesem albernen Buch über die Wiederbelebung von Körperteilen arbeiten? Ich habe das Gefühl, als hätte ich diese Tragödie irgendwie wahr werden lassen, allein weil ich daran gedacht habe.

Bitte, lieber Gott, mach, dass Calders Herz wieder schlägt.

Mein Gehirn ist eine Wand, die mit sich ausdehnendem Schaumstoff unterspritzt wurde. Ich sitze im durch eine Glasscheibe abgetrennten Wartebereich; ich lasse die Beine mal synchron, mal asynchron baumeln, dann schwinge ich sie in Form einer Acht. Immer härter schlagen die Knöchel gegeneinander. Ich gebe den Schwestern Bescheid, wenn ich auf die Toilette gehe, falls sie mich brauchen. Auf und ab gehe ich, auf und ab, zähle meine Schritte, bleibe stehen, wenn sich die Schiebetüren öffnen. Aber es ist nie für mich. Die Zeit ist stecken geblieben, der Zeiger zuckt auf derselben Sekunde.

Wie lange steht Calders Herz schon still? Eine halbe Stunde bin ich über den Hügel gerannt und habe Arran geholt, eine halbe Stunde hat es gedauert, Calder zu finden und zurück an Land zu bringen, fünfzehn Minuten waren wir am Pier, eine halbe Stunde im Hubschrauber, und ich warte hier seit gut über zwei Stunden.

Das sind mindestens vier Stunden, seit ich sein Boot entdeckt habe. Und wie lange war er davor im Wasser? Wie früh ist er rausgefahren? Beim ersten Tageslicht? Da war es etwa acht Uhr zwanzig. Er könnte also seit fünf Stunden oder länger keinen Herzschlag mehr gehabt haben. Warum ist er überhaupt rausgefahren? Allein bei dem Wetter, obwohl er mir versprochen hatte, vorsichtig zu sein? Und ohne mir Bescheid zu sagen?

Ich muss jemanden anrufen. Aber wen? Normalerweise würde ich Hamishs Frau Gina anrufen, die einst meine beste Freundin war, aber sie ist so weit weg. Ich will ihre laute, fröhlich gekleidete, übergewichtige, großzügige Energie. Bei ihr habe ich mich so sicher gefühlt. Bis sie und Hamish kurz hintereinander vier Kinder bekamen und Calder und ich unsere Verzweiflung darüber verbargen, dass wir nicht aus den Startlöchern kamen. Gott, dieser Schmerz wegen unserer Kinderlosigkeit war so dumm. Wie konnte ich nur so selbstbezogen sein? Das hier ist echter Schmerz. Ich habe so viel der wertvollen Zeit mit Calder vergeudet, in der ich mir Gedanken über unwichtige Dinge gemacht habe.

Mir fällt Janey ein und dass sie mir ihre Nummer gegeben hat. Ich wähle sie.

»Oh, Nancy!«, ruft sie.

»Hallo«, sage ich leise, weil ich Angst habe, dass alles wahr wird, wenn ich es ausspreche.

»Ich habe es schon gehört. Wie sieht es aus?«

»Nicht gut.«

»Es tut mir so unendlich leid.«

Nein. Ich will ihr Mitgefühl nicht. Ich will, dass das hier nicht wahr ist und alles wieder normal wird. Das hier soll aufhören.

»Hat er etwas gesagt?«, fragt sie.

»Wer?«

»Calder. Hat er gesagt, was passiert ist?«

»Wie denn? Er ist …« Ich bringe nicht heraus, was er ist. Und was alle wohl bereits wissen.

»Nancy?«

Ich beende das Gespräch. Ich kann es nicht laut aussprechen. Und es damit real werden lassen. Ich lege die Hände an die Brust. *Klopf. Klopf. Klopf.* Mein Herz gibt sarkastisch damit an, wie leicht das Schlagen doch ist. Wie schlagen Herzen überhaupt? Das muss Zauberei sein. Wenn seine Körpertemperatur wieder normal ist, wird es dann wieder schlagen? Wie ein Aufziehspielzeug? Kann er wirklich mit einem frankensteinartigen Stromstoß wieder zum Leben erweckt werden?

Einmal habe ich ein echtes Herz gesehen. Ich war acht und mit meiner Mutter in einer altmodischen Schlachterei einkaufen. Alles war weiß und blau gefliest, der Metzger stand stolz in seinem weißen Kittel hinter der Fleischtheke, als wäre er ein Chirurg. Igitt, diese glitschigen Leberstücke. Dann entdeckte ich einen großen Klumpen auf einem Marmorblock, auf dem *Rinderherz* stand. Es sah völlig anders aus als das rote geschwungene Herz, das ich zum Muttertag in der Schule ausgeschnitten hatte. Das hier war ein großer Klumpen braunrotes Fleisch, aus dem oben fette gelbe Röhrchen ragten. Der arme Bulle, dem man das Herz herausgerissen hatte, war tot; seine arme Kuhfrau war allein. Jetzt bin ich die arme Kuhfrau. Nicht mal das, wir sind ja nicht verheiratet. Ich bin nicht mal eine Witwe.

In meinem Kopf nähere ich mich Calders Herz, reiße die Schiebetüren auf, renne die Gänge entlang und stürze in den Raum, in dem die blauen und grünen Medizinerarbeitsbienen um ihn herumschwirren. Ich schlüpfe zwischen ihnen hindurch und sehe Calder auf dem Bett liegen. Ich berühre seine kalte Haut, dann schmelze ich durch sie hindurch, gleite zwischen seine Rippen bis in seine Brust. Und da ist sein Herz. Regungslos. Ich greife danach und spüre die feuchte, fleischige Konsistenz, während ich es rhythmisch im Takt mit meinen Fingern drücke.

Gott, dieser Fußballer, den ich in den Nachrichten gesehen habe, wie er am Boden lag, umringt von seinen Mannschaftskameraden, alle um ihn herum verzweifelt und mit großen Augen, doch die herbeieilenden Sanitäter waren blitzschnell bei ihm, noch rechtzeitig, um sein Herz wieder zum Schlagen zu bringen. Für Calder gibt es sicher keine Hoffnung mehr, er ist wie das Rinderherz: totes Muskelgewebe.

Ich recherchiere Herzinfarkt und Kälte auf meinem Handy. Der Klingone mit der hohen Stirn hatte recht: Auf der ganzen Welt gibt es Fälle von Menschen – Skifahrer, die unter Eis gefangen waren, Kinder, die in Fjorde gefallen waren, Wanderer, die auf verschneiten Bergen festsaßen –, die alle wieder zum Leben erweckt werden konnten. Die Herzen dieser Menschen standen stundenlang still, doch alle – Männer, Frauen, Kinder – sehen völlig normal aus, wenn sie jetzt auf Fotos lächeln, in Interviews Auskunft geben, gehen, reden … sogar lachen. Es ist möglich. Ich sauge jede Geschichte in mich auf. *Wunder. Unglaublich. Extrem unwahrscheinlich.* Oder sind das nur seltene Glücksfälle?

Ich muss mit jemandem aus der Zeit vor dem verhängnisvollen Umzug hierher sprechen. Ich wechsle zu meinen Telefonkontakten und tippe auf Favoriten – wo gleich nach Calder Gina steht. Ich drücke das grüne Symbol, während ich zum Fenster gehe und auf einen verregneten grauen Parkplatz blicke.

Sie nimmt nach dem zweiten Läuten ab.

»Hallo, Süße, ich dachte gerade, dass ich dich schon längst mal wieder anrufen wollte. Hallo? Nancy? Kannst du mich hören?«

»Calder«, platze ich heraus.

»Was ist passiert?«, fragt sie erschrocken.

»Unfall«, bringe ich hervor. »Er ist …«
»Verletzt? Was? Nancy?«
Ich gebe ein ersticktes Geräusch von mir.
»Ist er tot?«
»Kein Herzschlag.«
»Was?«
»Sein Herz schlägt nicht. Aber er ist total unterkühlt, vielleicht können sie ihn zurückholen. Auch wenn das doch eigentlich unmöglich ist, oder …?« Ich schluchze, heule, schnappe nach Luft.
»Himmel. Ich komme sofort hoch zu euch.«
»Nein«, bringe ich hervor. »Das hat keinen Sinn. Du bist zwölf Stunden unterwegs und kannst sowieso nichts tun. Ich muss einfach weiter warten.«
»Okay. Tief durchatmen. So ist's gut. Was genau ist passiert?«
»Ich weiß es nicht.«
»Ja, Shepherd's Pie«, sagt sie gereizt zu jemandem in der Nähe. »Tut mir leid, Nancy, einen Moment. Hamish ist superspontan auf Geschäftsreise. Ich muss kurz mit der Nanny sprechen.«
»Schon okay, lass uns aufhören …«
»Nein, warte, bin gleich wieder da.«
Ich beende das Gespräch.
Calders Unfall ist die Rache des Karmas für meine Sünden. Der Mann, mit dem ich einen One-Night-Stand hatte, ist Hamish, Ginas Ehemann. Und jetzt hat mir das Universum dafür mein Glück gestohlen. Die ganze Zeit mache ich mir Sorgen um alles, bilde mir ein, dass dann alles gut ausgeht. Doch jetzt ist es passiert. Ich kann nichts fühlen. Ich kann nicht denken. Blitzlichter sind vor meinen Augen explodiert, und jetzt sehe ich nur noch grelles Licht.
Tot.

Calder ist tot.

Was hat das zu bedeuten? Ich existiere. Er nicht. Das Konzept erschließt sich mir nicht. Ich weiche vom Fenster zurück und setze mich wieder auf einen Stuhl. Ich berühre den Rand der grauen Sitzfläche aus Kunststoff. Sehe meine Hand, registriere, dass ich das Plastik spüre. Eine reale Welt existiert außerhalb meiner Gedanken. Ich bin ein Teil dieser Welt. Aber er nicht?

Calder. Ist. Tot.

Mein Handy klingelt, und ich schalte es aus.

Ich lege mich seitlich auf die Stuhlreihe, sehe hinauf zu den Neonröhren an der Decke. Ich will einfach nur hierbleiben. Erstarrt. In mich gekehrt. Ich will es nicht endgültig wissen.

Plötzlich öffnet sich die Schiebetür.

Nein.

Nein.

Nein.

Der Klingonenarzt kommt auf mich zu.

Ich stehe auf.

»Sein Herz schlägt wieder«, berichtet er triumphierend. »Wir haben seine Körpertemperatur auf dreißig Grad erhöhen können und das Herz mit dem Defibrillator zum Schlagen gebracht. Beim zweiten Versuch hat es geklappt.«

Ich sehe ihn fassungslos an. »O mein Gott. Im Ernst?«

»Ja. Das ist ein großartiger Fortschritt«, sagt er glücklich. »Ich habe geweint, als eine Reaktion auf dem Monitor zu sehen war. Ihr Ehemann ist stark. Und mein Team hat großartige Arbeit geleistet. Möchten Sie ihn jetzt sehen?«

Ich nicke wild.

Calder lebt!

Endlich öffnet sich mir die verbotene Schiebetür. Dahinter liegt ein normaler Krankenhausflur, kein düsterer gewundener

Pfad, den der Arzt hinabgegangen ist, um Calder aus dem Fegefeuer zurückzuholen.

Calder lebt!

Mein Körper setzt sich wieder zusammen, fährt wieder hoch, füllt sich wieder mit Kraft.

Man gibt mir einen Schutzkittel und sagt mir, ich solle mir die Hände waschen.

»Auf der Intensivstation müssen wir besonders sorgfältig sein«, erklärt mir eine Schwester.

Ich schrubbe meine Hände und denke daran, wie Calder dasselbe vor kaum 24 Stunden in unserer Küche getan hat. Ich sehne mich nach unserem kleinen Cottage. Auf einmal liebe ich ebenerdige Häuser. Das einsame Leben. Schieferkirchen und gruselige Pfarrer. Ich werde nie wieder etwas für selbstverständlich nehmen. Ich setze einen Mundschutz auf und folge dem Klingonen durch eine weitere Schiebetür in einen großen weißen Raum. Vor uns steht ein Krankenhausbett, das von vielen Menschen und Maschinen umringt ist. Schläuche führen zu dem Mann in dem Bett. Calders Gesicht ist halb unter der Beatmungsmaske verborgen. Diverse Beutel mit durchsichtigen Flüssigkeiten hängen an Infusionsständern, auf seiner nackten Brust kleben Elektroden, die an Maschinen angeschlossen sind. Ich fixiere die grüne Linie auf einem Monitor mit ihren wunderbaren regelmäßigen Spitzen.

Doch mein wunderbarer Calder ist so blass, so still, Blutergüsse leuchten auf Armen und Oberkörper. Er sieht fast schlimmer aus als zuvor, als Arran und ich ihn aus dem Meer gezogen haben.

»Er sieht schrecklich aus«, sage ich gedämpft hinter dem Mundschutz.

»Er hat viel durchgemacht«, erwidert der Klingone. »Medizin auf diesem Niveau ist leider nicht sanft.«

»Aber wird er ... wieder aufwachen?« Ich schwanke.

Er zögert.

»Was wollen Sie damit sagen? Heißt das, dass er wieder gesund wird? Oder dass sein Herz zwar schlägt, aber er … hirntot ist?«

Die anderen Ärzte tauschen Blicke. Der Klingone bedeutet mir, mit ihm zur Seite zu treten.

O nein. Ich erinnere mich nur zu gut an das stille Zögern nach dem Autounfall meiner Eltern, an die Blicke voller Mitleid, das Stocken. »Sie meinen, das war's?«, will ich wissen.

»Langsam, langsam. Dass wir sein Herz nach so langer Zeit wieder zum Schlagen gebracht haben, ist ein großer Schritt. Im Moment liegt er im Koma, seine Lungenfunktion ist unregelmäßig, und wir überwachen seine anderen Organe.«

»Bitte seien Sie ehrlich mit mir.«

Er nickt. »Wir haben die Hirnfunktionen überprüft, und die ersten Ergebnisse sind positiv. Aber er hat wie gesagt viel durchgemacht. Er muss ein Gleichgewicht finden, und dann hoffen wir, dass er in seinem eigenen Tempo aufwacht. Bei anderen Patienten war das der Fall, doch mit unterschiedlichem Ausgang.«

»Das heißt, manche sind nicht aufgewacht?« O Gott.

»Wir befinden uns hier auf wenig erforschtem Gebiet. Er könnte wieder vollständig genesen. Es könnten aber auch geistige Einschränkungen zurückbleiben. Oder körperliche Probleme mit der Lunge, den Nieren, der Verdauung. Die Nervenbahnen in die Extremitäten könnten geschädigt sein. Doch jetzt ist es noch zu früh, um eine Aussage zu treffen. Es gibt allerdings eine Reihe von Fällen, in denen die Patienten aufgewacht sind und ihr Leben normal weiterführen konnten. Wir müssen abwarten.«

Ich dachte eigentlich, das hätten wir schon hinter uns. Doch das war erst die erste Sprosse auf einer langen Leiter. Der Klingone freut sich immer noch über das medizinische Wunder, dass Calders Herz wieder schlägt. Aber ich brauche den ganzen Calder zurück. Ich hatte mir so sehr gewünscht, dass sein Herz wieder schlägt. Doch das reicht nicht. Nicht mal ansatzweise. Er muss wieder aufwachen.

»Wie geht es jetzt weiter?«

»Wir überwachen ihn und unterstützen seinen Körper.«

»Womit rechnen Sie?«

Er zuckt mit den Schultern. »Mir ist klar, dass Sie sich eindeutige Antworten erhoffen. Doch das hier ist keine exakte Wissenschaft. Das ist die Medizin nie, dieser Bereich ist jedoch besonders experimentell und unvorhersehbar. Diese Phase könnte eine Weile dauern. Sie sollten sich ausruhen, Mrs Campbell. Wir haben Ihre Kontaktdaten. Ich verspreche, wir rufen Sie sofort an, wenn sich etwas ändert.« Er deutet zur Tür.

»Ich kann ihn nicht allein lassen«, erwidere ich panisch.

»Sie müssen auf sich selbst achten. Er wird Sie brauchen … falls er zurückkommt. Wir halten Sie ständig auf dem Laufenden.«

Ich werde aus dem Raum gebracht, drehe mich um, um einen letzten Blick auf Calders reglosen Körper inmitten piepsender Maschinen zu erhaschen.

Falls er zurückkommt?

KAPITEL SECHS

Minuten ziehen sich wie Treibsand. Stunden vergehen wie ein alkoholbedingter Filmriss. Dann verschmelzen die Tage, und Wachsein und Schlafen werden zu vagen, verschwommenen Zuständen. Im Physikunterricht im Abschlussjahr habe ich die gähnende Langeweile überlebt, indem ich die Zeit in Fünf-Minuten-Intervallen abgestrichen habe. Jetzt mache ich das auch, sammle Striche in einem Schreibheft, das ich im Krankenhausladen gekauft habe. Manchmal vergesse ich ein paar Stunden lang alles und muss wie wild durchgestrichene schwarze Strichblöcke nachtragen, oder fünf Minuten vergehen so quälend langsam, dass ich mich mit halben Strichen vom Schreien abhalten muss.

Wie können drei Tage seit dem Unfall vergangen sein? Ich darf nicht hoffen. Ich darf nicht nicht hoffen. Das anfängliche euphorische Hoch, als Calders Herz auf wundersame Weise zu schlagen begann, hat sich mit jeder Stunde, in der er nicht aufwacht, verflüchtigt. Vorher war er ein Körper ohne Herzschlag. Jetzt ist er ein Körper mit einem Herzschlag. Ich halte durch, habe immer wieder etwas gegessen und auf Janeys und Ginas Drängen hin auch etwas geschlafen. Der Klingone mit der hohen Stirn, Dr. Andrew Viner, sagt weiterhin, es »sei noch früh«. Calders Gehirnscans sähen »ermutigend« aus, aber wir müssten »abwarten«. Diese endlosen Plattitüden. Es kommt mir vor, als würde er ein Spiel spielen, austesten, wie weit er mich treiben kann, bevor ich seinen Bluff durchschaue.

Er ist tot, hören Sie auf, würde ich irgendwann schreien.

Verdammt, Sie haben mich erwischt, würde er lachend antworten. *Gratulation, dass Sie mir nicht schon früher draufgekommen sind! High Five.*

Gina und Janey haben mich in regelmäßigen Abständen angerufen und mir Nachrichten geschickt. Mit Janey zu reden, ist so viel einfacher, auch wenn ich sie erst seit einer Woche kenne und Gina seit fünf Jahren. Außerdem ist Janey weniger extrovertiert als Gina, weniger anstrengend. Fünf Jahre lang habe ich Ginas harte, sarkastische Art geliebt, aber jetzt, in dieser todernsten Leere, haben wir keine gemeinsame Sprache, und ihre Version von Fürsorglichkeit fühlt sich peinlich und förmlich an, ihre »harte Liebe« sogar grausam. Heute Morgen habe ich einfach aufgelegt. Mit zitternder Stimme hatte ich ihr wieder einmal erklärt, dass sich Calders Zustand nicht verändert hatte.

»Du machst dich selbst noch ganz krank«, sagte sie und klang fast genervt. »Wem soll das helfen?«

»Ich kann nicht anders«, hatte ich geschluchzt. »Ich dachte, das Schlimmste sei vorbei, aber der Zustand jetzt ist mindestens genauso schlimm.«

»Ich weiß, dass das schwer ist, Süße. Aber vielleicht würde es dir helfen, deine Perspektive zu ändern und zu akzeptieren, dass wir alle irgendwann sterben. Wir müssen den Tod in unsere Vorstellungswelt integrieren. Man kann nicht die ganze Zeit in Angst leben.«

Da habe ich das Gespräch beendet.

Ihr prosaischer Realismus ist mir gerade zu viel. Nach dem Verlust meiner Eltern erscheint es mir so unfair, Calder auch noch zu verlieren. Doch das Leben ist nicht fair. Es gibt keine kosmische Gerechtigkeit.

Ich sitze an Calders Bett, in Schutzkittel und Maske, lasse seine zuckenden Lider nicht aus den Augen. Ich berühre seine kalte, reglose Hand.

»Calder, ich bin's. Ich bin hier. Bitte komm zu mir zurück. Ich liebe dich so sehr.«

Auf meinem Handy spiele ich Musik ab, die er mag. Arctic Monkeys, Dave, Eminem. Sogar Ed Sheeran, den er hasst, um ihm eine aufgebrachte Reaktion zu entlocken.

Mach den Mist aus, soll er bellen und herübergreifen, um auf die Foo Fighters umzuschalten.

Doch nichts davon passiert.

Man hat mir die Hoffnung hingehalten, nur um sie mir wieder wegzunehmen. *Du dachtest, kein Herzschlag sei unerträglich? Dann halte mal einen Herzschlag, aber kein Bewusstsein aus.* Ich bin wie mein wunderbarer Calder, wenn er seinen geliebten Rangers zusieht, wie sie kurz vor Spielende in Führung gehen, nur damit Celtic in den allerletzten Sekunden noch zwei Tore macht und ihn von purer Euphorie in tiefste Verzweiflung stürzen lässt. Früher fand ich dieses Leiden nur wegen einer Fußballmannschaft schwer mit anzusehen. Jetzt sehne ich mich nach Banalitäten.

Das Handy vibriert in meiner Tasche, Janeys Name steht auf dem Display.

»Einen Moment«, flüstere ich und verlasse die Intensivstation. »Okay, jetzt kann ich reden.«

»Hat sich was geändert?«, fragt sie sanft.

»Nein.« Glauben sie wirklich alle, ich würde es ihnen nicht sofort mitteilen? Ich setze mich im Flur auf den glänzenden Boden. Am liebsten würde ich mich hinlegen und die Augen schließen.

»Wie geht es dir?«

»Na ja, ich warte. Was kann ich sonst schon machen?«, sage ich hart.

Schweigen. Ich spüre den Nachhall meiner latent aggressiven Antwort, doch ich bin zu erschöpft, um mich zu entschuldigen oder mir darüber Gedanken zu machen.

»Warum segelt jemand überhaupt da in der Nähe?«, murmele ich.

»Wo in der Nähe?«, fragt Janey sanft.

»Bei den Strudeln.«

»Sie sind tatsächlich ziemlich sicher. Und eine große Touristenattraktion. Auch wegen der ganzen Geschichten – der norwegische Prinz und die unreinen Jungfrauen.«

»Wie bitte? Unreine Jungfrauen?«

»Das ist nicht wichtig. Tut mir leid. Nur ein dummes Volksmärchen.«

»Nein, nein, erzähl's mir. Ich kann die Ablenkung gebrauchen.«

»Also, der Prinz wollte seine Liebe zur Tochter des Herrschers über die Inseln zeigen. Seinen Wert unter Beweis stellen. Deshalb hat er sein Boot für drei Nächte bei den Strudeln festgemacht. Aber das willst du alles gar nicht wissen.«

»Doch, erzähl weiter.«

»Okay. Also, er band sich mit drei Tauen fest. In der ersten Nacht riss das Hanftau, in der zweiten das Wolltau, doch er dachte, das Tau aus den Haaren von Jungfern würde ihn retten. Doch auch das riss in der dritten Nacht, und ihm wurde klar, dass die Jungfern nicht so unberührt waren, wie er gehofft hatte.«

»Was?«

»Das ist nur eine dumme Geschichte. Und auch ganz schön frauenfeindlich.«

Überhaupt nicht dumm. Ich *bin* eine unreine Jungfrau. Das hier ist meine Schuld.

Ich höre Schritte auf Schotter. »Wohin gehst du?«, frage ich scharf.

»Zur Kirche. Arran hält eine Messe für Calder ab. Wir werden für seine schnelle Genesung beten.«

»Was soll das denn für einen Sinn haben?«, frage ich abweisend. Stimmt, es ist ja Sonntag. Das hatte ich völlig vergessen.

Janey holt tief Luft. »Also, wir werden an ihn denken und an dich, und wir werden versuchen, euch in dieser schwierigen Zeit zur Seite zu stehen«, erklärt sie unbeeindruckt.

»Ha. Welcher Gott hätte das hier zugelassen?«, erwidere ich aufgebracht. »Außer es soll irgendeine Art Bestrafung sein.«

Eine Schwester geht vorbei und sieht zu mir hinunter. Ich werfe ihr einen Blick zu, und sie wendet den Kopf ab.

»Niemand wird bestraft«, sagt Janey freundlich.

»Vielleicht doch, ich nämlich. Ihr redet doch ständig von Sünde.«

»Wir vergegenwärtigen uns nur unsere Sünden und werden von ihnen reingewaschen. Dann können unsere reinen Gebete Gott leichter erreichen. Du wirst schon sehen. Um elf wirst du spüren, wie dich die ganze Gemeinde festhält, wenn Arran sein besonderes Gebet spricht.«

»Äh ja, danke. Ich muss jetzt auflegen«, murmele ich und beende das Gespräch.

Ich habe noch nie an ihren Gott geglaubt – oder einen anderen. Als wir uns kennenlernten, war ich eine ganz gewöhnliche Atheistin, und Calder lehnte Religion auf beeindruckend vehemente Weise ab, nachdem man ihn auf der Insel ständig zum Gottesdienst gezerrt hatte. Isla war tiefgläubig gewesen, und als Calder und ich sie besuchten, durften wir nicht in einem Bett schlafen.

»Du sollst nicht ehebrechen, Exodus 20, Vers 14«, rezitierte Isla, als sie uns ihre Hausregeln erklärte. Hinter ihrem Rücken sah Calder mich mit hochgezogener Augenbraue an. »Ihr schlaft beide im Wohnzimmer, aber ich habe Vorkehrungen getroffen.« Ah, die Feldbetten an gegenüberliegenden Wänden, und in der Mitte hingen Bettlaken über einer langen Schnur.

Wir waren beide Mitte dreißig, doch ihr Wort war Gesetz. Tränen laufen mir über die Wangen, und ich wische sie mit dem Ärmel ab. Nachdem sie ins Bett gegangen war, schlichen wir uns hinter die weiß-blau geblümten Laken.

»Na, wie wär's mit ein bisschen Ehebruch?«, flüsterte Calder und steckte den Kopf durch die Baumwollwände.

»Eigentlich nicht«, neckte ich ihn.

Er runzelte die Stirn.

»Oje.« Ich kicherte. »Jetzt habe ich falsches Zeugnis abgelegt. Also was soll's.«

»Ach, ich habe heute schon gestohlen, getötet und den Bullen meines Nachbarn begehrt. Wer A sagt, muss auch B sagen.«

Wie hatten wir je einfach nur so glücklich und unbeschwert sein können?

Das Verbotene, Heimliche war erst recht ein Aphrodisiakum. Nicht dass wir es nötig gehabt hätten. Doch Calder wollte nicht völlig gegen die Regeln seiner Mutter verstoßen und kehrte wieder hinter den Vorhang in sein Bett zurück, um dort zu schlafen. Damit sie uns nicht »in Sünde« erwischte.

»Was für ein Unsinn«, sagte ich lachend.

Doch nach drei endlosen Tagen des Wartens, neben dem reglosen Calder und den piepsenden Maschinen, wünschte ich, der Gott seiner Mutter wäre real. Ich will Wunder. Wenn er aufwacht, werde ich jeden Sonntag in die Kirche gehen. Ich werde nie mehr faul sein. Ich werde Gutes tun. Ich werde unser neues Leben wertschätzen, ich werde die perfekte Ehefrau sein, und ich werde nie wieder auf unser altes Leben zurückblicken.

Ich rücke die schmale Golduhr an meinem Handgelenk zurecht. Calder hat sie mir zum ersten Jahrestag unseres Kennenlernens geschenkt. Darauf vergehen tickend die Minuten, Stunden, Tage. Es ist zwanzig vor elf, und ich sehe vor mir, wie sich auf

Langer alle der kleinen Kirche auf der Anhöhe nähern. Ein Neuanfang. Glauben sie wirklich, dass ihre willkürliche Vorstellung von einem Gott ihnen das geben kann? Dass er sie leichter hören kann, nachdem sie gebeichtet haben? Aber was weiß ich schon. Wer bin ich schon? Millionen Menschen beichten ihre Sünden und bitten um Vergebung. Ich muss Dr. Frankenstein sein und Leben in die menschliche Hülle namens Calder zurückzwingen, koste es, was es wolle.

Ich stehe auf. Gehe zu einer Schwester.

»Gibt es hier eine Kapelle?«, frage ich.

Sie nickt, sieht mich gütig an und berührt meinen Arm. »Im zweiten Stock. Nehmen Sie den Aufzug und folgen Sie der Beschilderung.«

Ich bin im Lift. Mit einer lebhaften griechischen Familie. »Nein, Daphne hat gesagt, sie macht die Lasagne.« »Was ist mit Ava?« »Ach, egal was sie mitbringt, solange sie die Kinder dabeihat.« Eine große Familie. Wie das wohl ist? Calder ist meine einzige Familie. Er ist mein Ein und Alles. Was bin ich ohne ihn? Ich würde alles tun, *alles*, um ihn zurückzubekommen. Im zweiten Stock – Röntgen und Ambulanz sind hier untergebracht – steige ich aus und folge den schwarzen Pfeilen mit der Aufschrift »Kapelle«.

Bei einer hellen Holztür bleibe ich stehen. Ich atme tief durch und drücke sie auf. Dahinter befindet sich ein rechteckiger Raum mit Holzbankreihen vor einem kleinen Altar, ebenfalls aus Holz. Darüber ist ein Buntglasfenster mit einer weißen Taube eingelassen. Ein nervös wirkender Pfarrer in einem grauen Anzug mit weißem Priesterkragen sortiert einen Stapel kleiner blauer Bücher.

»Ich muss beichten«, erkläre ich ihm.

Er sieht auf und blinzelt. »Wie bitte? Oh, guten Tag. Also, ich bin kein katholischer Priester, weshalb ich Ihnen leider keine offizielle Beichte abnehmen kann.«

»Aber Sie können mir zuhören, oder? Bitte. Es ist wirklich dringend.«

»Äh ... Ja, ich denke schon. Wenn Sie sich etwas von der Seele reden müssen, bin ich natürlich für Sie da.« Es ist ihm schrecklich unangenehm, aber er zwingt sich zu einem freundlichen Lächeln.

»Gut, dann los.« Ich marschiere zu ihm.

»Jetzt?«

»Ja.«

Er lächelt schwach und stellt den Bücherstapel ab. »Sollen wir uns hinsetzen?«

Kein Wunder, dass Katholiken das in dunklen Nischen erledigen. Es ist besser, wenn man dabei nicht gesehen wird, doch meine Nervenenden sind zu verätzt, um verlegen zu sein.

Er blinzelt und öffnet den Mund, doch ich komme ihm zuvor.

»Ich bin fremdgegangen.«

Er errötet und kann seinen Schock nicht verbergen.

»Nicht nur das. Ich bin mit dem besten Freund meines Lebensgefährten fremdgegangen, Hamish. Und ich bin von ihm schwanger geworden.« Ich kann nicht mehr aufhören zu reden. »Und jetzt liegt mein Lebensgefährte unten auf der Intensivstation. Sein Herz schlägt, aber er wacht nicht auf. Bestraft mich Gott? Wie kann ich das wiedergutmachen? Wie kann ich Vergebung erlangen?«

Der Pfarrer überlegt, wie er darauf reagieren soll.

»Es tut mir leid, ich weiß, das klingt alles verrückt, mir ist völlig klar, dass ich albern bin, aber ich brauche Hilfe. Bitte. Ich war nie gläubig. Aber ich würde alles tun.«

Er blinzelt wieder und tätschelt meine Hand. »Es tut mir sehr leid, dass es Ihrem Lebensgefährten so schlecht geht und dass Sie unter so großem Stress stehen.«

»Ich bin unwichtig.« Tränen laufen mir über das Gesicht. »Ich weiß, dass ich verzweifelt nach etwas suche. Aber ich kann ihm nicht helfen und habe das Gefühl, dass alles meine Schuld ist.«

»Es ist okay«, sagt er sanft. Seine Freundlichkeit lässt die Tränen nur noch stärker fließen.

»Es ist nicht okay. Was kann ich tun? Jetzt habe ich meine Sünde gebeichtet, wird Gott ihn dann aufwachen lassen?« Ich krümme mich vor Qualen.

»Lassen Sie alles raus.« Er streicht mir über den Kopf.

Als die Schmerzwelle nachlässt, hole ich tief Luft und stehe auf. »Es tut mir leid, ich weiß, ich verhalte mich albern. Ich gehe schon.«

Er nimmt meine Hand. »Nein, bitte bleiben Sie. Gott hält die Seele Ihres Lebensgefährten nicht als Geisel, meine Liebe«, sagt er und zieht ein gebügeltes weißes Taschentuch hervor. »So etwas macht er nicht. Er ist nicht der Gott aus dem Alten Testament, der Menschen vernichtet. Er ist der Gott der Vergebung und der Barmherzigkeit. Seine Wege sind unergründlich und schwer zu verstehen. Doch die Prüfungen Ihres Lebensgefährten sind nicht Ihre Schuld.«

»Aber er will nicht aufwachen. Er ist irgendwo auf der Hälfte des Weges stecken geblieben. Und ich weiß nicht, was ich tun soll. Wie ich ihm helfen kann.«

»Sie dürfen sich keine Vorwürfe machen. Manchmal helfen uns solche schweren Momente allerdings zu sehen, was uns wirklich wichtig ist. Sie mussten sich alles von der Seele reden, und das haben Sie getan. Und wenn es Ihnen von Herzen leidtut, hat Gott Ihnen bereits vergeben.«

»Aber das hilft Calder doch nicht. Tut mir leid, ich weiß, dass ich um ein Wunder bitte.«

»Ich kann Ihnen nicht sagen, was Gott plant. Aber Wunder geschehen – jeden Tag. Sie können nur darum beten.«

Ich blicke in sein offenes Gesicht. Er meint es gut, aber er kann mir oder Calder nicht helfen. Das kann niemand. Ich bin erschöpft und niedergeschlagen. Was mache ich hier eigentlich? Das hier wird nichts helfen. Ich bin peinlich und jämmerlich.

»Ich gehe besser mal wieder zu ihm«, sage ich gepresst. Ich fühle mich nicht leichter. Nicht freier. Mir meine »Sünde« von der Seele zu reden, hat sie nur realer gemacht. Ich kann Calder nicht helfen. Er ist verloren. Ausgelöscht. Und ich bin jetzt allein. Für immer. »Danke für Ihre Freundlichkeit«, murmele ich und will ihm das Taschentuch zurückgeben.

»Behalten Sie es nur. Ich werde für Sie beide beten.«

Was soll das nützen? Ich nicke, fühle mich unendlich dumm, weil ich hierhergekommen bin. Weil ich so egoistisch bin.

Beim Verlassen der Kapelle sehe ich auf meine kleine goldene Uhr. Es ist Punkt elf. Auf der Insel hat sich die Gemeinde in der Kirche versammelt, und alle sind auf Arran konzentriert, während sie für Calder beten. Sie sollten mich verurteilen. Mich verdammen. Der Pfarrer hat unrecht. Dieser lang anhaltende Horror des Wartens, des Hoffens, der Enttäuschung, das ist eine Strafe wie aus dem Alten Testament. Calders Mutter hätte sie gutgeheißen.

Wie hatten wir je einfach so glücklich sein können?

Ich weiß noch, wie Calder das kleine Badezimmerfenster in unserer Wohnung im vierten Stock in London aufstieß und meine Pillenpackung hinauswarf. Wir lachten, als sie auf die großen Restaurantmülltonnen in der Gasse unter uns fiel. Wir dachten, wir würden sofort schwanger werden. Doch im Lauf der Monate wurde mir klar, dass meine wilden jungen Jahre mit viel

Alkohol unsere Chancen zunichtegemacht hatten. Gina und Hamish bekamen drei Kinder in den fünf Jahren, in denen ich sie kannte, als müsste Hamish seine Frau nur anschauen, um sie zu schwängern. Einer von uns oder wir beide mussten unfruchtbar sein. Nach zwei vergeblichen Jahren war ich entmutigt und niedergeschlagen. Wie konnte ich damals nur denken, dass ich unglücklich war? Wie dumm ich doch gewesen war. Wie hatte ich unser glückliches Leben so leicht für selbstverständlich halten können?

Bei der Erinnerung an die kindische Freude, als meine Periode endlich zwei Wochen verspätet war, zucke ich zusammen. *Ich lasse die Erinnerung wie einen netten kleinen Film mit einfachen glücklichen Menschen und kitschigen Farben ablaufen.* Calder ist wegen eines großen Dachbodenausbaus in Birmingham. Auf dem Nachhauseweg will ich einen Schwangerschaftstest kaufen und male mir schon aus, wie ich ihn strahlend nach dem positiven Ergebnis anrufen werde. In der U-Bahn grinse ich so sehr, dass mich fremde Leute anlächeln, worauf ich noch mehr grinsen muss. Ich bin so unfasslich dämlich glücklich. Als ich aufstehe, um auszusteigen, nickt mir eine dicke Frau zu. Ich lächele sie überschwänglich an. *Was für eine Idiotin ich doch war.* Sie runzelt die Stirn und nickt. Ich lache. Dann deutet sie auf mich. Auf meinen weißen Rock. Ich sehe nach unten, alles ist in Ordnung. Sie macht eine kreisförmige Bewegung mit dem Finger, und ich ziehe die hintere Seite des Rocks nach vorn. Auf der Rückseite prangt ein rostroter Fleck. Ich habe meine Periode bekommen und die Unterhose durchgeblutet. Wie ein dummes kleines Mädchen, das keine Ahnung hat.

Mein kleiner Film läuft jetzt auf einem altmodischen Projektor, und während ich meine Strickjacke um die Taille binde, verzerrt sich das Bild: Ich meide den Blick der anderen Pendler, als ich die Rolltreppe hinaufhaste, um auf der Oxford Street Hygieneartikel bei Boots zu kaufen, frische Unterhosen bei M&S und ein neues Kleid bei Zara. Meinen blutigen Rock stopfe ich in einen großen schwarzen Mülleimer und stürze durch die Drehtür in den Sender.

Ich spule meinen kleinen Film vor, der immer verschwommener wird, als hätte jemand Vaseline auf der Linse verschmiert. Am letzten Tag einer sehr komplizierten Radioproduktion bin ich wie auf Autopilot. Eine lange Reihe, die eine einzige Katastrophe war mit horrenden Compliance- und Rechteproblemen. Der heutige Zeitplan ist chaotisch: Ich muss den Ersatz für meinen ursprünglichen Star integrieren, mehrere Schauspieler haben Probleme mit dem Drehbuch, mein Studio-Manager ist krank, und es sind immer noch Unmengen Seiten Drehbuch umzusetzen.

Der Film läuft in normaler Geschwindigkeit, als wir das verdammte Ding endlich fertig haben und Calder mich anruft. Gott sei Dank, ich will ihn unbedingt sehen.

»Wo bist du? Ich brauche wirklich dringend einen Drink.«

»Ich bin noch in Birmingham und muss noch eine Nacht bleiben, um das Projekt zu beenden. Es tut mir so leid, Nance.«

»Oh, kein Problem«, sage ich gespielt fröhlich. Am Telefon kann ich ihm nicht von unseren zerschlagenen Hoffnungen auf eine Schwangerschaft erzählen. »Dann gehe ich wohl direkt nach Hause.«

»Nein, geh etwas trinken, du hast es dir verdient – triff dich mit Gina und Hamish, wie wir es geplant haben.«

Und der Film friert ein, als ich aus dem Sender trete.

Das war der Moment.

Der Moment, in dem ich eine andere Entscheidung hätte treffen können. Ich hätte alles aufhalten können, was danach passiert ist. Ich will mein eingefrorenes Ich zurück in die gläserne Drehtür schieben, doch der Film läuft weiter, unzusammenhängend, aber weiter.

In der All Bar One trinke ich ein Bier. Ohne Baby muss ich ja auch nicht auf Alkohol verzichten. Hamish kommt mit seinem gewinnenden Lächeln herein, seine orangefarbenen Haare sind nach hinten gestrichen, das elegante blaue Jackett klappt auf und gibt den Blick auf eines seiner eng geschnittenen weißen Hemden frei, über die Calder und ich immer lachen.

»Ich bin leider allein«, sagt er. »Gina musste wegen eines Notfalls nach Hause.«

»Calder ist noch in Birmingham. Dann holen wir die Drinks wann anders nach, wenn die beiden auch dabei sein können.«

»Ach nein, Nancy, ich hatte eine echt beschissene Woche. Bitte. Ich flehe dich an.«

Wir bleiben, und ich kippe ein Pint nach dem anderen. Lache. Finde Hamishs unkompliziertes Geplänkel so entspannend und beruhigend. *Ich will mein altes Ich anbrüllen, mit dem akkuraten schwarzen Bob, dem müden Gesicht, der albernen Einstellung, dass es das Schlimmste auf der Welt ist, nicht schwanger zu werden. Steh auf, du blöde Kuh. Geh nach Hause! Doch der Film läuft weiter.*

»Also, warum war deine Woche so schlimm?«, frage ich leicht verwaschen.

»Ach, du weißt schon, derselbe Mist wie immer. Blöde Kunden, die Kinder werden immer anstrengender – oh, und hat Gina es dir erzählt, sie ist wieder schwanger! Was denken wir uns eigentlich – vier Kinder. Ich beneide euch zwei, ihr könnt immer noch tun und lassen, was ihr wollt. Prost.«

Ich trinke mein Bier aus und danach wie betäubt Whisky, der in meiner Kehle brennt.

Mein kleiner Film verzerrt sich, dann wird alles schwarz.

Die Bilder des nächsten Morgens sind überbelichtet und grell.

Ich im Bett, nackt.

Hamish, der neben mir schläft. Nackt.

Zerknitterte weiße Laken mit Blutflecken.

Calders SMS auf meinem Handy: »Bis später. Tut mir so leid wegen gestern Abend. Kuss.«

Als Nächstes bin ich die Hauptfigur in einem Schwarz-Weiß-Spülbeckendrama.

Ich starre auf den Kessel, während das Wasser brodelt.

»Scheiße. Was haben wir nur getan?«, sagt Hamish an unserem kleinen Küchentisch, das Gesicht in den Händen vergraben.

»Wo, glaubt Gina, bist du denn gerade?« Ich verbrenne mir die Hand am kochenden Wasser.

»O Gott«, murmelt er. »Manchmal übernachte ich in London, wenn es zu spät für die Fahrt nach Whitstable ist. Sie wird sich also nichts denken.«

»Es kommt nicht darauf an, ob es andere Menschen erfahren. Wir wissen es!«, rufe ich und stelle abrupt eine Tasse vor ihm ab.

»Ich weiß.« Er berührt meinen Arm.

Ich zucke zurück. »Ich liebe Calder.«

»Und ich liebe Gina. Das war ein schrecklicher Fehler.«

»Du musst von hier verschwinden, und wir dürfen nie wieder darüber reden. Es würde beide vernichten.«

Der letzte Abschnitt meiner Erinnerung ist wie eine überdrehte Albtraumdarstellung in einem Experimentalfilm: Wochen später bin ich mit Gina im Sadler's-Wells-Theater und schaue mit ihr *Das Frühlingsopfer* von Pina Bausch an. Sie lächelt, Hamish hat also nicht gebeichtet. Die Bühne ist dunkel; die hektische Musik ist schrill; die Tänzerinnen und Tänzer tragen alle hautfarbene Anzüge, einer liebkost ein rotes Stück Stoff; die Musik wird immer lauter, wie in einem Horrorfilm. Mir ist schwindelig. Gina muss doch meine eigene schäbige Geschichte auf der Bühne wiedererkennen, oder?

Als eine Tänzerin den Stoff an ihrem Bauch reibt, krümme ich mich vor Schmerzen.

»Ich fahre besser nach Hause«, flüstere ich.

Doch Gina besteht darauf, mich in die Notaufnahme zu bringen.

Schnitt auf einen blendend weißen Untersuchungsraum: »Wahrscheinlich ist es nur eine besonders starke Menstruation«, sagt die Schwester nach der Untersuchung, während sie die Handschuhe auszieht. »Aber zur Sicherheit mache ich ein paar Tests.«

Der hCG-Bluttest bestätigt, dass ich gerade eine Fehlgeburt hatte.

Die Schwester gibt mir ein Taschentuch. »Wollten Sie schwanger werden?«

»Ja, unbedingt, aber wie lange war ich schwanger?« Nach der Nacht mit Hamish hatte ich Sex mit Calder vermieden, aber in jener Woche hatten wir noch miteinander geschlafen … »Denn bei meiner letzten Periode, vor einem Monat oder so, hatte ich zum letzten Mal Sex. Und während der Periode kann man doch nicht schwanger werden.«

»Ein Monat kommt ungefähr hin, ja«, sagt die Schwester. »Es ist zwar selten, aber man kann während der Menstruation schwanger werden, absolut.«

Vor allem natürlich, wenn man mit Mister Fruchtbarkeit höchstpersönlich geschlafen hat.

Schnitt auf die Teenager-Drama-Schlusssequenz, wie Gina und ich oben in einem Doppeldeckerbus sitzen und ich ihr zuflüstere: »Bitte sag es Calder nicht, es würde ihn sehr aufregen. Und Hamish auch nicht, weil er es Calder erzählen würde. Versprichst du mir das?«

»Wenn du das möchtest? Dann ja.«

Und endlich ist der Film zu Ende, der Projektor kommt stotternd zum Stehen.

Immer wieder habe ich versucht, diesen schrecklichen Film in meinem Kopf zu verbrennen. Doch er ist unzerstörbar.

Ich gehe den Flur entlang zurück zum Wartebereich, den ich erst endgültig verlassen werde, wenn man Calders Sarg aus dem Krankenhaus trägt. Denn natürlich würde es ihm kein Gott gestatten, zu mir zurückzukehren. Das hier ist meine Bestrafung.

Ich bin die unreine Jungfrau, wegen der der Prinz im Strudel ertrunken ist.

Hastige Schritte reißen mich aus meinen Gedanken. Eine Schwester läuft auf mich zu und ruft:

»Er ist aufgewacht!«

KAPITEL SIEBEN

Ich spähe durch das Glasfenster in der Tür und sehe, wie Calder hektisch blinzelt. Plötzlich bäumt er sich auf, reißt sich einen Zugang aus dem Arm, und Blut spritzt auf die weißen Laken. Das frische, warme, sauerstoffreiche Blut.

»Was ist los?«, rufe ich, während eine Schwester die Tür aufstößt und ich ihr ins Zimmer folge, doch niemand achtet auf mich.

»Ganz ruhig«, sagt Dr. Viner und tritt in Calders Sichtfeld, während ein anderer Arzt seine Schultern festhält. »Sie sind in Glasgow im Krankenhaus, Sie hatten einen Unfall. Versuchen Sie, stillzuhalten. Sie haben noch einen Beatmungsschlauch im Hals.«

Calder beruhigt sich etwas und starrt den Arzt an.

»Hallo, Calder. Ich bin Dr. Viner. Wir geben Ihnen jetzt ein Muskelrelaxans, um die Entfernung des Schlauchs zu erleichtern.« Die Schwester injiziert etwas in einen der vielen Zugänge. »Keine Angst, konzentrieren Sie sich einfach auf meine Augen.« Calder will nach Dr. Viner greifen, sieht ihm in die Augen, lässt sich dann jedoch aufs Bett zurückfallen. »So ist es gut.«

Ich trete näher. Das Personal wirft sich unverständliche Anweisungen und Abkürzungen zu und ist voll auf Dr. Viner konzentriert. Ein Bienenschwarm um die Königin herum, alle kennen ihren Platz und ihre genauen Aufgaben. Dr. Viner lächelt und nickt. »Gut, Calder. Wir freuen uns sehr, dass Sie wieder bei uns sind.«

Calder stöhnt leise, wie ein verwundetes Tier.

»Versuchen Sie nicht zu sprechen. Blinzeln Sie bitte zum Zeichen, dass Sie mich verstehen.«

Ich sehe nicht genau, was passiert, doch nachdem sich die Ärzte Blicke zuwerfen, reagiert er. Im Raum liegt eine konzentrierte, knisternde Energie. Gott sei gedankt für diese vielen fähigen starken Männer und Frauen, die ihn von dort zurückgeholt haben, wo auch immer er war. Nicht am Leben. Nicht tot. Ich fühle mich schwerelos, in völliger Auflösung begriffen.

Er ist wach. Das ist unmöglich. Und doch ist er tatsächlich wach.

»Gut, sehr gut, Calder«, sagt Dr. Viner. »Wir entfernen jetzt den Schlauch, ja? Ich weiß, dass das unangenehm ist. Entspannen Sie sich. Blinzeln Sie, wenn Sie mich verstehen. Gut.«

»Danke, danke, danke«, murmele ich immer wieder. Alles, worum ich gefleht habe, worauf ich schon nicht mehr zu hoffen gewagt, was ich nicht zu verdienen geglaubt habe, wird wahr. Das verrückte Reinwaschen, das Beichten meiner Sünden, die Gebete der Gemeinde. Es hat funktioniert. Womit habe ich so viel Glück verdient?

Calder hustet und würgt, und dann ist der Schlauch entfernt.

»So, geschafft«, sagt Dr. Viner. »Das haben Sie toll gemacht.«

Die Ärzte schwirren weiter um ihn herum. Calder atmet allein, die Maschine piepst regelmäßig zu der grünen Linie auf dem Monitor.

Er ist von den Toten wiederauferstanden.

Zu mir zurückgekommen.

»Sie waren ein paar Tage bewusstlos, und wir freuen uns, dass Sie jetzt wieder bei uns sind«, sagt Dr. Viner. Calder sieht ihn verständnislos an. Dr. Viner legt ihm die Hand auf die Schulter. »Versuchen Sie, sich zu entspannen. Es geht Ihnen gut. Wir sind alle für Sie da. Sie sind in Sicherheit.«

Dr. Viner blickt zu mir und winkt mich heran. »Nur ganz kurz«, flüstert er und sieht wieder zu Calder. »Hier ist jemand, der Sie unbedingt sehen möchte.«

Vor dem grinsenden medizinischen Personal schiebe ich mich verlegen ans Bett, in sein Sichtfeld.

Und da ist Calder. Ausgezehrt. Angeschlagen. Aber bei Bewusstsein. Seine Augen zucken hin und her. Meine Liebe zu ihm schmerzt geradezu. Endlich sieht er mich an.

»Calder, mein Liebster.«

Dann schließt er die Augen.

Ich strecke die Hand aus, doch eine Schwester schiebt sich dazwischen und verabreicht ihm eine Spritze, während eine andere einen Infusionsbeutel zurechtrückt.

Ich halte den Atem an, weiche zurück.

»Geht es … ihm gut?«, frage ich Dr. Viner.

»Keine Angst, er hat gerade erst das Bewusstsein wiedererlangt. Er wird noch eine ganze Weile benommen sein, und wir müssen die Schmerzmittel richtig einstellen und ihm auch noch Beruhigungsmittel geben. Aber das hier ist ein riesiger Fortschritt.«

Aufgeregte Freude liegt im Raum. Viele Schwestern haben Tränen in den Augen, werfen mir Blicke zu. Ich nicke wie verrückt und lächele. Innerlich fühle ich mich taub, doch ich muss ihre Euphorie erwidern. Calder ist zurück. Ein Wunder. Meine Gedanken sind wie Farbe, die ins Wasser tropft und sich verflüchtigt, substanzlos wird, daher kann ich sie kaum fühlen oder glauben. Wie sehr sehne ich mich danach, Calder zu umarmen, ihn zu küssen, ihn für immer bei mir zu behalten, in Sicherheit.

Dr. Viner kommt zu mir, und ich falle ihm um den Hals.

»Danke, vielen, vielen Dank.«

Er lacht, als ich mich von ihm löse. »Ich weiß«, sagt er strahlend. »Das ist ganz schön viel auf einmal. Ein großartiger Moment für uns alle. So einen Fall hatten wir noch nie. Jemanden zurückzuholen, dessen Herz vermutlich sechs Stunden nicht geschlagen hat, ist ein historisches Ereignis. Doch jetzt braucht er viel Ruhe und Unterstützung.«

Benebelt gehe ich zurück zum Wartebereich. Nichts hat sich geändert, trotzdem sieht alles anders aus. Scharf. Klar. Hell. Er ist zurück. Mir ist eine zweite Chance geschenkt worden, und dafür bin ich so dankbar. Tagelang habe ich mich aufrecht gehalten, nichts an mich herangelassen, und jetzt habe ich Angst, die Erleichterung zuzulassen. Ich muss es irgendjemandem außerhalb dieses Krankenhauses erzählen, damit es Wirklichkeit wird.

Erst überlege ich, Gina anzurufen, doch meine »Beichte« hat mich noch weiter von ihr entfernt. Stattdessen wähle ich Janeys Nummer.

»Er ist aufgewacht!«, rufe ich, sobald sie abhebt.

»Gott sei Dank! Ach Nancy, ich freue mich so für dich.«

»Es ist großartig. Ich hätte es nicht für möglich gehalten«, plappere ich. »Es tut mir leid, dass ich dich so angefahren habe. Dass ich so ablehnende Sachen wegen der Kirche gesagt habe …«

»Nancy, schon okay, ganz ruhig. Du hast Unerträgliches durchgemacht. Ich hätte die Kirche überhaupt nicht erwähnen sollen, das war mein Fehler.«

»Nein, nein, jetzt verstehe ich es«, rede ich weiter, »Gebete, die Gemeinschaft, die einen stützt, die Beichte. Bitte richte allen meinen Dank aus.«

»Natürlich, das mache ich. Wie geht es ihm?«

Ich bin erleichtert, dass sie immer noch so warmherzig mit mir umgeht. »Es ist noch ein langer Weg. Aber sein Herz schlägt stark und gleichmäßig, und die größte Hürde war, dass er das Bewusstsein wiedererlangt. Und das hat er geschafft. Ich wollte dir nur kurz danken, vielleicht brauchen sie mich gleich noch. Also, vielen, vielen Dank.«

»Aber wir haben doch gar nichts getan. Es war Gottes Wille, dass Calder zu uns zurückkommt.«

»Wenn wir wieder auf der Insel sind, komme ich in die Kirche«, sage ich impulsiv. »Ich möchte ein Teil der Gemeinschaft werden, mich mit allen anfreunden, sogar Arran, vor allem Arran.« Ich habe angeboten, in die Kirche zu gehen! Na gut. Okay. Was hat mir denn mein verkniffenes, beschützendes Wesen sonst gebracht? »Wie geht es deinem tollen Rob?«

»Oh, den habe ich diese Woche noch gar nicht gesehen. Aber jetzt kümmere dich um deinen tollen Mann und dich selbst.«

Als Nächstes sollte ich Gina anrufen, aber das schaffe ich gerade nicht. Ich will mein Glück nicht gefährden. Ich setze mich in den Wartebereich, beglückt über die neuen Entwicklungen. Calder hat natürlich noch einen langen Weg vor sich. Er könnte Schäden davongetragen haben, körperliche oder geistige, doch darüber denke ich jetzt nicht nach. Ich weiß, dass manche Menschen, deren Herz lange nicht geschlagen hat, geistige Beeinträchtigungen oder eine eingeschränkte Mobilität zurückbehalten haben. Ja, ich bin undankbar, aber ich will jetzt nicht mehr nur den Trostpreis am einarmigen Banditen, ich will den Hauptgewinn, die Maschine soll blinken, piepsen, Geld ausspucken, und alle Umstehenden sollen mich beneiden. Doch egal wie es weitergeht, ich werde damit zurechtkommen. Ich werde alles tun, um ihn zu unterstützen. Ich weiß, wie ich meine flatternden Nerven in den Griff bekomme, nachdem ich nun wieder Hoffnung habe – ein Ziel suchen, aktiv werden, weitermachen. Ich hätte nie gedacht, dass ich den Tod meiner Eltern überwinden würde, dem schwarzen Loch entkommen könnte, doch Dinge gehen vorüber, wenn man irgendwie weitermacht. Ich muss tun, was ich damals auch irgendwann getan habe: mich auf das konzentrieren, was tatsächlich in meiner Macht liegt. Mich um meine Gesundheit kümmern, Dr. Viner Fragen stellen, recherchieren, was Calder braucht, und dann alles, was ich kann, für ihn tun.

Dann überwinde ich mich und wähle Ginas Nummer. Ich kann es nicht länger aufschieben, doch ich werde mich kurzfassen, damit sich mein Glück nicht noch wendet. Sie meldet sich nach dem ersten Läuten.

»Er ist wach«, verkünde ich, bevor sie etwas sagen kann.

»Oh, Nancy, Gott sei Dank.«

»Es ist ein Wunder. Also nicht im religiösen Sinn, aber du weißt schon, was ich meine.« Ich habe ein schlechtes Gewissen, weil ich mit Gina ganz anders rede als mit Janey.

»Süße, und wie das ein Wunder ist, mit Brotlaiben und Fischen und allem Drum und Dran«, erwidert sie lachend. Ich lache ebenfalls, fühle mich aber komisch dabei. »Hamish!«, ruft sie, »Calder ist aufgewacht!« Ich höre gedämpftes Flüstern, dann gibt Gina das Handy weiter.

»Nancy?«, sagt die Stimme, die ich nie wieder hatte hören wollen. »Er hat das Bewusstsein wiedererlangt?«

»Ja.«

»Gott sei Dank.«

Ich schlucke meinen Ärger hinunter, dass Hamish sich erdreistet, mit mir zu sprechen, will sogar ihm etwas Freude an diesem wunderbaren Tag gönnen.

»Nancy, bist du noch dran?«, fragt er schließlich.

»Ja. Also, Calder ist aufgewacht.« Mir ist bewusst, dass Gina im Hintergrund zuhört, und ich weiß vor Nervosität nicht, was ich sagen soll. »Das sind großartige Neuigkeiten. Jetzt können Calder und ich unser Leben hier oben wirklich in Angriff nehmen.«

»Ja, natürlich.« Er stockt. »Ich … verstehe.«

Meine Schuldgefühle, weil seine Frau bei diesem Gespräch voller Subtext dabei ist, sind fast unerträglich.

»Kannst du mir Gina noch mal geben?«

»Äh … klar. Ich denke an euch beide.«

Das Telefon wird zurückgegeben. »Tut mir leid, Süße, er wollte unbedingt wissen, wie es Calder geht«, sagt sie. »Er hat sich solche Sorgen gemacht und hat mich ständig gefragt, ob ich schon etwas Neues weiß.«

»Natürlich«, antworte ich matt. Ich weiß ja, dass auch Hamishs Schuldgefühle der eigentliche Grund dafür waren.

»Ach, Liebes, du klingst so erschöpft«, sagt Gina. »Dich muss dringend jemand verwöhnen, am besten mit Cocktails und Massagen. Ich komme nach Schottland und kümmere mich um dich.«

»Nein«, erwidere ich scharf.

Schweigen.

»Tut mir leid, ich wollte dich nicht so anfahren. Mir wird nur gerade alles zu viel. Ich kann mich nicht auf noch jemanden konzentrieren. Sei mir nicht böse, ja?«

»Okaaay«, sagt sie gedehnt, aber ich weiß, dass ich sie verletzt habe. »Pass auf dich auf. Nimm dir ein Hotelzimmer, iss vernünftig, schlaf dich aus. Ich weiß, ich bin jetzt eine Glucke, aber du kannst Calder nicht helfen, wenn du selbst am Boden bist.«

Nachdem ich ihr versprochen habe, auf mich zu achten, bin ich sie endlich los. Dass sie so einen Aufstand um mich macht, ist mir im Moment zu viel. Janeys ausgeglichene Art hilft mir gerade viel mehr, auch wenn es nicht mein natürliches Tempo ist. Oder war. Vielleicht ändere ich mich, werde lockerer und kann mich auf der Insel von meinem angespannten »Gina-Ich« zu meinem neueren, weicheren »Janey-Ich« entwickeln. Vor allem aber werde ich bald mein sicheres, warmes »Calder-Ich« sein, sobald er sich wieder vollständig erholt hat.

Die Schwester sagt, dass Calder für den Rest des Tages unter Beruhigungsmitteln stehen wird und sie »an ihm arbeiten«. Das klingt, als wäre er ein Roboter, den sie wieder hochfahren. Verdammt, ich muss aufhören, jedes Wort zu deuten. Sein Herz schlägt, er ist bei Bewusstsein – als Nächstes verlassen wir gemeinsam das Krankenhaus.

Ich suche nach Hotels in der Nähe und buche ein Zimmer in einem Premier Inn. Nachdem ich den Schwestern gesagt habe, wo ich zu finden bin, und ihnen meine Telefonnummer gegeben habe, gehe ich in den nächsten Supermarkt und kaufe gesundes Essen, Nahrungsergänzungsmittel und billige Kleidung. Das alles schleppe ich in mein Hotelzimmer und entspanne mich bei den vertrauten klaren Formen und der grau-lila Einrichtung, die ich von früheren Dienstreisen noch kenne. Ich dusche in dampfend heißem Wasser, schrubbe die Qualen der letzten Tage ab, wickele mich in große weiche Handtücher, trinke eine Flasche Wasser und setze mich aufs Bett.

Das gepolsterte Kopfteil ist schiefergrau. Ich drücke die Finger fest in das weiche Material und sehe zu, wie die Vertiefungen sich langsam wieder füllen.

Calder ist aufgewacht. Meine Sünde endlich vergeben.

Oder?

KAPITEL ACHT

Ich bin so aufgeregt wie bei Calders und meinem ersten richtigen Date. Am nächsten Morgen bin ich um Punkt neun Uhr morgens zu Beginn der Besuchszeit im Krankenhaus. Nervös streiche ich immer wieder meine Haare glatt, kann nicht stillstehen.

Endlich werde ich hineingerufen.

Doch er schläft, und man sagt mir, dass er auch heute den ganzen Tag ruhiggestellt sein wird. Seine Brust hebt und senkt sich, der Monitor piepst. Geduld. Eine Weile bleibe ich bei ihm sitzen, doch als die Schwester kommt, um einige Untersuchungen durchzuführen, gehe ich in die Cafeteria.

Eine dünne Frau mit krausen Haaren in einer zerknitterten Jacke kommt zu mir an den Tisch, wo ich mir gerade einen Blaubeermuffin in den Mund schiebe.

»Hallo, Sie kennen mich nicht«, sagt sie, »aber eine der Schwestern hat Sie mir gezeigt. Sie sind Calders Frau, nicht wahr?«

»Äh, Lebensgefährtin, ja.« Ich schlucke und verteile Krümel, als ich aufstehe und schon davoneilen will. »Ist etwas passiert?«

Sie berührt meinen Arm.

»Nein, nein, ich gehöre nicht zum Personal.«

»Oh.« Ich drehe mich wieder zu ihr.

»Sie sind hier wegen Calder Campbell?«

»Ja. Und wer sind Sie?«

»Wie geht es ihm?«, fragt sie drängend.

»Gut. Ich meine, wir reden hier von einem langen Genesungsprozess, aber er ist bei Bewusstsein.« Ich setze mich wieder hin. Lächelnd setzt sie sich mir gegenüber. »Entschuldigung, aber wer sind Sie eigentlich?«

»Tut mir leid, ich bin Fiona Loughty, von einer Glasgower Lokalzeitung. Ich war hier, um zu einem Patienten zu recherchieren, der auf einer Ölplattform einen Unfall hatte, und jemand hat mir von Calder erzählt. Eine großartige Geschichte. Könnte ich kurz mit Ihnen reden? Ich würde alles aufnehmen.« Aufgekratzt hält sie mir ein Handy hin, und ich will sie nicht enttäuschen. Was kann es schon schaden?

»Okay, ja. Also, es ist wirklich großartig, ein Wunder. Bei seiner Rettung aus dem Meer hat sein Herz nicht geschlagen, aber dieses wunderbare Krankenhaus hat ihn zurückgeholt.«

»Von den Toten«, ergänzt Fiona.

»Ja ... Also, was auch immer das heißen mag.«

Sie strahlt. »Ja. Das ist die Millionen-Dollar-Frage, nicht wahr? Was hat er gesehen?«

»Wann?«

»Als er ... tot war. Man hört doch immer wieder von einem hellen Licht?«

Wie bitte? »Oh, äh, keine Ahnung. Er muss sich erst einmal erholen, darüber können wir noch gar nicht sprechen.«

»Aber er ist doch wieder ... er selbst?«

Ich will diese hündchenhafte Frau nicht enttäuschen. »Äh, ja, zumindest wird er das hoffentlich bald wieder sein.«

»Was haben die Ärzte denn genau gesagt?«

Ich will nicht zu positiv sein, aber auch nicht zu negativ, um nichts zu beschreien. »Es sieht sehr gut aus, aber ich kenne noch nicht alle Einzelheiten. Es ist ja schließlich noch früh.«

»Und wie geht es Ihnen?« Sie streckt mir das Handy hin.

Journalisten stellen so oft diese dummen Suggestivfragen. Zum Beispiel wird der Manager der Rangers gefragt, ob er zufrieden mit dem hohen Spielgewinn ist. Calder und ich haben immer darüber gelacht: »*Was er jetzt wohl gleich antwortet?*«

»Ich bin überglücklich«, sage ich wie aufs Stichwort.

»Und wie ging es Ihnen, als Sie dachten, er wäre tot?«

Ich sehe sie an, doch sie lächelt nur und nickt, drängt mich, ihr ein passendes Zitat zu liefern. Hört sie denn nicht, was sie da sagt? Doch ebenso wenig wie die Schwestern will ich sie enttäuschen. »Es war natürlich furchtbar. Ich dachte, ich hätte ihn für immer verloren. Aber er ist am Leben. Es ist ein Wunder.«

Das Wort facht ihre Aufregung weiter an. »Absolut. Ein modernes Wunder in einem säkularen Zeitalter.«

»So kann man es vielleicht sehen, ja.«

»Und wie heißen Sie?«

»Nancy. Nancy Ryan.«

»Und Sie sind Calders ›Lebensgefährtin‹, richtig?«

»Ja.«

»Nicht die Ehefrau?«

»Nein.«

»Und was sind Sie von Beruf?«

»Ich bin Script Doctor für Film und Fernsehen«, antworte ich, habe aber das Gefühl, zu lügen, nachdem ich damit ja gerade erst angefangen habe.

»Oh«, sagt sie aufmerksam, in der Hoffnung, ich könnte berühmt sein. »Kenne ich Ihre Arbeit vielleicht?«

»Gerade arbeite ich an einer Neuinterpretation des *Frankenstein*-Stoffes. Ich …« Sie strahlt, und mir wird klar, wie dumm es von mir war, das Projekt zu erwähnen, die perfekte Vorlage für reißerische Schlagzeilen. Alles ist gerade noch so zerbrechlich, und ich fürchte, meine unbedachten Worte könnten Calders heikle Genesung gefährden. »Es tut mir leid, ich muss jetzt gehen.« Ich stehe abrupt auf und wende mich ab.

»Kann ich zu einem späteren Zeitpunkt noch einmal mit Ihnen reden?«, ruft sie mir nach.

»Äh, ja, klar.«

Nein. Ich darf niemandem etwas von Calders Erlebnissen erzählen, als wäre ich die Einzige, die für seine Sicherheit sorgen könnte. Als könnte sein Herz wieder stehen bleiben, falls andere davon wüssten oder ich etwas falsch machte. Ich darf mir keinen Fehler erlauben.

Am nächsten Morgen gehe ich nervös von zu viel Kaffee zum Krankenhaus, betroffen darüber, was ich mit meinem Gespräch mit der Journalistin Fiona ins Rollen gebracht habe. Der Artikel in ihrem Lokalblatt wurde sofort von den überregionalen Nachrichten aufgegriffen, und das Internet ist voll von Calders Story. Die Pressestelle des Krankenhauses hat sich eingeschaltet und soll sich jetzt um alles kümmern. Die Schlagzeilen sind reißerisch:

MANN KEHRT VON DEN TOTEN ZURÜCK.
DER WUNDERMANN ATMET WIEDER.
HEIMTÜCKISCHER STRUDEL GIBT MANN WIEDER FREI.

Und die schlimmste hat eine Boulevardzeitung von Fiona übernommen:

FRANKENSTEIN LEBT!!!

Warum hatte ich auch unbedingt meine Arbeit erwähnen müssen. Die Referenz ist zudem falsch. Frankenstein hieß der Arzt, nicht das Monster. Außerdem ist Calder auch kein Furcht erregendes Monster. Er ist mein wunderbarer Mann; diese Schreiberlinge dürfen ihn nicht für ihre überdrehte Horrorstory missbrauchen.

Beim Krankenhauseingang steht eine Gruppe Journalisten mit einer Kameracrew. Fiona entdeckt mich und kommt auf mich zu.

»Nancy, Nancy, hier drüben!« Die anderen Journalisten werden aufmerksam und folgen ihr.

»Mrs Campbell!«

»Hier drüben, Nancy.«

»Was hat Ihr Mann auf der anderen Seite gesehen?«

»Ist sein Leben noch mal vor seinem inneren Auge an ihm vorbeigezogen?«

Ich senke den Kopf und dränge mich durch die Menge, ohne eine Antwort zu geben.

Calder ist wieder sediert, weshalb ich mich in meinen grauen Wartebereich kauere, weit weg von den kreisenden Geiern.

Am Nachmittag darf ich zu ihm. Durch das Fenster in seiner Zimmertür sehe ich, wie er sich aufsetzt und den Mund bewegt. O mein Gott, er redet tatsächlich mit Dr. Viner, unter den Augen einiger anderer Mitarbeiter. Alles wird gut werden. Ich habe es nicht mit meinem losen Mundwerk verdorben.

Ich drücke die Tür auf und trete ein.

Dr. Viner sieht zu mir, worauf auch Calder den Kopf dreht.

Ich lächele zögernd.

Er nickt mir knapp zu, blickt mir … argwöhnisch entgegen?

»Nancy«, sagt er leise, als ich neben ihm stehe. Ihn meinen Namen sagen zu hören, ist unglaublich. Aber er ist so durchscheinend, so abwesend, wie ein elfisches Wesen aus *Herr der Ringe*.

»Hallo, Calder«, sage ich. Mir ist bewusst, dass uns alle beobachten. »Ich bin so froh, dass du wieder bei uns bist.« Er zuckt leicht zusammen. Das war bestimmt nur ein Muskel.

»Geht es dir gut?«, frage ich seltsam formell, dabei kenne ich diesen Mann doch so gut.

»Ja, alles in Ordnung«, krächzt er.

Ich schaudere beim Klang seiner wunderbaren Stimme, auch wenn er heiser ist, und will seine Hand berühren, die voller blauer Flecken und Schrammen ist. Von all den Zugängen? Ich weiß nicht mehr, wie seine Hände aussahen, als wir ihn aus dem Wasser zogen. Er runzelt die Stirn, was die bläulich gelbe Verfärbung an seiner Schläfe in die Länge zieht.

»Ich war die ganze Zeit bei dir«, sage ich. »Also, ich habe draußen gewartet.«

»Danke«, krächzt er, dann senkt er den Blick.

Ich sehe mich um und lächele allen zu. Ich schäme mich, dass ich ihnen mit unseren ersten Worten keinen filmreifen Moment liefern kann. Calder hält den Blick angestrengt gesenkt. Ich bin so enttäuscht, dass ich in Tränen ausbreche. Doch jetzt lächeln alle anderen. Ob sie glauben, dass ich vor Freude außer mir bin? Gott, meine dumme Beichte bei dem Pfarrer – ich habe das Gefühl, Calder hat mich gehört und kann mich jetzt nicht ansehen. Nein. Das ist lächerlich. Er ist durch die Hölle gegangen. Wie egoistisch, in diesem Moment an mich zu denken. Er ist wieder da. Es ist ein Wunder. Ich werde alle meine Versprechen erfüllen. Ich werde stark und rein sein und mich allein darauf konzentrieren, was das Richtige für ihn ist.

Plötzlich stöhnt Calder und wendet sich von mir ab.

»Braucht er mehr Schmerzmittel?«, frage ich.

»Haben Sie Schmerzen?«, erkundigt sich Dr. Viner, wie ein Dolmetscher.

Calder schüttelt den Kopf, dreht sich immer noch von mir weg.

»Du hast so viel durchgemacht«, sage ich. »Als Arran und ich dich im Meer gefunden haben ...«

Er seufzt.

»Aber jetzt bist du hier. Ich freue mich so sehr.«

Calder winkt vage in meine Richtung, als wollte er sagen: »Das reicht.« Öffentliche Zurschaustellung von Zuneigung liegt ihm nicht, bestimmt ist es das. Aber als ich hereingekommen bin, hat er mit Dr. Viner gesprochen. Warum ist er bei mir dann so einsilbig?

»Und Gott sei Dank für diese großartigen Ärzte und Ärztinnen, die dich zurückgeholt haben.«

Calder lässt sich aufs Kissen sinken, und seine Augen füllen sich mit Tränen. Ich beuge mich über ihn und streichele sein Gesicht. Auch ich weine. Er muss so glücklich sein, wieder bei uns zu sein. Auch wenn er nicht glücklich aussieht. Sondern ... verzweifelt?

Die Schwestern sehen uns strahlend an. Endlich liefere ich ihnen eine rührende Wiedersehensszene, aber ist da überhaupt eine Verbindung zwischen Calder und mir? Seine dunkelbraunen Augen, die ich so gut kenne, sind blutunterlaufen und gelblich verfärbt. Doch nicht das ist so beunruhigend. Er wirkt nicht wie er selbst. Als würde ich versuchen, ihn durch ein langes Rohr hindurch zu sehen, doch er ist zu weit weg.

Ich nicke und lächele, versuche, unsere Verbindung wiederzufinden.

Einen Moment denke ich, sie ist wieder da, dann wendet er erneut den Blick ab.

»Ich muss mich ausruhen«, murmelt er.

Ich zucke zurück. »Natürlich. Du bist bestimmt sehr müde. Ich bin da. Also auf dem Flur. Lass mich wissen, wenn du dich besser fühlst, dann komme ich zurück.«

Er nickt und sieht zu Dr. Viner.

»Okay, Calder, wir werden noch ein paar Tests an Ihren Muskeln und Nervenbahnen durchführen ...« Die Mitarbeiter sammeln sich wieder um ihn, ich bin überflüssig und verlasse den Raum.

In meinem vertrauten Wartebereich setze ich mich wieder auf einen Stuhl. Geduld. Er ist zurück. Nur das ist wichtig. Warum hatte ich gedacht, er würde von den Toten auferstehen und fertig? Natürlich wird es dauern, aber irgendwann ist er wieder bei mir. Oder?

Am nächsten Morgen sitzt Calder aufrecht im Bett und wirkt etwas wacher. Und endlich beobachten uns keine Mitarbeiter mehr.
»Hallo«, sage ich.
Er ... seufzt?
»Alles okay?«
Er nickt. »Du musst mich das nicht ständig fragen«, krächzt er.
»Tut mir leid, ich frage wahrscheinlich eher wegen mir. Es ist so wunderschön, deine Stimme zu hören.«
Er nickt und senkt den Blick.
Warum sind wir so sprachlos miteinander?
»Kann ich etwas für dich tun? Dir etwas holen?«
Er schüttelt den Kopf.
Ich winde mich in meinen unbequemen neuen Baumwollunterhosen, die ins Fleisch schneiden, ziehe die schlecht sitzenden neuen Jeans hoch und kratze mich am Hals unter dem riesigen grün-rosa Pullover aus dem Schlussverkauf, der im Freien zu kalt ist, im beheizten Inneren aber erstickend warm. Ich würde Calder so gern umarmen, eine Verbindung zu ihm herstellen, und fühle mich unbehaglich, wie ich an seinem Bettrand sitze und die Schwestern uns durch das Glasfenster in der Tür Blicke zuwerfen. Schon wieder bin ich egoistisch. Es ist doch gut, dass sie ihn im Auge behalten, falls er sie braucht.
»Erinnerst du dich an irgendetwas von dem, was passiert ist?«, frage ich und schäme mich sofort, dass ich mich von den dämlichen Journalistenfragen beeinflussen lasse.

»Was?«

»Tut mir leid, ich habe nur so lange gewartet und gehofft und gebetet. Hast du irgendetwas gemerkt? War dir klar, dass irgendetwas los ist? Konntest du die Ärzte hören?«

»Es ist alles total leer«, antwortet er erschöpft.

Ich nicke eifrig. Was mache ich denn da? »Natürlich. Vielleicht ist das auch besser so.«

Er schweigt.

»Tut mir leid.«

»Mir tut es leid, Nancy«, platzt er heraus. »Ich muss dir etwas ...«

»Könnten Sie sich bitte auf einen Stuhl setzen?«, sagt eine Schwester beim Hereinkommen. »Ich muss ein paar Tests durchführen.«

»Klar.« Ich springe auf und habe das Gefühl, im Weg zu sein.

Sie braucht ewig, misst Blutdruck, nimmt ihm Blut ab, überprüft die Infusionen. Endlich geht sie, und ich ziehe meinen Stuhl ans Bett.

»Was wolltest du sagen?«

»Wann?«

»Bevor die Schwester hereingekommen ist. Es klang, als hättest du mir etwas erzählen wollen.«

Er schüttelt den Kopf.

»War es etwas zu dem Morgen? Du musst sehr früh aufgestanden sein, um mit dem Boot rauszufahren, oder?«

»Ich sage dir doch, ich kann mich an nichts erinnern.« Er seufzt und bekommt einen Hustenanfall. »Es ist alles total leer.«

»Ab wann?«

Er verengt die Augen. »Als wir am Abend zuvor ins Bett gegangen sind. Danach kann ich mich an nichts mehr erinnern.«

Ich schlucke. »Dr. Viner sagt, du könntest an retrograder Amnesie leiden. Weil dein Gehirn zu wenig Sauerstoff bekommen hat.«

»Ich weiß.« Er holt tief Luft.

O Gott, er sieht so zerbrechlich aus. Irgendwie möchte ich meine Energie in ihn übertragen. Ich kratze an einer rauen roten Stelle an meinem Hals. Seit dem Tod meiner Eltern hatte ich keine Hautflechte mehr. »Tut mir leid. Ich versuche nur, alles irgendwie zu begreifen.«

»Es ist alles völlig blank«, wiederholt er ausdruckslos.

Schweigend sitzen wir da. Was wollte er mir sagen?

Ich möchte ihn ablenken, ihn aufmuntern, deshalb hole ich einen Packen Papier aus meiner Tasche. »Mit deiner Wunderheilung hast du es übrigens in die Zeitungen geschafft.«

»Ach herrje.« Er seufzt und winkt ab.

Ich lasse meine Tasche fallen.

Für die Öffentlichkeit ist er eine Sensation, eine hoffnungsvolle Geschichte vom Überleben entgegen allen Wahrscheinlichkeiten, Jona, der aus dem Bauch des Wals entkommen ist. Die abgedruckte Geschichte ist so einfach und klar: Er ist gestorben und wiederauferstanden. Die Realität hat viel mehr Graustufen. Ich zupfe an einem Faden in seinem Laken. Was soll ich sagen? Mein wunderbarer Calder. Ich möchte ihm helfen, aber mit meinen vielen Fragen strenge ich ihn auch an.

»Ich muss mich ausruhen«, sagt er und schließt die Augen, noch bevor ich aufgestanden bin.

»Okay. Ich habe dich lieb. Ich bin draußen auf dem Flur.«

Ich küsse ihn auf die Wange, doch er reagiert nicht, und ich fühle mich wie eine unverheiratete Tante, die ihren unwilligen Neffen küsst. Aber er braucht einfach Ruhe. Seine Gesundheit ist meine einzige Priorität. Trotzdem kann ich mich nicht gegen den Gedanken erwehren, der wie eine einsame Münze in der Waschtrommel in meinem Kopf klimpert: Warum ist er an dem Morgen aufs Meer hinausgefahren, nachdem er mir doch versprochen hatte, vorsichtig zu sein? Warum hat er mir nicht gesagt, dass er rausfährt? Einen Zettel hinterlassen? Nein, ich darf mich nicht hineinsteigern. Calder ist zurück, das ist das Einzige, was zählt. Er muss sich noch erholen. Und ich muss nach vorn blicken, nicht zurück. Calders Bedürfnisse haben Vorrang, nicht mein ständiges Drängen, für alles eine Erklärung zu bekommen.

Doch die Münze rotiert weiter.

Eine Woche ist seit dem Unfall vergangen, und Calder sitzt in einem Stuhl mit hoher Lehne, wo er durch sein Handy scrollt. Er kann jetzt allein zur Toilette schlurfen und ein paar Stunden am Tag aufrecht sitzen. Wir schweigen. Wie schnell Euphorie zur Alltagsroutine werden kann. Ich dachte, ich würde für immer auf Wolken tanzen. Jetzt … langweile ich mich sogar ein wenig. Bin wieder egoistisch. Er hat stark abgenommen, seine Wangenknochen zeichnen sich markant ab. Seine langen schwarzen Haare hängen ihm um die Schultern, und auch wenn er wie er selbst aussieht, bin ich angespannt, wenn er schweigt, wenn wir miteinander reden, ist das immer noch so … steif. Das stumme Beieinandersein ist einfacher.

Eine junge Frau in enger Hose und weißem T-Shirt kommt mit schwingendem Pferdeschwanz herein.

Calder lächelt ihr zu.

Warum lächelt er bei mir nicht so?

»Okay, Calder, dann legen wir mal wieder los«, zwitschert sie.

Calder grinst. Bei ihr ist er so viel entspannter als bei mir.

»Tut mir leid, Nance, es ist Zeit für meine Physiotherapie. Ich muss los.«

»Hallo, ich bin Christy.« Die fröhliche Frau nickt mir knapp zu und sieht breit lächelnd wieder zu Calder.
»Oh, natürlich. Soll ich mitkommen? Vielleicht kann ich ein paar der Übungen lernen ...«
Calder winkt ab. »Nein, du langweilst dich nur. Ruh dich aus. Wir sehen uns später.«
»Klar.«
Sie gehen langsam davon, und ich gehe zu meinem vertrauten Kokon zurück, dem grauen Wartebereich.
Dr. Viner hält mich auf. »Hallo, Nancy. Calder macht hervorragende Fortschritte. Christy sagt, er schlägt sich großartig.«
»Ja, danke. Es geht also aufwärts?«
Er nickt. »Wir sind sehr zufrieden mit den Fortschritten. Ein paar kleinere Verletzungen sind noch nicht ganz verheilt, aber der menschliche Körper, und vor allem das Gehirn, ist überraschend formbar und kann, falls nötig, neue Nervenbahnen ausbilden. Er wird im Handumdrehen wieder zu Hause sein. Er erholt sich wirklich verblüffend gut.«
»Großartig«, sage ich schwach, als er davoneilt.
Ich kann es niemandem sagen, aber die Aussicht, dass Calder bald nach Hause kommt, macht mich nervös. Er wirkt immer noch überhaupt nicht wie er selbst. Wie werde ich seine körperlichen und mentalen Bedürfnisse erfüllen können? Werden wir uns völlig neu kennenlernen müssen, weil seine Persönlichkeit sich so sehr geändert hat? Was sie hat. Alle scheinen zu glauben, dass alles top und in Ordnung ist. Ich bin so eine egoistische Ziege, weil ich undankbar bin, aber ich weiß, dass er sich sehr verändert hat. Vielleicht ist es nur vorübergehend? Doch selbst wenn es von Dauer sein sollte, werde ich mich darauf einstellen können. Glück ist relativ, rufe ich mir in Erinnerung. Ich dachte, ich wäre in London unglücklich gewesen, als wir nicht schwanger werden

konnten – doch im Vergleich zu Calders Tod war das die reinste Wonne. Ich darf nicht denselben Fehler noch einmal machen und diese guten Zeiten wegwünschen. Es ist vielleicht nicht alles perfekt – aber großartig, wundervoll und überwältigend im Vergleich zu dem Moment, als Calder in Arrans Boot leblos auf mich gefallen ist. Darauf konzentriere ich mich und hoffe inständig, dass es genug ist.

Zehn Tage nach dem Unfall sitze ich an Calders Bett, während er schläft. Jemand muss mir sagen, dass alles gut werden wird. Dr. Viner ist optimistisch, aber er wiederholt ständig nur »abwarten« und »wir können nichts Definitives sagen«. Janey erzählt mir verklärt, ich solle »das Positive visualisieren«, und Gina verkündet wie bei einem Jobmeeting, ich solle »die Veränderung annehmen und meine Parameter anpassen«.

Mit geschlossenen Augen sieht er aus wie mein Calder von früher. Seine zarten, geäderten Augenlider flattern plötzlich. Wovon träumt er? Komme ich in seinen Träumen vor? Wenn er wach ist, scheint er nicht oft an mich zu denken. Er wirkt fast wie … ein Fremder. Bei diesem gedanklichen Sakrileg krümme ich mich. Aber das Gefühl ist so stark. Jeden Tag wird es größer, drängt sich in den Vordergrund, und jeden Tag mache ich mir Vorwürfe, wie ich so unzufrieden mit ihm sein kann.

Natürlich ist er noch derselbe.

Er hat dieselben braunen Augen unter den zuckenden Lidern. Er hat dieselbe ungleichmäßige Windpockennarbe auf der Stirn. Er hat dieselbe geschwungene Augenbraue auf der rechten Seite, die nach oben wächst und die ich früher immer zupfen wollte, die ich aber inzwischen liebe.

Natürlich ist er es.

Er hat dieselben gewölbten Fingernägel mit der perfekten Nagelhaut, die ich mit meinen Stummelnägeln immer bewundert habe. Er hat dieselben behaarten Arme, die mich immer so festgehalten haben. Er hat dieselben breiten Schultern, die unsere IKEA-Möbel vier Stockwerke hoch in unsere Wohnung getragen haben, um aus unserem Londoner Nest ein Zuhause zu machen.

Natürlich ist er derselbe.

Er hat denselben Geruch, nach holzigem Moschus, der mich entspannt, meinen ganzen Körper kribbeln lässt und die physische Grenze zwischen unseren Körpern auslöscht, wenn ich mit ihm verschmelze. Ich beuge mich vor, bis mein Gesicht so nah ist, dass ich an seiner Nasenspitze lecken könnte, und versuche, den Calder von früher einzuatmen. Er ist noch da, doch der Geruch nach Desinfektionsmittel, Medizin und Krankheit überlagert ihn.

Ich scrolle weiter durch mein Handy, suche nach neuen Berichten über Calder, recherchiere zu seinem Zustand und zu Strudeln. War sein Vater in so einen Strudel gezogen worden? Warum war Calder dann nicht vorsichtiger gewesen? Doch das kann ich ihn jetzt nicht fragen. Es ist schwer, jene Nacht ruhen zu lassen. Calder hat ein Versprechen gebrochen, kaum dass er es mir gegeben hatte, und das sieht ihm überhaupt nicht ähnlich. Ich habe immer gewusst, dass er hundertprozentig zu mir steht. Natürlich haben wir auch mal gestritten, aber das Vertrauen ineinander war felsenfest, und jetzt wirkt es ... angeschlagen. Ich weiß, es ist nur ein kleines gebrochenes Versprechen, dazu dann der schreckliche Unfall, aber warum hat er es getan? Ich lese weitere Strudelsagen, darunter eine von einer heidnischen Wintergöttin, die ihren wollenen Tartan in einem Strudel gewaschen hat, bis er reinweiß war, und ihn dann als Schnee zum Trocknen auf den Berggipfeln ausgebreitet hat. Genau das ist mit Calder passiert. Sein Gedächtnis wurde reinweiß gewaschen.

Plötzlich öffnet er die Augen.

»Was?«, knurrt er.

Ich starre ihn aus zu geringer Entfernung an und zucke zurück.

»Ich wollte nur schauen, wie es dir geht.«

»Mir geht's gut.«

Wo ist er in diesen Augen, sein früheres Wesen? Ich sehe ihn nicht, kann ihn nicht erreichen, spüre unsere Verbindung nicht. Vielleicht denkt er ja, ich bin wütend auf ihn, weil er mit dem Boot hinausgefahren ist, obwohl er mir doch versprochen hatte, es nicht zu tun?

»Es war nicht deine Schuld«, sage ich leise.

»Was?«, krächzt er.

»Ich weiß, du hast mir versprochen, dass du vorsichtig bist. Und dann bist du allein aufs Meer hinausgefahren, ohne es mir zu sagen. Aber ich bin nicht wütend, sondern einfach nur so froh, dass du wieder bei mir bist.«

»Ich weiß. Ich verdiene dich nicht.« Seine Stimme klingt erstickt, und ich umarme ihn.

O mein Gott, endlich öffnet er sich. »Es tut mir leid, ich wollte dich nicht aufregen. Ich liebe dich so sehr.«

Doch nach ein paar Sekunden zieht er sich schon wieder zurück. »Könntest du mir einen Tee holen?«

»Äh, ja, natürlich. Aus der Cafeteria?«

»Wäre das okay?«

»Klar.«

Das war ganz schön abrupt. Möchte er wirklich einen Tee, oder will er mich nur aus dem Raum haben?

Auf dem Weg zu seinem Zimmer stelle ich die heißen Pappbecher einen Moment auf einen niedrigen Tisch, auf dem Faltblätter ausliegen, und setze mich daneben auf einen Stuhl. Was ist denn nur los mit mir? Calder hat so viel durchgemacht. Er ist »gestorben«.

Er hat im Koma gelegen. Wer weiß, wo er gewesen ist? Was er erlebt hat? Ich muss versuchen, ihm zu helfen.

»Mrs Campbell, brauchen Sie Hilfe?«, fragt eine Schwester im Vorbeigehen.

»Nein, danke, alles gut.« Ich korrigiere sie nicht, dass wir nicht verheiratet sind. Was spielt das schon für eine Rolle? Oder ist es wichtig? Ich muss Calder zeigen, wie sehr ich ihn liebe. Ich ziehe die kratzigen Ärmel über die Hände und gehe mit den Bechern weiter. Um uns herum existiert eine große weite Welt, die wir früher allerdings auch zwischen uns hatten. Und die will ich zurück. Irgendeine höhere Macht, Gott oder wer auch immer, hat mir Calder zurückgegeben, und ich muss uns in unsere Zukunft bringen, damit wir unsere Vergangenheit hinter uns lassen können. Calder muss wissen, dass ich voll und ganz für ihn da bin, egal wie sehr er sich verändert hat.

Als ich eintrete, streckt er die Hand nach einem Becher aus, aber ich stelle beide auf dem Nachttisch ab.

Er runzelt die Stirn.

Ich gehe auf ein Knie und lächele zu ihm hoch. »Calder, ich liebe dich so sehr. Ich weiß, dass du durch die Hölle gegangen bist. Ich weiß, dass das alles sehr schwer für dich ist. Aber ich bin für dich da. Ich werde immer für dich da sein. Willst du … mich heiraten?«

Er starrt mich an. Schockiert. Erschrocken?

Das Schweigen wird immer unbehaglicher.

Ich komme mir lächerlich vor, wie ich auf dem Boden knie, während die Schwestern durch das Glasfenster in der Tür schauen, daher stehe ich auf. »Es tut mir leid. Ist das zu viel für dich? Ich werde nur ständig als deine Ehefrau bezeichnet, und das möchte ich auch sein. Ich möchte zeigen, wie sehr ich dich liebe. Ich bin an deiner Seite, egal was passiert.«

Er weint. Die Schwestern wirken besorgt.
»Vergiss es«, platze ich heraus. »Das war albern.«
Er schüttelt den Kopf. »Nein. Wir müssen versuchen, das hier durchzustehen«, sagt er. »Wir müssen es wenigstens versuchen. Okay. Ja. Lass uns heiraten, wenn wir wieder auf der Insel sind.«
Seine emotionslose Reaktion irritiert mich, doch dann bücke ich mich und umarme ihn. Wir werden heiraten. Aber ich habe das Gefühl, als hätte ich ihn dazu gezwungen.
Wir müssen versuchen, das hier durchzustehen?
Was durchzustehen? Seine Genesung? Die seltsame Distanz zwischen uns?
Wir müssen es wenigstens versuchen?

Das Frühstück ist mittlerweile meine Lieblingszeit des Tages. Bis jetzt habe ich neun Mal hier im Hotel gefrühstückt. Ich freue mich darauf, wenn ich abends schlafen gehe, und vermisse es, sobald es vorbei ist. Es erscheint mir im Moment als das einzig Verlässliche und Kontrollierbare in meinem Leben. An diesem Morgen esse ich Eier, deren Eigelb noch flüssig ist, leuchtend rote, pralle Dosentomaten, die beim Anstechen spritzen, zwei Würste, die mich an das Frühstück mit meinen Eltern erinnern, ein Stück geröstetes Brot, das so fettig ist, dass das Öl an meinem Kinn heruntertropft, und zwei perfekt getoastete Scheiben Toast mit perfekt süßer Marmelade. Ich genieße jeden Blick, jedes Aroma, jedes Geräusch, jeden Geschmack und jede Konsistenz.

TOTER MANN HEIRATET lautet die Schlagzeile der obersten Zeitung auf meinem heutigen Stapel, nachdem eine Pflegerin die Geier mit der frohen Botschaft von gestern gefüttert hat. VOM SARG ZUM ALTAR lautet eine andere. Ein drittes Blatt hat ein Foto von mir aus Fionas Lokalblatt abgedruckt, auf dem ich erschöpft aussehe. Die dazugehörige Überschrift lautet

FRANKENSTEINS BRAUT. Vielen Dank auch, Fi. Die Schlagzeile ist billig und reißerisch und außerdem falsch, denn Dr. Frankensteins Frau Elizabeth wurde von dem Monster getötet, nachdem er die Gefährtin zerstört hatte, die er für das Monster geschaffen hatte. Der Vergleich mit einer Braut, die in ihrer Hochzeitsnacht ermordet wurde, ist nicht besonders schön.

Nach dem Frühstück gehe ich zurück in mein Zimmer im dritten Stock, das herrlich aufgeräumt und ruhig ist. Alles ist so schön ordentlich: Meine immer zahlreicher werdende neue bequeme Kleidung ist nach Farben und Größen sortiert, meine Notizbücher mit den Nachforschungen zu Calders Zustand und meine immer länger werdenden To-do-Listen sind sorgfältig gestapelt. Endlich habe ich den Thermostat bezwungen und lege mich wohlgenährt und gut gewärmt auf mein schönes quadratisches Bett in meinem quadratischen Zimmer, bis es an der Zeit ist, mich wieder aufzuraffen und ins Krankenhaus zu fahren.

Das Hotel ist jetzt mein Lieblingsort. Mein zweitliebster Ort ist der graue, ach so vertraute Wartebereich im Krankenhaus. An dritter Stelle steht das Zimmer, in dem Calder, mein zukünftiger Ehemann, liegt.

»Also, Calder, erinnern Sie sich an etwas aus der Zeit, in der Sie klinisch ›tot‹ waren?«

Er lächelt, während er auf einem Krankenhausbalkon interviewt wird. Das fünfminütige Video mit ihm und Dr. Viner hat bereits eine halbe Million Klicks im Internet. Immer wieder habe ich es mir angesehen. In Calders Augen geblickt. Seiner Stimme zugehört. Versucht, »ihn« zu finden.

Calder lacht. »Nein, darum geht es ja, wenn man tot ist. Man ist nicht mehr da.«

»Was ist dann das Letzte, an das Sie sich erinnern?«

Wieso darf ich ihm diese Fragen nicht stellen?
»Wie ich am Abend zuvor ins Bett gegangen bin. Der Rest ist völlig ausgelöscht.«

»Und wie geht es Ihnen jetzt?«

»Das Laufen fällt mir immer noch etwas schwer, weil die Nervenenden geschädigt sind«, antwortet Calder, während die Kamera zurückfährt und ihn in der Totalen zeigt, »aber abgesehen davon bin ich wieder ganz der Alte.«

Wie kann er das sagen? Merkt er denn selbst nicht, wie er sich verhält? Oder bin ich verrückt?

»Und das alles dank Dr. Andrew Viner hier neben mir.«

Calder lächelt dem Arzt zu, der das Lächeln erwidert. Er sieht schick aus in seinem Maßanzug.

Warum strahlen deine Augen bei ihm mehr als bei mir, Calder?

»Es war ein sehr kompliziertes Verfahren«, erklärt Dr. Viner. »Wir befanden uns auf unerforschtem Gebiet. Aber wir konnten ihn zurückholen.«

Jungs, wir befinden uns immer noch in unerforschten Gewässern, ihr zwei tut bloß so, als hätten wir sie hinter uns.

»Wir haben uns den Tod immer als fixen Schlusspunkt vorgestellt«, fährt Dr. Viner fort, »doch dieser Fall zeigt uns, dass der Tod ein Prozess ist. Das bedeutet, dass wir eingreifen und den Verlauf ändern können. Für die Medizin ist das sehr aufregend. Dieser Fall zeigt uns, dass extreme Kälte bei Herzinfarkten helfen kann oder wenn der Körper anderweitig die Funktion einstellt. Der Betroffene kann mit Eisdecken heruntergekühlt werden, und in der Zeit, die wir uns durch diesen ›Schwebezustand‹ erkaufen, können wir versuchen, den Patienten erfolgreich zu behandeln.«

Ja, ja, ihr und eure Prozesse. Ich weiß, dass Calders Genesung ein Prozess ist – ich lebe schließlich jeden Tag damit. Und ich bemühe mich so sehr, Geduld zu haben, doch diese Arzt-Patienten-Bromance ist liebevoller als das Verhältnis zwischen Calder und mir. Ich habe das Gefühl, als hätte mein Calder aufgehört zu existieren. Als das Boot gekentert ist.

Und er ist nie zurückkommen.

Zwei Wochen sind seit dem Unfall vergangen, und ich bin am Vorabend von Calders Entlassung zurück in meinem wunderbaren Premier Inn. Mit dem kleinen Nähzeug, das auf dem Zimmer ausliegt, flicke ich einen Riss in einem meiner T-Shirts und steche mir dabei plötzlich in den Finger. Ein perfekter Blutstropfen erblüht auf meiner Fingerspitze. Dornröschen hat nach einem Nadelstich hundert Jahre geschlafen. Die Glückliche. Sie durfte bei ihrem perfekten Prinzen aufwachen. Ich wünschte, ich könnte abschalten, bis Calder zurück ist. Oder ist kein Schlaf lang genug? Ich muss wohl einfach akzeptieren, dass er sich dauerhaft verändert hat. Sein sauerstoffarmes Blut wurde aus ihm hinaus und neues Blut in ihn hineingepumpt, was zwar seinen Körper wieder zum Leben erweckt hat, jedoch nicht ihn.

Wessen Blut hat er bekommen?

Ich gebe meine Näharbeit auf und schalte ziellos durch die Fernsehkanäle.

»Aber er ist nicht mehr derselbe«, sagt eine hübsche junge Frau zu einem Schönling im weißen Arztkittel.

Ich halte inne.

»Natürlich ist er das«, antwortet der Arzt. »Er hat nur ein neues Herz bekommen, er ist immer noch Ihr Freund.«

Beide blicken auf einen jungen Mann mit vielen Verbänden in einem Krankenhausbett hinunter.

Was ist das für ein Film? Ich klicke auf die Infotaste. *Change of Heart: Als der achtzehnjährige Dean in einen schrecklichen Motorradunfall verwickelt wird, wird sein Leben durch eine Herz-*

transplantation gerettet. Doch als er aufwacht, ist seine Freundin Trish überzeugt, dass mit ihm etwas nicht stimmt!

Ein US-Teenie-Slasher, aber ich schaue verzückt weiter.

Dean erwürgt die Katze der Familie und terrorisiert die Nachbarskinder.

»Er ist nicht er selbst!«, weint Trish. »Warum sieht das denn sonst niemand?«

Ich fiebere mit, wie der Film endet.

Trish hat schließlich genug von Deans finsteren Blicken und seiner Brutalität und trennt sich von ihm. Gut gemacht. Ich war beeindruckt, wie lange sie es überhaupt ausgehalten hat.

Die darauffolgende Mordserie macht irgendwie süchtig. Deans Gesicht ist nicht mehr jugendlich, seine Wangen sind eingefallen, er trägt dicken schwarzen Eyeliner und leckt sich oft die Lippen, während er die Augen zusammenkneift. In einem Park stranguliert er einen Obdachlosen mit einem dünnen roten Seil; als Nächstes erwürgt er damit die beste Freundin seiner Mutter; und dann bringt er am selben Abend damit noch drei kreischende Highschool-Mädchen in ihrem Wohnheim um.

Der fette örtliche Polizeichef bemerkt verblüfft die unheimlichen Ähnlichkeiten zwischen dieser Mordserie und einigen älteren, aufgeklärten Morden.

»Wie kann es sich um denselben Mörder handeln?«, fragt der Polizeichef gedehnt. »Der Täter von damals ist tot. Er wurde vor zwei Monaten hingerichtet.«

»Aber das rote Seil! Dieses Detail haben wir nie an die Öffentlichkeit gegeben!«, ruft sein verwirrter Untergebener.

Und natürlich stellt sich heraus, dass der gute alte Dean vor genau zwei Monaten sein neues Herz bekommen hat – das des hingerichteten Killers. Der geistesgestörte Mörder lebt in Deans Körper weiter und setzt seine Mordserie fort.

Ich vernichte drei kleine Weinflaschen und vier Biere aus der Minibar, während ich gespannt die Jagd auf Dean verfolge, bevor er wieder tötet. Schließlich kann ihn die Polizei spätabends in der Turnhalle der Schule stellen, als er gerade den Kapitän des Footballteams erwürgen will. Deans alte Persönlichkeit erwacht zum Leben und kämpft mit dem Herz des Mörders. Dean zuckt ausgiebig zurück, verdreht die Augen und schlägt auf sich ein. Die Szene hat es bestimmt auf das Bewerbungstape des Schauspielers geschafft.

»Tötet mich!«, schreit Dean den Polizisten zu, die ihre Waffen auf ihn gerichtet haben. Aber die Idioten zögern. Das Herz des Mörders übernimmt wieder die Kontrolle, und er entkommt durch ein praktischerweise offen stehendes Fenster.

Dean muss vernichtet werden, das ist allen klar, den Einwohnern der Stadt, Dean selbst und den beanspruchten Zuschauern, die nicht glauben können, dass sie sich diesen Mist immer noch ansehen.

Ich bin erschöpft und erleichtert, als Deans bester Freund ihn dabei erwischt, wie er versucht, die arme Trish in ihrem Schlafzimmer zu erdrosseln.

»Erschieß ihn!«, schreit das Mädchen, das ihn einst geliebt hat. Und der beste Freund eröffnet pflichtbewusst das Feuer und schießt Dean in den Kopf. Sein Gehirn spritzt über ein Foto von ihm aus der Zeit vor dem Unfall. Den alten, lächelnden Dean von vor der Herztransplantation. Den »echten« Dean.

KAPITEL NEUN

Vor fünfzehn Tagen bin ich hinter der Trage mit Calder hergerannt, in dieses Krankenhaus, und war mir sicher, dass er es nie mehr lebend verlassen würde.

Jetzt gehen wir gemeinsam durch den Flur, in dem Dr. Viner und seine Leute Spalier stehen. Die Physiotherapie hat Wunder gewirkt, und Calders Gang ist fast normal, erinnert vielleicht ein wenig an John Wayne. Ich folge ihm mit unseren Taschen. Die Angestellten klatschen, während Calder jedem Einzelnen breit lächelnd zunickt. Es ist, als hätten wir gerade eine Wahl gewonnen. Bei den Aufzügen schüttelt Dr. Viner mit beiden Händen Calders Hand und grinst, als wäre er sein verlorener Sohn.

Dann dreht er sich zu mir. »Haben Sie alles?«

»Ja.« Ich tätschele die Tasche mit den Tabletten und Messgeräten. Alle anderen sind glücklich. Ich bin einfach nur erschöpft und gehe mal wieder vom Schlimmsten aus. Alles ist in Ordnung. Wir brauchen nur Zeit für uns, um unser altes Gleichgewicht wiederzufinden. Oder ein neues. Er ist zurück, alles andere ist unwichtig.

»Und wir sehen uns dann in einem Monat zur Kontrolle«, sagt Dr. Viner, wieder an Calder gewandt. »Geben Sie Bescheid, wenn sich etwas ändert. In Ordnung?«

»Danke«, sagt Calder warmherzig.

»Ach was, ich sollte Ihnen danken. Ich werde einen Haufen Aufsätze über Sie veröffentlichen und jahrelang daran verdienen. Nein, im Ernst, es war mir eine Ehre, Ihnen zu helfen. Während Sie durch die Hölle gegangen sind, hatten wir die Gelegenheit, die Grenzen der Medizin zu verschieben, und ich würde lügen, wenn ich nicht zugäbe, dass das ... aufregend war.«

Alle lachen. Auch Calder. Nur ich nicht. Dann winkt er allen wie ein Held zu, und wir gehen durch die Lobby. Zurück zu unserem neuen Leben. Also, unserem neuen Leben 2.0.

Mit dem Taxi fahren wir vom Krankenhaus zum Bahnhof Glasgow Queen Street, um von dort den Zug nach Oban zu nehmen. Calder schweigt, während ich die Zugfahrzeiten im Internet überprüfe.

»Alles okay?«, frage ich.

»Mhm.«

»Sie kommen mir bekannt vor«, ruft der grauhaarige Taxifahrer und sieht im Rückspiegel zu Calder. »Sind Sie Schauspieler?«

Calder sieht kurz zu mir, dann senkt er den Blick. Sein Foto war in allen Zeitungen, aber ich verstehe, dass er kein Aufheben um sich möchte.

»Nein, nein, wir waren … nur kurz hier, ein kleiner Städtetrip«, antworte ich gezwungen fröhlich, »aber jetzt geht es nach Oban und weiter nach Langer, wo wir wohnen.«

»Da haben Sie noch ein ordentliches Stück vor sich. Die Zugfahrt ist aber wirklich schön, wunderbare Landschaft. Meine Frau und ich versuchen, die Strecke mindestens einmal im Jahr zu fahren.«

»Ja, sie ist wirklich magisch«, stimme ich zu und lächle Calder an.

Doch er hält den Blick weiter gesenkt.

Es fühlt sich so seltsam an, nicht mehr im Krankenhaus zu sein. Ich kann kaum glauben, dass man uns entlassen hat und wir jetzt selbst zurechtkommen müssen. Man hat ihn in den letzten zwei Wochen engmaschig überwacht und gepflegt, und ich habe mich so an die Abläufe und Vorschriften im Krankenhaus gewöhnt. Jetzt weiß ich nicht, wie ich mich verhalten soll, nur auf uns gestellt.

Ich denke daran, wie ich Gina mit ihrem ersten Kind aus dem Krankenhaus abgeholt habe.

»Wie können sie mich einfach so gehen lassen?«, hatte sie gejammert. »Ich habe doch keine Ahnung, wie ich mich um dieses zerbrechliche Wesen kümmern soll. Ich werde es umbringen. Gott sei Dank gibt es Nannys.«

So geht es mir gerade mit Calder, aber ich habe keine Nanny und auch sonst keine Unterstützung. Die Verantwortung schüchtert mich ein, auch wenn es Calder körperlich gut geht. Vermutlich werde ich nie wissen, wie es ist, sich um ein Baby kümmern zu müssen. Was aber gerade auch ein Segen ist. Calder wird meine gesamte Aufmerksamkeit beanspruchen.

Am Bahnhof lasse ich ihn auf den Hartschalensitzen gegenüber der Anzeigetafel zurück und hole uns beiden einen Kaffee. Unser Zug ist bereits angeschrieben, allerdings noch ohne Gleis.

»Ich gehe mal eine rauchen«, verkündet Calder.

»Du rauchst wieder?« Seit zwei Jahren hat er nicht mehr geraucht. Seit wir versuchen, ein Kind zu bekommen. »Ist das vernünftig?«

»Lass mich«, gibt er abweisend zurück und geht davon. Im Krankenhaus hatte er für alle ein breites Lächeln übrig, und mich knurrt er an?

Nach Qualm stinkend, kommt er mit zwei Packungen Benson and Hedges zurück. Ja, das ist kein kluges Verhalten, aber ich muss einfach Geduld haben. Für ihn ist es sehr viel schwieriger als für mich; seine Bedürfnisse haben Vorrang.

Endlich wird Gleis 4 angezeigt, und dann sitzen wir im Zug nach Oban. Wir werden an Bahnhöfen mit ungewöhnlichen Namen halten: Garelochhead – Arrochar und Tarbet – Ardlui – Crianlarich – Dalmally – Loch Awe. Als wir Isla damals besuchten, flogen wir nach Glasgow und fuhren dann mit einem Mietwagen weiter. Mit dem Zug sind wir bisher nur einmal gefahren, bei unserem Umzug. Dieses unbekümmerte Paar sind wir jetzt nicht mehr. Wir spielen zwar die gleiche Szene noch einmal, doch in einem anderen Genre. Die erste Fahrt fand in einer Romcom statt – in leuchtenden Farben, mit witzigen Dialogen, vielen Umarmungen und Küssen. Jetzt befinden wir uns in einem düsteren hyperrealistischen Indiefilm: Alles ist grau und verschattet, wir schweigen, kein Körperkontakt, verschlossener Gesichtsausdruck.

Calder sitzt mir gegenüber, er ist nicht nur gereizt, sondern geradezu abweisend, auch körperlich.

»Kein gutes Wetter im Vergleich zum letzten Mal«, bemerke ich und sehe zu dem bedeckten Himmel hinaus.

»Mhm.«

Das Schweigen hängt schwer zwischen uns.

»Nach Wochen im Krankenhaus muss dir das alles sehr seltsam vorkommen.«

»Mhm.«

»Geht es dir gut?«

»Mhm.«

Ich sehe, wie ein älteres Paar auf der anderen Gangseite einen Blick wechselt. Fallen ihnen Calders Wortkargheit und Unhöflichkeit auf? Oder wirke ich wie eine nervige Ehefrau? Liegt es an ihm oder an mir?

»Hast du Hunger?«, frage ich, als die Frau den Blick abwendet. »Der Imbisswagen kommt.«

»Drei Schinkensandwiches, bitte«, sagt er zu dem Verkäufer. »Möchtest du auch etwas?«

»Nein danke.«

Ich sehe ihm zu, wie er den Belag von zwei Sandwiches nimmt, auf das dritte legt und es dann isst. Ich sage nichts. Vielleicht braucht er gerade extraviel Protein?

»Ich mache nur mal die Augen zu«, murmelt er dann und lehnt sich zurück.

»Ich …«

Da hat er die Augen schon geschlossen, und ich sehe aus dem Fenster. Beim letzten Mal haben wir uns auf diesem Teil der Reise dauernd vor der faszinierenden Landschaft fotografiert: den wogenden Hügeln, Bäumen, den flauschigen Schafen und den malerischen Meeresarmen. Calder hatte sich so über meine Ehrfurcht gefreut.

Wir halten am Loch Lomond, wo der Unterschied besonders spürbar ist. Hier hat mich Calder beim letzten Mal fest umarmt, während wir zusammen auf das glitzernde Wasser sahen. Jetzt sitzt er mir gegenüber, nicht neben mir, und hat die Augen geschlossen. In der Mitte des Sees befindet sich eine kleine Insel. Beim ersten Mal hatte sie so idyllisch ausgesehen, jetzt wirkt sie einsam und isoliert. Wie ich.

Mein Handy vibriert. Gina. Ich drücke den Anruf weg. Mit ihr kann ich mich jetzt nicht auch noch auseinandersetzen.

Vielleicht will Calder nicht auf den See schauen, weil er ihn an das Unglück im Meer erinnert? Sogar ich halte es kaum aus, muss daran denken, wie ich ihn aus dem eiskalten Wasser gezogen habe. Doch wir haben es überlebt. Wir haben eine zweite Chance bekommen. Natürlich ist Calder verschlossen. Ich kann nicht wissen, was er durchgemacht hat. Calder hat eine Rot-Grün-Schwäche. Als er mir erzählt hat, dass er nur eine Farbe anstatt wie ich zwei sieht, war ich völlig schockiert. Wie konnte seine Realität so sichtbar anders sein als meine? Und jetzt geht es nicht nur um Farben. Ich kann nicht wissen, was er erlebt hat, oder die Welt mit seinen Augen sehen. Ich kann nur Geduld haben.

Die Landschaft wirkt grau und stumpf unter der dichten Wolkendecke. Selbst mir erscheint sie nicht mehr so perfekt wie beim letzten Mal. Mir fallen Dinge auf, die ich vorher nicht gesehen habe: der Maschendraht, mit dem die Ufer geschützt sind, die Strommasten, die dunklen Furchen zwischen den Hügeln. Vorher war alles zobel- und kaffeefarben, jetzt hat alles eher dunkle Schwarz- und Braunschattierungen. Letztes Mal wirkten die Bäume ätherisch und stolz. Jetzt sehen sie eher kümmerlich aus. Die Bergkuppen waren scharf umrissen und schneebedeckt, jetzt sind sie verschwommen und in Nebel gehüllt. Ich sehe aufgewühlte schwarze Erde, Baumstämme, die wie Leichen verstreut sind, und frisch gepflanzte Bäume mit Stützstangen. Die wie Kriegsgräber aussehen.

In Oban steht Janey am Ende des langen Bahnsteigs und winkt überschwänglich. Sie macht sich wirklich so viel Mühe, um uns zu helfen, obwohl sie mich doch bisher erst einmal getroffen hat. Aber vielleicht ist das diese warme Inselgemeinschaft, von der alle immer reden.

»Ich freue mich so, euch beide zu sehen«, sagt sie strahlend und umarmt mich. »Calder, du hast uns ganz schön Angst eingejagt.«

Er nickt schweigend.

»Dann kommt mal mit.« Sie führt uns zu einem Wagen. »Den habe ich von Arran ausgeliehen«, erklärt sie. »Ich war mir nicht sicher, ob Calder sich vielleicht hinlegen muss.«

»Es geht mir gut«, murmelt er. »Aber es wäre trotzdem gut, wenn ich mich auf dem Rücksitz etwas ausstrecken und ein wenig schlafen könnte.«

Janey macht es Calder mit den Kissen und Decken, die sie mitgebracht hat, gemütlich, dann setze ich mich neben sie auf den Beifahrersitz. Wir unterhalten uns gedämpft, auch wenn ich nicht glaube, dass Calder schläft. Sie wirft mir einen Blick zu, offenbar hat sie die angespannte Stimmung zwischen uns bemerkt, gibt sich aber weiter fröhlich.

»Ich fahre euch direkt zum Cottage. Wir haben alles für euch vorbereitet, den Kühlschrank aufgefüllt und ordentlich durchgeputzt.«

»Wer ist wir?«

»Die Kirchengemeinde.«

»Oh, klar. Danke. Woher hattet ihr den Schlüssel?«

»Na, von Arran.«

Natürlich! Es ist mir peinlich, dass jemand während unserer Abwesenheit im Cottage war und es trotz unserer ganzen Arbeit nicht für sauber genug hielt. Doch es erleichtert uns die Rückkehr. Das ist wohl der Vorteil einer kleinen Gemeinschaft, die eng zusammenhält.

»Wie ist es mit … du weißt schon«, flüstere ich und denke neidisch an das innige Verhältnis zwischen Janey und Rob, das ich im Laden gesehen habe.

Sie zuckt mit den Schultern. »In der Nacht von Calders Unfall hatten wir Streit. Heftigen Streit. Ich wollte dich nicht damit belasten, als du am Telefon nach ihm gefragt hast. Aber seither herrscht Funkstille. Endgültig, vermute ich. Aber genug von uns. Heute hast du Grund zum Feiern.«

»Ich dachte …«

»Es ist aus«, sagt sie untypisch düster. Sie wirkten doch so vertraut miteinander? Aber was weiß ich denn schon von Beziehungen. Offensichtlich nichts mehr.

Sie sieht sich immer wieder zu Calder um, während wir schweigen. Die Fahrt dauert eine halbe Stunde, und dann sind wir endlich an der gebogenen Brücke und auf der Insel beim Hafen, von dem aus die Fähre nach Langer ablegt. Die stämmigen Männer auf dem Pier nicken uns mit schroffer Herzlichkeit zu.

»Wissen hier denn alle, was passiert ist?«, flüstere ich.

»Na klar. Calder ist das Hauptgesprächsthema auf der Insel. Im Pub, nach dem Gottesdienst, im Lokalradio. Er ist ein Star.«

»Oh, cool.« Ich denke an weibliche Pfaue und wie unscheinbar braun und klein sie im Vergleich zu den Männchen mit ihrem auffälligen Schwanzgefieder sind. Natürlich bin ich das kleine braune Pfauenweibchen. So soll es auch sein. Aber irgendwie habe ich das Gefühl, dass ich jetzt noch weniger Chancen habe, als Inselbewohnerin akzeptiert zu werden. Als wir durch die »Metropole« fahren, ist alles so ruhig wie immer, die Straßen sind leer. Gott sei Dank gibt es kein Empfangskomitee. Mit vielen Menschen könnte ich heute nicht umgehen. Wir müssen uns erst einmal in aller Ruhe einrichten. Wir fahren unter dem langen Schatten des Kirchenkreuzes hindurch, und ich schlucke bei der Erinnerung an mein Versprechen, eine perfekte Ehefrau zu sein. Natürlich werde ich Calder auf jede erdenkliche Weise helfen. Weil ich ihn liebe. Aber auch, weil ich einen Pakt geschlossen habe. Wenn ich versage, wird Calder mir wieder genommen. Es ist irrational, fühlt sich aber trotzdem real an. Und irgendwie habe ich das Gefühl, auf dieser Insel Teil von etwas zu sein, das größer ist als ich.

Schließlich biegen wir um die letzte Kurve und holpern den Weg hinunter zu unserem Cottage.

Ach du Schande.

Das Haus ist mit bunten Wimpeln geschmückt. Davor stehen Klapptische mit leuchtend roten Tischdecken, die unter dem Gewicht von Unmengen von Essen ächzen. Und zu beiden Seiten des Cottages ... steht das gesamte Dorf hinter einer Reihe älterer Männer in Anzügen. Was zum Teufel ...? Los, Pokerface. Unter lautem Jubel steigen wir aus. Calder ist sichtlich gestresst, doch er lächelt und schüttelt den Leuten die Hände. Ich wende mich ab.

Bei anderen ist er so zugänglich und nur bei mir mürrisch und abweisend. Allmählich wird es verletzend.

»Geht es dir gut?«, fragt Janey.

»Ja, ich bin nur müde. Wer sind die alten Männer?«

»Die Kirchenältesten«, flüstert sie. »Eine große Ehre.«

Mir ist alles zu viel, aber ich muss mich zusammenreißen und Dankbarkeit zeigen.

»Das ist ... großartig. Und vielen Dank, dass du uns vom Bahnhof abgeholt und das hier alles organisiert hast.« Ich senke meine Stimme. »Du hast mich die ganze Zeit über so unterstützt und mir nichts von deinen eigenen Problemen erzählt.«

»Du hattest viel schwerere Dinge zu schultern. Bei mir war es nur der übliche Mist.«

»Was ist passiert?«

Sie zieht mich noch ein Stück zur Seite. »In der Nacht von Calders Unfall habe ich Rob gesagt, dass ich unsere Beziehung auf der Insel öffentlich machen will, weil ich die Heimlichtuerei hasse. Aber er hat nur von seiner Ex-Frau Alison geredet und dass sie ihn umbringen würde, wenn er noch einmal einen Fuß auf die Insel setzt. Ich bin wütend geworden und habe ihm entgegengeschleudert, dann würde ich ihn umbringen, wenn er nicht endlich offen zugibt, dass er mich hier besucht. Er hat gesagt, ich sei genauso manipulativ wie Alison früher – was mich dann erst recht wütend gemacht hat, denn ich bin wirklich nicht wie dieses rachsüchtige Weib.«

Der intensive Gefühlsausbruch, den diese sonst so ruhige Frau hat, schockiert mich.

Sie sieht zu mir und beruhigt sich ein wenig. »Wie auch immer. Wir haben uns gestritten. Kurz vor Sonnenaufgang ist er davonmarschiert, und seitdem habe ich nichts mehr von ihm gehört.«

»Hast du ihn angerufen?«

»Sinnlos«, sagt sie düster.

»Das tut mir so leid.«

»Na ja, vielleicht habe ich zu viel verlangt. Alison hat die ganze Insel gegen ihn aufgebracht. Und ich glaube, für eine echte Beziehung ist er einfach zu gebrochen durch sie und den Verlust von Caitlin. Das war's. Oh, Vorsicht«, flüstert sie und sieht an mir vorbei. »Da kommt unser Heiliger! Wir reden nachher, ja?«

Ich drehe mich um, und schon steht Arran mit seiner ganzen Intensität vor mir.

»Gott hat ihn zu uns zurückgebracht«, sagt er mit leuchtenden blauen Augen.

»Na ja, du und ich und später die Ärzte – aber okay, Gott auch.« Mir kommen die Tränen.

Arran lächelt. »Seine Zeit war noch nicht gekommen.«

Wir sehen uns an, in der Erinnerung versunken. Ich fühle mich mit ihm verbunden, denke daran, wie ich Calder nach Arran beatmet habe, während unserer Wiederbelebungsversuche. Ich lege ihm meine Hand auf die Brust. Er hat den Sanitätern gesagt, sie sollten es weiter versuchen. »Danke, dass du ihn nicht aufgegeben hast«, sage ich erstickt und umarme ihn unvermittelt. Zuerst ist er überrumpelt, dann erwidert er die Umarmung, und ich spüre, wie ein Ruck durch uns geht, die Erinnerung an das, was wir durchgemacht haben. Er ist schlanker als Calder, und doch fühlt er sich für mich in diesem Moment stärker an. Wir halten uns einige Sekunden lang fest, bevor wir unbeholfen voneinander ablassen.

»Du warst großartig auf dem Meer. Wie kann ich dir jemals dafür danken?«, sage ich nachdrücklich.

Röte breitet sich auf seinen blassen Wangen aus. »Ach was. Das war Gottes Wille. Möchtest du einen Drink?« Er deutet zu den Flaschen und Fässern.

»Ich ... ja, gern.« Calder und ich werden ja erst einmal nicht versuchen, schwanger zu werden. »Dürfen Pfarrer denn trinken?«

»Machst du Witze?« Er lacht.

Ich nehme die Flasche, die er mir hinhält, wir stoßen an und trinken. Die kühle dunkle Flüssigkeit wärmt mich von innen. Jemand spielt Geige, und alle unterhalten sich. Calder steht inmitten seiner Freunde und lacht. Vermutlich hat er das Gefühl, sich für sie Mühe geben zu müssen.

»Noch eins?«, fragt Arran und hält mir eine zweite Flasche hin. Ich merke, dass ich mein Bier bereits ausgetrunken habe.

»Klar.«

Er ist ein gut aussehender Mann mit seinen strahlend blauen Augen und dem wettergegerbten Gesicht. Der hübsche Pfarrer. Zwischen uns besteht ein wortloses Verständnis, wahrscheinlich aufgrund der gemeinsam erlebten Extremsituation. Und auch als Symbol dafür, wie weit ich mich von Calder entfernt habe.

»Ich bin froh, dass Calder wieder auf den Beinen ist. Das war ... ganz schön knapp da draußen auf dem Meer.«

»Ja.«

»Ich gehe mal besser«, murmelt er, »kümmere mich um meine Schäfchen und so.«

»Danke, Arran«, sage ich und drücke seinen Arm.

Er küsst mich auf den Scheitel, dann nickt er abrupt und wendet sich ab.

Ich gehe zum Klippenrand und blicke aufs Meer. Wie zu Ehren von Calders Rückkehr ist das Wetter jetzt strahlend. Eine Szene wie aus dem Bilderbuch: die steilen Hügel, die gezackte Küstenlinie, das Meer glitzert, als stünde es Modell für eine Anzeige des schottischen Tourismusverbandes.

Schaut mich an, scheint es zu sagen, so perfekt bin ich, so strahlend, so unschuldig. Aber ihr wisst Bescheid, nicht wahr?

Rausch. Klirr. Rausch. Klirr.

Die Schieferplatten werden bei jeder Welle mitgerissen. Einen Moment höre ich nur das Rauschen und Klirren, die Willkommensparty ist in den Hintergrund gerückt. Hören ist ein Akt des Wollens, der Konzentration. Einmal habe ich für Radio 4 eine Dokumentation zum »Cocktailparty-Effekt« produziert – man kommt auf eine Cocktailparty und hört zuerst einmal nur einen einzigen Lärmbrei, doch nach und nach kristallisieren sich einzelne Gespräche um einen herum heraus. Man kann sich nämlich bewusst entscheiden, wobei man zuhören möchte, alles andere wird ausgeblendet. Calder hat beschlossen, mich nicht mehr hören zu wollen. Er konzentriert sich auf alle anderen Menschen, aber nicht auf mich.

Ich sehe zurück zur Party und höre wieder das Gelächter, das Gläserklirren, die Rufe der Kinder.

Wenn ich die Geräusche wieder wahrnehmen kann, dann kann Calder doch bestimmt auch mich wieder hören?

KAPITEL ZEHN

Als das letzte Auto knirschend den Vorplatz verlässt, bin ich endlich allein mit Calder. Nur wir zwei. Kein Krankenhauspersonal, keine Taxifahrer, Mitreisende im Zug oder Inselbewohner um uns herum. Wir sehen einander über die dröhnende Stille hinweg an. Davon habe ich die vielen endlosen Tage im Krankenhaus geträumt.

Calder dreht sich um und geht ins Haus. Attila folgt ihm mit zuckendem Schwanz, um ihren Anspruch auf ihn zu erheben.

»Ja, Daddy ist wieder da«, sage ich.

Doch sie erstarrt, als Calder sich zu ihr bückt, macht einen Buckel und faucht mit gesträubtem Fell. Dann legt sie sich lauernd auf den Boden, wobei sie Calder nicht aus den Augen lässt.

»Was ist los mit ihr?«, frage ich.

Calder runzelt die Stirn, als er sich auf einen Küchenstuhl setzt.

»Sie ist nur beleidigt, weil ich weg war.«

Doch Attila verlagert das Gewicht vor und zurück, mit angelegten Ohren, als wäre sie in einem Windkanal. Dabei gibt sie ein leises gurgelndes Geräusch von sich.

»Was macht sie denn da?«

»Dummes Tier«, sagt er und reibt seine Finger aneinander. »Schau, ich bin wieder da.«

Fauchend springt sie mit gespreizten Pfoten auf seinen Arm und schlägt die Krallen in seine Hand.

Mit einem Aufschrei schüttelt er sie ab, und sie rennt durch die Tür nach draußen.

»Was zum Teufel?«, brüllt Calder und reibt die langen roten Kratzer an seinem Arm, während er ins Bad geht. Und zum ersten Mal in den fünf Jahren, in denen wir zusammenwohnen, schließt er hinter sich ab.

Was war das denn gerade? Attila liebt Calder. Oder zumindest hat sie das – *vor* dem Unglück.

Nicht nur ich spüre es also. Attila weiß auch, dass er sich verändert hat.

Irgendwann kommt Calder wieder aus dem Bad und trocknet Arm und Hände ab.

»Soll ich die Kratzer desinfizieren?«

»Mach keinen Aufstand«, murmelt er und dreht sich weg.

Ich beginne mit dem Auspacken unserer Taschen. »Gott, es ist so schön, dass wir endlich allein sind«, sage ich.

»Ich muss mich hinlegen«, verkündet er, während er ins Schlafzimmer geht.

Ich folge ihm, und mir fällt auf, wie aufgeräumt der Raum ist. Kein Körnchen Staub liegt herum, das Bett ist frisch bezogen, herumliegende Kleider gewaschen und gefaltet. Calder zieht sich die Hose aus und kippt aufs Bett. Ein Lichtstrahl fällt auf den Nachttisch, auf einen kunstvoll errichteten Stapel aus Schieferstücken. Die Person, die ihn hinterlassen hat, hat dafür meinen kleinen Glaswasserfall nach hinten geschoben. Er ist nur ein albernes Souvenir, aber ich liebe ihn. An unserem ersten gemeinsamen Wochenende im Lake District, wo wir ein paar berühmte Stromschnellen besichtigten, hatte Calder gesehen, wie ich ihn in einem Souvenirladen mit Blick über das Wasser sehnsüchtig beäugte.

»O nein, das ist noch nur Ramsch«, hatte ich lachend gemeint.

»Ich bin auch Ramsch, und du hast dich für mich entschieden«, hatte er grinsend gesagt und war mit dem Wasserfall zur Kasse gegangen.

»Schlaf gut«, flüstere ich jetzt und beuge mich zu ihm hinunter. Sein Mund ist ins Kissen gepresst, daher küsse ich ihn verlegen auf die Schläfe.

In der Küche fallen mir neue Vorhänge und die frisch geputzten Fenster auf. Der Blick wird jetzt auf das Meer gelenkt und nicht mehr auf die schmutzigen Scheiben. Ich drehe mich um. Die Töpfe glänzen, das Geschirr ist makellos sauber, und als ich den Kühlschranksarg öffne, sehe ich Milch und Saft, Pies und Kuchen, Gemüse, Joghurt, Sausage Rolls und Steaks.

In der Mitte des geschrubbten und geölten Küchentischs liegt eine Reihe gleich großer Schieferplättchen.

Ich haste ins Bad, wo ich mir kaltes Wasser ins Gesicht spritze. Jede Oberfläche ist blitzsauber. Am Badewannenrand liegt eine weitere Schieferreihe. Die einzelnen Stücke sind perfekt, und jemand hat viel Zeit und Mühe darauf verwendet, sie im Cottage auszulegen. Auf mich wirkt es jedoch so, als wäre das kalte Meer in unser Heim eingedrungen. Ich habe ihm Calder zwar entrissen, doch die Wellen haben überall Schiefer zurückgelassen, um uns an ihre Macht zu erinnern.

Die Nacht verbringe ich wach und schleiche gelegentlich ins Schlafzimmer, wo Calder neben dem Bett auf dem harten, kalten Boden schläft. Das macht er oft, wenn er gestresst ist. Ohne Kissen, als fände er das beruhigend. Ich sitze in der Küche, mit aufgedrehten Heizlüftern, und sehe Attila zu, die auf Calders steifem Wanderrucksack neben der zugigen Tür schläft. Völlig entspannt liegt sie auf den verschiedenen Reißverschlüssen und Gurten, schmiegt sich an die harten Ausbuchtungen von Calders Arbeitsunterlagen, als wäre es ein kuschelweiches Bett. Janey hat gesagt, dass Attila aus einem Wurf stammt, der auf einem alten Rucksack groß geworden ist. So wenig einladend er mir auch erscheinen mag, Attila findet ihn anscheinend vertraut und tröstlich. Unser harter, unnachgiebiger Boden muss Calder in ähnlicher Weise beruhigen. Hat Isla ihn etwa früher gezwungen, auf dem Boden zu schlafen?

Ich versuche, im Wohnzimmer zu schlafen, aber mir ist schmerzlich bewusst, dass dies eigentlich meine erste Nacht neben Calder sein sollte. Natürlich braucht er seinen Freiraum – aber normalerweise ist unsere körperliche Bindung so stark, und wenn ich ihn berühre, spüre ich – spürte ich – wortlose Leichtigkeit.

Als es dämmert, habe ich kaum ein Auge zugemacht. Irgendwann steht Calder auf, ist aber einsilbig. Er isst eine komplette Packung Speck, die er nur kurz anbrät. Was soll eigentlich das ganze Fleisch? Der Vormittag vergeht im Schneckentempo. Calder raucht Kette und trinkt pausenlos Kaffee. Wir konnten immer Zeit in kameradschaftlichem Schweigen verbringen, mein Kopf auf seinem Schoß, während ich ein Buch las und er über Kopfhörer eine seiner Drogenkartell- oder Undercovercop-Serien mit einer Million Folgen anschaute. Dann glitten wir auseinander, holten uns etwas zu trinken, kochten, erledigten Telefonate und fanden wieder zusammen, wie zwei Puzzleteile.

Jetzt sitzen wir in unserem kargen Wohnzimmer, er rauchend auf dem Sofa, ich ihm nachdenklich gegenüber in dem tiefen Lehnsessel. Mir gefällt dieser Abstand nicht. Ich setze mich auf den Boden neben ihn, lehne den Kopf an seinen Schenkel. Ein paar unerträgliche Sekunden lang verharren wir so, dann steht er auf und geht in die Küche.

Dort finde ich ihn kurz darauf, wie er an seinem Laptop sitzt. Die Haare fallen ihm ins Gesicht.

»Was machst du?«, frage ich, versuche, irgendwie einen Zugang zu ihm zu finden.

»Nur die Buchhaltung«, murmelt er.

»Aber du bist doch gerade erst zurück … aus dem Krankenhaus.« Beinahe hätte ich »von den Toten« gesagt.

»Ich muss mich unbedingt bei den Kunden melden, sonst suchen sie sich eine andere Firma.«

»Sie werden Verständnis haben. Außerdem macht außer dir doch niemand hier Ausbauten.«

»Sie werden sich jemanden vom Festland suchen. Verdammt, ich finde überhaupt nichts«, flucht er.

»Kann ich helfen?« Ich will nach dem Laptop greifen.

Er klappt abrupt den Deckel herunter und trifft dabei beinahe meine Finger. »Ich komme schon klar.«

»Das bezweifle ich auch nicht«, erwidere ich mit erstickter Stimme. »Aber ich kann dir bei der Büroorganisation helfen. Und ich könnte dir entkoffeinierten Kaffee und Nikotinpflaster besorgen.«

»Behandle mich nicht wie ein Baby«, antwortet er scharf. »Ich will weder zu rauchen aufhören noch so einen Mist trinken.«

Er steht auf, und zum ersten Mal, seit ich ihn kenne, ist seine körperliche Präsenz beängstigend. Er bebt vor Wut, als müsste er sich beherrschen, mich nicht zu schlagen.

»Aber dein Herz … Solltest du da nicht langsamer machen, vorsichtig sein …«

»Hör auf!«, brüllt er. »Seit dem Unfall scharwenzelst du ständig um mich herum. Ich bin doch kein Baby. Du erstickst mich.«

Ich habe das Gefühl, als hätte er mir eine Ohrfeige verpasst. »Ich weiß, dass das alles fürchterlich für dich war. Okay, nein, ich weiß es eigentlich nicht. Aber ich war die ganze Zeit an deiner Seite. Ja, für dich war alles unendlich viel schlimmer, aber mich hat es auch belastet, und ich bin fix und fertig. Ich dachte, du wärst tot.« Ich breche in Tränen aus.

Er schiebt den Laptop zur Seite und tritt auf mich zu, ragt hoch über mir auf. Dann blinzelt er. Alles ist wie der Moment am Ende dieses dummen Herztransplantationsfilms, als würde sein altes mit dem neuen Ich kämpfen. »Ich weiß, dass es schlimm für dich war. Das weiß ich«, sagt sein altes Ich mit brechender Stimme. »Ich …« Doch dann übernimmt sein neues Ich, und er geht an mir vorbei zur Tür. »Ich fahre ins Dorf«, verkündet er.

»Okay, ich hole nur meine Sachen.« Warum nennt er das Dorf nicht wie sonst »Metropole«?

»Nein, ich fahre allein.«

»Oh.«

»Ich brauche ein bisschen Zeit für mich«, sagt er leise. »Ist das okay?«

»Äh, ja, natürlich.«

Er nimmt seine Schlüssel.

»Aber solltest du denn fahren?«

»Gott im Himmel, warum denn nicht?«, erwidert er barsch.

»Weil du gerade erst zwei Wochen im Krankenhaus warst und beinahe gestorben wärst?«

»Aber das bin ich nicht«, sagt er finster. »Dank dir.«

Bei seinem anklagenden Ton versteife ich mich. »Was soll das heißen?«

»Nichts. Bis später.« Er schlägt die Tür hinter sich zu.

Er hält mir vor, dass ich ihn gerettet habe? Was stimmt denn nicht mit ihm? Sein Blut mochte Dr. Viner ja aufgewärmt haben, aber innerlich ist er trotzdem noch gefroren. Ich denke an das Gefühl von Calders eisigem Körper, als wir ihn aus dem Meer gezogen haben. Er war tot. Bis sie sein Blut ausgetauscht haben. Wie in dem dummen Film: als hätte das fremde Blut aus meinem geliebten Calder einen anderen Menschen gemacht – mit demselben Gesicht und demselben Körper.

Ich reiße die Haustür auf und eile nach draußen, wo ich die frische Luft einsauge. Ich muss mich bewegen, etwas spüren, weg von den Erinnerungen. Ich folge dem Weg hinunter zum Ufer und lasse mich von einem hohen Felsen auf den Strand hinab. Ich streife Schuhe und Socken ab und versenke meine teigigen weißen Füße im kalten Meer.

Einen Moment lang ist alles hell und klar. Ich wackele mit den Zehen, bebe in der plötzlichen Kälte. Mit der Hand streiche ich über ein leuchtend grünes Stück Seegras und zupfe etwas davon heraus. Es bewegt sich wie ein grüner Wassergeist, tanzt und wirbelt, während die Sonne auf dem Wasser spielt. Die salzige Luft dringt in meine Nase. Die Sonne verbrennt mich. Einen Moment lang bin ich einfach nur. Denke nichts.

Dann durchschneidet das Klingeln meines Handys die Ruhe. Gott sei Dank. Calder ruft an, um sich zu entschuldigen. Doch auf dem Display steht Ginas Name. Mit ihr will ich immer noch nicht reden, kann ihr aber auch nicht ewig aus dem Weg gehen.

»Hallo, ich wollte dich auch schon anrufen«, begrüße ich sie gespielt erfreut.

»Ich bin's.«

Wie bitte? »Hamish? Warum rufst du von ihrem Handy aus an?«

»Sie hat mich gebeten, dich anzurufen, und du wärst wahrscheinlich nicht rangegangen, wenn ich es von meiner Nummer aus versucht hätte.«

»Hört sie zu?«

»Nein, sie badet die Kinder.«

»Wir sollten nicht miteinander reden.« Ich schließe die Augen.

»Wie geht es Calder?«

»Es geht ihm ... Keine Ahnung. Körperlich gut, aber er ... ist irgendwie nicht er selbst. Warum ruft Gina mich nicht selbst an?«

»Sie macht sich Sorgen. Sagt, sie hätte versucht, dich zu erreichen, aber du hast sie immer weggedrückt?«

»Ich hatte viel um die Ohren«, erwidere ich knapp.

»Ich weiß. Aber ich musste überprüfen, ob du sie … wegen uns meidest?«

»Glaubst du das?«

»Hör mal, es tut mir fürchterlich leid. Ich nehme alle Schuld auf mich. Ich kann immer noch nicht glauben, dass es passiert ist. Es tut mir wirklich unendlich leid. Ich bin ein schrecklicher Mensch. Aber du und Gina wart so eng befreundet. Sie versteht nicht, was los ist. Ich …«

»Hast du deine Füße schon mal in eiskaltem Meerwasser gebadet?«

»Wie bitte?«

»Das mache ich gerade. Einen Moment des Friedens in diesem ganzen Chaos suchen. Ich habe das Gefühl, als würde ich bestraft.«

»Das ist lächerlich, Nancy. Calders Unfall hat doch nichts mit uns zu tun. Es war einfach … Pech.«

»Wie kannst du mit der Schuld leben? Ich dachte, hier oben könnte ich ihr entgehen. Doch dann kam Calders Unfall. Als er wieder aufgewacht ist, dachte ich, mir würde vergeben, aber ich scheine ihn trotzdem verloren zu haben.«

»Wie meinst du das? Kann ich dir irgendwie helfen? Ich tue alles.« Ich spüre seine echte Sorge, seine Wärme, spüre, dass ich ihm wichtig bin. So völlig anders als Calder im Moment.

»O Gott, Hamish, das alles fühlt sich wie eine Strafe für das an, was wir gemacht haben.«

»Was kann ich tun?«

Ich bin angewidert, dass ich leichter mit ihm reden kann, ausgerechnet ihm, als mit Calder. »Du bist der letzte Mensch, der mir helfen sollte.«

»Aber …«

Ich würde so gern mit ihm reden. Mich ihm anvertrauen. Aber ich darf Calders Genesung nicht gefährden. Auch wenn das abergläubisch klingen mag.

»Nein. Bitte, Hamish. Lass mich in Ruhe.«

Ich beende das Gespräch und bewege hektisch die Zehen im kalten Wasser. Doch das flüchtige Gefühl der Erlösung will nicht wiederkommen.

Wir alle kamen aus diesem kalten Meer, nach Jahren der Evolution, als Antwort auf das sich verändernde Klima. Im Meer hat alles angefangen. Und das Meer hat sich Calder zurückgeholt, doch ich habe ihn zu mir zurückgeholt. Habe ich damit irgendwie den natürlichen Kreislauf aus Leben und Tod unterbrochen?

Rausch. Klirr. Rausch. Klirr.

Die Wellen verspotten mich: *Ich habe ihn dir zurückgegeben. Aber du bist so undankbar. So bereit, schon wieder zu sündigen. Willst du ihn denn zurückwerfen?*

KAPITEL ELF

Als ich am nächsten Morgen in die Küche stolpere, nachdem ich die Nacht wieder nur dösend auf der Couch verbracht habe, riecht es stark nach gebratenem Fleisch.

Calder sitzt am Tisch. Er ist mager, seine Wangen sind eingefallen, die Fingerknöchel ragen aus den sehnigen Händen. Doch das Erschreckendste ist, dass er Hemd, Krawatte und einen dunklen Anzug trägt. So habe ich ihn noch nie gesehen. Seine formellste Kleidung ist normalerweise ein Jackett mit einem am Kragen offenen Hemd.

»Ist das der Anzug deines Vaters?«, frage ich vorsichtig. »Warum hast du …«

»Ich gehe zum Gottesdienst«, verkündet er im Aufstehen. Seine Augen glänzen merkwürdig.

»Klar doch.« Ich lache und mache mich daran, den Wasserkessel zu füllen.

Er schweigt, daher drehe ich mich um.

»Ich gehe in die Elf-Uhr-Messe«, sagt er steif.

»Oh. Okay, wir sollten uns vielleicht wirklich mal blicken lassen. Um uns zu bedanken, meinst du?«

»Ich kann allein gehen, du musst nicht mitkommen.«

Ich starre ihn fassungslos an, rechne damit, dass er gleich grinst und »Reingefallen!« sagt, doch er senkt nur den Blick.

»Nein, ich komme mit. Ich bin gleich fertig, Moment.«

Ich eile ins Schlafzimmer und schlüpfe in meine beste Jeans und ein wunderschönes cremefarbenes Oberteil, das ich sonst auf schicken Partys trage. Natürlich will er in die Kirche gehen und sich bei der Gemeinde für alles bedanken, was sie getan hat. Ich bin egoistisch, weil ich unseren ersten Sonntagmorgen nach dem Krankenhaus allein mit ihm verbringen will. Ich sollte der Gemeinde auch danken. Und ich muss ja noch mein Versprechen erfüllen.

Ein Detail aus einer Radio-4-Dokumentation über die Cherokees kommt mir in den Sinn. Über den Kampf zwischen den zwei »Wölfen« in uns. Der eine ist böse und steht für Wut, Neid, Eifersucht, Bedauern und Schuld. Der andere ist gut und steht für Freude, Liebe, Hoffnung, Mitgefühl und Ehrlichkeit. »Welcher Wolf gewinnt?« – »Der, den man füttert.« Ich füttere gerade meine Panik wegen Calder. Aber ich muss mich auf dieses neue Leben einstellen und den Glauben an ihn füttern.

Als ich in die Küche zurückkomme, mustert mich Calder von oben bis unten.

»Was?«

»Nichts.«

»Ich merke doch, dass etwas mit dem Outfit nicht stimmt. Also?«

Er verzieht das Gesicht. »Die Leute hier sind ziemlich altmodisch. Jeans? Mir ist es ja egal, aber warum für Unruhe sorgen?«

»Tut mir leid, dann ziehe ich mich wieder um.«

Ich fühle mich dumm und abgekanzelt. Meine einzigen zwei Kleider sind zerknittert und untragbar, weshalb ich eins der Kleider von Calders Mutter aus einer Kiste ziehe.

Als ich wieder zurückkomme, nickt Calder wohlwollend, als wäre ich eine gehorsame Ehefrau.

Wir nähern uns der Kirche, und es ist, als wären wir in der Zeit zurückgereist und würden in ein sepiafarbenes Foto der Inselbewohner aus dem letzten Jahrhundert eintreten. Die Männer tragen Anzüge, die Frauen Kleider. Janey tritt aus einer Gruppe heraus und umarmt mich.

»Das Kleid steht dir hervorragend«, flüstert sie. »Isla hätte sich so gefreut.« Wir gehen die Treppe hinauf und in die Kirche. Im schlichten Vorraum hängen lange graue Regenmäntel, wie Arran einen getragen hat. In der Masse sehen sie aus wie zeremonielle Gewänder. Genau das war mir durch den Kopf geschossen, als ich Arran das erste Mal am Strand gesehen hatte. Wir gehen in den Kirchenraum, in dem die Männer alle auf einer Seite des Mittelgangs sitzen und die Frauen auf der anderen. Ich werde auf die Seite der Frauen geleitet. Calder setzt sich auf die Männerseite und starrt geradeaus.

Seit Ginas und Hamishs groß gefeierter Hochzeit in einer kleinen Landkirche war ich in keinem Gottesdienst mehr. Damals hatte mich Calder bei alldem religiösen Quatsch während der Zeremonie ständig in die Rippen gestoßen. Wo ist dieser Mann jetzt?

Diese Kirche ist viel karger, besitzt aber eine schlichte Schönheit, mit den Sitzreihen und der Balkendecke aus dunklem Holz und Hunderten von Schieferstücken, die in die Wände eingelassen sind. An der Vorderseite steht der berühmte Altar, der aus einem massiven Schieferblock besteht und auf dem ein riesiges Schieferkreuz thront. Über dem Altar befindet sich ein Buntglasfenster mit der Darstellung einer Welle zwischen der Jungfrau Maria und Jesus in einem Boot auf dem Meer.

Arran tritt in einem langen grauen Gewand vor die Gemeinde.

»Willkommen.« Er sieht mir in die Augen und nickt. »Heute beginnen wir mit Lied Nummer 124.« Ein langer Akkord erklingt, und alle beginnen zu singen.

O ewig Gott, mit starker Hand
hältst Du die See in Rand und Band.

O nein, das »Gefahr auf See«-Lied.

*Teilst für Dein Volk das weite Meer
zur Rettung vor des Feindes Heer.
Wir bitten Dich, mit Gnade steh'
bei Menschen in Gefahr auf See.*

Ich kann nicht singen, meine Kehle ist wie zugeschnürt. Doch die anderen tragen das Lied weiter vor, bis zum bedeutungsschwangeren Ende.

*Dann schalle laut in Luv und Lee
Dein Lobgesang zu Land und See.*

Die letzte lange Note erstirbt. Es herrscht gespenstische Stille. Mir ist übel.

»Bitte setzt euch«, sagt Arran schließlich, und seine blauen Augen blitzen auf. Ich sehe zu Calder, ob er sarkastisch grinst, doch er starrt wie gebannt nach vorn. Das macht er sonst nur, wenn ein Rangers-Spiel im Fernsehen übertragen wird.

»Im Einklang mit dem Lauf der Dinge«, spricht Arran weiter, und ich erkenne den Ausdruck von Calder wieder, »kehren wir jeden Sonntag hierher zurück. Heute ist unser Bruder Calder aus dem Meer zu uns zurückgekehrt.« Alle nicken und lächeln einen Moment in Calders Richtung. »Unsere Gemeinde hat viele geliebte Mitglieder verloren. Manche sind von hier weg-, andere zurück zu Gott gegangen. Wir sind nichts als Strandgut, treiben auf dem Meer, im Einklang mit den Wellen. Das Meer hat Calder zu sich genommen, doch Gott in seiner Gnade hat ihn uns zurückgegeben. Wir beten ständig darum, vor uns selbst, vor unseren Sünden gerettet zu werden. Und jetzt ist ›der Gerettete‹ unter uns. Calder ist die physische Manifestation von Gottes Vergebung. Wir können alle zu ›Geretteten‹ werden, wenn uns die Wellen reinwaschen. Lasst uns den Blick auf das Schieferkreuz richten und einatmen.«

Alle starren nach oben zu dem riesigen Kruzifix und holen gehorsam Luft. Auch ich.

»Und ausatmen.«

Alle gehorchen.

»Und noch einmal. Wir schließen die Augen und atmen ein. Halten die Luft an. Und atmen wieder aus.«

Ich werde mitgerissen, spüre, wie wir alle wie ein einziger Organismus atmen.

»Wir atmen mit der Welle ein, die ans Ufer schlägt. Wir atmen aus, wenn sie sich zurückzieht und den Schiefer mitnimmt. Das Wasser wäscht den Schiefer. Reinigt ihn. Ein. Und aus. Spürt, wie das Wasser euch überspült. Wie es über den Schiefer fließt und ihn reinwäscht. Lasst uns still beten, während Gottes Gnade uns von unseren Sünden reinwäscht.«

Rausch. Klirr. Rausch. Klirr.

Mir ist schwindelig. Er scheint direkt zu mir zu sprechen.

Ich öffne die Augen. Alle haben die Augen geschlossen, Calder hat zusätzlich die Hände verschränkt. Betet er? Seine unverhüllten Emotionen sind mir peinlich. Ich fühle mich angegriffen, weil ich ausgeschlossen bin aus diesem Gespräch mit … Gott? Wie kann es sein, dass mein nüchterner, pragmatischer Lebensgefährte betet? Das alles ist so unheimlich. Aber wie besitzergreifend bin ich eigentlich, wenn er neben mir keine anderen tiefen Bindungen haben soll?

Endlich ist das Gebet zu Ende, und Arran liest einen endlosen Psalm über Urteile und Sünde vor. Ich werde erst wieder aufmerksam, als alle nach etwas aus der Bankreihe vor sich greifen.

»Nehmt eure Schiefertafel und schreibt die Sünde auf, von der ihr reingewaschen werden sollt«, sagt Arran und sieht dabei mich an. Ich taste in der Nische in der Bankreihe vor mir, bis ich eine dünne Schieferplatte finde, daneben ein Stück Kreide. Die anderen kritzeln schon eifrig. Ich überlege. Was soll ich schreiben?

Plötzlich spielt die Orgel einige Akkorde, und alle stehen im Gleichklang auf, um dann nach und nach vor den Altar zu treten.

»Ich sollte nicht mitmachen«, flüstere ich Janey zu, »ich gehöre nicht dazu.« Aber ich sehe, wie Calder nach vorne geht und sich mit seiner Schiefertafel hinkniet. Calder kniet? Janey schiebt mich leicht nach vorn, und ich lasse mich mitreißen. Ich werfe einen Blick auf ihre Schieferplatte, auf die sie WUT geschrieben hat. Sie bemerkt meinen Blick und dreht die Tafel verstohlen zur Seite.

»Schreib etwas«, flüstert sie und nickt zu meiner leeren Tafel.

Schnell kritzele ich UNGEDULD und gehe langsam weiter. Die Reihe der knienden Menschen vor uns steht auf, und zusammen mit anderen nehme ich ihren Platz ein. Arran geht an unserer Reihe entlang, gießt Wasser auf die Schiefertafeln und wischt sie mit einem weißen Tuch sauber – wie ein bizarrer Abendmahlsgottesdienst. Plötzlich muss ich daran denken, wie ich mit meinen Eltern am Tag vor ihrem Autounfall zum Abendmahl gegangen bin. Ich erinnere mich an die Worte, die der Priester beim Ausschenken des Weins sprach: »Das Blut unseres Herrn Jesus Christus bewahre dich im ewigen Leben.« Dann denke ich an das neue Blut, mit dem man Calder zurück ins Leben geholt hat. Was ist an dem Tag nur mit ihm geschehen?

Mir wird schwindlig, und ich schaue nach unten. Meine Schiefertafel ist fast sauber, nur der Bogen des letzten D ist noch zu sehen. Es ist gar nicht so einfach, alles auf einmal abzuwaschen, oder? »Ungeduld« klingt nach einer lässlichen Sünde. Aber ich weiß genau, wie groß sie sein kann. Ich wiege mich vor und zurück, als ich an meine tödliche Ungeduld zurückdenke – an den Unfall meiner Eltern. Ich saß gelangweilt auf dem Rücksitz und beschwerte mich die ganze Zeit. »Sind wir bald da? Mir ist so warm!«, rief ich, zappelte herum. Mein Vater drehte sich einen Moment zu mir um ... Der Wagen kam von der Fahrbahn ab und raste in einen entgegenkommenden Truck. Wie in Zeitlupe sah ich zu, wie die Motorhaube unseres Auto zusammengeschoben wurde. Ich war angeschnallt, mir passierte nichts im kreischenden Chaos um mich herum. *Meine Schuld.*

Lautes Klirren reißt mich in die Gegenwart zurück. Die Gemeindemitglieder werfen ihre Schiefertafeln in eine große Kiste, sodass sie zersplittern. Janey steht vor mir. Sie hebt ihre Tafel hoch, wirft sie mit aller Kraft in die Kiste und murmelt dabei etwas. Was hat diese sanfte Frau wohl zu beichten? Das alles hier ist so merkwürdig und brutal.

»Der zerbrochene Schiefer kann nie wieder zusammengesetzt werden«, verkündet Arran, während er seine eigene Tafel zertrümmert. Was er wohl geschrieben hat?

Dann bin ich an der Reihe. Ich hebe meine Tafel hoch. Arran nickt. Ich werfe sie in die Kiste, und sie zersplittert. Mein Herz rast. Was passiert hier? Ich habe das Gefühl, auseinandergerissen zu werden. Als würde ich aufbrechen, ein großes Gewicht von mir genommen und ich davontreiben. Doch ich empfinde keine Erleichterung. Sondern Angst. Als hätte ich keine Konturen, keine Gestalt.

Ich stolpere zurück in meine Reihe, befürchte, ich könnte ohnmächtig werden. Den Rest des Gottesdienstes verbringe ich wie im Nebel und bin erleichtert, als er vorbei ist. Was ist das nur für eine Religion? Warum benötigt diese Gemeinde so viel Vergebung? Die Schuldgefühle wegen meiner Eltern wollte ich schon so lange loslassen. Aber das hier ... ist verwirrend und unheimlich.

Als Calder im Vorraum zu mir tritt, strahlt er eine seltsame Ruhe aus, die ich seit dem Unfall nicht mehr an ihm gespürt habe.

»Alles okay?«, frage ich.

Er nickt. »Ich fühle mich sehr klar.« Was hat er auf seine Tafel geschrieben? Was hat er losgelassen? Und warum fühle ich mich so zerschmettert, während er so ruhig wirkt?

»Was ...?« Doch da sind wir schon an der Tür.

»Wie schön, dich zu sehen, Nancy«, sagt Arran, schüttelt meine Hand und sieht mich so eindringlich an, als könnte er bis in meine Seele blicken.

»Ja, gleichfalls.« Sein merkwürdiges Charisma stresst mich.

Neben ihm steht eine große attraktive Frau mit glänzenden blonden Haaren, die von einem Reif zurückgehalten werden. Sie schüttelt mir die Hand.

»Hallo«, sagt sie mit belegter Stimme.

»Ah, Entschuldigung«, sagt Arran. »Das hier ist Alison, sie kümmert sich seit dem Tod von Calders Mutter um die Blumenarrangements.«

»Respekt«, schaltet sich Calder ein. »Das ist eine große Aufgabe. Isla war Perfektionistin, was die Blumen anging. Sie hatte deswegen sogar schlaflose Nächte.«

»Ja, es war nicht leicht, in ihre Fußstapfen zu treten«, erwidert Alison. »Du siehst gut aus, Calder.«

»Es wird langsam besser, ja.« Wirklich? Was ist denn auf einmal so anders?

Alison mustert mich von oben bis unten und redet dann mit Calder über Blumen.

Ich entdecke Janey hinter ihr, die mich bedeutungsvoll ansieht und heftig in Alisons Richtung nickt. Oh. *Die* Alison, Robs Fast-Ex-Frau, die ihn töten wollte, falls er je noch einmal einen Fuß auf die Insel setzen sollte. Schon seltsam, dass diese beiden vernünftig wirkenden Frauen mittleren Alters gedroht haben, den lächelnden, harmlos wirkenden Mann umzubringen. Alison ist etwa Mitte fünfzig und immer noch sehr gut aussehend. Als jüngere Frau musste sie bildschön gewesen sein. Wie ihre Tochter Caitlin wohl aussieht? Eifersucht durchzuckt mich, dass Calder vor mir eine so hübsche Freundin hatte. Doch Alison wirkt steif und verkniffen, und ich könnte mir vorstellen, dass Rob mit den verschmitzten Augen mehr Spaß mit Janey hat als früher mit Alison. Hoffentlich vertragen sich die beiden bald wieder.

Wie ich mich wohl im Vergleich zu Caitlin schlage?

Ich fühle mich immer noch zutiefst erschüttert und brauche dringend einen Drink.

»Also, war schön, dich kennenzulernen, Alison«, sage ich abschließend. »Die Blumen waren bezaubernd.«

»Danke. Hier an Blumen zu kommen, ist harte Arbeit. Aber es ist ein Dienst an Gott«, sagt sie und sieht Arran bewundernd an.

Er nickt und tätschelt ihre Schulter.

»Nun, das war ... interessant«, sage ich zu Calder, während wir die Treppe hinunter und außer Hörweite gehen.

»Mein Geist ist jetzt viel klarer«, sagt er und klingt zuversichtlicher als seit Langem.

»Ja, ich weiß, was du meinst. Ich fühle mich unangenehm ... nackt, aber es ist alles ganz schön ...«

»Ganz schön was?«, fällt er mir barsch ins Wort.

»Ich weiß es nicht. Kultisch? Männer und Frauen sitzen getrennt. Dann das Gerede vom Meer, das Reinwaschen von allen Sünden. Und ständig dieser verdammte Schiefer, mein Gott.«

Er macht keine witzige Bemerkung, weshalb ich die verkrampfte Stille fülle.

»Ich meine, etwas loslassen, das verstehe ich – aber kann man seine Sünden wirklich einfach so loslassen?«

»Ich hoffe es«, flüstert er.

Was meint er damit?

KAPITEL ZWÖLF

Das muss eine Halluzination sein. Als ich vor Calder zurück zu unserem Wagen gehe, spaziert jemand auf mich zu. Ich kneife die Augen im grellen Sonnenlicht zusammen und beschatte sie mit der Hand. O Gott. Nein. Das kann nicht sein. Aber ich kenne den selbstbewussten Gang. Die hellroten Haare. Die grünen Augen.

Hamish. Und er ... winkt mir zu? Wie kommt er hier auf die Insel? Wir haben doch erst gestern telefoniert? Er muss danach sofort aufgebrochen sein. Hat er etwa geglaubt, ich habe ihn tatsächlich um Hilfe gebeten?

»Nancy?«, ruft er im Näherkommen. Mit dem riesigen Rucksack auf dem Rücken, der Jeansjacke und der Hose mit den vielen Taschen sieht er aus wie ein australischer Backpacker. Will er etwa länger bleiben? Wenn er glaubt, ich freue mich über seine Anwesenheit, hat er sich aber geschnitten.

Grinsend kommt er zu mir. »Na, alles klar?«

»Was zum Teufel machst du hier?«, fauche ich.

»Hey, ganz ruhig, ich will euch helfen.«

»Bist du völlig verrückt geworden? Ich habe am Telefon nicht gesagt, dass ich deine Hilfe brauche«, zische ich und beuge mich näher zu ihm. »Wie bist du überhaupt so schnell hierhergekommen?«

»Heute Morgen mit dem ersten Flieger nach Glasgow und dann den restlichen Weg mit dem Taxi.«

»Das muss doch ein Vermögen gekostet haben. Warum ...?« Ich weiche zurück, als Calder sich nähert.

»Ah, du hast es geschafft«, ruft er und zieht an einer Zigarette.

»Er wusste, dass du kommst?«, flüstere ich Hamish zu.

»Natürlich«, erwidert dieser.

Als Calder uns erreicht, umarmt Hamish ihn und sieht mich mit gerunzelter Stirn über seine Schulter hinweg an. Wie soll das mit dem Neuanfang funktionieren, wenn er hier ist?

»Warum hat mir niemand von dem Besuch erzählt?« Ich sehe zwischen den beiden hin und her.

»Warum sollte ich es dir erzählen?«, gibt Calder zurück. »Hamish ist hier, um mir mit der Firma zu helfen, während ich mich noch erhole. Wie kann ich dir nur danken, Hame?« Er klopft ihm auf den Rücken.

»Ich … verstehe nicht«, sage ich stockend.

»Ja, Calder hat mich gebeten herzukommen«, erklärt Hamish. »Ich dachte, er hätte es dir erzählt.«

»Nein, das hat er nicht.«

Hamish wirft Calder einen unbehaglichen Blick zu. »Also, ich bin jetzt hier und bereit zu helfen.«

»Aber das mit der Firma hat doch keine Eile«, sage ich. »Die Leute werden verstehen, dass es gerade etwas länger dauert.«

»Nance, wir brauchen das Geld«, fährt mich Calder an. »Ich habe Verträge, man hat Erwartungen an mich. Wir haben bereits viel Geld in Projekte gesteckt, die jetzt in der Luft hängen. Ich bin noch schwach und kann nicht alles allein machen. Deshalb habe ich mit Hamish gesprochen, und er hat zugestimmt zu helfen.«

Ich sehe zu Hamish. »Wann hast du mit ihm telefoniert?«

Calder runzelt die Stirn. »Was soll das?«

»Hey, hey, streitet euch nicht wegen mir«, schaltet sich Hamish ein. »Ich verspreche, ich werde euch nicht stören, Nancy. Ich erwarte auch nicht, dass ihr mich unterbringt.«

»Ach was, sei nicht albern.« Calder klopft ihm auf die Schulter.

»Du tust mir einen Gefallen. Natürlich wirst du uns nicht stören. Und natürlich übernachtest du bei uns. Nicht wahr, Nancy?«

»Äh, also ...«

»Nein, nein, ich habe schon ein Haus im Dorf gebucht. Es waren einige frei – bei der Kälte hat wohl niemand Lust auf eine Ferienunterkunft.« Calder und ich starren uns an, während Hamish weiterplappert. »Hey, ich bin nur hier, um Calder zu helfen und mich mal wieder mit meinen Kumpels hier zu treffen.«

»Wann habt ihr beiden das vereinbart?«, frage ich.

»Gestern«, erwidert Calder. »Ist dir das recht?« Dann lächelt er Hamish an. »Lass uns zum Mittagessen ins Pub gehen, und dann können wir den Nachmittag über einen Plan machen, wie es weitergeht.«

»Äh, klar.« Hamish sieht unsicher zu mir. »Und Nancy kann ...«

»Nur wir Jungs, wir haben schließlich Arbeit zu erledigen.«

Ich bin zu fassungslos, um etwas zu sagen. Schließlich bricht Hamish das unbehagliche Schweigen. »Also, ich bringe mal meinen Rucksack ins Haus. Ich hatte gesagt, dass ich den Schlüssel gleich nach der Ankunft abhole. Ich wohne im White Cottage.«

»Weiß sind sie alle, das hilft jetzt nicht gerade weiter«, erwidere ich scharf.

»Also, äh, Calder, wir sehen uns dann in zehn Minuten im Pub, okay?« Hamish wirft mir einen Blick zu und geht zu der weißen Häuserreihe. Wir sehen ihm nach, sein riesiger Rucksack wippt bei jedem Schritt auf und ab.

»Du warst ganz schön unhöflich«, sagt Calder schließlich.

»Ich war unhöflich?«

»Ja.«

»Aber als wir hergezogen sind, hast du gesagt, du könntest es gar nicht erwarten, auf eigenen Füßen zu stehen.«

»Na ja, ich hatte ja auch nicht erwartet, fast zu sterben. Jetzt brauche ich Hilfe.«

»Aber ich bin doch da.«

Er schnaubt, als wäre ich der letzte Mensch, der ihm helfen könnte.

»Du bist immer noch schwach. Ich mache mir nur Sorgen um dich.«

»Die Aufträge dürfen nicht liegen bleiben. Für die körperliche Arbeit habe ich Leute angeheuert. Aber ich brauche Hilfe bei den geschäftlichen Dingen.«

»Warum hast du darüber nicht mit mir gesprochen? Ich hatte doch schon gesagt, dass ich dir helfen würde.«

Er atmet schwer, als hätte er es mit einem besonders begriffsstutzigen Kind zu tun. »Hamish ist ein Business-Ass. Ich muss die Arbeiter organisieren, aber es ist so viel Papierkram zu erledigen. Hamish hilft mir, das alles in Ordnung zu bringen. Dann kann ich leichter wieder übernehmen.« Er zieht eine Zigarette aus der Packung. »Du blätterst ja nur in deinen Drehbüchern herum, vom Geschäftlichen verstehst du nichts.«

Was für eine Unverschämtheit. Calder hat meine Arbeit doch bisher immer geschätzt.

Mit einem Streichholz zündet er die Zigarette an.

»Ist das klug?«, fahre ich ihn an und zucke bei dem genervten Blick zusammen, den er mir zuwirft.

»Wenn ich rauchen will, dann werde ich rauchen, verdammt noch mal.«

Ich weiche zurück, weiß nicht, was ich sagen soll. Er macht mir wirklich Angst.

Er starrt mich aufgebracht an.

»Egal«, murmele ich und versuche angestrengt, mir meine Empörung nicht anmerken zu lassen. Ich weiß, es ist nicht seine Schuld, dass er zu kämpfen hat. Aber das geht wirklich zu weit.

Er verengt die Augen. »Nancy, wir haben in letzter Zeit viel zu viel aufeinandergehockt. Wir brauchen eine Pause, findest du nicht auch?«

»Wie bitte?«

»Wie bitte?«, äfft er mich nach, und der giftige Sarkasmus in seiner Stimme tut weh.

Ich reiße die Augen auf, doch er zuckt nur mit den Schultern. Ich berühre seinen Arm, spreche mit gezwungen ruhiger Stimme. »Calder, was ist hier eigentlich los?«

Er schüttelt mich ab. »Wir brauchen einfach Abstand voneinander.«

»Wie bitte?«

»Ich bleibe ein paar Tage bei Hamish, da können wir uns voll auf die Arbeit konzentrieren, und du bist mich eine Weile los.«

»Aber das will ich nicht. Wie könnte ...« Ich berühre wieder seinen Arm, und er zieht ihn zurück, als hätte ich ihn verbrannt.

»Aber ich.« Er sieht mich kalt an.

»Du brauchst eine Pause ... von mir?«

Wie ein launisches Kind zuckt er mit den Schultern.

Ich mache wieder einen Schritt auf ihn zu, und dieses Mal stößt er mich zurück. Ich stolpere, falle auf die Knie und schramme mir die Handflächen an dem Schotter auf. Seine Brutalität macht mich sprachlos. Er sieht mich an ... voller Hass.

Ich rappele mich auf und gehe davon, atme so ruhig wie möglich, um die aufsteigende Panik in den Griff zu bekommen. Was passiert hier gerade? Während ich an der weißen Häuserreihe entlanggehe, tritt Hamish aus einem Cottage.

»Komme schon«, ruft er.

Ich bleibe stehen. »Calder will eine Beziehungspause – und bei dir wohnen.«

»Was? Weiß er von ...«

»Schh. Nicht hier.« Ich sehe mich um. »Komm mit.«

Ich ziehe ihn auf einen Pfad, der zum Fußballfeld mit den alten Toren und schlaffen Netzen führt. Wieder sehe ich mich um, doch es ist niemand in der Nähe.

»Was zur Hölle machst du wirklich hier?«, frage ich Hamish aufgebracht.

»Calder hat mich gebeten zu kommen.«

»Aber dir muss doch klar gewesen sein, dass das eine furchtbare Idee ist. Er ist noch so schwach und anfällig. Du hast ihn völlig aus dem Gleichgewicht gebracht. Er klingt überhaupt nicht wie er selbst.«

»Ich wollte nur helfen. Ich habe ihn angerufen, nachdem wir gestern telefoniert hatten.«

»Was?«

»Ich habe mir echt Sorgen gemacht. Er war außer sich. Hat geweint, mich angefleht herzukommen. So hatte ich ihn noch nie gehört.«

»Er hat geweint?« Ich setze mich auf einen Felsen. »Was hat er gesagt?«

Hamish legt mir eine Hand auf die Schulter.

»Du bist ja eiskalt.« Er zieht seine Jacke aus und legt sie mir um die Schultern. »Nancy, ich mache mir wirklich Sorgen ...«

Als sich Schritte auf dem Schotter nähern, springe ich auf. Arran kommt auf uns zu.

»Hamish«, sagt Arran nickend. »Ich wusste nicht, dass du uns besuchen kommst. Ist schon eine Weile her.« Er sieht zu mir, dann wieder zurück zu Hamish.

»Arran.« Hamish nickt, sein Ton ist leicht herausfordernd.

»Was verdanken wir die Ehre?«, fragt Arran.

»Ich bin hier, um Calder zu helfen und mal nach der alten Ausflugsbootfirma meines Vaters zu sehen, die ich von London aus noch führe.«

»Natürlich. Und das auch sehr erfolgreich.« Arran ist angespannt, sieht uns nacheinander eindringlich an. »Und Nancy kennst du vermutlich aus London?«

»Ja, sie und meine Frau Gina sind beste Freundinnen.«

Arran wirft mir einen Blick zu. »Wie nett, dass du *Calder* hilfst«, sagt er. »Und wo ist er?«

»Er reserviert einen Tisch im Pub«, erwidere ich rasch. »Ich habe Hamish über Calders Zustand informiert, wie anfällig und schwach er noch ist.«

»Ich finde, er sieht gut aus. Richtig gut. Der Gottesdienst scheint ihm gefallen zu haben. Auf viele wirkt er kathartisch.«

»Nun, dieser Gottesdienst hätte auch die schwärzesten Seelen reingewaschen«, sage ich scharf. Ich fühle mich schuldig, weil er mich im Gespräch mit Hamish erwischt hat.

»Das ist der Sinn.« Arran mustert mich, als könnte er meine Gedanken lesen. »Es hat mich sehr gefreut, dich und Calder zu sehen. Seine Rückkehr zu uns ist wirklich ein Wunder.« Dann hebt er betont die Augenbrauen und wendet sich ab. »Schön dich zu sehen, Hamish. Wirst du wohl lange genug hier sein, um am Gottesdienst teilzunehmen? Na dann, auf Wiedersehen.«

Wir blicken ihm nach, wie er den Hügel hinaufgeht, und sehen uns an wie zwei unartige Schulkinder.

»Er hat immer noch einen Stock im Arsch«, sagt Hamish.

»Schh, er wird dich hören.«

»Er ist nicht der Papst.« Hamish lacht und knöpft seine Jacke um mich herum zu. »Sag nicht, du bist ihm jetzt auch schon hörig.«

Ich sehe Arran nach, mit einem Gefühl, als hätte ich ihn verärgert.

»Was wolltest du vorhin sagen?«, frage ich und ziehe Hamish außer Sicht von zwei Jungen, die mit einem schmuddeligen Ball auf dem Fußballplatz spielen wollen.

»Dass ich kommen musste, weil Calder am Telefon so seltsam geklungen hat. Ich habe mir Sorgen um ihn gemacht. Um dich.«

»Inwiefern seltsam?«

»Ich habe ihn noch nie weinen gehört. Auch wenn ich weiß, dass er einiges durchgemacht hat. Aber es war nicht nur das. Er klang so ... Ich kenne ihn schon mein ganzes Leben, aber er klang so ... anders.«

Ich fasse es nicht. Jemand spricht es laut aus. In diesem Moment ist mir sogar egal, dass es sich dabei um Hamish handelt.

»Alles okay?«, fragt er.

»Was meinst du damit, anders?«

»Er klang ... Tut mir leid, jetzt hältst du mich gleich für verrückt.«

Ich schüttele den Kopf. »Sag's mir.«

Er blinzelt. »Er klang wie ein völlig anderer Mensch.«

Ich falle ihm um den Hals. »Danke. Vielen Dank.«

Er hält mich fest. »Ist ja gut, ich bin hier.«

Ich mache mich los, halte aber weiter seinen Arm fest. »Ich bin nur so erleichtert, dass du das sagst. Sonst kommt es hier keinem komisch vor. Entweder kannten sie ihn nicht vor dem Unfall oder nur vor zwanzig Jahren.«

»Was ist passiert? Liegt es am Umzug?«

»Nein, in der ersten Woche hier war alles in Ordnung. Das Unglück ist der Auslöser. Sobald er wieder bei Bewusstsein war, war er abweisend, gereizt, als wäre er ganz woanders und ich würde ihm furchtbar auf die Nerven gehen.«

»Dann muss es eine Hirnverletzung sein. Das wäre doch logisch, oder?«

»Vielleicht. Die Ärzte sagen, das Gehirn hat keinen Schaden genommen. Und manchmal blitzt da der alte Calder auch noch auf. Aber ich weiß gar nichts mehr.«

»Gina macht sich Sorgen um dich. Sie wollte mitkommen, weil du so gestresst klangst, aber sie muss sich um die Kinder kümmern.«

Ich trete einen Schritt zurück. »Hat sie einen Verdacht? Wegen uns?«

»Nein, natürlich nicht. Sie macht sich nur Sorgen um dich. Hat gesagt, ich soll so lange bleiben, wie ihr mich braucht.«

Ich schlucke und reibe einen kleinen Stein von meiner Handfläche. Vielleicht kann er ja Calder helfen, wenn ich es schon nicht kann. »Bleib, solange Calder dich braucht. Ich komme schon klar.« Wir sind schon zu lange hier, es darf uns nicht noch jemand sehen. »Geh jetzt zu ihm ins Pub.«

»Okay.« Er wirkt, als wollte er noch etwas sagen, blinzelt dann aber nur.

»Und wenn er darauf besteht, bei dir zu wohnen, kümmerst du dich um ihn, ja?«

»Natürlich. Ruf mich an, wenn was ist. Jederzeit.«

Ich nicke.

Hamish geht zum Pub. Als ich am Dorfrand angelangt bin, regnet es, und ich weiß nicht, was ich tun soll. Das Pub scheidet aus, nach Hause möchte ich auch nicht, außer Arran und Janey kenne ich niemanden. Arran steht außer Frage, daher gehe ich zu Janeys Laden. Als ich die Tür öffne, wirbelt sie herum. »Oh, hallo«, sagt sie ungewöhnlich knapp. Sie zerreißt gerade leere Kartons, legt die Pappe auf einen Stapel und tritt ihn flach. »Alles okay?«

»Ja.« Ich bin unsicher, was ich ihr erzählen soll.

»Was hältst du von Alison? Unsere Möchtegern-Promqueen?«

»Hm, sie wirkt ein bisschen verspannt. Und sie scheint Arran anzubeten, oder?«

Janey lacht. »Und wie. Ich habe keine Ahnung, wie Rob es die ganzen Jahre mit ihr ausgehalten hat. Sie ist so eine Prinzessin, hält sich für etwas Besseres.«

»Wie geht es jetzt weiter mit Rob?« Eigentlich müsste ich unbedingt über Calder reden, habe aber Angst, das Thema anzuschneiden.

»Es ist Schluss. Vermutlich am besten so.« Sie schluckt. »Ich bin immer noch so wütend, weil er sich weigert, dass wir es offiziell machen, manchmal erkenne ich mich selbst nicht.«

»Aber warum will er es nicht zeigen? Wegen Alison oder der Kirche?«

»Ach, Arran ist für eine Trennung, wenn sich das Paar überhaupt nicht mehr versteht. Da ist er sehr fortschrittlich. Als er hier angefangen hat, hieß es noch ›das untrennbare Band der Ehe‹ und so, das hat sich aber sehr geändert.«

»Warum dann? Sie sind doch schon so lange getrennt?«

Sie windet sich unbehaglich. »Na gut, ich erzähl's dir. Damals gab es das blöde Gerücht, dass Rob ein etwas zu enges Verhältnis zu Caitlin hatte.«

»Unangemessen eng, meinst du das?«, frage ich zögernd.

»Ja, auch wenn es absolut lächerlich war. Er hat seine Tochter nicht missbraucht. Alison hat gelogen und das Gerücht aufgebracht, weil sie so wütend war, weil er sie verlassen hat. Schöne Frauen wie sie kommen nicht gut mit Zurückweisungen klar. Doch in so kleinen Inselgemeinschaften hält sich so ein Gerücht hartnäckig.«

Die Türglocke läutet. Janey geht zurück hinter den Tresen.

Arran kommt in seinem langen schiefergrauen Regenmantel herein, als wäre er ein riesiges, überirdisches Wesen, das sich bei uns materialisiert. Seine Ausstrahlung ist so intensiv, sie saugt mich ein und macht mich klein. Als würde er mich in sein Kraftfeld hineinziehen und ich damit verschmelzen.

»Hallo, Arran«, begrüßt ihn Janey betont fröhlich und gleichzeitig knapp.

»Janey«, antwortet er, konzentriert sich jedoch auf mich. »Nancy. Du scheinst unseren Rückkehrer Hamish ja sehr gut zu kennen?«

Wie kann er es nur wagen, mich zu verhören? »Wir kennen uns aus London. Er ist Calders bester Freund.«

»Ihr schient euch ja fast zu *verstecken*.«

»Wir haben uns nur unterhalten.«

Janey grinst so breit, dass ich sogar ihre kleinen Backenzähne sehen kann.

»Was kann ich für dich tun, Arran?«, fragt sie ausdruckslos.

Er sieht mich noch länger mit seinen durchdringenden blauen Augen an, dann wendet er sich an Janey. »Eine Lammkeule, Kartoffeln und das Gemüse, das du gerade dahast. Alison will heute Abend für mich kochen, da ich nach der Messe immer so müde bin. Sie will mir mein Lieblingsgericht zubereiten.«

»Sag Alison Grüße von mir«, antwortet Janey. »Der Blumenschmuck heute war ganz wunderbar.«

»Das werde ich ausrichten.«

Janey sucht seine Bestellung zusammen, und er bezahlt mit

Karte. Es passt irgendwie nicht zu diesem Mann, der uns gerade, in eine lange graue Robe gehüllt, dazu angehalten hat, unsere Sünden loszulassen.

»Hoffentlich sehen wir uns nächste Woche«, sagt er an der Tür zu mir. »Bei der Messe habe ich gemerkt, dass du dich nicht ganz wohlgefühlt hast. Das Ritual hat dir wohl Schwierigkeiten bereitet?«

»Es war nur … anders. Danke der Nachfrage.«

»Meine Tür ist immer offen, wenn ich dir oder Calder helfen kann.« Er zieht die graue Kapuze über und verlässt den Laden. Langsam schließt sich die Tür hinter ihm. Er hinterlässt eine unbehagliche Atmosphäre.

»Ich sollte gnädiger mit Rob sein«, meint Janey. »Die Leute hier sind so neugierig. Arran glaubt, er könne sich über alles ein Urteil erlauben und seine Nase in die Angelegenheiten der Menschen stecken.«

»Und er hat offenbar ein enges Verhältnis zu Alison.«

»Mhm. Vor allem bei ihm hat Rob Angst, dass er von seinen Besuchen auf der Insel erfährt. Damals hat Arran die Gerüchte wegen Rob und Caitlin sehr ernst genommen und die beiden immer wieder befragt. Rob war fuchsteufelswild und hat natürlich alles abgestritten. Doch durch seine Nachforschungen hat Arran es so aussehen lassen, als hätten die Gerüchte ihre Berechtigung, und hat Rob das Leben zur Hölle gemacht. Er meint es gut – er will seine Schäfchen um jeden Preis beschützen, und das kann jede Menge Probleme mit sich bringen. Bei Calder war er auch so, nachdem Douglas ertrunken war.«

»Was meinst du?«

»Hat sich zu sehr eingemischt, war überbehütend.«

»Calder hat gesagt, Isla hätte Arran gebeten, ein Auge auf ihn zu haben.«

»Oh, das hat er auch.«

Janey winkt mich ins Hinterzimmer und kocht uns Kaffee. Ich lasse die letzte Milch aus der Glasflasche in unsere Tassen tröpfeln und will sie gerade in den Müll werfen, als Janey ruft:

»Nein, die kommt ins Altglas.«

»Das habt ihr hier auf der Insel? Wie wird dann alles abtransportiert? Mit der Fähre?«

»Ja, wir müssen tun, was wir können. Der Meeresspiegel steigt hier von Jahr zu Jahr. Es gibt Überflutungen und Küstenerosionen, und damit sind auch die Wasserversorgung, die Felder, die weidenden Tiere betroffen.«

»Vielleicht ist es sowieso schon zu spät«, meine ich müde.

»Wir müssen es wenigstens versuchen«, erwidert sie ernst. »Egal wie hoffnungslos es zu sein scheint.«

»Aber manches kann nicht repariert werden.« Aus Versehen stoße ich meine Tasse vom Tisch, und der Schieferuntersetzer, der an der Unterseite festgeklebt war, zerbricht. »Tut mir leid«, sage ich leise. »Ich weiß, dass man Schiefer nicht mehr zusammensetzen kann ...« Ich stocke.

Janey neigt den Kopf und mustert mich. »Ist noch etwas kaputt?«

Meine Augen werden feucht. Janey schiebt ihren Stuhl neben meinen und nimmt mich in die Arme. Ich breche in Tränen aus und durchweiche ihr gebatiktes Oberteil.

»Calder?«, flüstert sie.

»Ich erkenne ihn überhaupt nicht mehr wieder. Er ist so unfreundlich und abweisend, stößt mich von sich weg. Ganz wortwörtlich. Ich glaube, er ... hasst mich.«

»Er hat dich gestoßen?«

Ich nicke.

»Dann musst du ihn verlassen«, sagt sie entschieden.

»Nein, das kann ich nicht, nicht nach allem, was er durchgemacht hat.«

»Du musst aber dich selbst beschützen.«

»Ich übertreibe bestimmt nur. Es ist doch total verständlich, dass er noch Probleme hat. Tut mir leid, ich rede und rede ...«

Janey holt tief und langsam Luft, als wollte sie meditieren.

»Ist er vorher schon mal gewalttätig geworden?«

»Nein.«

Sie neigt den Kopf.

»Also, ich meine, er ist aufbrausend, er kann richtig wütend werden und auch mal Sachen durch die Gegend werfen.«

Sie runzelt die Stirn.

»Aber ich habe auch schon mit Sachen geworfen. Als ich ihn dazu bringen wollte, dass er mit dem Rauchen aufhört, als wir schwanger werden wollten, habe ich ein volles Glas Rotwein nach ihm geworfen. Damit wir die Wohnungskaution wiederbekamen, musste ich den Fleck überstreichen. Streiten Paare sich nicht immer mal leidenschaftlich?«

»Hast du Angst vor ihm?«

»Bisher nicht. Nie. Doch seit dem Unglück ... Ich habe Angst, dass ich ihn nicht richtig kenne. Und heute hat er mich wirklich fest geschubst.«

Sie schüttelt den Kopf. »Mistkerl.«

»Es ist nicht seine Schuld. Er ist nicht er selbst.«

Langsam streicht sie ihre grauen Haare zurück und enthüllt eine gezackte lila Narbe, die quer über ihren Kopf verläuft und sonst unter den langen Wellen verborgen ist.

»Douglas«, sagt sie.

»Calders Vater?«

Sie nickt. »Vor vielen Jahren waren wir mal zusammen, bevor er Isla geheiratet hat. Manchmal war er ein großartiger Kerl, doch die Sauferei hier oben kann selbst den nettesten Mann verderben. Das hier stammt davon, als er mich einmal gegen eine Wand geschleudert hat.«

»Oje, das tut mir leid.«

»Nein, nein, es ist lange her. Ich habe es abgehakt. Er hatte schreckliche Schuldgefühle, hat gesagt, dass er so etwas nie wieder tun würde, aber ich habe Schluss gemacht. Ich weiß nicht, wie es Isla ergangen ist, was da hinter verschlossenen Türen vorgegangen ist, aber ich habe ihr jahrelang in die Augen gesehen und es gewusst.«

»O Gott.«

Sie schnaubt. »Und dann ist Douglas bei diesem ›Unfall‹ gestorben.«

»Was ... willst du damit sagen?«

»Ich bin mir sicher, dass er Isla geschlagen hat. Und sie war eine Frau, die man nur bis an einen bestimmten Punkt bringen musste.« Sie geht zurück in den Laden und zieht noch mehr leere Kartons hervor.

Ich folge ihr. »Du willst damit sagen, dass Isla ...«

Sie zuckt mit den Schultern, faltet weiter Kartons und tritt sie flach. »Seine Leiche wurde nie gefunden. Nur das Boot. Und das wurde bald nach dem Fund zerstört. Danach wurde sie sehr religiös. Arrans Schoßhund. War wie besessen von den Blumen. Hat den Altar gewienert, bis er geglänzt hat. Hat immer wieder auf den Beichtschiefer geschrieben und die Tafeln reingewaschen.«

»Aber das ist ja furchtbar. Was glauben die anderen Leute hier?«

Sie zuckt mit den Schultern und wischt sich die Stirn ab. »Sie haben das Boot zerstört, das der einzige Beweis für das war, was auch immer passiert ist. Du wirst schon bald erfahren, dass diese Insel ihre eigenen Gesetze hat.«

»Sie haben es gebilligt, dass sie ihn umgebracht hat?«

»Sie ... schauen weg, wenn sie denken, dass der Gerechtigkeit Genüge getan wurde.« Sie fährt die Klinge an einem großen Teppichmesser aus und schneidet einen großen Karton in Stücke, dann mit harten, aggressiven Bewegungen einen weiteren. Ich kann das alles nicht glauben. Aber warum sollte sie lügen?

»Calder hat Islas fanatische Gläubigkeit gehasst«, sage ich langsam. »Glaubst du, er hat einen Verdacht?«

Wieder zuckt sie mit den Schultern. »Vielleicht erlaubt er es sich nicht.«

Warum ist er an diesen furchtbaren Ort zurückgekehrt, wenn hier so viele schreckliche Erinnerungen warten?

»Er war nie religiös«, sage ich, »aber heute schien ihn die verdammte Messe merkwürdig gefesselt zu haben.«

»Vielleicht hat sie ihm geholfen?«, erwidert Janey und hält das Messer hoch. »Manche Menschen finden Trost in der Kirche.«

»Entschuldigung. Ich wollte dich nicht beleidigen. Ich weiß einfach nur nicht, was mit ihm los ist. Seit dem Unfall verhält er sich so seltsam. Ist abweisend, launisch, sogar gemein – und er macht lauter merkwürdige Sachen. Geht in die Kirche, raucht und isst Unmengen Fleisch.«

Sie runzelt die Stirn und legt das Messer beiseite. »Benson and Hedges?«

»Woher weißt du das?«

Janey schluckt. »Es klingt, als würdest du Douglas beschreiben. Die Launen, das viele Fleisch, die Zigaretten.«

»Hamish sagt auch, dass Calder anders ist. Er hält mich nicht für paranoid.«

Sie verengt die Augen. »Arran hatte also recht, du und Hamish habt euch vor Calder versteckt?«

Irgendwie ahnt sie unser Geheimnis.

»Ja, aber wir haben nur darüber gesprochen, wie wir Calder unterstützen können. Hamish ist hier, um ihm zu helfen. Wahrscheinlich mache ich mir einfach zu viele Gedanken, und mit der Zeit beruhigt sich alles.« Ich sollte besser gehen.

»Du weißt, dass du mit dem Feuer spielst. Sei vorsichtig mit den beiden«, sagt Janey und geht ins Hinterzimmer. Was soll das heißen? Will sie mich loswerden? Ich muss hier raus. Auf dieser Insel gehen Dinge vor sich, die ich nicht verstehe, und sie hängen irgendwie mit der Kirche zusammen.

Gerade will ich durch die Ladentür nach draußen gehen, als Janey mit einer kleinen braunen Flasche zurückkommt. »Ich urteile nicht über dich, aber du musst aufpassen.«

»Wie bitte? Willst du mich warnen?«

»Das hier ist ein homöopathischer Schiefertrank: Er steht für den totalen Zusammenbruch, für etwas, das sich nicht reparieren lässt. Dieses Mittel hilft Menschen, von einem Zustand in den nächsten überzugehen, einen Weg zu öffnen, der vorher unmöglich erschien. Es wird dir helfen, Calder zu verlassen, wenn es nötig sein sollte.«

Ich nehme die Flasche. Ich glaube zwar nicht an Homöopathie, traue mich aber auch nicht, den Trank abzulehnen. Vielleicht brauche ich tatsächlich etwas, das mir hilft zu tun ... was auch immer ich tun muss.

Ich kann Calder nicht davon abhalten, bei Hamish zu wohnen. Im Moment will ich das auch nicht. Deshalb muss ich nach Hause gehen. Allein. Ich spaziere die Straße entlang, fülle die Lunge mit der kalten, salzigen Luft. Diese Insel wirkt so beständig, war schon immer da, trotzdem ist sie dem Wetter ausgeliefert, dem Klimawandel. Ohne unsere Bemühungen wird sie wieder vom Meer verschluckt werden. Nichts ist sicher, nichts ist für immer, selbst diese felsige Insel. Als ich mich dem Cottage nähere, bleibe ich bei der gefluteten alten Minengrube stehen. In den Fünfzigern hat man aufgehört, Schiefer abzubauen, und alle Gruben sind schon seit Langem mit Wasser gefüllt. Vor mir liegt ein runder See aus spiegelglattem, schimmerndem schwarzem Wasser, das nie vom Meer ersetzt wird. Undurchdringlich, wie Calder. Gott weiß, wie tief es ist oder was in den stillen Tiefen lebt.

KAPITEL DREIZEHN

Bitte lass mich in Ruhe arbeiten, lautet die SMS. Calder reagiert auf keinen meiner Anrufe, sondern schickt mir immer wieder dieselbe Nachricht. Er bleibt drei Tage lang bei Hamish im White Cottage. Hamish will ich nicht anrufen. Mir bleibt also keine andere Wahl, als die Tage angespannt allein in unserem windumtosten Haus zu verbringen, nur mit Attila als Gesellschaft. Und sie koexistiert lediglich mit mir, nimmt Futter an, faucht aber, wenn ich ihr zu nahe komme. Ich arbeite wie besessen an dem *Frankenstein*-Drehbuch, das allmählich Gestalt annimmt. Das Internetmonster richtet im Leben seiner Schöpferin ein völliges Chaos an, und wie im Original passiert immer mehr, wobei das Monster seine Taten folgendermaßen rechtfertigt: *Ich habe eine Liebe in mir, die ihr euch kaum vorstellen könnt, und eine Wut, die ihr nicht glauben würdet. Wenn ich das eine nicht befriedigen kann, werde ich dem anderen nachgeben.*

Am vierten Tag verstehe ich die Verzweiflung des Monsters beinahe. Vor Sonnenaufgang stehe ich auf. Ich habe die Nase voll. Ich werde ins Dorf gehen und Calder dazu bringen, mit mir zu reden. Wütend marschiere ich die Straße entlang um die Insel herum, will nicht den Weg über den Hügel nehmen. Doch als ich an Hamishs Tür klopfe, reagiert niemand. Ich gehe zum Pub, ob sie vielleicht dort sind, doch dann sehe ich die Menge, die sich am Pier versammelt hat. Ganz vorne steht Hamish, der wie eine Zeichentrickfigur aussieht – er trägt eine riesige wasserdichte gelbe Hose, ein dickes, unförmiges wasserdichtes Oberteil und spricht in ein Headset. Ich werfe ihm einen spöttischen Blick zu, und er verzieht das Gesicht, als wollte er sagen: »Was will man machen?« Er spricht zu einer Gruppe, alle ebenfalls in wasserfester Kleidung: ein chinesisches Paar, vier junge Männer mit akkurat geschnittenen Haaren, die aussehen, als würden sie für eine US-Tech-Firma arbeiten, eine große Frau mit buschiger Frisur und ein angespannt wirkender Mann mit einer Menge teurer silberner Ausrüstung.

»Nehmt euch eine Rettungsweste aus dieser Kiste«, sagt Hamish und deutet darauf. »Ich überprüfe dann, ob ihr sie richtig angelegt habt. Lasst den Clip vor der Brust einrasten und führt dann den langen Gurt zwischen den Beinen durch.«

Vor einem offenen Lieferwagen mit noch mehr gelben Anzügen steht ein großes Schild mit der Aufschrift MOTORBOAT WILDLIFE TOURS.

»Willst du mitkommen?«, ruft er.

Ich schaue mich um, in der Annahme, dass er mit jemand anderem spricht. Aber er zeigt lächelnd auf mich.

Als ob ich jemals wieder freiwillig in ein Boot steigen würde.

»Warum veranstaltest du jetzt eine Ausflugsfahrt?«, frage ich ihn im Näherkommen.

»Das ist meine Firma, das weißt du doch, oder? Na ja, sie gehörte meinem Vater, mit viel einfacheren Booten. Und als er starb, habe ich das Unternehmen übernommen, mit Leuten, die es hier auf der Insel für mich leiten. Calder braucht mich heute nicht, daher dachte ich, ich überprüfe mal alles. Ich steuere das Boot nicht, mache nur den Guide. Das kann ich in- und auswendig von den vielen Malen, die ich mit meinem Dad hinausgefahren bin.«

»Wo ist Calder?«

»Er ist aufs Festland gefahren, um mit den Zulieferern zu reden.«

»Geht es ihm gut?«

Hamish zuckt mit den Schultern. »Ich schätze schon. Er ist ziemlich manisch. Trinkt den ganzen Tag Kaffee und raucht, und abends säuft er. Setzt alles daran, dass die Firma profitabel wird.«

»Hat er … von mir gesprochen?«

Er schüttelt den Kopf. »Tut mir leid, Nancy, aber ich kann jetzt nicht reden. Fahr mit mir raus. Kostet auch nichts.«

»Ich kann nicht. Seit ich Calder im Meer gefunden habe …«

»Das Wetter ist gut, die See ruhig. Du willst dir doch nicht von einem schrecklichen Erlebnis die Schönheit des Meeres verderben lassen. Was macht man, wenn man vom Pferd fällt?«

Ich lache. »In der Schule bin ich mal vom Schwebebalken gefallen, und die Sportlehrerin hat gesagt: ›Wenn du jetzt nicht wieder hochgehst, wirst du es nie wieder tun‹, und das war der letzte Schwebebalken, den ich je aus der Nähe gesehen habe, außer im Fernsehen!«

»Ich glaube, ich mag deine Sportlehrerin. Komm schon. Ich würde nie zulassen, dass dir etwas passiert.« Er sieht mich todernst an. Er hat recht. Ich kann nicht weiter in Angst leben, und ich will unbedingt irgendetwas anderes empfinden.

»Na gut.«

»Braves Mädchen«, sagt er grinsend.

Er gibt mir eine riesige gelbe Hose, die ich mühsam anziehe, dann hält er mir das passende Oberteil hin, sodass ich hineinschlüpfen kann, und zupft es zurecht. Er ist behutsam, als ob er meine Anspannung spüren könnte. Ich bereue schon jetzt, dass ich zugestimmt habe mitzukommen. Ich sollte keine Zeit mit Hamish verbringen, aber allein werde ich verrückt. Dann stellt er sich hinter mich, damit ich die Rettungsweste anziehen kann. Ich sehe ihn nicht, spüre aber, wie aufmerksam er mir in die Weste hilft, und ich weiß, dass wir beide an unsere gemeinsame Nacht denken.

»Jetzt nimm den Gurt, der da unten baumelt«, sagt er. Dass er mir dabei nicht hilft, macht mich noch verlegener, als ich zwischen meine Beine greife. Die Situation ist seltsam intim.

Wir gehen hinunter zu einem aufblasbaren leuchtend orangefarbenen Schnellboot, das an der Slipanlage liegt. Die schmalen Sitze mit gebogenen Metallgriffen davor sehen aus wie dicht gedrängte, schmucklose Karussellpferde.

O Gott! Kann ich noch aussteigen? Ich glaube nicht, dass ich das schaffe. Die Frau mit den buschigen Haaren lächelt mich an. Mit starkem skandinavischem, vielleicht norwegischem Akzent sagt sie: »Ich habe die Tour gestern schon gemacht, sie ist großartig. Es wird Ihnen gefallen!«

Ich kann nicht einfach im Cottage herumsitzen. Ich muss etwas tun. Ich muss meine Ängste überwinden. Also steige ich ein, setze mich nach vorn, und als alle sitzen, schießen wir aufs Wasser hinaus. Ein älterer Mann steht im Heck am Steuerrad, und Hamish geht auf und ab und erzählt von der Insel. Die Wellen, die Gischt, die Weite des grauen Meeres – all das lässt mich sofort an Calders traumatische Rettung denken. Ich umklammere den Metallhaltegriff und kneife die Augen zu. Mach, dass es aufhört. Das hier ist schrecklich.

Und dann legt jemand sanft seine Hand auf meine Schulter. Ich öffne die Augen. Hamish steht neben mir und spricht zu den Touristen, beruhigt mich aber gleichzeitig mit seiner Berührung.

»Man nannte sie ›die Inseln, die die Dächer der Welt decken‹, weil der hier abgebaute Schiefer überall auf der Welt zum Decken von Dächern verwendet wurde«, erklärt Hamish. Er sieht zu den Touristen, die die Schieferküste fotografieren, ist aber auf mich konzentriert. Ich erlaube mir, langsamer zu atmen, meine Schultern zu entspannen und mich umzusehen. Heute ist das Meer fast glatt, wie geraffte graue Seide, deren Fäden sich ständig verschieben. Es geht mir gut. Ich schaffe das.

»Schauen Sie nach oben«, ruft Hamish plötzlich, und wir reißen die Köpfe hoch. »Das ist der König der Raubvögel – ein Seeadler.« Über uns schwebt ein majestätischer brauner Vogel mit weißem Kopf, gespreizten weißen Schwanzfedern und riesigen, kräftigen Flügeln. »Und wenn Sie zu den Bäumen an der Küste zu unserer Rechten sehen – der doppelbettgroße Fleck, das ist sein Nest. Die Balz der Seeadler besteht aus Flugvorführungen, bei denen das Männchen und das Weibchen schließlich ihre Krallen ineinander verschränken«, er schlägt die Hände zusammen, »und im Sturzflug zu Boden stürzen«, er reißt seine Hände dramatisch auseinander, »wo sie sich gerade noch rechtzeitig voneinander lösen, bevor sie gemeinsam sterben.« Er lächelt über die entsetzten Blicke seiner Passagiere.

Ich lache.

»Hören Sie das Zwitschern?« Wir lauschen auf das seltsame quietschende Geräusch, wie von einem Gummitier. »Da drüben an der Küste, die kleinen schwarz-weißen Vögel mit den dünnen roten Beinen, das sind Austernfischer.« Die viel kleineren Vögel haben lange rote Schnäbel und sehen aus wie Kinderzeichnungen.

Ich lache wieder, und Hamish grinst.

»Schön, dass du mitgekommen bist«, flüstert er.

Ich nicke.

Als die Touristen genug geknipst und gefilmt haben, dreht das Boot, und wir fahren weiter. Der Steuermann gibt ein wenig an, indem er das Boot erst steil nach rechts und dann nach links lenkt. Hinter mir höre ich ein paar Schreie. Aber mir wird klar, dass das alles nur Show ist. Hamish hat recht, ich bin hier sicher. Allmählich kann ich die raue Schönheit der Insel genießen, während wir an ihr vorbeifahren. Die Klippen sind steil, mit dunklen Höhlen und zerklüfteten Schieferschichten, die den Elementen ausgesetzt sind. Dann wird die Küste grüner. Hamish steht weiter hinten im Boot, als wüsste er, dass ich jetzt entspannter bin. »Auf der Insel dort drüben lebt Rotwild. Man glaubt es kaum, aber Rotwild kann schwimmen und hat sich da drüben angesiedelt. Natürlich muss der Bestand überwacht werden, damit er nicht die ganze Vegetation auffrisst – aber sie werden human geschossen.«

Ein seltsames Konzept – humaner Mord. Aber nach dem, was Janey gesagt hat, könnte ich mir vorstellen, dass die Inselbewohner damit kein Problem haben.

»Und da drüben sehen Sie einen Reiher, Kormorane und ein paar Krähenscharben.«

Hinter mir kichert jemand.

Der große, langbeinige Reiher ist unübersehbar, die anderen sind nur schwarze Flecken.

»Die Kormorane haben weiße Kehlen und sind schwerer als die Krähenscharben«, fährt Hamish fort. »Die Evolution hat es mit den armen alten Krähenscharben nicht so gut gemeint, denn ihr Gefieder ist nicht wasserdicht, weshalb sie im Wasser zur Sicherheit den Kopf nach hinten legen müssen. Ihnen wird schnell kalt, dann müssen sie auf die Felsen und dort trocknen.«

Ich sehe zu den kleinen schwarzen Köpfen, die aus dem Wasser ragen, und zu den schlanken kleinen Vögeln an Land mit den langen Hälsen und schlangenartigen Gesichtern. Ihr Gefieder glänzt fast grün, die Flügelspitzen lila. Ich fühle mit diesen seltsamen kleinen Wasservögeln, die die Natur nicht wasserfest gemacht hat. Hier oben an diesem wilden Ort und ohne die Grundvoraussetzungen für dieses Leben. Ich bin wie sie.

»Mögen Sie Krähenscharben?«, fragt die Norwegerin.

»Was? Oh, ja, die sind cool.«

Hamish wirft mir einen Blick zu und sieht sofort wieder weg.

Wolken ziehen auf, und es regnet ein wenig, doch hinter den Wolken scheint die Sonne, und ein Regenbogen überzieht den Himmel, den alle ausführlich bewundern. Ich habe das Gefühl, mich in einem Kindermärchen mit magischen Tieren und Schätzen am Ende des Regenbogens zu befinden. Ich hatte gedacht, dass diese Inseln öde und leer sind – wer hätte gedacht, dass sie eine so reiche Tierwelt zu bieten haben?

Jetzt fahren wir an unserer Bucht vorbei, wo Arran und ich Calder gefunden haben – tot. Er war tot, mausetot. Jetzt atmet er wieder, aber er könnte genauso gut tot sein. Mein Herz schlägt schneller, und mir ist schwindelig. Dann höre ich das Rascheln der Ölkleidung, als Hamish sich nähert. Er spürt, dass ich ihn brauche.

Wieder legt er mir seine Hand auf die Schulter. »Und dort auf der Landzunge sind zwei Robben. Eine Kegelrobbe im Wasser und ein Seehund an Land. Seehunde sind gleichmäßiger gefleckt, wohingegen die Kegelrobben einen hellen Bauch und einen dunkleren Rücken haben.«

Ich weiß nicht, ob das die beiden Robben sind, die wir bei Calders Rettung gesehen haben, aber ich habe das Gefühl, dass sie mich beobachten und sagen: *Da bist du ja, und heute ist ein neuer Tag. Das Leben geht weiter.* Ich atme wieder langsamer.

»Können sich die beiden Arten paaren?«, fragt die Norwegerin.

»Nein, dafür sind sie zu unterschiedlich«, erklärt Hamish.

Ich denke an Calder und mich, einen weiteren negativen Schwangerschaftstest vor uns.

»Und dort links von uns können Sie mehrere Schweinswale sehen, die uns begleiten.«

Ich sehe ihre dunklen Rücken und die kurzen Flossen, die die Oberfläche durchbrechen. Sie springen leicht versetzt, stufenförmig. Ich kichere vor Vergnügen und verdränge die Erinnerung an den Schweinswal, den ich für Calders Boot gehalten habe.

Der blaue Himmel ist von weißen, grauen und violetten Wolkenschichten bedeckt, und das Sonnenlicht fällt wie Scheinwerfer auf die zerklüfteten Klippen und das seidige graue Wasser. Der Anblick ist spektakulär. Das Meer, die Inseln und der Himmel sind so riesig, und ich bin so klein. Meine Gefühle treten dahinter zurück.

Am Ende der Fahrt hilft mir Hamish aus dem Boot und beim Lieferwagen aus den wasserdichten Sachen.

»Ich werde auf Calder aufpassen, versprochen«, sagt er. »Und wenn du irgendetwas brauchst, ruf mich an. Dann komme ich sofort.«

KAPITEL VIERZEHN

Das Meer glitzert, die kalte Luft ist erfrischend, und kurz lebe ich einfach nur im Moment. Doch als ich um die Kurve biege, sehe ich, dass das Küchenfenster offen steht. Ich höre Rockmusik und rieche gebratenen Knoblauch.

Langsam öffne ich die Haustür, während meine zerbrechliche Entspanntheit verfliegt.

Calder steht am Herd, mit strahlenden Augen, zerknitterten Kleidern und Viertagebart.

»Hast du Hunger?«, fragt er, als wäre er nie weggewesen.

»Ich ... äh, ja. Bärenhunger«, schwindele ich, weil ich ihn nicht verärgern will. Was ist hier los?

»Heute gibt's leider nur Steak«, meint er lachend und stößt zwei Fleischstücke in der großen gusseisernen Pfanne an. Er macht seine berühmten Steaks mit selbst gemachten Pommes frites. Das haben wir in London oft gegessen. Mit einem Stich denke ich an unsere kleine Küche im vierten Stock, unser glückliches Leben dort. Vielleicht ist er bei Hamish irgendwie zur Ruhe gekommen? Ich sollte nichts Negatives sagen, sondern einfach mitspielen.

Ich setze mich an den Tisch. »Riecht köstlich.«

Er öffnet die Herdklappe und schaufelt riesige Haufen Pommes frites auf zwei Teller, dann lässt er liebevoll die enormen Steaks danebengleiten. Sie sind gebräunt, so wie ich sie mag.

Doch als ich in die dicke Scheibe schneide, tritt schmieriges Blut aus dem Fleisch aus. Igitt. »Das ist ja blutig«, protestiere ich. »Das bringe ich nicht hinunter.« Er weiß, dass ich blutige Steaks hasse.

»So isst man Steak aber«, erwidert er. »So hat Dad es immer gemacht.« Warum redet er mit mir, als würde er mich gar nicht kennen? »Isst du das jetzt oder nicht?«, fragt er.

»Äh …«

»Dann gib her«, knurrt er und zieht mir den Teller weg.

»Nein, schon gut«, rudere ich zurück.

Mit dem Teller in der Hand mustert er mich.

»Bitte, Calder, ich habe es nicht so gemeint. Ich möchte das Steak. Gib es mir bitte.«

Langsam stellt er den Teller wieder vor mir ab und nickt mir zu. Ich schneide ein Stück Fleisch ab und hoffe, dass es durch die leichte Bräunung der Außenseite essbar ist. Calder starrt mich an, während ich das Stück in den Mund schiebe und kaue. Es ist so widerlich fleischig, ich habe das Gefühl, an meiner eigenen Wange zu kauen. Doch ich mache weiter, wobei ich Calder unverwandt in die Augen sehe.

Ich schlucke. »Douglas hat also gern gekocht?«

»Sonntags hat er sich immer ums Mittagessen gekümmert. Es gab dann Braten oder Steak.«

Ich schneide noch ein Stück blutiges Fleisch ab und kaue es, während Calder sich seinem Essen widmet. Er sägt durch sein Steak und verschlingt genüsslich große Bissen.

Wir essen schweigend, während ich mich am Rand meines Steaks entlangarbeite.

Dann ist nur noch das innere, blutige Stück übrig. Der fettige Geruch ist übermächtig. Ich bringe keinen Bissen mehr hinunter. Aber ich will auch nicht den zerbrechlichen Frieden zwischen uns gefährden, und ich fühle mich schäbig, weil ich heute Zeit mit Hamish verbracht habe. Und es genossen habe.

Calder sieht zu mir. Ich lächele und nicke wie ein Einfaltspinsel. »Mhm, lecker.«

»Gut.«

Ich schneide in das rohe Fleisch, Blut quillt heraus und sammelt sich auf dem Teller. Ich denke an Calders Blut, das im Krankenhaus durch das eines Fremden ausgetauscht wurde. Mir ist schwindelig. Ich muss es hinter mich bringen, schnell. Ich säbele ein großes, faseriges Stück ab und schiebe es in den Mund. Kaue angestrengt und muss würgen, was ich mit einem Husten überspiele. Ich wiege mich vor und zurück, Speichel sammelt sich in meinem Mund, während ich gegen das Würgen ankämpfe. Entweder spucke ich es gleich aus, oder ich schlucke. Ich lege den Kopf in den Nacken, um es leichter hinuntergleiten zu lassen, doch das Stück bleibt in meiner Kehle stecken. Mit weit aufgerissenen Augen zucke ich, kann nicht schlucken, es nicht wieder hochwürgen.

Stöhnend schlage ich auf den Tisch, gestikuliere zu meinem Hals.

»Verdammt!« Calder springt auf, stürzt zu mir und schlägt mir hart auf den Rücken. Ich schlage mit den Armen um mich und werfe dabei mein Glas zu Boden.

»Atme, Nancy!«, brüllt Calder, während er weiter auf meinen Rücken klopft.

Mein ganzer Körper ist verkrampft, ich würge und ringe nach Luft. Ich werde hier sterben.

Er zieht mich vom Stuhl, tritt ihn zur Seite, schlingt von hinten die Arme um mich und drückt fest zu.

Das Fleischstück schießt über den Tisch.

Keuchend sehen wir beide auf den faserigen Klumpen.

»O Gott, du hättest … Verdammt.« Calder dreht mich um und sieht mich mit großen Augen an.

»Danke«, krächze ich. »Du hast mir das Leben gerettet.«

»Hast du etwa gedacht, ich würde dich sterben lassen?«

Mir wird klar, dass ich mir da nicht so sicher war.

»Wasser!«, ruft er, hastet zur Spüle und kommt mit einem Glas zurück. »Schon gut«, murmelt er, während ich trinke. Ich schluchze auf, er stellt das Glas auf den Tisch und hält mich fest. Ich weine an seiner Brust, während er sanft meine Haare streichelt.

Die ungewohnte körperliche Nähe wird uns beiden zugleich bewusst. Meine Haut erwacht zum Leben. Ich sehe zu ihm, erkenne einen Funken des alten Calders, und wir küssen uns hauchzart.

Dann verzieht er das Gesicht. Als wären meine Lippen giftig. Stirnrunzelnd zieht er sich zurück.

»Calder …«

Er schüttelt den Kopf.

Ich sehe ihn an, über den Abgrund zwischen uns hinweg. So haben wir uns seit der Nacht vor dem Unglück nicht mehr berührt. Vor drei unendlichen Wochen – unvorstellbar lange für uns.

Ich küsse ihn. Unsere Körper erkennen einander sofort, sind sich aber seltsam fremd. Als hätten sich unsere Dimensionen seit unserer letzten Berührung verschoben, und jetzt passen wir nicht mehr richtig zusammen.

Ich denke an ihn, seinen Körper, der im Boot kalt und nass auf mich gefallen ist, und ziehe mich von dem Kuss zurück. »Ist das denn gut für deine Gesundheit? Ich will dir nicht wehtun, ich …«

»Es ist okay«, murmelt er.

»Was hat Dr. Viner gesagt?«

»Es geht mir gut«, murmelt er außer Atem. »Sei still, und komm mit.« Er nimmt meine Hand und zieht mich ins Schlafzimmer. Ich bin viel nervöser als damals, als wir als betrunkene Fremde miteinander im Bett gelandet sind. Wir haben so oft miteinander geschlafen, doch jetzt fühle ich mich schüchtern. Habe sogar Angst? Er kämpft mit seiner Hose, während ich mit dem Arm stecken bleibe, als ich mein Kleid abstreifen will. Früher hätten wir über so etwas gelacht. Doch jetzt machen wir einfach schweigend weiter.

Er zieht mich an sich, und wir holen beide tief Luft. Ich rieche das Fett und das Fleisch in seinem Atem, mein Körper reagiert trotzdem. Wir beide wollen es, trotz allem. Er drückt mich auf das Bett, stützt sich über mir ab und küsst mich. Hart. Sein Mund ist fleischig und fremd. Seine ungewohnten Bartstoppeln kratzen an meiner Haut. Ich möchte das nicht. Aber ich will diesen zerbrechlichen Moment nicht ruinieren. Ich weiche ein wenig vor der Härte des Kusses zurück, versuche, zu unserem sonstigen erregenden Spiel zu finden. Aber er zwingt seine Zunge in meinen Mund. Ich lasse mich auf ihn ein, reagiere auf seine Wildheit. Früher waren wir auch oft wild, haben jedoch gemeinsam zärtlich angefangen und wurden dann immer leidenschaftlicher. Nicht wie jetzt.

»Langsamer«, flüstere ich.

Er grunzt und drückt meine rechte Brust.

»Autsch«, entfährt es mir. Er hält kurz inne, aber ich ziehe ihn wieder an mich. »Hör nicht auf.«

Er hebt mich hoch und schiebt mich nach hinten. Mein Bein schrammt am Metallbettgestell entlang, und ich schreie leise auf. Er interpretiert es als Lustschrei und dringt in mich ein. Wir finden keinen gemeinsamen Rhythmus, doch ich will unbedingt diese Mauer zwischen uns durchbrechen und mache weiter. Sein Körper ist von glitschigem Schweiß überzogen. Er riecht nicht wie er selbst, fühlt sich anders an. Er stößt in mich hinein, während ich versuche, unsere frühere Verbindung wiederzufinden. Sein Gewicht erdrückt mich, mein linkes Bein ragt unangenehm zur Seite. Meine Hüfte schmerzt, jeder Stoß treibt mir den Atem aus der Lunge.

Da erschaudert er schon und sackt auf mir zusammen. Ich atme schwer. Sein öliger Schweiß klebt an mir. Meine Hüfte schmerzt höllisch, aber ich wage es nicht, ihn von mir zu schieben. Er bewegt sich nicht.

»Alles okay?«, flüstere ich.

Er gibt ein leises Grunzen von sich.

»Calder?«

Er grunzt wieder, rollt sich von mir herunter und steht auf. Ohne ein Wort verlässt er den Raum, und bald rieche ich Zigarettenrauch.

Mir ist kalt, während der Schweiß auf meiner Haut trocknet. Verlegen ziehe ich die Bettdecke über mich. Ich bin nicht gekommen, aber mir ist die Lust vergangen.

Früher haben wir uns nach dem Sex immer aneinandergeschmiegt, sind miteinander verschmolzen. Das ist das erste Mal, dass ich das Gefühl hatte, dass Calder Sex hat, und ich ... nur am Rand dabei bin. Er hat seine Persönlichkeit völlig verändert. O mein Gott, dieser dumme Herztransplantationsfilm. Calder hat bestimmt viele Blutkonserven bekommen. Ich weiß, es ist verrückt, zu glauben, dass es da eine Parallele geben könnte.

Aber irgendetwas ist mit meinem Calder passiert. Nur was?

KAPITEL FÜNFZEHN

Ich habe Calder belogen. Ich habe ihm gesagt, ich würde nach Oban fahren und »mich dort verwöhnen«: mit einer Massage, einem Kinobesuch und der einfachen Freude eines Supermarktbesuchs. Ha! Als ob. Ich habe genug Lügen parat für den ganzen Tag. Ich habe einen Film heruntergeladen, um ihn dann angeblich auf der Rückfahrt auf dem Handy anzuschauen. Ich habe bei Aldi eine Bestellung zum Abholen aufgegeben, um so zu tun, als hätte ich dort eingekauft. Und was das befremdliche Konzept der Massage durch einen Fremden angeht ... Ich würde durchdrehen, wenn mich jemand berührt, aber ich kann mir jemanden vorstellen, wenn man mich bei meiner Lüge ertappen sollte. Nicht dass Calder irgendein Interesse an meinem Tag zeigen oder mich später danach fragen wird. Er verbringt wieder seine gesamte Zeit mit Hamish. Aber ich will trotzdem nicht erwischt werden.

Nachdem mich das Taxi in Oban am Bahnhof abgesetzt hat, steige ich in den Zug nach Glasgow. Dort angekommen, bin ich nach einem kurzen Fußmarsch endlich am Ziel.

Ich schlucke und klopfe an die Tür.

»Herein«, ruft eine vertraute tiefe Stimme. Ich stecke den Kopf durch den Türspalt und lächele Dr. Viner an. Calders Retter? Oder ein Svengali, ein übler Strippenzieher, der Calders Seele mit seiner dunklen Kunst verkauft hat?

»Ah, Nancy, kommen Sie rein.«

Wir umarmen uns unbeholfen. Sein Büro ist so vertraut, die edlen Lederstühle, die hohen Regale voller Bücher, der große

Schreibtisch voller Papierstapel und getrockneter Ringe von Kaffeetassen. Plötzlich spüre ich wieder die Panik aus den ersten Tagen nach dem Unglück, als ich hier saß.

»Bitte sehr«, sagt er und bedeutet mir, mich auf einen Stuhl vor dem Schreibtisch zu setzen, während er wieder dahinter Platz nimmt.

»Also, wie geht es Ihnen?«

»Ach, Sie wissen schon.«

Er neigt den Kopf. »Ihr Anruf hat mich neugierig gemacht. Aber auch etwas besorgt.«

»Besorgt?«

»Weil Sie mich gebeten haben, Calder gegenüber dieses Treffen nicht zu erwähnen. Stimmt etwas nicht?«

»Ich wollte ein paar … heikle Dinge mit Ihnen besprechen und ihn nicht aufregen.«

Dr. Viner hebt eine Augenbraue. »Okay.«

»Ich kann Ihnen gar nicht genug für alles danken, was Sie für uns getan haben.«

Er nickt. »Aber?«

»Ich will nicht undankbar klingen. Ich weiß, Sie haben ein Wunder vollbracht.«

Er lächelt. »Ich bin ein praktischer Mann, Nancy. Wunder sind außerhalb meiner Zuständigkeit. Aber es war wirklich ein glücklicher Zufall, dass das Herz Ihres Mannes bei solcher Eiseskälte aufgehört hat zu schlagen, dass er nicht ertrunken ist, dass Sie ihn so schnell gefunden haben, dass der Helikopter ihn in mein Krankenhaus gebracht hat, dass ich von dieser Behandlungsmethode gelesen hatte, dass ich an dem Tag Bereitschaft hatte und dass ich schnell erfahrenere Ärzte um Rat fragen konnte. Man könnte es durchaus ein Wunder nennen, dass all das zusammengekommen ist.«

Ich sehe zu dem gerahmten Druck von Michelangelos *Die Erschaffung Adams* hinter ihm an der Wand. Gott streckt den Finger nach Adams erhobener Hand aus.

»Aber Sie würden es kein Wunder nennen?«

»Es ist ein Synonym für die richtige Zeit, den richtigen Ort, sehr viel medizinischen Fortschritt und simples Glück.«

Ich denke daran, wie Calder und ich das Original von Michelangelo in der Sixtinischen Kapelle in Rom bewundert haben.

»Und doch hängt genau dieses Bild an Ihrer Wand?«, sage ich und deute darauf.

Er dreht sich um. »Ja, ist es nicht wunderschön? Es soll den Moment zeigen, in dem Gott Adam zum Leben erweckt.«

»Glauben Sie, dass auch Sie Menschen Leben einhauchen, Dr. Viner?«

Er lacht. »Wohl kaum. Ich sorge dafür, dass die Körper meiner Patienten den Umständen entsprechend bestmöglich laufen. Ich mag das Bild wegen der Figuren um Gott herum.«

»Wie bitte?«

»Manche glauben, sie würden das menschliche Gehirn repräsentieren. Michelangelo kannte sich mit Anatomie aus. Sehen Sie.« Er steht auf und deutet auf die Figuren, die Gott umgeben. »Hier, das innere und das äußere Gehirn, der Hirnstamm, die Arteria basilaris, die Hirnanhangdrüse und die Sehnervenkreuzung. Eine verblüffende Genauigkeit. Nichts Mystisches.«

»Großartig. Aber ich glaube nicht an Mystik. Ich habe mich so unglaublich gefreut, dass Calder wieder zu uns zurückgekommen ist. Aber jetzt ... jetzt bin ich nicht mehr so euphorisch.«

»Warum?«, fragt er und setzt sich wieder.

»Als wir vor einer Woche entlassen wurden, hielten Sie ihn bis auf ein paar kleinere Nervenschäden für vollständig geheilt. Sie sagten, die Gehirnscans seien normal gewesen.«

Er nickt, mustert mich. »Ich habe gesagt, er hat sich unglaublich gut erholt. Haben Sie berechtigte Zweifel?«

»Nein, das nicht. Aber für Sie hat er sich gut erholt?«

»In Anbetracht der Umstände. Aber ich habe auch gesagt, dass die Medizin keine exakte Wissenschaft ist. Ein großer Teil besteht aus Abwarten, und ›Genesung‹ ist relativ, basiert auf Erfahrung. Wie fühlt er sich denn?«

»Er sagt, es geht ihm gut.«

»Sie glauben das aber nicht?«

»Er scheint ... nicht ganz er selbst zu sein.«

»Das ist unter den Umständen verständlich.«

»Nein. Er ist ganz wortwörtlich nicht er selbst.« Ich kann nicht glauben, dass ich das diesem klugen Arzt gegenüber wirklich ausgesprochen habe. »Mir ist klar, dass das schrecklich unwissenschaftlich klingt, aber ich weiß nicht, wie ich es anders formulieren soll.«

»Reden Sie weiter.« Er legt die Finger aneinander und beugt sich vor.

»Seine Persönlichkeit hat sich drastisch verändert. Er ist distanziert, kalt, hart. Er kann mir kaum in die Augen sehen. Er zuckt unter meiner Berührung zurück. Er fühlt sich sogar anders an, wenn ich ihn berühre. Er riecht anders. Tut mir leid. Ich weiß, das klingt grotesk.« Ich schwitze, aber es ist so eine Erleichterung, alles laut auszusprechen. »Jetzt sagt ein Freund, der ihn sehr gut kennt, dasselbe. Ich weiß, dass Calder erschöpft ist und sicher auch unter einem gewissen Gedächtnisverlust leidet, weil er sich immer noch nicht an die Nacht des Unglücks erinnert. Und Gott weiß, wie dankbar ich bin, dass er wieder bei mir ist. Doch ich habe das Gefühl, als würde ich ... mit einem Fremden zusammenleben.«

Dr. Viner nickt. »Das kommt nicht ganz unerwartet.«

»Wirklich?«, sage ich ernüchtert.

»Ich hatte gehofft, dass Calder nach einer gewissen Zeit wieder vollständig genesen sein würde. Aus medizinischer Sicht war sein Zustand wirklich quasi ein Wunder. Als er entlassen wurde, war sein Herz stark, und vor allem seine Gehirnfunktionen waren unglaublich, wenn man bedenkt, wie lange er keinen Sauerstoff bekommen hatte. Für uns waren die einzigen Auswirkungen leichtere Schäden der Nervenbahnen an den Extremitäten, daher auch die Physiotherapie. Ich hoffe, er macht die Übungen weiter?«

»Ich weiß es nicht.«

Er nickt. »Typisch Mann, wenn er sie nicht macht. Aber er läuft herum, bewegt sich?«

»O ja, völlig normal. Arbeitet sogar schon wieder.«

»Gut. Solange er es nicht übertreibt.«

»Aber wie lange dauert die vollständige Genesung?«

»Wir erwarten nach wie vor, dass er sich irgendwann vollständig erholt hat. Aber ...«

Ich hebe die Augenbrauen.

Er seufzt. »Ja, es gibt ein Aber. Mein Team und ich kennen Ihren Mann nicht. Sie hingegen schon. Wenn Sie also das Gefühl haben, dass etwas mit ihm nicht stimmt, ist das eine wichtige Information. Und wir werden natürlich bei den Kontrolluntersuchungen darauf achten. Die in«, er sieht auf seinen Kalender, »drei Wochen stattfinden. Außer Sie denken, ich sollte ihn mir besser jetzt schon ansehen?«

»Ich weiß es nicht. Er wäre sicher aufgebracht, wenn Sie ihn früher einbestellen würden.«

»Calder selbst findet also nicht, dass es da ein Problem gibt?«

»Ich ... Nein.« Himmel, ich komme mir so dumm vor, dass ich hergekommen bin.

Er lehnt sich zurück. »Schon okay, Nancy. Ihre Gefühle sind wichtig. Können Sie mir etwas mehr darüber erzählen, was Sie wahrzunehmen glauben?«

Mir gefällt seine Formulierung nicht. Als wären meine Gefühle das Problem und nicht, was mir aufgefallen ist. Nicht Calder und sein Verhalten. Ich stehe auf und stelle mich hinter den Stuhl. »Mir ist so einiges aufgefallen: die emotionale Kälte, die Distanziertheit, die einsilbige Kommunikation, wie er mich küsst, wie er isst, das Rauchen, der Alkohol, wie er mich ansieht.« Dr. Viner betrachtet mich mitleidig. »Aber es ist noch mehr. Es wirkt, nein, es ist, als wäre der Mensch, den ich kannte, verschwunden. Ich habe Calder geliebt. Jetzt mag ich ihn nicht mal mehr. Irgendetwas stimmt ganz und gar nicht.«

Dr. Viner streckt seine langen Finger und holt Luft. »Ganz ruhig. Ich bin mir sicher, dass es für alles eine Erklärung gibt. Einige kleinere mentale Auswirkungen könnten auf den Scans nicht zu sehen gewesen sein. Die geben sich aber mit der Zeit.«

»Das sind aber keine kleinen Auswirkungen«, erwidere ich etwas zu laut.

Er verzieht das Gesicht. »Ich wollte Ihre Erfahrungen nicht kleinreden. Ich sage nur, dass es ein paar Probleme geben könnte, die sich mit der Zeit von selbst lösen. Und wenn nicht, das Gehirn ist wie gesagt unglaublich plastisch und kann neue Nervenbahnen ausbilden. Es besteht daher eine große Wahrscheinlichkeit, dass sich alles noch verbessert.«

»Ich muss also einfach abwarten?« Was für eine Zeitverschwendung dieser Besuch doch ist.

»Aber das ist vielleicht nicht die ganze Erklärung.«

»Was meinen Sie damit?«

»Calders geistige Funktionen können in Ordnung sein, aber vielleicht braucht er Zeit und Hilfe, um emotional zu verarbeiten, was mit ihm geschehen ist. Menschen, die Nahtoderfahrungen machen, fühlen sich dadurch manchmal ›verändert‹, zeigen manchmal Verhaltens- oder Persönlichkeitsveränderungen – durchaus auch extreme –, die nicht auf körperliche Ursachen zurückzuführen sind, sondern darauf, dass der Patient eine andere Perspektive auf das Leben hat. Die extreme Wirkung einer Nahtoderfahrung kann bestimmte Barrieren der bisherigen Persönlichkeit niederreißen oder auch errichten. Das ist nicht mein Fachgebiet, und ich möchte Sie damit nicht belasten oder es bedeutender erscheinen lassen, als es ist, aber Sie sollten sich darüber im Klaren sein, dass Calder zwar körperlich genesen sein mag, aber Zeit braucht, um sich mental anzupassen und neu zu orientieren.«

»Aber Sie glauben, dass er zurückkommen wird?«

»Das kann man unmöglich sagen. Manche Patienten verändern leider nach solchen extremen Ereignissen ihr Leben drastisch. Sie ändern ihr Aussehen, die Menschen, mit denen sie gerne Zeit verbringen, wechseln ihren Job, gehen auf Reisen, haben Affären, verlassen ihre Ehepartner – alles eine Reaktion darauf, dass sie beinahe alles verloren haben.«

»Er macht das also bewusst?«

»Für ihn fühlt es sich vielleicht nicht so an.«

»Das sind also Reaktionen – und keine dauerhaften Veränderungen?«

Er zuckt mit den Schultern. »Das kann ich nicht beantworten. Es gibt so viele mögliche Erklärungen. Aber unabhängig davon, ob es sich um eine körperliche oder psychische Reaktion handelt, können Sie nur auf sich selbst achten und ihm Hilfe anbieten, wenn er das möchte. Soll ich ihn anrufen?«

»Nein, bitte nicht. Und noch einmal: Erzählen Sie ihm nichts von meinem Besuch.«

Er runzelt die Stirn. »Sie haben doch … keine Angst vor ihm?« Das hat Janey auch gefragt.

»Nein. Ich weiß, es ist verrückt, aber ich muss es fragen …«

»Schon gut, fragen Sie.«

»Sie haben ja gesagt, dass Sie sein Blut ausgetauscht hätten, als Sie ihn aufgewärmt haben.« Ich mustere prüfend sein Gesicht, ob er weiß, wovon ich spreche, aber er erwidert nur ausdruckslos meinen Blick. »Ist das so, wie wenn jemand ein neues Herz bekommt und etwas von der Persönlichkeit des Spenders auf den Patienten übergeht?«

Er lächelt mich mitfühlend an. »Das ist eine urbane Legende. Was Spenderherzen angeht, aber noch mehr bei Bluttransfusionen. Nach kurzer Zeit ist nur noch eine sehr geringe Menge an Spender-DNA im Empfänger vorhanden.«

»Aber dann könnte es doch immer noch …«

»Nein, wirklich, das ist biologisch unmöglich.«

Ich klinge wie eine Idiotin. Jetzt, wo ich es laut ausspreche, in diesem Büro, diesem klugen Mann gegenüber, komme ich mir so dumm vor. »Natürlich, tut mir leid, ich klammere mich nur an jeden Strohhalm.«

»Ich kann Sie trotzdem beruhigen: Bei Calder war es nicht so«, sagt Dr. Viner.

»Nicht?«

»Nein, ganz und gar nicht. Wir haben Calder sein eigenes Blut entnommen, es erwärmt und ihm dann wieder zugeführt.«

»Wie bitte?«

»Man nennt das Verfahren extrakorporale Membranoxygenierung, auch bekannt als ECMO. Die Maschine hat sein Blut mit Sauerstoff angereichert und allmählich erwärmt, und dann haben wir es in Calders Körper zurückgeleitet, wo es dann wieder zirkuliert ist.«

»Die ganze Zeit war es also sein eigenes?«, vergewissere ich mich. Wie dumm ich doch war. »Sie haben seinem Körper nichts Fremdes zugeführt – nichts Neues, das seine Veränderung erklären könnte?«

Er schüttelt den Kopf und wirft einen flüchtigen Blick auf die Uhr. *Die verrückte Frau soll jetzt gehen.* Aber ich brauche irgendeine Antwort. Ich kann nicht mit leeren Händen nach Hause fahren.

»Aber wie kann es sein, dass er sich körperlich so anders anfühlt als früher, anders riecht?«

»Er hat viele Medikamente bekommen. Und er ernährt sich anders. Schläft vermutlich auch anders. Raucht.«

Ich nicke. Das stimmt. Wie hatte ich so dumm sein können?

Dr. Viner mustert mich mitfühlend, doch ich merke, dass er mich jetzt neu einschätzt. »Vielleicht brauchen Sie Unterstützung, Nancy. Das alles, dass er beinahe gestorben wäre und seine Genesung, war auch für Sie sehr belastend. Diese Erfahrung hat Sie genauso verändert. Sie sind anders und nehmen ihn dadurch auch anders wahr.«

»Was meinen Sie damit?« Ich verlagere unbehaglich das Gewicht, sehe mich so, wie er mich sieht. Wahnhaft.

»Ich will Sie auf keinen Fall kritisieren«, sagt er sanft, »ich sage nicht ›trauen Sie Ihren Erfahrungen nicht‹, aber Sie müssen einen Schritt zurücktreten und sich klarmachen, dass Sie Ihre Ängste vielleicht auf Calder projizieren. Er wird natürlich körperlich und mental auch noch Nachwirkungen spüren, aber die könnten Sie als viel stärker wahrnehmen, als sie sind.«

»Wollen Sie damit sagen, dass ich mich verändert habe?« O mein Gott, stimmt das? Ich höre ja selbst, wie verrückt ich klinge. Kein Wunder, dass er mich behandelt, als wäre ich die Kranke. Denn das bin ich auch.

»Hören Sie, das ist wirklich nicht mein Fachbereich. Aber ich hatte schon mit vielen Familien zu tun, deren Angehörige lebensbedrohliche Verletzungen erlitten hatten. So etwas verändert die ganze Familie, sogar nachdem sich der Patient wieder erholt hat.«

»Ich brauche also Hilfe?«

»Und die können wir Ihnen beschaffen. Calder hat eine extreme Nahtoderfahrung gemacht, und Sie haben an seiner Seite ausgeharrt. Sie selbst leiden vermutlich auch an PTBS, und das wäre völlig verständlich. Ich kann Sie an einen Therapeuten oder eine Therapeutin in Ihrer Nähe überweisen, wenn Ihnen das helfen würde?«

»Äh, ja, gern.«

»Ich habe ja Ihre E-Mail-Adresse. Ich recherchiere ein wenig und schicke Ihnen dann alles zu. Okay?«

»Danke. Und es tut mir wirklich leid, dass ich Ihre Zeit beansprucht habe«, sage ich im Aufstehen.

»Aber das ist doch völlig verständlich. Ich bin froh, dass Sie hergekommen sind. Und Calder sehe ich dann in drei Wochen.«

»Könnten Sie ihm …«

»Keine Angst. Ich erzähle ihm nichts von Ihrem Besuch.«

»Danke.«

Ich verlasse sein Büro und renne die Treppen hinunter. Ich muss zurück zu Calder. Aus Verzweiflung und wegen meiner egoistischen Ungeduld habe ich mir irgendwelche seltsamen Erklärungen zurechtgelegt. Und es war albern, Hamish wegen meiner Ängste so nah an mich heranzulassen. Dadurch habe ich Calder verraten. Schon wieder. Ich muss zu ihm und alles in Ordnung bringen.

KAPITEL SECHZEHN

Ein großer Weihnachtsbaum steht auf dem Dorfplatz, der mit bunten Lichterketten geschmückt ist. Als ich im Dunkeln von der Fähre komme, spielt jemand Geige, und das Pub ist hell erleuchtet. Einige Gäste stehen davor. Ich nicke ein paar vage bekannten Gesichtern zu, Calder sehe ich jedoch nicht.

»Nancy«, ruft Janey und kommt zu mir. »Alles okay?«

»Hast du Calder gesehen?«

»Er ist hier irgendwo. Ist etwas passiert?«

»Nein. Es ist alles gut. Ich muss ihn nur finden.«

Ich trete durch die niedrige Pubtür. Der Geruch nach Bier und lautes Stimmengewirr schlagen mir entgegen. Der Raum ist voller lachender und trinkender Menschen. Das Pub besteht aus zwei aneinanderliegenden Häusern, bis auf die tragenden Wände wurden alle entfernt, sodass daraus verschiedene halb offene Räume entstanden. Hektisch spähe ich in jede Ecke und werde überall überrascht angesehen.

Calder ist nirgends zu finden.

»Nancy!« Ich drehe mich um, Hamish steht mit gerötetem Gesicht vor mir.

»Wo ist Calder?«

»Möchtest du was trinken?«

»Nein. Ist er hier?«

»Ja, irgendwo. Heute scheint er gut drauf zu sein. Ist das Herz der Party.«

»Wirklich?«

»Ja. Er ist in Topform.«

»Oh … super.«

Plötzlich werde ich gegen Hamish gedrängt, und ich muss an unseren gemeinsamen Abend in London denken.

Er streicht mir eine Haarsträhne aus dem Gesicht.

»Nancy«, sagt er leise.

»Hamish, ich lag total falsch wegen Calder. Ich muss es ihm sagen, ihm helfen. Du und ich ... da ist nichts.«

Ich entdecke Arran auf der anderen Seite der Bar, der zu uns hinübersieht.

»Ich muss Calder finden«, sage ich hastig und weiche von Hamish zurück. Entschuldigungen murmelnd, dränge ich mich durch die Menge. Die ganze Insel scheint sich hier versammelt zu haben. Wie anders sie sind als in der Kirche. Dort sitzen sie alle brav in den Reihen, schweigend und mit gesenktem Blick. Hier bewegen sie sich ständig durcheinander, werfen einander anzügliche Blicke zu und unterhalten sich laut. Ich gehe in den Garten an der Rückseite des Gebäudes. Es ist kalt, die Sterne leuchten klar am tintenschwarzen Himmel. Ich vermisse den trüben Himmel in London, die Decke über meiner sicheren alten Welt.

Und dann sehe ich Calder.

Er hält ein Pint in die Höhe. Lacht. Tief aus dem Bauch heraus. Das Bier schwappt über den Glasrand. Er schwitzt, hat die Haare aus dem Gesicht gestrichen, entspannt steht er da. Der Anblick ist atemberaubend. Ich weiche zurück in den Schatten. Es ist wie eine Zeitreise. Als würde der Film unseres Lebens rückwärtslaufen: durch die letzte schreckliche Woche, den Krankenhausaufenthalt, das Unglück, unseren Umzug, meine Nacht mit Hamish bis nach London, in die All Bar One auf der Oxford Street, wo Calder und ich uns nach der Arbeit treffen und er schallend über einen Insiderwitz zwischen uns lacht. Calder und ich lachten oft so lange, bis wir unsere Getränke verschütteten und uns die Tränen übers Gesicht liefen. Diese Seite an ihm hatte ich völlig vergessen, obwohl sie bis vor ein paar Wochen doch noch da gewesen war.

Calder geht es gut. Er ist noch ganz der Alte. Hier, vor mir. Es gibt keine Hirnverletzung, kein emotionales Trauma. Er hat offenbar einfach beschlossen, mich widerwärtig zu behandeln. Mich im Speziellen.

Alle jubeln, als Calder das Pint in einem Zug austrinkt und das Glas auf den runden Holztisch knallt. Wie konnte er mich nur die ganze Zeit so behandeln? Von mir verlangen, dass ich seine Launen ertrage? Während er die ganze Zeit so zugänglich sein konnte. Den Leuten hier gegenüber. Aber nicht mir. Natürlich gab es keinen lächerlichen Blutaustausch, keine Gehirnverletzung. Ihm war einfach nur eingefallen, dass er mich verabscheut und mich loshaben will. Das habe ich mir definitiv nicht eingebildet.

Ich gehe am Gartenrand entlang, bis ich hinter ihm bin. Mit gesenktem Kopf trete ich ein Stück näher, damit ich das Gespräch belauschen kann, ohne dass er mich sieht. Zur Sicherheit ziehe ich mir noch die Kapuze über den Kopf, damit mich auch sonst niemand bemerkt.

»Ach, kommt schon, sie ist keine von uns«, sagt er dröhnend zu dem Mann links neben ihn. Er könnte jede Frau meinen, aber ich weiß, dass er von mir spricht.

»Keine von den Schieferinseln«, meint ein großer Mann in khakifarbener Armeejacke.

»Vom Festland noch dazu.« Ein kleinerer Mann mit einem Porkpie-Hut lacht.

Calder senkt den Blick.

»Du solltest ihr beim Einleben helfen«, fährt der Mann mit der Armeejacke fort. »Ihr ein paar Kinder machen.«

Die Männer lachen rau.

Calder schüttelt stumm den Kopf. Plötzlich wirft sich die Gruppe unbehagliche Blicke zu.

»Tut mir leid, das sollte nur ein Witz sein.« Der Jackenmann klopft Calder auf den Rücken.

»Wir wollen keine Kinder, wollten noch nie welche«, antwortet Calder ausdruckslos. »Noch eine Runde?«, fragt er und deutet mit seinem Glas auf die Männer um ihn herum. Alle jubeln, und er geht ins Pub.

Ich eile ihm nach.

Fast habe ich es bis zur Eingangstür geschafft, als ich stehen bleibe und mich umdrehe. Calder läuft direkt in mich hinein. Ich schlage die Kapuze zurück.

»Nancy ...«, murmelt er, eindeutig betrunken.

»Wir wollen keine Kinder? Wollten noch nie welche?«

»Ich habe nur ...«

Ich reiße ihm das leere Glas aus der Hand und schleudere es gegen die Wand, wobei ich einen Schaukasten mit einem präparierten Fisch treffe. Er zerspringt und fällt zu Boden. Gäste schreien auf, springen zurück, werfen dabei Stühle um, wischen sich Glassplitter ab. Es herrscht Totenstille, alle Umstehenden starren mich an. Das ganze Pub schweigt. Calder schwankt, so betrunken ist er. Er wendet sich zu den erschrockenen, aufgeregten Gästen um uns herum.

»O nein, jetzt bin ich dir peinlich«, spucke ich ihm entgegen.

Er will mich berühren, doch ich schlage seine Hand weg.

»Verpiss dich!«, brülle ich, meine Stimme überlaut in der Stille. Ich bebe vor Wut, als ich aus dem Pub stürme. Die Leute im Freien weichen vor mir zurück.

Zornbebend marschiere ich die Straße entlang zu unserem Cottage.

Ein einziges Mal drehe ich mich um. Niemand folgt mir.

KAPITEL SIEBZEHN

Am Schieferstrand in unserer Bucht würde ich mich am liebsten in das eisige Wasser werfen. Um aus erster Hand zu wissen, was Calder an jenem Tag durchgemacht hat. Ich gehe darauf zu ... aber ich kann es nicht. Ich kann mich den kalten Fluten nicht ergeben.

»AAAAH!«, schreie ich ins Dunkel, greife nach einer Handvoll Schiefer und werfe die Stücke ins Wasser. Ich höre, wie sie mit einem Ploppen eintauchen und dann von den Wellen davongetragen werden.

Rausch. Klirr. Rausch. Klirr.

Ich kann nicht nachfühlen, was Calder erlebt hat. Das werde ich nie können.

Meine Hände sind rau und taub, als ich nach Hause marschiere, und mir ist eiskalt, als ich die Tür hinter mir schließe. Das Cottage ist ausgekühlt, Eiskristalle haben sich an den Innenseiten der Fenster gebildet. Ich balle die Hände zu Fäusten, krümme die Zehen und ziehe zitternd die Schultern hoch.

Ich weiß, was bei Kälte im Körper vor sich geht. Sie windet sich um die Gliedmaßen, sinkt durch die Haut bis tief ins Fleisch, dann setzt sie sich in den Organen fest. Ich denke an das, was ich in der Schule in Biologie gelernt habe. Der Körper versucht, sein Innerstes zu retten, das Herz zu schützen, damit es weiter pumpen und Blut zu den lebenswichtigen Organen schicken kann. Um die Mitte zu schützen, darf das Blut nicht mehr in die Extremitäten fließen, wo der Wärmeverlust durch die geringere Oberfläche zu groß ist. Während sich die Kälte ausbreitet, wird die Versorgung der äußersten Körperenden unterbrochen. »Die

Finger, die Zehen und die Nasenspitze«, trug meine Biologielehrerin Miss Summerbell mit ihrer singenden Stimme vor, »werden nicht mehr versorgt. Wie tollkühne Entdecker werden sie an ihren kalten Außenposten zum Sterben zurückgelassen.«

Ich dachte, ich würde von Calder geliebt. Wäre eines seiner lebenswichtigen Organe, seine kostbare Liebe, die er um jeden Preis beschützen würde. Aber seit jenem schrecklichen Tag, an dem er fast ertrunken wäre, bin ich ein entbehrliches Körperende geworden. Er hat mich über Bord geworfen, weil ich für sein Überleben unnötig bin. Er beschützt seine Mitte. Und dazu gehöre ich nicht.

Ich werde von der Versorgung abgeschnitten und erfriere, bis ich abfalle.

Langsam strecke ich meine Finger nach dem langen silbernen Griff des Kühlschranks aus, und die Tür gibt ein sarkastisches Schmatzen von sich, als sie sich öffnet. Das Gerät ist die Verkörperung meines Todfeindes: die Kälte, die Calder draußen im eisigen Meer erfahren hat, und die grausame emotionale Kälte, mit der Calder mich jetzt behandelt. Ich bin mir so sicher, dass beides auf irgendeine Weise miteinander verbunden ist, aber ich kann nicht entschlüsseln, wie. Verändert es einen so sehr, wenn man gefroren ist? Ich muss es wissen. Ich muss ein winziges bisschen von dem erleben, was er durchgemacht hat. Wenn ich gefroren bin, kann ich mich vielleicht von ihm lösen, und der Schmerz hört auf.

Ich ziehe eine große blaue IKEA-Tasche aus meinem alten Leben in London hervor und fülle sie mit Lebensmitteln aus dem Gefrierfach, großen, festen Fleischbrocken, riesigen Tüten mit Gemüse und Beeren, Tiefkühlpommes, Bagels, Eiscreme. Ich schleppe sie ins Badezimmer und lege sie in unseren tiefen Badewannensarkophag. Dann drehe ich den Kaltwasserhahn so weit auf wie möglich und ziehe mich aus. Das Wasser strömt bereits eiskalt aus der Leitung, doch meine Behelfseiswürfel senken die Temperatur weiter, während ich noch dreimal in die Küche gehe, um Nachschub zu holen, darunter die von der Kirche gespendeten Lasagnen, Paellas und Pies. Alles kommt in mein eisiges Hexengebräu.

Der Alarm des Tiefkühlfachs piepst, weil die Tür zu lange offen war. Aber ich genieße das Geräusch. Sein verzweifeltes Piepsen drückt meine eigene Verzweiflung perfekt aus. Scheiß auf Calder und das verdammte Rätsel, was er wohl erlebt hat. Dadurch wird er nicht einzigartiger als ich. Es gibt ihm nicht das Recht, mich zu entsorgen.

Ich bin nicht nichts.

Gänsehaut überzieht meinen nackten Körper.

Ich teste das Wasser mit meiner Hand, und es ist wirklich eiskalt. Das ist gut. Ich steige hinein und stehe in der eisigen Wanne wie ein Kind in einer schmutzigen Pfütze. Meine Füße und Waden schmerzen. Es ist zu kalt. Aber ich lege mich trotzdem flach zwischen die schwimmenden Packungen und schnappe nach Luft, als die Kälte meinen Körper entzündet.

Gegen jeden natürlichen Instinkt tauche ich unter die Oberfläche und kneife die Augen zusammen, als sich das eiskalte Wasser über mir schließt. Ich bin gefroren und von der Kälte zerrissen. Ich habe mich über meine leibliche Form hinaus ausgebreitet. Habe keinen Körper mehr.

Hast du das gefühlt, Calder? Das hier, aber noch unendlich viel schlimmer, in den wirbelnden, eiskalten Fluten? Hast du dich befreit gefühlt von allem ... befreit von dir selbst ... befreit von mir?

Ich brauche Luft, doch ich bleibe unter Wasser, bohre meine Fersen in den Wannenboden. Ich öffne die Augen, sie weiten sich in der Kälte. Ich bestehe aus brennenden Nadeln. Ich starre in das Wasser, nehme die verschwimmenden Konturen und die weiße Zimmerdecke über mir wahr.

Kalt. Auseinandergerissen. Frei.

Plötzlich schiebt sich ein dunkler Schatten über mich. Etwas legt sich um mein Handgelenk, und ich werde aus dem Wasser gezogen. Wiedergeboren in die Luft.

»Verdammte Scheiße, Nancy!«, brüllt Calder.

»Lass mich!« Ich reiße mich los und pralle mit der Schulter an den Badewannenrand. Vor Schmerz schreie ich auf und falle zurück ins Wasser.

»Himmel noch mal!« Er zerrt mich aus der Wanne, wir fallen beide auf den kalten Fliesenboden, meine Haut ist gleichzeitig taub und überempfindlich bei jeder Berührung. Auf Knien will ich fliehen, in die Küche krabbeln.

Calder wirft sich von hinten auf mich und drückt mich nach unten.

»Ich bekomme keine Luft!«, japse ich.

Er stützt sich ab, hält mich aber immer noch fest. »Hör auf zu zappeln, dann lasse ich dich los. Ich lasse nicht zu, dass du dir etwas antust. Hör auf, Nancy.«

»Ach, mache ich dir etwa Angst?« Ich kann eine Hand befreien und verpasse ihm einen Schlag gegen den Kopf. Er stöhnt auf und lockert für einen Moment seinen Griff. Ich versuche, ihn vollständig abzuwerfen, doch er ist zu stark für mich. Ich breche unter seinem Gewicht zusammen.

Bin gefangen.

Nur mein keuchender Atem ist zu hören. Ein und aus. Im Gleichklang mit seinem. Ein und aus. Wie nach leidenschaftlichem Sex. Unser Atem wird langsamer. Sein Speichel tropft auf meinen Rücken.

Langsam lässt er meine Handgelenke los, doch ich bewege mich nicht.

»Runter von mir«, knurre ich.

Er rollt sich ab und steht auf.

Langsam drehe ich mich auf den Rücken und sehe zu ihm auf.

»Was zum Teufel, Nancy?« Er wagt es, beleidigt zu klingen.

»Was sollte das denn?«

Mühsam setze ich mich auf.

»Hol mir ein Handtuch«, sage ich zitternd, mir meiner Nacktheit vor diesem »Fremden« nur allzu bewusst. Er reicht mir den Morgenmantel von der Badezimmertür, und ich wickele mich darin ein.

»Ich wollte es spüren«, sage ich leise.

»Was spüren?«

»Wie es dir ergangen ist«, entgegne ich gereizt und sehe ihn an. »Als du da draußen im Meer warst. Du bist derjenige mit der besonderen Erfahrung, die simple Sterbliche wie ich nie nachvollziehen können. Die Kälte, das Eintauchen ins Wasser, was auch immer du da erlebt hast, keine Ahnung, du willst es mir ja nicht erzählen. Oder?«

Er bewegt sich nicht. Ich stehe auf und stoße ihn gegen die Brust. »Weil da draußen irgendetwas mit dir passiert ist, habe ich recht? Du bist anders. Hast dich von mir zurückgezogen. Ich komme nicht mehr an dich heran.«

»Hör auf. Wir müssen dich aufwärmen«, sagt Calder nur und greift nach einem Handtuch.

Ich schlage es ihm aus der Hand. »Nein, ich will frieren. Es ist aufregend. Aber das weißt du ja am besten.«

»Ich ...«

»Nein, jetzt bin ich dran. Ich habe versucht, mit dir zu reden. Doch das wolltest du nicht. Okay. Du schuldest mir nichts, nur wegen unserer Vergangenheit. Heute war ich übrigens bei deinem tollen Dr. Viner.«

»Was?«

»Wie kannst du es wagen, beleidigt zu klingen? Was hast du denn gedacht, dass ich tue? Du hast dich ja völlig abgeschottet.« Ich hebe die Hand, als er etwas einwenden will. »Er war mir keine Hilfe. Hat mir eingeredet, dass ich mir alles einbilde. Aber das stimmt nicht. Heute Abend habe ich gesehen, wie du gelacht hast. Wie früher. Du verabscheust nur mich. Nur mich behandelst du wie Dreck.«

»Ich ...«

»Ich packe meine Sachen und verschwinde morgen von hier. Zeit für einen Neuanfang!«, schreie ich. »Während du ... was auch immer gemacht hast, habe ich aufgehört, dich zu lieben.«

Er reagiert nicht. Starrt nur zu Boden. »Gut«, sagt er schließlich.

»Gut?«

»Ich will, dass du mich verlässt.«

Unter mir scheint der Boden zu beben.

»Weil«, fährt er fort, »ich es nicht geschafft habe, dich zu verlassen. Aber es muss sein. Seit dem Unfall wollte ich, dass du mich verlässt.«

Ich ertrage es nicht, laut ausgesprochen das zu hören, was ich im Stillen befürchtet habe. Ich stürze zu ihm, trommele mit den Fäusten gegen seine Brust. »Wer bist du? Was ...«

Er packt meine Handgelenke und hält sie fest. »Nancy ...«

»Nein!«, brülle ich. »Wag es nicht! Sag es mir endlich. Wer bist du?«

Er gibt mich frei, und ich sinke auf den kalten Boden.

Besiegt.

Dann spricht er es aus. »Ich bin ein Mörder.«

KAPITEL ACHTZEHN

»Was?«

»Ich bin ein Mörder«, wiederholt er ausdruckslos und starrt ins Leere.

Ich atme schwer und keuchend. »Ich … verstehe nicht«, sage ich leise. Angst verdrängt die Wut.

»Ich bin ein Mörder«, wiederholt er lauter.

Was sagt er da? Langsam rappele ich mich auf. Er sieht mich mit weit aufgerissenen Augen an, seine Pupillen sind riesig und schwarz – wie vor einigen Wochen, als wir ihn aus dem Meer gezogen haben. Ich weiche vor ihm zurück.

Langsam richtet er den Blick auf mich. Tritt auf mich zu. Ich weiche weiter zurück.

Er hebt die Hände. »Schon gut, Nance.«

»Bleib weg von mir«, flüstere ich und bringe den großen Tisch zwischen uns.

Er bemerkt, wie ich zur Haustür sehe.

»Was denkst du denn, das ich tun werde?«, fragt er mich ungläubig.

»Ich … Ich weiß es nicht.«

»Ich werde dir … nichts tun. Denkst du das?«

»Ein Mörder? Ich verstehe überhaupt nichts.«

Ich starre diesen Mann an, den ich so gut gekannt habe. Was hat er nur getan? Und was wird er jetzt tun?

»Himmel, Nance, sieh mich nicht so an«, sagt er und geht auf mich zu.

Ich weiche weiter um den Tisch zurück. »Ich muss mir etwas anziehen. Bleib hier. Komm mir bloß nicht nach.«

Ich haste ins Schlafzimmer, doch er folgt mir und packt mich von hinten.

»Hör mir endlich zu!«, brüllt er mir ins Ohr.

Sein nach Rauch stinkender Atem schnürt mir die Kehle zu. Ich mache mich frei und renne um das Bett, greife nach einem Stuhl und hebe ihn drohend.

Calder sieht mich aufgebracht an. »Was zum Teufel, Nance? Ich werde dir nichts tun. Verdammt.«

»Du machst mir Angst. Bleib weg von mir. Was soll das heißen, du bist ein Mörder? Wen hast du umgebracht?«

»Los, leg dich ins Bett«, befiehlt er.

»Was? Nein. Bitte, lass mich gehen.«

»Um dich aufzuwärmen. Nance, du erfrierst doch gleich.«

Ich sehe an mir hinunter, an dem offenen Morgenmantel über meinem nackten Körper. Ich zittere am ganzen Leib.

»Ich werde es dir erzählen«, sagt er langsam. »Ich muss es dir erzählen. Aber bitte, geh ins Bett, und wärm dich auf.«

An ihm vorbei komme ich nicht, und wenn ich einen Ausbruchsversuch wagen will, muss ich mich tatsächlich vorher aufwärmen. Daher ziehe ich eine Hose und einen Pullover an, die auf dem Boden liegen, und krieche unter die Bettdecke. Calder will sich aufs Bett setzen, doch als er mein Gesicht sieht, weicht er zurück und setzt sich auf den Stuhl an der Tür. Versperrt er mir damit den Weg nach draußen?

Die Wellen schlagen ans Ufer, reißen den Schiefer mit sich.

Rausch. Klirr. Rausch. Klirr.

In seinen Augen sehe ich meinen Calder von früher. Er ist erschöpft, gequält, angespannt. Doch er ist es, als wäre sein altes Ich wieder in seinen Körper zurückgekehrt. Ich weiß, dass er mir gleich die Wahrheit erzählen wird, was auch immer es ist. Endlich. Und dass es danach kein Zurück mehr gibt.

Wir atmen im gleichen Rhythmus.

»Wen?«, flüstere ich. »Wen hast du getötet?«

»Er hieß Robert Walker«, sagt er ausdruckslos.

»Wer?«

»Du kennst ihn nicht.«

Ich schaudere.

»Dir ist ja immer noch kalt«, murmelt er, holt eine Decke aus dem Schrank und legt sie mir um die Schultern. Ich lasse es zu, kann mich nicht bewegen. Sein Gesicht ist so nahe an meinem, sein Zigarettenatem umweht mich. Dieser Mann, der gerade ... einen Mord gesteht?

»Aber warum?«, flüstere ich.

Er stöhnt unterdrückt.

»Ich verstehe nicht, was du ...«

»Lass mich erst mal erzählen.«

Ich nicke.

Er setzt sich aufs Bett. »Ich habe ihn an dem Tag getötet, an dem ich fast ertrunken wäre.« Er sieht in die Ferne, in seine Erinnerung zurück. »An dem Tag bin ich vor Tagesanbruch aufgestanden und wollte vors Haus, frische Luft schnappen. In der Tür hatte ich das Gefühl, nicht allein zu sein. Ich konnte zwar niemanden sehen, es war ja noch dunkel, doch ich wusste, dass jemand mich und das Haus beobachtete. Die Person war vorsichtig, aber ich wusste, dass sie da war. Ich rief, sie solle sich zeigen, doch nichts passierte. Da wurde ich wütend und beschloss, die Person an der Nase herumzuführen. Ich ging ums Cottage und den Hügel hinauf.«

»Im Dunkeln?«

»Ich kenne da jeden Zentimeter und dachte, derjenige gibt sicher bald auf. Doch er ging mir nach, daher wusste ich, dass es ein Insulaner sein musste. Niemand vom Festland hätte den Hügel im Dunkeln bewältigen können. Über dem Kamm ging gerade die Sonne auf. Ich kauerte mich hinter einen Felsen und warf ein paar Steinchen nach vorn, um die Person denken zu lassen, ich wäre schon weiter. Als sie dann an mir vorbeiging, brachte ich sie zum Stolpern, und sie stürzte auf den Weg.«

Entsetzt denke ich, wie gefährlich es im Halbdunkel auf dem Hügel ist, doch ich schweige. Er spricht so aufgebracht, als würde er alles gerade noch einmal durchleben.

»Ich habe mich auf ihn geworfen und ihn umgedreht. Ich dachte, es sei einer meiner Kumpel. Auf dem Hügel haben wir uns früher viele blöde Streiche gespielt. Doch es war ... Robert Walker.« Er holt tief Luft.

»Und wer ist er? Kennst – kanntest du ihn?«

»Er hat hier gewohnt, als ich noch ein Kind war. Ich hatte ihn jahrelang nicht gesehen.«

Eine Ahnung formt sich in mir. Ich will es nicht wissen. Aber ich muss.

»Er hat die Insel kurz nach mir verlassen, um nach seiner Tochter zu suchen. Als ich ihn umgedreht habe, hat er geschrien: ›Wo ist sie? Wo ist sie?‹«

Nein. Das kann nicht sein. Robert. Der früher auf der Insel gewohnt hat. Eine Tochter hat. Der seit der Nacht von Calders Unfall nicht mehr gesehen wurde. Robert – Rob. Janeys Rob? Der freundliche Mann mit den funkelnden Augen. »Caitlins Vater«, sage ich langsam.

Er runzelt die Stirn. »Ja. Aber woher weißt du das?«

O Gott. Der lächelnde Mann aus dem Laden, mit dem tätowierten C im Nacken. C für Caitlin, die seit Jahren verschwunden ist. Calder hat Janeys Freund umgebracht? Was auch immer er mir hatte erzählen wollen, *das* hätte ich mir nie vorstellen können.

»Nancy? Woher weißt du das?«

»Janey hat Caitlin und ihren Vater Rob erwähnt.« Ich will nicht zugeben, dass ich ihn kennengelernt habe, bevor ich mehr weiß.

»Caitlin und ich waren in meinem letzten Jahr hier auf der Insel zusammen. Ich hatte so viele Pläne für uns. Wir sprachen in dem Sommer oft darüber, aufs Festland zu ziehen. Ich wollte unbedingt, dass wir aus diesem klaustrophobischen Hinterland wegkamen. Doch dann ging sie ohne mich.«

»Aber was ist mit Mr Walker passiert?«

Die arme Janey, die sich Vorwürfe macht und denkt, sie hätte Rob zu sehr unter Druck gesetzt und damit die Beziehung zerstört. Und dabei ist er tot. Ermordet in der letzten Nacht, in der sie ihn gesehen hat. Von Calder.

»Aber warum hast du ihn getötet? Weil du weißt, wo Caitlin ist?«

Er runzelt die Stirn. »Nein, natürlich nicht. Ich habe sie nicht mehr gesehen, seit ich sechzehn war. Sie hat die Insel ein paar Tage vor mir verlassen, und ich habe nie erfahren, wohin sie gezogen ist. Ich dachte, Mr Walker hätte das akzeptiert, doch er glaubte offensichtlich immer noch, dass ich etwas verheimliche.« Calder verlagert das Gewicht und sieht aus dem Fenster. »Ich war so schockiert, als ich ihn erkannt habe. Er war ganz außer Atem von dem Sturz, und ich habe mich entschuldigt, weil ich ihn umgeworfen habe. Doch er hat mich immer weiter wegen Caitlin angeschrien, hat gesagt, er hätte gerade erfahren, dass ich wieder da bin, und könne es nicht glauben.«

Janey musste es ihm erzählt haben. Nachdem Rob mich im Laden gesehen hat.

Calder ist wieder in der Erinnerung versunken. »Er war so wütend. ›Nach all deinen großen Reden, was das hier doch für ein

Drecksloch ist.‹« Calder ahmt Robs anklagenden Tonfall nach. »›Hast meinem Mädchen die ganzen Flausen von der großen weiten Welt in den Kopf gesetzt, die so viel besser wäre als unser Leben hier. Und dann haut sie einfach ab, ohne ihrer Mum oder mir etwas zu sagen.‹ Er hat immer weiter davon geredet, wie inhaltsleer ihre Postkarten waren und dass sie wahrscheinlich als Prostituierte oder so etwas in London arbeitete. Er hat mich angeschrien. ›Alle hier glauben, ich hätte ihr was angetan – aber es war deine Schuld.‹«

»Aber wieso sollte es deine Schuld gewesen sein?«

Er schüttelt den Kopf. »Ich war besessen vom Festland. Habe ihr das in den Kopf gesetzt. Aber ich dachte, sie würde mit mir weggehen und nicht allein.«

»Okay. Aber was ist dann mit Mr Walker passiert?«

»Ich habe ihm aufgeholfen, und wir sind gemeinsam wieder runter zur Steilküste gegangen. Ich dachte, er hätte sich beruhigt. Dann hat er erneut geschrien, dass ich nicht einfach so zurückkommen kann, als wäre nie etwas gewesen. ›Du musst doch etwas wissen‹, das hat er immer wieder gesagt. Aber ich weiß wirklich nichts. Plötzlich hat er sich auf mich gestürzt. Und … Ich wollte es nicht. Er tat mir leid, es ging ihm so schlecht, aber er hat nicht aufgehört, mich anzugreifen, hat mir das Gesicht zerkratzt, richtig tief, und ich … habe ihn geschlagen. Und er ist nach hinten gestolpert. Von der Klippe.«

»O Gott.« Ich denke an den Kratzer in seinem Gesicht, als wir ihn aus dem Wasser gezogen haben. Der von Rob stammte.

»Einen Moment hing er in der Luft, mit weit aufgerissenen Augen, er ruderte mit den Armen – und dann war er weg.« Calder atmet langsam aus und dreht den Kopf zu mir. Schweigend sehen wir uns an. Dann steht er auf und geht zum Fenster. »Ich wollte ihn noch packen, doch es war zu spät. Ich sah, wie er auf den Fel-

sen aufschlug. Wie er ins Wasser fiel. Und nicht mehr auftauchte.«
Er starrt nach draußen aufs Meer.

»Aber es war doch ein Unfall, oder? Du hast ihn unglücklich geschlagen, er ist gestolpert. So etwas liest man doch dauernd.«

Er schüttelt den Kopf. »Ich wusste, wo der Klippenrand war. Vielleicht wollte ich ihn ja hinunterstürzen lassen.«

»Und – wolltest du?«

»Nein!«, ruft er. »Oder ich glaube es zumindest nicht. Es ging alles so schnell. Ich wollte ihn abwehren, aber in diesem Sekundenbruchteil ...«

Seine Qual ist unerträglich. Aber ich bringe es nicht über mich, den Abgrund zwischen uns zu überwinden.

Schließlich dreht er sich zu mir. »Das ist also das, was passiert ist«, sagt er ausdruckslos.

»Aber wie bist du dann im Wasser gelandet?«

»Ich hatte zwar gesehen, wie er auf den Felsen aufgeschlagen ist, dachte aber, dass er vielleicht noch am Leben sein könnte, vielleicht nur eine Gehirnerschütterung hatte. Deshalb rannte ich hinunter und fuhr mit dem Boot hinaus.«

»In den Sturm?«

»Ich konnte nicht zulassen, dass es noch einmal geschieht.«

Ich sehe ihn an. »Was geschieht?«

Er dreht sich wieder zum Fenster. »Ich konnte nicht noch jemanden da draußen ertrinken lassen – wo mein Vater ertrunken ist.«

»Aber du warst doch gar nicht auf der Insel, als das passiert ist. Du hattest nichts damit zu tun.«

»Nein, aber ich weiß, wo es passiert ist. Ich kenne den genauen Ort. Mum hat es mir erzählt.«

»Du bist also rausgefahren, weil du Mr Walker retten wolltest?« Endlich ergibt alles einen Sinn.

»Doch er war nirgends zu sehen. Nur aufgewühltes graues

Wasser. Dann war ich plötzlich bei den Strudeln. Ich zog meine Rettungsweste an, und im nächsten Moment wurde mein kleines Boot in die Luft geschleudert, und ich landete unter der Oberfläche.« Calder starrt in die Ferne, ist wieder im Meer. »Alles war pechschwarz, um mich herum nur eiskaltes Wasser, das mich in die Tiefe gezogen hat. Ich strampelte und wurde von der Rettungsweste nach oben gezogen, doch als ich die Oberfläche durchbrach, wurde es noch schlimmer, weil die Wellen mich wie eine Puppe hin und her warfen. Es war so verdammt kalt. Ich wollte zum Ufer schwimmen, ich sah das Licht vom Cottage. Ich wusste, dass du dort warst und dass ich es zu dir schaffen musste. Und dann verkrampfte sich meine Brust und ... nichts mehr.«

Er sieht wieder zu mir.

»Also erinnerst du dich jetzt wieder.«

Er schüttelt den Kopf und senkt den Blick.

»Aber wann dann? Wann sind die Erinnerungen zurückgekommen?«

»Als ich im Krankenhaus aufgewacht bin.«

»Wie bitte?«

»Es tut mir so leid.«

Ich krabbele über das Bett zu ihm. »Du meinst, du hast dich die ganze Zeit erinnert und mir nichts davon gesagt?« O mein Gott, die Minuten, die Tage, die Wochen voller Qualen, in denen ich gewartet und versucht habe, mir einen Reim auf alles zu machen. »Aber warum hast du es mir nicht erzählt? Als du aufgewacht bist. Oder irgendwann danach? Warum hast du es nicht erklärt? Hast du dich nicht genau erinnert? Warst du verwirrt?«

Er schüttelt den Kopf. »Nein. Ich wusste alles. Sobald ich die Augen aufgemacht habe. Ich habe mich an alles erinnert, als wäre es nur ein paar Sekunden vorher passiert, glasklar. Ich konnte es nicht glauben, als Dr. Viner gesagt hat, ich wäre einige Tage bewusstlos gewesen. Für mich war es, als sei es gerade erst passiert gewesen. Ich konnte es dir nicht erzählen.«

»Warum nicht?«, rufe ich und steige aus dem Bett. Ärger verdrängt meine Angst vor ihm.

»Wie konnte ich dir erzählen, was ich getan hatte? Dich mit diesem schrecklichen Geheimnis belasten? Ich konnte es nicht ertragen, dein Gesicht zu sehen, wenn du erfahren würdest, was ich bin. Ein Mörder.«

Ich gehe zu ihm. »Aber ich war so verwirrt, du hast mich komplett ausgeschlossen.«

»Wenn ich es dir erzählt hätte, hätte man mich verhaftet und wegen Mordes ins Gefängnis gesteckt. Das wollte ich nicht. Ich war total egoistisch. Im Überlebensmodus.«

»Du hättest es mir doch erzählen können.«

Er schüttelt den Kopf. »Ich konnte dir das nicht auch noch auflasten. Ich dachte, dass man mich irgendwann erwischen würde. Dass man Mr Walker schon bald vermissen würde. Dass sich irgendjemand zusammenreimen würde, dass er in der Nacht meines Unfalls verschwunden war. Dass man mich befragen würde. Aber … nichts passierte. Alle taten so, als sei meine Rückkehr ein Wunder. Als hätte ich etwas Großartiges vollbracht.« Er schlägt mit der Faust gegen die Wand und krümmt sich vor Qualen.

Ich bin so verletzt, dass er mich ausgeschlossen hat, dass mich das, was er mir gerade gestanden hat, fast nicht mehr schockiert. Ich habe keine Angst mehr vor ihm, fühle mich aber diesem stöhnenden Häufchen Elend alles andere als nahe.

Er sinkt aufs Bett. »Ich bin ein Mörder, ein egoistischer Feigling, und niemand wusste es – vor allem du nicht. Ich dachte, vielleicht könnte ich alles begraben, so tun, als wäre es nie passiert. Dass ich auf die Insel zurückkehren könnte und es nach und nach verblassen würde. Dass ich dir irgendwann wieder in die

Augen blicken, unser Leben wieder beginnen könnte. Aber man kann nicht reinen Tisch machen, wie Arran sagt. Gott hat überlegt, mich im Meer umkommen zu lassen, doch dann hat er sich eine schlimmere Strafe ausgedacht – dass ich mit meiner Tat leben muss. Ja, ich bin in die Kirche gegangen, und da wusste ich, dass es wirklich keine Hoffnung für uns gibt, dass ich dich wegstoßen musste, damit du zurück nach London gehst und ich hier alles zu Ende bringen kann.«

Ich denke an den seltsamen Frieden, den er nach dem Gottesdienst ausgestrahlt hat. Doch in Wahrheit war es der stoische Beschluss gewesen, mich zu vertreiben … und sich dann umzubringen?

»Ständig sehe ich Mr Walkers Gesicht vor mir, bevor er abgestürzt ist. Seine Augen, das Wissen, dass ich schuld an seinem Tod bin. Wir konnten nicht einfach so weitermachen. Ich musste dich von mir wegstoßen. Deshalb habe ich es darauf angelegt, dass du mich hasst und mich verlässt. Es war die Hölle, so widerlich zu dir zu sein. Es tut mir so unendlich leid.« Calder wiegt sich vor und zurück, schlägt sich gegen die Brust.

»Hör auf!«, rufe ich. »Hör auf.« Ich packe seine Arme, doch er wehrt mich heftig ab, und ich stürze gegen die Wand. Voller Entsetzen starrt er mich an.

»Mir geht's gut«, sage ich, auch wenn ich mir den Rücken gezerrt habe. »Aber bitte beruhige dich, Calder. Du machst mir Angst. Mehr ertrage ich nicht.«

Meine Worte scheinen ihn nur noch verzweifelter zu machen. »Natürlich mache ich dir Angst«, sagt er und steht auf. »Mein Dad hat meiner Mum eine Heidenangst eingejagt, und jetzt mache ich dasselbe mit dir.« Er schlägt sich ins Gesicht.

»Hör auf!« Wieder packe ich seine Arme.

»Ich habe mir immer geschworen, nie so wie mein Vater zu

werden. Er war ein schrecklicher, gewalttätiger Mann. Du stellst dir meine Eltern als anständiges, gottesfürchtiges, starkes Ehepaar vor. Doch das war nur der lächerliche Druck der Kirche – dieser ganze Mist vom ›ewigen Bund‹ und dass man doch zusammenbleiben müsse. Er hatte eine so hohe Stellung in der Gemeinde, dass er eine Trennung nie auch nur in Erwägung gezogen hätte. Meine Mutter hat so viel ertragen. Seine irrationalen Wutausbrüche, wenn er betrunken war. Oder weil ihm einfach danach war. Er schien die Gewalt zu genießen. Und am Sonntag in der Kirche gab es dann die Vergebung.«

»Aber du bist nicht wie dein Vater.«

»Doch, das bin ich!«, brüllt er, und ich weiche zurück. »Ja, genau. Den Ausdruck kenne ich. Den habe ich jeden Tag bei meiner Mutter gesehen.«

Ich will hier weg, doch er ist außer sich und so voller Selbsthass, dass ich Angst vor dem habe, was er tun könnte. »Nein. Es war ein Unfall, ein einzelner wahnsinniger Moment«, versuche ich, ihn zu beschwichtigen. »Das bist nicht du. Rob hat dich herausgefordert, er hat dich angegriffen. Es war Notwehr.«

Er lacht. »Ich war der Stärkere. Ich hätte ihn zu Boden ringen können. Ich war nur so wütend, weil er mich geschlagen hatte. Und fühlte mich wohl auch schuldig, weil er recht hatte. Ich habe seine Tochter von der Insel vertrieben. Ich kann sehr aufbrausend sein. In London dachte ich, dass ich dieser Seite an mir entkommen sei. Mit dir. Aber sie war immer da. Meine finstere Seite. Es war dumm, hierher zurückzukommen, zu den Erinnerungen an meinen Vater. Kaum war ich eine Woche hier, hatte ich schon jemanden umgebracht.«

»Deshalb hast du Hamish also gebeten zu kommen?«, überlege ich laut. So langsam wird mir einiges klar. »Um mich irgendwie dazu zu bringen, dass ich wieder nach London fahre?«

Er nickt. »Ich habe beide gebeten, Gina und Hamish. Ich war in Panik. Egal wie gemein ich war, du wolltest einfach nicht gehen. Ich wollte dich loshaben, dich in Sicherheit wissen, und dann hätte ich ... Aber ich habe mir auch große Sorgen wegen des Geldes gemacht. Ich wollte dich nicht mit einem Haufen Schulden sitzen lassen, weil ich schon so viel ausgegeben hatte. Ich dachte, Hamish könnte herkommen und die Firma rentabel machen. Die hohen Ausgaben wieder reinholen. Damit du nicht mit nichts dastehst, wenn ich ...«

»Du dich umbringst?«

»Es tut mir leid, Nance. Es tut mir so leid. Aber du bist ohne mich besser dran.«

»Nein, das stimmt nicht.«

Das ist einfach alles zu viel. Doch die Vorstellung, dass Calder sich das Leben nehmen wollte, ist zu schrecklich. Ich kann ihn jetzt nicht verlassen. Ich muss ihn wieder zurückholen.

Er schüttelt den Kopf. »Ich bin ein Feigling. Ein Idiot. Ein Mörder.« Er geht zur Tür.

»Was machst du?«

Er öffnet die Tür. »Was ich sofort hätte tun sollen. Zur Polizei gehen.«

»Nein.« Nach seiner Beichte fühle ich mich seltsam erleichtert, weil ich endlich weiß, was passiert ist. Ich packe seinen Arm. »Ich habe das Gefühl, zum ersten Mal seit dem Unglück wieder mit dem echten Calder zu reden. Irgendwie ergibt das alles sogar Sinn. Wir müssen in Ruhe darüber nachdenken, bevor wir eine Entscheidung treffen.«

»Worüber nachdenken?«

Ich finde zu meiner alten Kraft und Entschlossenheit zurück. Wir müssen einen Weg finden, wie Calder mit einem Mord durchkommen kann.

KAPITEL NEUNZEHN

»Was hat Mr Walker überhaupt auf der Insel gemacht?«, fragt Calder, während wir die rettbaren Lebensmittel zurück in den Gefrierschrank bringen. Meine Hände sind taub, doch ich spüre keine Schmerzen, genauso wenig, wie ich meinen restlichen Körper spüre, nachdem ich von Wut zu Angst zu … ja, was eigentlich übergegangen bin. Wir sind angezogen, die Heizlüfter laufen, und wir gehen immer wieder alles durch. Ich musste etwas tun, weil ich keine Sekunde länger still sitzen konnte, sonst wäre ich geplatzt.

»Noch mal von Anfang an«, sage ich, in dem Bedürfnis, mich an Fakten festzuhalten. Einen Moment lang habe ich Angst vor Calder und will nur noch weg, im nächsten habe ich Angst um ihn und kann mir nicht vorstellen, ihn allein zu lassen.

»Wie gesagt, Mr Walker war einfach da, als ich an dem Morgen nach draußen gegangen bin, er hat auf mich gewartet. Ich hatte Jahre nicht an ihn gedacht. Ich weiß nicht, warum er ausgerechnet an dem Morgen und in so aufgelöstem Zustand zu mir gekommen ist.« Calder zwängt eine Packung Pitabrot wieder zurück in eine hoffnungslos überfüllte Schublade. Wir führen hier eine groteske Parodie von Häuslichkeit auf.

»Janey muss ihm erzählt haben, dass du wieder da bist«, sage ich und gebe ihm eine Packung angetauter Bagels. »Ich habe ihn in ihrem Laden gesehen, ein paar Tage vor dem Unglück.«

»Was?«

»Sie waren ein Paar. Ich wollte dich vorhin nicht unterbrechen und es dir erzählen. Sie nennt ihn, nannte ihn, Rob. Deshalb war er auf der Insel. Weil sie heimlich ein Paar waren.«

»O mein Gott.« Er drückt die Tür zu, und irgendetwas knackt laut.

»Sie hatte mich gebeten, es dir nicht zu sagen, um nicht irgendwelche alten Gerüchte wegen ihm und Caitlin aufzurühren.«

Er setzt sich und stützt den Kopf in die Hände. »Die ganzen Wochen über habe ich mir das Hirn zermartert, warum er hierhergekommen sein könnte.«

»Ab und zu ist er im Dunkeln mit seinem Boot auf die Insel gekommen, um heimlich Janey zu besuchen.«

»Na, dann viel Glück. Hier wird man eigentlich immer gesehen.«

»Sie hat gesagt, bei den meisten Einheimischen war er nicht willkommen, weil er immer noch mit Alison verheiratet war und wegen der Gerüchte um ihn und Caitlin. Ging die Auseinandersetzung wirklich darum, dass er sie missbraucht hat?«

»Nein. Das war alles lächerliches Gerede. Völliger Mist, den Alison erfunden hat, weil sie die Trennung nicht verwunden hat.«

»Bist du dir sicher?«

»Natürlich. Ich kannte Caitlin besser als alle anderen. Wenn ihr Dad sie irgendwie angefasst hätte oder so, hätte sie es mir erzählt.«

»Aber wie kannst du dir da so sicher sein?«

»Wir hatten keine Geheimnisse voreinander.«

Eifersucht durchzuckt mich, weil sie sich damals so nahe waren. Vermisst er sie noch immer?

»Aber sie ist ohne dich von der Insel weggezogen? Fandest du das nicht verdächtig?«

Er zuckt mit den Schultern. »Sie war sehr impulsiv, hat immer gegen die Regeln verstoßen.« Ich hasse es, wie sehr er seine Ex bewundert. Seine wunderschöne Ex. Und eine echte Insulanerin.

»Du hast also nicht die geringste Ahnung, wo sie sein könnte?«

»Nein, natürlich nicht.«

Ich stehe auf und fülle den Wasserkessel. Ich brauche Kaffee, um besser denken zu können.

»Sollte ich jetzt nicht besser zur Polizei gehen?«, fragt er. »Wie kannst du das einfach so akzeptieren, nach allem, was ich dir zugemutet habe?«

»Ich weiß nicht, ob ich es kann. Aber ich glaube, du machst einen großen Fehler. Das war eine spontane Handlung mit bitteren Folgen. Kein Mord. Vielleicht Totschlag?« Ich weiß, ich möchte Calders Tat irgendwie mit meinem Betrug ausbalancieren. Sein Mord ist natürlich viel schlimmer als meine Nacht mit Hamish – aber wir haben beide nicht nachgedacht, geschweige denn, es geplant.

Jetzt.

Jetzt ist der Zeitpunkt, es ihm zu erzählen. Ich bin fremdgegangen. Er hat getötet. Meine Sünde ist geringer als seine, und bestimmt wird er mir vergeben.

»Calder.«

»Ja?«

»Ich muss …«

»Was denn?«

»Ich …«

Der Kessel pfeift eine schrille Warnung.

Ich kann es ihm nicht erzählen. Doch indem ich akzeptiere, was er getan hat, kann ich vielleicht für uns beide annehmen, was ich getan habe. Ich gieße das heiße Wasser in zwei Tassen mit Instantkaffee und füge Milch hinzu. »Calder, es war eine Tat im Affekt, ein schrecklicher Fehler, aber ich kann das verstehen.« Ich setze mich und nehme seine Hände. Er senkt den Blick. »Nein, sieh mich an. Komm schon, Calder.«

Wenn ich ihm vergebe, kann ich auch mir selbst vergeben.

»Ich finde, wir sollten es niemandem erzählen«, sage ich langsam.

»Aber ...«

»Nein, hör mir zu. Niemand weiß oder kann auch nur ahnen, was du getan hast. Warum also dein ... unser Leben zerstören?«

Er schüttelt den Kopf. »Aber was ist, wenn seine Leiche angespült wird?«

»Bisher ist das nicht passiert. Und es ist Wochen her.«

»Aber ... Janey wird doch sicher irgendwann Alarm schlagen.«

»Das glaube ich nicht. Sie denkt, Rob hat nach einem Streit mit ihr Schluss gemacht.«

»Und wenn irgendjemand bemerkt, dass er nicht mehr in seiner Wohnung ist? Heutzutage verschwinden Menschen nicht einfach so, ohne dass es jemandem auffällt.«

»Es fällt vielleicht auf, aber so ungewöhnlich ist es nicht. Jedes Jahr verschwinden Tausende Menschen. Vor allem Männer. Es gibt da so eine irre Statistik, dass alle neunzig Sekunden ein Mensch als vermisst gemeldet wird. Und viele werden nie gefunden. Die Polizei ist an ungelöste Vermisstenfälle gewöhnt. Und Rob, Mr Walker, war ein alleinstehender Mann, den seine Gemeinschaft ausgeschlossen hatte.«

»Verdammt, hör dir nur mal zu«, sagt Calder und sieht mich mit erschrockener Faszination an.

»Was denn?« Ich lasse seine Hände los. »Findest du, ich klinge hart? Tja, das bin ich in den letzten Wochen auch geworden.«

»Es tut mir leid, es tut mir so leid.«

Ich nehme wieder seine Hände. »Wir sind jetzt hier. Nachdem meine Eltern bei dem ... Unfall gestorben sind, war ich eine Weile nicht ich selbst, doch dann habe ich nach und nach akzeptiert, dass man nicht zurückgehen kann. Man muss eine Entscheidung treffen. Aufgeben. Oder weitermachen. Es tut mir so leid wegen des armen Mr Walker. Ich wünschte, es wäre nie passiert. Aber wir können es nicht rückgängig machen. Das Murmeltier grüßt nicht täglich. Wir können nur akzeptieren, dass es passiert ist – und eine Entscheidung treffen.« Ich schlucke, höre selbst meine gefühllose Logik. Aber da muss ich jetzt durch. Ich stehe auf einem Seil über einem Canyon. Ich muss weitermachen – ihn retten und mich selbst.

»Oban, hat sie gesagt«, platze ich heraus.

»Was?«

»Oban. Dort hat Rob eine Wohnung gemietet. Also ja, irgendwann wird jemand seine Abwesenheit bemerken. Aber warum sollte man das mit dir in Verbindung bringen? Selbst Janey weiß nicht, dass er in ebenjener Nacht verschwunden ist. Sie hat seither nur nichts mehr von ihm gehört und nimmt an, dass er die Insel verlassen hat und nach Oban zurückgekehrt ist. Es gibt also wirklich keine Verbindung zu dir. So viele Menschen verschwinden, vor allem einsame Menschen. Sein Verschwinden wird kaum Verdacht erregen. Wir können darauf achten, dass die Polizei keine Verbindung zu dir herstellt. Wir können uns dafür entscheiden, dass nicht ein schrecklicher Fehler unsere ganze Zukunft ruiniert.«

Ich rücke den Stuhl näher an Calder heran und lege den Kopf an seine Brust. Sein Herz schlägt ruhig und fest. Er hätte sich fast umgebracht, weil er Rob retten wollte. Und dann habe ich ihn gerettet. Also bin ich jetzt dafür verantwortlich, dass er mit seiner Tat leben kann. Es war ein Unfall. Ohne Absicht. Das muss ich glauben. Für ihn und für mich.

Er zieht die Zigarettenpackung zu sich.

»Hast du deshalb wieder angefangen zu rauchen? Weil du dich wie dein Dad gefühlt hast?«

Er nickt. »Ja. Als Teenager habe ich geraucht, und nach dem Unfall habe ich vor lauter Stress wieder angefangen. Doch bei jedem Zug hatte ich das Gefühl, mein Vater zieht auch an seiner Zigarette. Er war gewalttätig, ich war gewalttätig. Er ist ertrunken, ich wäre es beinahe. Hätte ertrinken sollen.«

»Aber du bist nicht er. Dass du dir solche Vorwürfe machst, auch wenn es ein Unfall war, zeigt, dass du ein guter Mensch bist. Ich lebe seit fünf Jahren mit dir zusammen. Ich kenne dich. Du bist ein liebevoller, fürsorglicher, sanfter Mann. Ein schrecklicher Fehler macht das alles nicht zunichte.«

»Ich wollte ganz bewusst er sein, damit ich so widerlich zu dir sein konnte. Ein harter Kerl, der raucht und massenhaft Fleisch isst. Du musstest mich verlassen, aber dafür musste ich jemand anders sein. Dafür musste ich er sein.«

Endlich ergibt alles Sinn.

»Rob ist tot. Du hast versucht, ihn zu retten. Dabei wärst du fast selbst gestorben. Was bringt es dir, jetzt unser Leben zu zerstören? Habe ich da kein Mitspracherecht? Wenn du dich stellst, zerstörst du nicht nur dein, sondern auch mein Leben.« Ich schüttele ihn. »Wir schaffen das, Calder. Nachdem du es mir erzählt hast, kannst du es hinter dir lassen.«

»Aber ...«

»Jetzt bin ich an deiner Seite«, schneide ich ihm das Wort ab. »Du weißt, wie stark ich bin. Wenn ich dir helfe, kannst du es schaffen.«

Er schnaubt leise und streicht mir eine Haarsträhne hinters Ohr. »Du glaubst, du kannst alles erreichen, wenn du es nur fest genug willst, nicht wahr?«

»Nach deinem Unfall bin ich schier durchgedreht. Ich dachte, du hättest eine Hirnverletzung, dein Wesen wäre verändert, du wärst besessen – was auch immer der Grund war, ich dachte, du würdest mich nicht mehr lieben.«

»Ich werde dich immer lieben«, flüstert er. »Aber kannst du mich noch lieben?«

»Ich bin sehr viel zäher, als du denkst.«

»Zäh genug, um mit dem zu leben, was ich getan habe?« Er will nach den Zigaretten greifen, schüttelt dann jedoch den Kopf. »Ich kann dir das nicht alles aufbürden. Ich muss zur Polizei gehen.«

Wie schlecht er mich doch kennt. »Du glaubst, ich komme damit nicht zurecht?«

Er nickt, zieht eine Zigarette aus der zerknitterten Packung. Ich nehme ein Streichholz aus der Schachtel und entzünde es. Es flackert hell auf, doch ich halte es ihm nicht hin. Ich sehe zu, wie es langsam abbrennt und meine Finger versengt. Ich verziehe keine Miene.

»Hör auf!«, ruft er und schlägt mir das Streichholz aus der Hand. »Was machst du denn da?«

Ruhig entzünde ich noch ein Streichholz und lasse es abbrennen, bis er die Flamme ausbläst.

»Lass das, Nancy. Jetzt machst du mir Angst.«

»Dann hör mir zu, was ich sage. Ich kann das durchstehen. Wir können das durchstehen.«

Ich zünde ein drittes Streichholz an. Er nickt. Dieses Mal halte ich es an seine Zigarette.

»Ich bin sehr, sehr viel stärker und tougher, als du denkst.«

Er nimmt einen tiefen Zug, hält den Atem an, und dann sehen wir beide dem Rauch zu, als er ihn ausbläst. Die grauen Schleier hängen in der Luft und verflüchtigen sich. Nur der Geruch bleibt zurück. Er erinnert mich an meinen Vater. Den von mir verursachten Unfall meiner Eltern habe ich durchgestanden, indem ich hart wurde. Ich kann auch Calder da durchbringen. Und dabei auch mich retten.

Ich streichele sein Gesicht. Er beugt sich zu mir, küsst mich. Endlich küsst *er* mich, Calder. Zum ersten Mal seit dem Unfall. Und ich spüre, dass er mich akzeptiert, trotz allem, was ich getan habe, weil ich akzeptiere, was er getan hat. Er fährt mit den Fingern durch meine Haare. Ich erwidere den Kuss.

»Komm«, sage ich sanft.

Er nickt und folgt mir ins Schlafzimmer, setzt sich aufs Bett. Und es ist, als wären wir durch einen magischen Spiegel zu uns zurückgekehrt. Ich denke nicht nach, konzentriere mich nur auf uns. Langsam küsse ich die lange Narbe an seiner Stirn, seine Wange, seinen Hals. Ich schiebe ihn zurück und lächele ihn an.

»Geht es dir gut?«, frage ich sanft.

»Und dir?«

»Wenn es dir gut geht, geht es mir auch gut.«

Ich berühre sein Gesicht.

Dann ziehe ich den Pullover über den Kopf, er bleibt an meiner Uhr hängen, und wir lachen nervös, als ich fest daran ziehe und etwas reißt. Ich versuche, seine Jeans zu öffnen, doch die Metallknöpfe sind zu steif für meine immer noch klammen Finger. Wir lachen schwach, während wir uns selbst entkleiden, doch wie früher. Als hätten wir die schreckliche Realität und unsere Taten verlassen und befänden uns wieder an unserem ganz privaten, sicheren Ort. Er will mich berühren, doch ich drücke ihn nach unten und streiche mit den Fingern leicht über seine Brust, bis hinunter zu seinem festen Bauch und zwischen seine Beine. Endlich ist er wieder mein Calder. Zum ersten Mal seit Wochen fühle ich mich mächtig. Ich lege mich neben ihn. Wir sehnen uns verzweifelt nacheinander, halten uns jedoch zurück. Alles ist noch so zerbrechlich. Eingespielt bewegen sich unsere Körper aneinander, jede flüchtige Berührung, jeder tastende Kuss, jedes spielerische Zurückziehen, nur um dann noch drängender zusammenzufinden, wir sind so köstlich vertraut. Unsere Körper gleiten aneinander, während wir uns erst leicht, dann immer leidenschaftlicher küssen. Irgendwann halte ich es nicht mehr aus, setze mich rittlings auf ihn und führe ihn in mich ein. Endlich, endlich sind wir wieder vereint, ineinander verloren, miteinander verschmolzen – und sicher.

KAPITEL ZWANZIG

Meine Füße schmiegen sich an seine Fußsohlen, meine Knie an seine Kniekehlen, Oberschenkel an Oberschenkel, unsere Brustkörbe heben und senken sich im Einklang, unsere Lungen füllen sich gleichzeitig mit Luft, unsere Herzen schlagen im gleichen Takt. Der Morgen ist schon längst angebrochen, doch ich will nicht aufstehen. Mein ganzer Körper kribbelt. Die geringste Berührung löst ein Feuerwerk aus. Wir haben unsere wortlose Verbindung wiedergefunden. Drei Tage waren wir allein im Cottage. Calder hat Hamish angerufen und ihm gesagt, er solle nach London zurückfahren, um seine Firma würde er sich allein kümmern. Gott sei Dank muss ich Hamish nicht mehr sehen. Jetzt helfe ich Calder, seine Tat zu akzeptieren, und dabei helfe ich auch mir, meine eigene Tat zu akzeptieren. Von allen Menschen würde nur Gina diesen moralischen Relativismus verstehen, doch sie darf ich auf gar keinen Fall einweihen. Und muss sie hoffentlich nur noch selten oder vielleicht auch gar nicht mehr sehen.

Gähnend strecke ich mich und will gerade wieder in den Schlaf gleiten, als draußen ein enervierend meckerndes Geräusch ertönt.

»Was ist das?«, murmelt Calder.

Zwischen uns ist alles noch zart und zerbrechlich, nimmt aber immer mehr Form an. Es ist als, wären wir von einem Jahrmarktkarussell gestiegen, immer noch etwas verwirrt und schwindelig, aber mit festem Boden unter den Füßen.

Da ist es wieder.

Ich schüttele Calder an der Schulter. »Was ist das?«

»Wahrscheinlich Füchse«, murmelt er.

»Füchse kommen aber tagsüber nicht bis zum Haus.«

»Ignorier sie einfach«, sagt er und streicht mir sanft übers Bein.

Da klopft es laut an der Tür.

Wir erstarren.

»Wer kann das sein?«, flüstere ich. Die Polizei? Wollen sie Calder holen? Aber woher sollten sie davon wissen?

Wieder das seltsame meckernde Geräusch.

»Was ist das nur?«

»Ich glaube … ein weinendes Baby?«

»Aber wer kommt mit einem Baby zu uns?«

Es klopft wieder, das Baby weint lauter. Entsetzt starren wir uns an. Wir sind noch nicht bereit, der Welt mit unserem Geheimnis entgegenzutreten.

»Was sollen wir tun?« Calder setzt sich auf.

»Wir ignorieren es. Sie werden schon wieder gehen.«

Es klopft wieder, erhobene Stimmen sind zu hören.

»Ich schaue nach«, sagt Calder und zieht sich T-Shirt und Jeans über. Er geht durch die Küche, ich folge ihm mit etwas Abstand, während er die Tür öffnet.

Und da ist Gina, Hamishs Frau, die uns angrinst, mit einem schreienden, rotgesichtigen Baby in einem lila Tragegestell vor der Brust. Hamish steht hinter ihr und sieht uns nervös an.

O Gott, warum ist er immer noch hier? Und woher kommt sie so plötzlich? Hat er ihr etwa von uns erzählt?

»Süße, da bist du ja, komm her!« Gina lacht und breitet mit schwingenden roten Haaren theatralisch die Arme aus. Gut, sie weiß offenbar von nichts.

Ich ziehe meinen Morgenmantel fester um mich und lasse mich umarmen.

Das rundliche Baby zwischen uns schreit sich die Seele aus dem Leib.

»Hamish, kannst du dich bitte um ihn kümmern?« Gina löst das Tragegestell von ihrem Oberkörper und gibt es an ihren Mann weiter.

Hinter ihrem Rücken sagt er stumm »Tut mir leid« zu mir.

»Ihr zwei habt ja ewig gebraucht, um an die Tür zu kommen. Wart wohl grade beschäftigt, was?«, meint sie grinsend. »Wenn ihr versucht, so eins hier zu machen, dann rate ich euch ab!« Sie sieht meinen entsetzten Gesichtsausdruck. »Tut mir leid, Süße.« Sie glaubt sicher, dass mich die Bemerkung wegen des Babys getroffen hat. »Ich bin nur völlig erschöpft von dem Gejammer. Mir war nicht ganz klar, wie lange man bis hierher unterwegs ist.«

Sie drängt sich in unser kleines graues Cottage, die teure Sonnenbrille auf dem Kopf, in einen übergroßen Mantel mit Dschungelprint und fuchsiafarbenen Säumen gehüllt. In voller Pracht und Londoner Extravaganz, die ich früher so geliebt habe. Doch jetzt wünsche ich mir verzweifelt, dass die letzten zehn Sekunden rückwärts ablaufen würden. Dass Gina mit Mann und Kind und aller grellbunter Aufgedrehtheit sich wieder vom Haus entfernt und zurück in eine Vorstellung von London transportiert wird, die ich vermissen kann. London selbst soll nicht hierherkommen.

»Calder, ganz schön lange her«, sagt Gina strahlend und klopft ihm auf den Rücken.

»Hast du alle Kinder mitgebracht?«, frage ich und blicke nach draußen.

»Bist du verrückt? Meine Mum hat die anderen drei. Ich habe heute Morgen den frühen Flug nach Glasgow genommen und von dort ein Taxi. Dieser Ort ist wirklich am Ende der Welt.«

»War auch für mich eine große Überraschung«, bemerkt Hamish.

»Hey!« Gina lacht. »Du bist ein glücklicher, glücklicher Mann, vergiss das nicht.«

»Natürlich war es eine sehr schöne Überraschung.«

»Ich dachte, du wolltest zurück nach London fahren?«, frage ich Hamish vielsagend.

»Ich wollte noch fertig machen, was ich für Calders Firma angefangen hatte. Dann hat Gina gesagt, sie wolle herkommen, ich durfte euch aber nichts erzählen. Es sollte eine Überraschung für euch beide sein.«

»Oh, das ist ihr gelungen.«

Gina mustert mich von oben bis unten. Ich muss schrecklich aussehen. Zerzaust, ungeschminkt, in einem schmutzigen Morgenmantel, das genaue Gegenteil der sorgfältig gestylten Frau, die sie in London vor gerade mal einem Monat noch gesehen hat. Calder wirft mir einen Blick zu, und ich sehe ihn durch Ginas prüfende Augen: fettige, ungebürstete Haare, seine Augen sind blutunterlaufen, sein staubiges T-Shirt hat ein Loch, er ist unrasiert.

»Du hättest uns vorwarnen sollen, dass du kommst«, sage ich.

»Na, was ist das denn für ein Empfang? In etwa so enthusiastisch wie der meines Mannes«, meint Gina lachend, doch ich merke, dass sie Fragen hat. »Ich bin hier, um euch zu helfen. Also, wo kann ich das kreischende Bündel wickeln?«

Ich habe mit ihrem Mann geschlafen und sein Kind verloren. Jetzt ist sie mit ihrem gemeinsamen Baby hier, während wir immer noch verarbeiten müssen, dass Calder jemanden umgebracht hat. Was soll schon schiefgehen?

»Siehst du?«, sagt Hamish. »Ich habe doch gesagt, du solltest nicht einfach so auftauchen.« Er wirft mir einen Blick zu, und ich sehe weg.

»Ich bleibe nur zwei Nächte«, verkündet sie, »dann müssen Hamish und ich zurück zu den Kindern. Wenn ihr ihn nicht mehr braucht?«

»Ich komme jetzt gut zurecht«, antwortet Calder. »Das habe ich dir doch gesagt, Hamish.«

»Aber ihr seid natürlich herzlich willkommen«, sage ich gespielt fröhlich. Mir ist klar, wie angespannt wir klingen. Gina runzelt die Stirn. »Nein, wirklich«, fahre ich fort und umarme sie. »Ich bin nur etwas überrumpelt, dass ihr beide in unserem extrem bescheidenen Heim steht. Aber es ist toll, euch zu sehen. Kommt rein und kümmert euch um … Oh weh, wie heißt er gleich noch mal? Tut mir leid.«

»Mason«, sagt Gina. »Ich weiß, das vierte. Eigentlich sollte ich sie einfach durchnummerieren.«

»Mason, natürlich. Wie süß er ist.«

»Die meiste Zeit ist er eine furchtbare Nervensäge, nicht wahr?«, murmelt Gina dem Baby zu, dann legt sie eine Wickelmatte auf den Küchentisch und nimmt ihrem Sohn die stinkende Windel ab. So lange wollte ich ein Kind, aber die körperliche Präsenz eines echten Babys, hier direkt vor mir, überfordert mich gerade.

»Wir wollten warten, bis ihr euch eingerichtet habt, bevor wir einen Besuch vorschlagen«, sagt Gina, »dann hatte Calder den Unfall, und du wolltest keine Hilfe – ja, das habe ich gemerkt, aber ist wirklich kein Problem –, und dann hat uns Calder auf einmal eingeladen. Doch ich konnte erst jetzt kommen.«

Hamish streift mich im Vorbeigehen. Ich schaudere, meide jedoch seinen Blick und weiche ihm aus. Man sollte wirklich nie glauben, dass es nicht noch schlimmer kommen kann. Selbst wenn man ganz unten ist, gibt es immer noch eine Falltür.

»Also, es ist jedenfalls wirklich schön, euch zu sehen«, versuche ich es noch mal mit einem freudigen Empfang. »Einen Moment, ja?« Ich eile schon davon und winke ihren Protest ab. »Komm, Calder, wir sollten uns was anziehen!«, rufe ich.

»Tut mir leid«, flüstert er, nachdem er die Schlafzimmertür hinter uns geschlossen hat. »Ich hätte sie nie um Hilfe bitten sollen. Ich dachte, er wäre nach Hause gefahren.«

»Wir müssen uns einfach normal verhalten.«

»Und wie soll das gehen?«

»Das habe ich jetzt wochenlang mit dir probiert«, gebe ich scharf zurück. »Du musst dich einfach zusammenreißen.«

»Alles okay bei euch?«, fragt Gina, als sie, ohne anzuklopfen, hereinplatzt. »Wer muss sich zusammenreißen?«

»Oh, äh, Calder hat einen eingewachsenen Zehennagel. Und darüber jammert er jetzt.«

»So schlimm ist es nicht«, sagt Calder, wirft mir einen verzweifelten Blick zu und verlässt den Raum.

»Ihr sollt euch wegen uns keine Umstände machen«, sagt Gina. »Wir schlafen in Hamishs Cottage und treffen euch tagsüber.« Sie trägt das jetzt friedlich schlafende Baby wieder in dem Tragegestell. »War es ein großer Fehler, herzukommen? Hamish hat gesagt, du würdest mich vielleicht nicht hier haben wollen.« *Hat er das?* »Aber du hast am Telefon so außer dir geklungen – wenn ich dich mal erwischt habe.«

Angestrengt stecke ich das Laken im Bettrahmen fest.

»He, Nancy! Ganz ruhig. Ich bin's doch nur. Was ist denn los mit dir?«

»Mir geht's gut. Der Umzug und Calders Unfall hängen mir noch nach«, sage ich und hole frische Kleidung aus dem Schrank. »Aber es ist schön, dich zu sehen. Wirklich.«

Sie runzelt die Stirn, doch da stürmt Calder ins Schlafzimmer.

»Ich begleite Hamish, wenn er Gina die Insel zeigt. Sie war ja noch nie hier. Dann kannst du in der Zwischenzeit etwas zu essen für unseren Besuch kaufen, Nancy.«

»Äh, gute Idee«, meint Hamish und sieht über Calders Schulter. Warum ist er nicht abgereist, als wir es ihm gesagt haben?

»Ja, eine gute Idee.« Ich nicke den beiden dankbar zu.

»Ich würde lieber bei dir bleiben«, sagt Gina.

»O nein«, erwidere ich ein bisschen zu laut. »Du musst dir die Insel anschauen, und danach bin ich auch besser auf Gäste eingerichtet. Macht es … Mason … nichts aus, wenn er so herumgeschleift wird?«

»Nein, gar nicht. Er schläft die meiste Zeit. Im Moment trägt man einfach eine große, kackende Wassermelone durch die Gegend. Also gut, wenn es dir wirklich recht ist. Dann lassen wir dich mal allein, und wir reden später in Ruhe. Okay?«

»Ich mache mein berühmtes Coconut Chicken zum Abendessen, das wird ein Fest.«

Gina schlüpft in ein Paar überteuerter Wanderstiefel, die sie bestimmt am Flughafen gekauft hat, und verlässt mit einem verlegen dreinschauenden Hamish das Haus.

Calder kommt noch einmal zu mir und berührt meine Schulter.

»Ich liebe dich«, flüstert er.

»Sei stark.« Ich drücke seinen Arm und hoffe, dass er sich tatsächlich zusammenreißen kann.

Während Janey meine Einkaufsliste liest, sehe ich zu der Tür hinter ihr und denke an Robs fröhliche Augen und wie er ihr sanft das Gesicht gestreichelt hat, genau dort, erst vor ein paar Wochen. Calder hat den armen Mann getötet. In unserem kleinen Kokon davon zu reden, wir müssten uns eben zusammenreißen, war leicht. Janey direkt anzulügen, ist etwas anderes. Eigentlich können wir hier nicht weiterleben. Wir müssen umziehen.

»Mit genügend Vorlauf kann ich dir alles besorgen. Ich schaue mal, was ich vorrätig habe.«

»Wie geht es dir?«, frage ich möglichst unbeschwert.

»Ganz okay, ich arbeite vor mich hin. Aber ich glaube wirklich, dass es aus ist mit Rob.«

»Das ist sehr schade.« *Gott, ich bin abscheulich.*

»Ich dachte ja, er würde sich irgendwann doch wieder melden, aber ich habe nichts von ihm gehört, gar nichts. Totale Funkstille.«

In gespielter Empörung reiße ich die Augen auf. »Wie unverschämt.«

»Das dachte ich auch zuerst. Doch jetzt werde ich richtig böse, nachdem er meine Anrufe ignoriert.«

»Na ja, vielleicht will er so über die Trennung hinwegkommen? Indem er den Kontakt abbricht?« *Ich lande sowas von in der Hölle.*

»Aber das ist doch extrem, oder? Er ist kein grausamer Mann. Außerdem hat er seit Wochen nichts mehr auf Social Media gepostet. Das sieht ihm nicht ähnlich, normalerweise teilt er Beiträge zu vermissten Menschen und kommentiert.«

»Das klingt tatsächlich etwas seltsam. Aber Menschen machen doch mal eine Social-Media-Pause, wenn ihnen alles zu viel wird, oder?« *Ich lande nicht in der Hölle, ich bin schon da.*

»Ich glaube, ich fahre bald mal nach Oban zu seiner Wohnung. Und kläre das mit ihm.«

»Gute Idee«, sage ich munter. O Gott, das Netz zieht sich immer mehr um uns zu.

»Egal, jetzt aber genug von meinem traurigen Liebesleben. Wie geht es dir und Calder?«

»Oh, sehr viel besser. Tut mir leid, dass ich mich so beklagt habe. Ich war überfordert und habe alles etwas dramatischer geschildert, als es war. Es geht uns gut.«

Sie verengt die Augen. »Ich bin hier, falls du mich brauchst. Lass dir Zeit. Aber …«

»Mir geht es gut. Wirklich.«

»Okay. Also, zu deiner Liste: Hühnerbrüste, Geflügelfond, frischer Koriander, Koriandersamen, Kreuzkümmel, Kurkuma, Kardamom, Zwiebeln, Knoblauch, Olivenöl, Kokosmilch, Limetten, Mandelsplitter und Kokosflocken.« Sie verzieht das Gesicht. »Bis auf die Hühnerbrüste, zwei der Gewürze und die letzten drei Sachen habe ich alles da. Und ich hätte Hühnerschenkel. Wäre das in Ordnung?«

Ich verlasse den Laden mit einer Tasche voller Zutaten und einem Sack voller Scham.

Am liebsten würde ich Calder sofort eine Nachricht schreiben, dass Janey nach Oban fahren will, doch ich kann nicht riskieren, dass Gina mit ihren Adleraugen die SMS liest.

Auf Höhe der weißen Häuserreihe kommt mir eine große, schlanke Gestalt in einem langen grauen Gemeinderegenmantel mit zwei großen Körben voller Blumen entgegen. Alison. Die wunderschöne, beherrschte Alison. Wenn sie von Robs Tod wüsste … wäre sie dann bestürzt oder nicht? Aber wie kann ich mit der Fast-Ex-Frau des Mannes reden, den Calder getötet hat? Ich will mich schon abwenden, doch sie sieht mich und kommt mit ihrem eingefrorenen Lächeln auf mich zu.

»Noch mehr wundervolle Blumen, Alison«, bringe ich heraus und klinge dabei hoffentlich normal. Sie sind auch wirklich prächtig, strahlen rot, weiß, lila, dazwischen stecken dunkelgrüne Blätter. »Arran kann sich sehr glücklich schätzen, dass du dich um den Blumenschmuck kümmerst.«

»Danke. Ich habe die Märkte auf dem Festland abgegrast, und außer den naheliegenden Stechpalmen habe ich Schwertlilien, Weihnachtssterne und Schneeglöckchen gefunden. Wie ich sehe, warst du bei Janey?«

»Ja, wir haben heute Gäste zum Abendessen.«

»Bei Janey bekommt man kaum die Zutaten für eine Einladung«, meint sie abfällig. Kein Wunder, dass Janey und Rob nicht wollten, dass diese angespannte, missbilligende Frau von ihrer Beziehung erfuhr. Aber ich darf mir wohl kaum ein Urteil erlauben, nachdem Calder ihren Mann getötet und ihre Tochter dazu getrieben hat, von der Insel wegzuziehen.

»Freunde aus London besuchen uns unerwartet.« Ich habe das Gefühl, als würde ich eine Rolle in einem Theaterstück spielen.

»Meine Tochter Caitlin lebt in London«, sagt sie abrupt.

»Oh, wie schön.« Mir fällt nichts Besseres ein.

»Ich weiß nicht, ob es schön ist, wir haben wenig Kontakt. Ab und zu schickt sie eine Postkarte.«

Ich nicke. »Das muss hart sein. Also, ich sollte mal die Einkäufe nach Hause …«

»Calder und Caitlin waren übrigens ein Paar«, sagt sie mit einem seltsamen Lächeln. »In dem letzten Jahr, das sie noch auf der Insel verbracht hat.«

»Ja, das hat er erzählt.«

»Oh? Was hat er über sie gesagt?«, fragt sie mit erhobener Stimme.

»Nicht viel. Nur dass sie eine seiner Ex-Freundinnen ist.«

»Wohl kaum ›eine seiner‹.« Sie verengt die Augen. »Sie waren unzertrennlich. Ich dachte, sie würden irgendwann heiraten.«

»Damals waren sie bestimmt noch sehr jung, oder?«

Sie schürzt die Lippen und sieht auf die Blumen hinab. »Sie

waren sehr ineinander verliebt. Hat er nie erwähnt, dass er sie in London getroffen hat?«

Ich reagiere nicht.

Sie legt den Kopf schräg und mustert mich. »Ihre Postkarten tragen alle einen Stempel von einer Sortierstelle in Central London. Vielleicht hat er dir nicht erzählt, dass er sich mit ihr getroffen hat?«

»Das glaube ich nicht.« Es ist befremdlich, eines unwahren Geheimnisses beschuldigt zu werden, während man ein viel schlimmeres wahres hütet. »Wo wohnt sie denn?«

»Irgendwo in Central London, nehme ich an«, erwidert Alison sarkastisch. »Sie ist Sekretärin, das weiß ich, und sehr beschäftigt, glücklich. Aber ich habe keine Adresse oder eine andere Möglichkeit, sie zu kontaktieren.«

»Das ist bestimmt nicht einfach für dich.«

Sie begutachtet ihre Blumen und knipst ein welkes Blatt ab.

»Also, ich sollte dann mal ... Wo in London habt ihr eigentlich gewohnt, du und Calder?«

»Am Russell Square. Das ist in der Nähe von King's Cross.«

»Also das, was man als Central London bezeichnet.« Sie lächelt. »Nun gut. Ich bringe mal besser die Blumen in den Kühlschrank.«

»Den Kühlschrank?«

»Darin bleiben sie frisch. Ich habe einen extra Kühlschrank nur für die Blumen. Nahrungsmittel, vor allem Obst, geben Ethylen ab, das ihnen schadet.«

Irgendetwas anderes schwingt bei ihren Worten noch mit, das ich aber nicht greifen kann. »Du gibst dir viel Mühe mit den Blumen.«

»Ich habe gelernt, wie man sie lange frisch hält«, sagt sie hart. »Ich muss sie beschneiden, wässern, überflüssige Blätter entfernen«, sie knipst noch ein Blatt ab, »und ihnen meine antibakterielle Spezialmischung zuführen.«

»Wow. Du kennst dich wirklich fantastisch aus. Man könnte meinen, dass es im Kühlschrank zu kalt für Blumen ist.«

»Nein, für ein paar Tage ist es kein Problem. Aber einfrieren kann man sie nicht. Das habe ich versucht. Eine einzige Katastrophe.«

Unser Küchentisch wackelt, als ich das volle Einkaufsnetz darauf fallen lasse. Ich lege die Kochutensilien von Calders Mutter bereit, die nach vielen Jahren des Gebrauchs immer noch robust sind, darunter ein Set gefährlich aussehender Küchenmesser mit gelben Griffen.

Ich kippe die Hähnchenschenkel auf das Schneidebrett, und sie rollen in alle Richtungen. Ich koche lieber mit Hähnchenbrüsten, Calder bevorzugt Schenkel. »Die haben mehr Geschmack«, hat er einmal in unserer kleinen Londoner Wohnung gesagt, als er einen Koch parodiert hat, den wir gerade bei *MasterChef* gesehen hatten. Er hat sich ein Geschirrtuch in die Jeans gesteckt, eine ölige Keule abgerissen und die übertriebene Art des Mannes köstlich nachgeahmt: »Die Schenkel sind muskulöser, die herrlich gebräunte Haut sorgt für den Geschmack, und die Knochen machen alles noch runder.« Ich denke an Calders muskulösen Körper, den ich liebe und um jeden Preis beschützen muss, an Hamishs helle, sommersprossige Haut an meiner, in unserer gemeinsamen, alkoholgeschwängerten Nacht, und an Robert und seine Gebeine, der irgendwo tief im Meer darauf wartet, zurückzukommen und uns zu vernichten.

Da ich nicht alle Zutaten habe, folge ich nicht meinem sonstigen Rezept, sondern koche einfach einen würzigen Eintopf. Normalerweise folge ich immer Anweisungen und bin jetzt, ohne meine übliche Kontrolle, überfordert.

Außer mir kennt niemand Calders Geheimnis. Ich kann es für mich behalten, aber kann er es auch?

Hamish kennt einen Teil meines Geheimnisses. Ich kann alles für mich behalten, aber kann er es auch?

Kann ich mich zusammenreißen und diese beiden Männer davon abhalten, alles zu enthüllen?

Ich wickele einen Brühwürfel aus. Dunkelbraun, kantig, intensiver Geruch. Bevor ich Calder kennengelernt habe, hatte ich gern ein großes Stück Cannabisharz zum Rauchen gekauft, um mich durch die Woche zu bringen. Zum ersten Mal seit Jahren frage ich mich, wo ich welches herbekommen könnte. Ich gieße heißes Wasser über den Brühwürfel und hoffe auf eine köstliche Verwandlung. Aber er bleibt auf dem Boden des Messbechers liegen und löst sich nicht auf. Mit einem Holzlöffel zerstoße ich ihn in kleinere Stücke. Dann hacke ich zwei Zwiebeln rasend schnell klein, wobei ich mich an den brennenden Tränen erfreue. Ich brate die Zwiebeln an und bräune die Hühnerschenkel, auch wenn ich den Blick abwenden muss. Sie sehen zu sehr nach kleinen Babygliedmaßen aus.

Bei jedem Piepsen des Handys zucke ich zusammen. Calder schickt mir sinnlose Updates zu ihrer Tour über die Insel und schreibt, dass sie im Pub zu Mittag essen werden. Er gibt mir Zeit, mich zu sammeln, sucht aber ständig Kontakt zu mir. Ich bin benommen und nervös. Seine Enthüllung war erschütternd, und ich versuche, sie zu verarbeiten, zu rechtfertigen, aber wie um alles in der Welt soll ich nur die Supergastgeberin spielen, wenn sie zurückkommen? Es wird schier übermenschliche Kraft erfordern, aber irgendwie muss ich es schaffen.

Als sie um vier eintreffen, ihre Sachen in die Ecke werfen und verkünden, wie »erledigt« sie sind, schlage ich vor, dass sie sich im

Wohnzimmer ausruhen. Doch sie bleiben in der Küche, und Gina kichert geheimnisvoll.

»Was? Was ist los?« Ich sehe von einem zum anderen. Calder wirkt verlegen, Hamish verärgert.

»Sagt mir bitte jemand, was los ist?«

»Daa, da, da, daaaa, daa, da, da, daaaaa«, singt Gina, die offensichtlich beschwipst ist.

Das ist der Hochzeitsmarsch.

»Du bist unsere Frankensteins Braut«, meint sie lachend. »Wir haben uns so gefreut, als wir die Schlagzeile gelesen haben.«

»Oh, diese dämliche Zeitung. Also, äh, ja, sobald Calder wieder vollständig zu Kräften gekommen ist«, stottere ich.

»Es ging irgendwie alles sehr schnell«, murmelt Calder.

»Ja. Dein Unfall hat mir gezeigt, was wirklich wichtig ist im Leben.« Jetzt verstehe ich sein Entsetzen, als ich ihm im Krankenhaus den Antrag gemacht habe.

»Nein, er meint, dass es diesen Nachmittag sehr schnell ging.« Gina grinst.

»Was ging heute sehr schnell?«

»Ihr werdet heiraten.«

»Irgendwann, ja.«

»Nicht irgendwann!«

Gina kann sich kaum beherrschen, während Hamish und Calder peinlich berührt aussehen.

»Sagt mir jetzt bitte jemand, was hier los ist?«

»Arran war im Pub«, erklärt Calder behutsam. »Er kam zu uns, als Gina darauf bestand, Champagner zu bestellen.«

»Was für ein reizender Mann«, sagt sie. »Und so wunderschöne Augen. Ich habe gesagt, dass meine besten Freunde bald heiraten werden, und er wusste das natürlich schon aus der Zeitung, während du im Krankenhaus lagst. Ich habe gemeint, dass ich nicht genau weiß, ob ich zur Hochzeit noch einmal anreisen kann, und er hat gesagt, kein Problem, dann traut er euch eben, solange wir noch hier sind.«

»Wie bitte?«

»Morgen. Ich weiß nicht, warum ihr beiden überhaupt so lange gewartet habt.«

»Nein.« Ich sehe zu Calder, der hilflos mit den Schultern zuckt. »Das ist unmöglich. Nicht dass ich nicht will. Aber es ist zu viel zu organisieren.«

»Du weißt, wie sehr ich so etwas liebe«, sagt Gina. »Ich habe schon ganz viele Leute aus dem Dorf eingespannt.«

»Aber es geht nicht. Wir haben die Hochzeit noch nicht mal angemeldet.«

»Schon erledigt«, sagt Calder.

»Was? Von wem?«

»Vom Bräutigam«, juchzt Gina.

»Wie bitte?«

Calder zuckt mit den Schultern. »Vor dem Unfall war ich bei Arran. Du hattest mich darum gebeten.«

»Wann?«

»Du weißt doch, ich sollte ihm sagen, dass du mir von seinem Besuch hier erzählt hast. Und als ich bei ihm war, dachte ich, es wäre doch eine tolle Überraschung, wenn ich … unsere Hochzeit anmelden würde. Vor dem Unfall wollte ich dich dann fragen.«

»Aber … müssen nicht beide Brautleute bei der Anmeldung anwesend sein?«

»Arran hat sich so gefreut, dass er darauf verzichtet hat.«

»Aber …« Verzweifelt suche ich nach weiteren Gründen, die dagegensprechen. »In der Kirche wurde unsere Hochzeit doch noch gar nicht angekündigt?«

Gina lacht. »Dieser Arran hat wirklich alles im Blick. Ein Mann ganz nach meinem Herzen. Er hat uns gesagt, dass er das Aufgebot schon in seiner niedlichen Kirche verlesen hat, nachdem er von eurer Verlobung im Krankenhaus erfahren hatte.«

»Was?«

»Und das hat er drei Wochen lang während des Abendgottesdienstes wiederholt und es dir nicht erzählt, falls Calder sich nicht so schnell erholen sollte. Ihr könnt also loslegen.«

Gina kann es kaum erwarten, Hamish wirkt sprachlos, und Calder sieht verängstigt aus.

»Welche Berechtigung hatte Arran, die Hochzeit ohne uns anzukündigen und sie damit festzulegen?«, erwidere ich aufgebracht darüber, dass er sich eingemischt hat. Janey hatte recht. Warum drängt er so auf die Hochzeit? Will er Hamish gegenüber ein klares Zeichen setzen?

»Schon gut, beruhige dich«, sagt Gina. »Arran sagte, morgen sei der perfekte Termin. Der kürzeste Tag im Jahr, die Wintersonnenwende, offenbar der Tag der Wiedergeburt. Alles sehr heidnisch und magisch. Ich finde es großartig.«

»Warum muss bei diesem Mann alles so verdammt symbolisch sein?«

»Nancy«, sagt Calder warnend, und mir wird klar, dass mich alle anstarren.

»Möchtest du denn nicht heiraten?«, fragt Gina misstrauisch.

»Sie will nicht gedrängt werden«, bemerkt Hamish.

»Du musst auch nicht«, sagt Calder. »Vergessen wir es.«

Ich sehe in ihre fragenden Gesichter. Früher hatte ich Calder unbedingt heiraten wollen, will es vielleicht auch irgendwann wieder, aber nicht so. Nicht mit allem, was ich zu verarbeiten habe, mit Calder, der vor Kurzem noch über Selbstmord nachgedacht hat, und ganz bestimmt nicht in dieser Schieferkirche mit dem Kontrollfreak-Pfarrer, der in meine Seele blicken kann, und mit Gina und Hamish, die mit ihrem verdammten Baby zuschauen. O Gott.

»Komm schon, Nancy, sei spontan.« Gina lacht nervös. »Dieser Arran kann es kaum erwarten. Und eine gewisse Alison hat gesagt, sie hätte ganz viele Blumen für das Motto der Wintersonnenwende.« Natürlich mischt Alison sich auch noch ein ... Gina nickt mir aufmunternd zu. »Komm schon, Nancy. Du darfst die Liebe deines Lebens in dieser süßen kleinen Schieferkirche heiraten, von der du dauernd redest. Wie kann man das nicht wollen?«

Ich schweige.

Gina runzelt die Stirn – mein Zögern verwirrt sie.

Hamish runzelt die Stirn – glaubt er etwa, ich zögere wegen ihm?

Calder runzelt die Stirn – fürchtet er, dass ich nicht mehr an ihn glaube?

»Das ist nur der Schock«, sage ich schließlich. »Aber ...« Ich habe keine andere Wahl. »Ja, lass uns heiraten!«

KAPITEL EINUNDZWANZIG

Mein Hochzeitstag.

Die Küche ist nach gestern Abend noch ein einziges Chaos. Schüsseln mit eingetrockneten Resten meines Eintopfs stehen herum, dazu Weinflaschen, Gläser und Snacks. Ich ignoriere die quietschenden Bremsen in meinem Kopf, die mir sagen, dass ich die Hochzeit absagen soll. Ich denke an meine Eltern in den letzten Sekunden, bevor das Auto in den Gegenverkehr geriet. Sie hatten keine Chance, als der Lastwagen direkt auf sie zufuhr, sie mit seinen Scheinwerfen blendete und mit den riesigen Rädern zermalmte. Ich habe immer noch eine Chance, mich zu retten, aber ich bin wie gelähmt, während die Vorbereitungen weiterlaufen.

Arran, Alison und die Gemeinde haben den gestrigen Nachmittag und Abend damit verbracht, die Kirche in den Farben der Wintersonnenwende – Rot, Weiß, Grün und Gold – zu schmücken. Das Heritage Centre wurde extra für uns geöffnet, und Gina und Calder haben Eheringe bei einem einheimischen Goldschmied gekauft. Nachdem Gina alles aus meinem Kleiderschrank ausgeschlossen hat, bestand sie darauf, dass sie mir ein langes weißes Kleid im Tunika-Stil von einer einheimischen Designerin kauft, außerdem verschiedene teure Gold-Accessoires: einen schmalen Gürtel, bestickte Ballerinas und lange, verschlungene Ohrringe. Sie ist im vollen Partyplanungsmodus und wie eine Lawine unaufhaltbar.

Ja, der Zeitpunkt ist komplett falsch. Aber wenn Calder und ich noch Hoffnung haben wollen, muss ich mich wohl voll und ganz darauf einlassen. Damit zeige ich, dass ich an ihn glaube und seine Tat akzeptiert habe. Mir wird übel, und ich eile ins Bad. Gestern Abend konnte ich nach meinen üblichen, sicheren vier Drinks nicht aufhören zu trinken. Die Spannung hatte sich die ganze Zeit über aufgebaut, eingepfercht in diesem verdammten Cottage, dazu das salzige Essen und unser sprödes Zusammensein, Calder und ich ständig auf der Hut, während ich dazu noch jedes Wort, jeden Blick und jeden Tonfall analysierte.

Ich übergebe mich ins Waschbecken, lasse das Wasser laufen und versuche, das stinkende Erbrochene in den Abfluss zu drücken. Als ich mich schließlich aufrichte und mich in dem fleckigen Spiegel betrachte, der auf einem Regal über dem Waschbecken lehnt, zuckt mein linkes Augenlid. Ich beuge mich vor und versuche, mich in meinem Spiegelbild wiederzufinden. Vergeblich. Es ist nicht nur der Kater. Seit dem Unfall habe ich alles zusammengehalten, war kurz vor dem Zusammenbruch, habe mich wieder aufgerappelt, aber gestern Abend war ich mit genau den Leuten zusammen, an denen und mit denen ich gesündigt habe, und meine widerstandslose Akzeptanz von Robs Mord fühlt sich jetzt einfach nur widerlich an.

Das späte Abendessen von gestern ist vom Alkohol vernebelt, durch den nur Erinnerungsfetzen dringen.

Gina zwingt mich, das neue Outfit anzuprobieren. »Mit Zöpfen könnte das funktionieren. Sehr heidnisch und bereit für ein Blutopfer!«

Hamish gesellt sich draußen zu mir, um aufs Meer zu schauen.

»Bist du dir sicher wegen der Hochzeit? Du musst es nicht machen, nur weil Gina darauf drängt.«

Der kleine Mason schläft in seiner Babytrage, ein Unschuldiger, dessen Eltern ich so leicht entzweien könnte.

Calder lacht mit Hamish, während sie sich am Küchentisch im Armdrücken messen. Calders beeindruckende Muskeln wölben sich, als er schließlich Hamishs feingliedrige Hand auf den Holztisch knallt. Erstaunlich, wie schnell er seine Kraft zurückgewonnen hat. Ich habe es nicht gewagt, ihm zu erzählen, dass Janey nach Oban gefahren ist, um nach Rob zu suchen.

Schließlich erinnere ich mich noch an Hamish und Calder, die im Dunkeln zu Hamishs Cottage gehen, weil Gina gesagt hat, es bringe Unglück, wenn Calder und ich uns am Morgen vor der Hochzeit sehen würden.

Ich massiere meine Stirn und hoffe, dass das Lidzucken aufhört. Als ich den Spiegel ausrichte, kippt er nach vorn, trifft mit einem lauten Knacken auf den Waschbeckenrand und zersplittert auf dem Boden. Ha! Sieben Jahre Pech sind das geringste meiner Probleme. Die letzte Erinnerung an letzte Nacht ist mein zukünftiger Ehemann, ein Mörder, wie er mit dem Mann, mit dem ich ihn betrogen habe und von dem ich schwanger geworden bin, in die Dunkelheit davongeht.

Werden sie heute Nachmittag überhaupt in der Kirche sein?

Ich trage Calders langen schwarzen Mantel über meinem Opfergewand und darunter Hose und Stiefel, während ich neben Gina und Mason im Taxi sitze. Sie hat mit ihrem Baby die Nacht bei mir im Cottage verbracht und mich fachmännisch geschminkt, sodass ich zu meinem Erstaunen geradezu strahle. Goldener Lidschatten, goldenes Make-up, blutrote Lippen, dazu streng geflochtene Zöpfe mit Goldbändern, die sie mit goldenen Haarnadeln so fest gesteckt hat, dass meine Kopfhaut schmerzt. Beim Umziehen hat sie den blauen Fleck an meiner Schulter bemerkt, Überreste des Streits mit Calder, als ich gegen die Badewanne geprallt war.

»Ich bin auf dem Schiefer ausgerutscht«, hatte ich ihr erklärt. Die Stelle schmerzt, wenn ich dagegendrücke. Ich sollte auf die Warnung hören, doch ich bin auf Autopilot.

Als ich vor der Kirche aus dem Taxi steige, warten einige Inselbewohner vor dem Eingang, die Männer in dunklen Anzügen, die Frauen alle in Rot, Grün und Gold. Janey läuft in einem dunkelgrünen Kleid zu mir. Ihre Haare flattern wild hinter ihr her, und sie hat dunkle Ringe unter den Augen.

»Hast du kurz Zeit?«, fleht sie mit einem Blick zu Gina, die ein leuchtend rotes, kaftanartiges Kleid trägt, das sie sich für Unsummen hat vom Festland liefern lassen.

»Das ist meine Freundin Gina«, stelle ich sie vor. »Die diese verrückte Hochzeit organisiert hat.«

»Hallo«, sagt Janey abwesend. »Tut mir leid, aber könnte ich kurz mit Nancy reden? Allein.«

»Also, sie hat eigentlich keine …«, beginnt Gina.

Aber ich kann nicht ablehnen. »Klar, lass uns kurz reden, und dann muss ich in die Kirche.«

»Tut mir leid, aber es ist wirklich dringend«, ruft Janey Gina zu, während sie mich zur Seite zieht. »Ich bin heute Morgen nach Oban gefahren, zu Robs Wohnung. Die Nachbarn haben gesagt, sie hätten ihn seit Wochen nicht gesehen. Ich dachte, er muss einen furchtbaren Unfall gehabt haben und irgendwo liegen, vielleicht tot sein. Deshalb rief ich die Polizei an, und schließlich nahmen sie mich auch ernst und brachen seine Tür auf. Doch die Wohnung war leer. Alles war ordentlich, wie er es mag. Keine Anzeichen für ein Verbrechen oder so.«

»Was hat die Polizei gesagt?«

»Ihnen kam es nicht verdächtig vor. Sie meinten, er könnte auf Reisen sein. Was schwachsinnig ist, das hätte er mir doch gesagt.«

»Hätte er das?« Gina gestikuliert mir aus der Ferne.

»Natürlich hätte er das.«

»Aber wenn eure Beziehung für ihn zu Ende war, könnte er irgendwo seine Wunden lecken.«

Sie überlegt. »Ja, klar, das könnte sein. Aber hätte er dann seine ganzen Sachen hiergelassen?«

»Vielleicht will er erst mal einen klaren Kopf bekommen und dann alles holen?«

»Vielleicht …« Sie sieht mich merkwürdig an. Ich muss aufpassen, dass ich ihre Befürchtungen nicht zu leichtfertig abtue.

»Kannst du andere Familienangehörige oder Freunde fragen?«, erkundige ich mich. Diese grausamen Lügen sind ein mieses Vorzeichen für eine Ehe.

»Er ist ein Einzelgänger«, sagt Janey. »Aber ich habe Alison angerufen, was nicht ganz leicht war, da sie ihn ja so hasst. Ich habe mir irgendeinen Unsinn einfallen lassen, dass Post für ihn im Laden angekommen sei. Sie hat gesagt, sie hätte seit Ewigkeiten nichts mehr von ihm gehört. Er hätte nicht mal angerufen, ob Caitlins jährliche Postkarte angekommen sei – die kam vor zwei Wochen. Bisher hätte er sich immer danach erkundigt. Immer.« Die warmherzige, ruhige Janey sieht zutiefst erschüttert aus, und es ist alles unsere Schuld. »Ich weiß nicht, was ich tun soll. Ihm muss etwas zugestoßen sein.«

»Bestimmt nicht, aber ich verstehe, dass du dir Sorgen machst«, sage ich heiser. Ich umarme sie, und sie weint leise an meiner Schulter, während Gina mir wild gestikulierend bedeutet, ich solle auf mein Kleid aufpassen.

»Tut mir leid«, murmelt Janey und hebt den Kopf. »Ich hätte das erst mal für mich behalten sollen. Heute ist dein Hochzeitstag. Und du hast bestimmt recht, er hat sich irgendwo verkrochen und leckt seine Wunden.«

»Ich kann das auch alles verschieben, wenn du mich brauchst.«

»Nein, auf keinen Fall.« Sie wischt sich über die Wangen. »Ich mache mich ein bisschen frisch, und wir sehen uns in der Kirche.

Es tut mir leid, dass ich nur über Rob geredet habe, ich hätte dich fragen sollen, wie es dir mit Calder geht. – Willst du ihn wirklich heiraten?«

»Ich …« Das wäre meine Chance, alles abzusagen. Doch plötzlich kommen Calder und Hamish zwischen den weißen Häusern auf uns zu. Calder nickt mir zu, ich nicke zurück. »Nein. Es geht uns gut.«

»Bist du sicher?«

»Ja, definitiv.«

»Dann freue ich mich für dich. Wirklich. Und du hast recht, Rob geht es sicher gut, und es gibt eine ganz einfache Erklärung.«

Gina kommt zu mir, als Janey davoneilt. »Was ist los?«

»Ihr Freund ist verschwunden. Hör mal, ich glaube nicht, dass ich das hier schaffe.«

Sie macht ein missbilligendes Geräusch. »Sei nicht albern. Das sind nur die Nerven vor der Hochzeit. Komm schon. Calder ist gerade in die Kirche gegangen.«

Ich muss das durchhalten – für Calder. Jetzt einen Rückzieher zu machen, würde nur Verdacht erregen. Ich sehe zu, wie die Gemeinde wie ein Schwarm exotischer Vögel in die Kirche drängt, bis nur noch Gina und ich im Freien stehen.

»Raus aus der Hose und den Stiefeln«, befiehlt sie.

Ich gehorche. Gänsehaut überzieht meine Beine, als ich die goldenen Ballerinas anziehe. Gina umarmt mich, nimmt mir den Mantel ab und geht voran. Von außen friere ich, doch innerlich ist mir heiß. Wie ein Omelette surprise, nur umgekehrt. Was um alles in der Welt mache ich da eigentlich? Ich sollte abhauen. Sofort.

Doch wie auf Autopilot laufe ich weiter.

Alison steht in einem langen lila Kleid im Vorraum und hält einen Strauß weißer Rosen mit einer einzelnen roten Schneerose in der Mitte in der Hand.

»Für dich«, sagt sie und reicht mir die Blumen. »Dein Brautstrauß.«

»Vielen Dank, er ist wunderschön.«

»Blut auf Schnee.«

»Wie bitte?«

»So heißt das Arrangement.«

Ich nehme den Strauß und will den Kirchenraum betreten, doch sie berührt meinen Arm. »Ich dachte immer, dass Calder meine Caitlin heiraten und ich ihren Brautstrauß binden würde.«

»Das ist lange her«, murmele ich.

»Ja, und ich weiß, dass er sein Leben weitergelebt hat. Sie hoffentlich auch, wo auch immer sie ist.« Sie geht an mir vorbei ins Innere der Kirche. Ich sehe mich im leeren Vorraum mit dem grauen Schiefer und den langen grauen Regenmänteln um und habe das Gefühl, sie würden anklagend mit dem Finger auf mich zeigen.

Also los. In guten wie in schlechten Zeiten.

Ich ziehe die Tür zum Kirchenraum auf.

Jemand spielt den Hochzeitsmarsch auf der Orgel. Die ganze Gemeinde ist versammelt, alle lächeln und sehen mir nickend entgegen. Draußen dämmert es bereits, doch die kerzenförmigen Glühbirnen tauchen alles in ein warmes Licht. Alison hat die Kirche mit weißen und roten Rosen geschmückt (die vermutlich direkt aus ihrer Blumenleichenhalle stammen), mit Stechpalmen, Efeu und Misteln. Es ist übertrieben und sieht heidnisch und bacchantisch aus, die dunkelroten Rosen sind fast wie Blutspritzer im Raum verteilt. Ist das Absicht? Ist sie so wütend, weil ich den früheren Freund ihrer Tochter heirate?

Mit einem unwirklichen Gefühl laufe ich durch den Mittelgang auf Calder zu, der steif im dunklen Anzug seines Vaters vor dem Altar steht, Hamish neben sich. Beide sind kalkweiß im Gesicht.

Ich gebe meinen Beerdigungsblumenstrauß an Gina weiter.

Calder sieht mich unverwandt an. Seine Pupillen sind riesige Untertassen, wie an dem Tag, an dem er aus dem Meer auferstanden ist.

Wie können wir es nur wagen zu heiraten? Eine Ehebrecherin und ein Mörder?

»Liebe Freunde«, sagt Arran und nickt uns zu, als ich den Altar erreiche. »Wir sind hier für die Hochzeit von Nancy und Calder zusammengekommen. Gott hat uns Calder aus den nassen Untiefen zurückgeschickt. Eines Abends überquerten Jesus und seine Jünger den See Genezareth.« Er deutet zu dem Buntglasfenster, das Jesus in einem Boot zeigt. »Da kam ein gewaltiger Sturm auf. Jesus schlief auf einem Kissen im Heck, und die Jünger weckten ihn und fragten: ›Herr, ist es dir denn egal, dass wir ertrinken?‹ Jesus drohte dem Wind und sagte zu dem Meer: ›Sei still!‹ Daraufhin ließ der Wind nach, und es herrschte tödliche Ruhe. Er sagte zu den Jüngern: ›Warum habt ihr Angst? Habt ihr immer noch kein Vertrauen?‹ Große Bewunderung erfüllte sie, und sie sagten zueinander: ›Wer ist das nur, dass selbst der Wind und das Meer ihm gehorchen?‹ Gott hat dem Meer befohlen, dich uns zurückzugeben, Calder. Du bist die Verkörperung der Geretteten unter uns. Deine Rückkehr ist der Beweis für Gottes Liebe – durch diese Rettung hat er uns reingewaschen, damit wir sein Werk tun können, und deshalb feiern wir heute deinen besonderen Bund am Tag der Wintersonnenwende. Dem kürzesten Tag des Jahres, an dem wir das Alte hinter uns lassen und das Neue mit offenen Armen empfangen.«

Woher weiß Arran, dass Calder reingewaschen werden muss? Welches Werk wird Calder für ihn tun, was glaubt er? Ich sehe zu Gina, die lächelt und mir bedeutet, mich wieder auf Calder zu konzentrieren.

»Ich nehme an, ihr habt eure Ehegelübde dabei, Nancy?«

»J… Ja«, stottere ich und entfalte den Zettel, den ich in der Hand halte. Ich hole tief Luft und sehe Calder an. »Das hier habe ich gestern Abend in einem Buch deiner Mutter gefunden, es war unterstrichen. Es heißt ›Eine Ehe‹ und ist von Mark Twain.«

Arran verzieht ein wenig das Gesicht. Kennt er dieses kurze, merkwürdige Gedicht? Seltsam, dass Isla es überhaupt unterstrichen hat, nachdem sie doch solche Angst vor Douglas hatte. Vielleicht hatte sie sich das gewünscht? Gestern Abend klang es romantisch für mich, und es wäre ein hübscher Subtext für Calder und mich gewesen, doch jetzt wirken die Worte, die ich auf den Zettel gekritzelt habe, seltsam und kalt. Aber ich habe nichts anderes.

Ich zögere immer noch, meine Brust verkrampft sich, mein Blick verschwimmt. Die Gäste rutschen unruhig auf den Bänken hin und her, werfen sich nervöse Blicke zu.

Ich sehe zu Calder. »Alles okay?«, flüstert er.

»Tut mir leid.« Ich räuspere mich. Also los.

»*Eine Ehe macht aus zwei unbedeutenden Leben ein ganzes*«, beginne ich zögernd.

»*Sie verleiht zwei sinnlosen Leben eine Aufgabe*
Und verdoppelt die Kraft von beiden, um sie auszuüben.«

Ich blicke auf, Calder runzelt die Stirn. Rasch sehe ich wieder auf meinen Zettel.

»*Sie verleiht zwei zweifelnden Naturen einen Grund zum Leben*
Und etwas, für das es sich zu leben lohnt.
Dem Sonnenschein wird sie neue Freude verleihen,
Den Blumen einen neuen Duft, der Erde eine ganz neue Schönheit
Und dem Leben ein neues Rätsel.«

Es herrscht völlige Stille. Dann höre ich ein paar Seufzer aus den Reihen.

Ich blicke auf. Calder nickt lächelnd – Gott sei Dank. Er versteht, dass ich unsere Abmachung bestätige. Ich akzeptiere ihn voll und ganz, auch den Mord. Und er akzeptiert mich und meine Fehler – auch wenn er nie alle erfahren wird.

Arran nickt Calder zu.

»Nancy, ich liebe dich«, sagt Calder stockend. »Ich wusste immer, dass du mich liebst – aber erst in letzter Zeit habe ich verstanden, wie sehr.« O Gott, wird er etwa gleich gestehen?

Ich lache nervös.

»Also, mit Büchern habe ich es ja nicht so«, sagt er verlegen.

Die Gemeinde lacht.

»Gestern Abend hatte ich ein paar Drinks intus und dachte, das hier sei eine gute Idee. Nun ja.

›*Ich gehöre Nancy, bis ich sterbe*‹«, singt er zögernd.

Alle sehen sich an.

»*Ich gehöre Nancy, bis ich sterbe*«, fährt er etwas lauter fort.

»*Ja, ich weiß,*
ja, ich bin mir sicher,
ich gehöre Nancy, bis ich sterbe.«

Natürlich! Der Rangers-Fansong, nur dass er »Rangers« durch meinen Namen ersetzt hat.

Gelächter brandet auf, die Leute klatschen und jubeln. Alle stimmen ein, als er weitersingt.

»*Ich gehöre Nancy, bis ich sterbe,*
ich gehöre Nancy, bis ich sterbe.
Ja, ich weiß,
ja, ich bin mir sicher,
ich gehöre Nancy, bis ich sterbe.«

Die schreckliche Anspannung ist verschwunden. Ich lache, Tränen rollen mir übers Gesicht, ich bin zutiefst erleichtert.

Calder grinst. »Ruhe, lasst mich das zu Ende bringen«, sagt er zu den Anwesenden. »Nancy, als ich jünger war, dachte ich, ich würde nie etwas mehr als die Rangers lieben«, Johlen wird in den hinteren Reihen laut, »aber ... dann kamst du. Und um die Rangers zu zitieren, ich bin ›bereit‹.«

Applaus und Jubelrufe hallen durch den Raum.

Schließlich hebt Arran die Hände und gebietet Ruhe. »Habt ihr die Ringe?«, fragt er.

Hamish blinzelt mir zu, dann gibt er uns die Goldringe, in die verschlungene Muster graviert sind, die an die Nebelschleier um die Insel bei unserer Ankunft vor den ereignisreichen Wochen erinnern.

Ich schiebe Calder seinen Ring auf den Finger. Wir binden uns und unsere Geheimnisse aneinander.

Er schiebt mir meinen Ring auf den Finger, während wir Arran nachsprechen:

»*Diesen Ring gebe ich dir als Zeichen unserer Ehe.*

Mit meinem Körper werde ich dich ehren, dir alles geben, was ich bin,

alles mit dir teilen, was ich habe, in der Liebe Gottes, des Vaters, des Sohnes und des Heiligen Geistes.«

Benommen verfolge ich den Rest der Zeremonie, bis Arran zum Ende kommt.

»*Im Angesicht Gottes und vor der versammelten Gemeinde haben Calder und Nancy ihren Willen erklärt und einander ihre Eheversprechen gegeben.*«

Ich sehe in Calders warme, wundervolle Augen und erlaube mir die schwache Hoffnung, dass wir das alles irgendwie durchstehen.

»Sie haben sich die Hände gereicht und die Ringe getauscht, und somit erkläre ich beide zu Mann und Frau.«

Arran führt unsere Hände zusammen und spricht den letzten Satz:

»Was Gott zusammengefügt hat, soll niemand trennen.«

Es wird schon dunkel, als wir ins Freie treten und Gina Reis über uns wirft.

»Glückwunsch!«, ruft sie.

»Du hast es getan.« Hamish klopft Calder auf den Rücken. Er sieht zu mir und runzelt fragend die Stirn, doch ich wende den Blick ab.

»Und jetzt zum Strand«, verkündet Arran.

»Zum Strand?«

»Ja, dort findet unsere Wintersonnenwendfeier statt. Wir entzünden ein großes Feuer, es repräsentiert die glühende Asche des zurückliegenden Jahres und die wilden Flammen der vor uns liegenden Hoffnung. Ihr müsst die Magie unbedingt miterleben.«

Für mich klingt das alles etwas zu heidnisch und hippiemäßig, und noch eine kirchliche Veranstaltung ertrage ich nicht. »Oh, vielen Dank, aber wir fahren besser nach Hause.«

»Aber das ist der Grund, warum ich eure Hochzeit heute abhalten wollte – abgesehen vom Drängen eurer sehr überzeugenden Freundin.« Er lächelt Gina an, und sie salutiert. »Der Tag, an dem die Sonne den neuen Zyklus beginnt. Samen, die in der dunklen Erde vergraben sind, werden unter den lebenspendenden Sonnenstrahlen erneut ausschlagen. Ihr müsst einfach kommen.«

Calder zuckt mit den Schultern, und ich nicke ergeben.

Ich ziehe wieder Hose und Stiefel unter mein Hochzeitskleid, und man gibt uns zwei der langen grauen Regenmäntel. Ich habe das Gefühl, als wären wir in die Gemeinde aufgenommen worden und würden jetzt deren Uniform anlegen. Wir folgen Arran und den anderen hinunter zum Strand. Die meisten tragen die Regenmäntel. Einer Schieferwelle gleich, bewegen wir uns zum Strand. Die Dunkelheit ist hereingebrochen, und wir bekommen Fackeln ausgehändigt. Alison tritt vor, die graue Kapuze wie bei einer Priesterin über den Kopf gezogen.

»Halte deine Fackel ins Feuer«, sagt sie und deutet auf eine Schale mit Kohlen.

Ich gehorche, und schließlich lecken gelbe Flammen an meiner schweren Fackel.

»Jetzt du, Calder.«

Hamish und Gina, an deren Brust der kleine Mason friedlich schläft, nehmen sich ebenfalls Fackeln, und wir schließen uns der Prozession grauer Mäntel und flackernder Fackeln zum Strand hinunter an. Calder hält meine Hand. Ich ziehe die Kapuze über, doch der Wind peitscht mir trotzdem eisig ins Gesicht.

»Alles in Ordnung?«, rufe ich. »Deine Ehegelübde waren großartig.«

Er lacht. »Ab jetzt wird es mir immer gut gehen!«, ruft er zurück. Zum ersten Mal seit Ewigkeiten klingt er glücklich.

Unter normalen Umständen wäre die Prozession magisch, die Reihen gelblicher Flammen im Wind, aber das Ganze hat etwas Kultisches an sich. Weiter unten am Strand sehe ich einen größeren Lichtschein. Das muss das berühmte Lagerfeuer sein, mit dem uns Arran hierhergelockt hat. Dort angekommen, sehe ich den riesigen Haufen dunkler, verschlungener Äste, die in der Mitte rot, orange und fast weiß glühen. Gelbliche Flammen zucken daraus hervor und flackern im Wind. Grau gekleidete Gestalten stellen sich um das Feuer. Im orangefarbenen Schein erkenne ich verschiedene Gesichter aus der Kirche. Seltsame Aufregung herrscht in der Menge, und langsam, wie ein einziger Organismus, teilt sie sich und schließt sich dann wieder um uns. Wir werden von ihr verschlungen. Als wir in der Menge stehen, sehe ich Arran auf der gegenüberliegenden Seite des Feuers, einen Kopf größer als seine ihn bewundernde Herde, in dem großen grauen Mantel, einen langen Stock in der Hand. Er nickt uns zu, während er mit seinem Stock im Feuer stochert. Glitzernde Funken wirbeln auf, und die Menge jubelt.

Das wilde Gefühl der Gefahr fühlt sich seltsam richtig an. Calder und ich sind aus dem Gleichgewicht, aber in Bewegung. Wir brechen aus der Vergangenheit aus und lassen unsere Sünden hinter uns.

»Wir schaffen das«, flüstere ich Calder zu und lehne mich an ihn.

Er nickt mit großen Augen und starrt ins Feuer.

Dann steht Janey plötzlich neben mir. »Ich habe noch mal bei WhatsApp nachgesehen«, sagt sie so laut, dass Calder sie hören kann, doch sie ist zu aufgewühlt, um sich darum zu kümmern. »Meine Nachrichten an Rob sind nicht mal zugestellt worden. Sie haben nur einen Haken.«

»Und?«, flüstere ich zurück.

»Sein Handy muss ausgeschaltet sein. Seit ich ihn das letzte Mal gesehen habe, ist keine meiner Nachrichten zugestellt worden. Seit dem Abend hat er WhatsApp nicht mehr geöffnet.«

O Gott, sie kreist den Zeitraum ein, in dem er verschwunden ist.

»Vielleicht hat er ein neues Handy und eine neue Nummer?«

»Würde er so einen Aufwand betreiben, nur um mir aus dem Weg zu gehen?«

Calder sieht ins Feuer, hört aber aufmerksam zu.

»Ich habe wirklich keine Ahnung.« Ich habe Angst, dass sie meine doppelzüngige Grausamkeit spüren kann. »Aber manchmal machen Menschen so etwas.«

»Wirklich?«, sagt sie verzweifelt. »Vielleicht, ja. Danke. Solange es ihm gut geht. Das ist das Wichtigste.«

Calder sieht ernst zu mir, dann geht er um das Feuer herum.

Das Holz knackt. Gelächter ertönt. Plötzlich bricht der große Holzstapel teilweise ein, und Funken stieben auf. Die Menge jubelt wieder.

Calder tritt neben Arran, wie ein vertrauensvoller Sergeant, das Gesicht von den gelblichen Flammen erleuchtet. Er sieht zu mir hinüber. Ich lächele, während sich meine Brust verkrampft. Ich liebe ihn immer noch so sehr. Funken steigen in den schwarzen Himmel auf. Arran stochert im Feuer, und eine weitere Funkenwolke beleuchtet Calder. Aber ich fürchte ihn auch. Ich trete von der brennenden Hitze zurück. Ich liebe ihn. Und ich fürchte ihn.

Die Menge verfällt in einen Singsang, und eine wilde animalische Energie geht von ihr aus. »Reingewaschen. Wir sind die Geretteten. Reingewaschen. Wir sind die Geretteten.« Aber wir sind nicht rein. Ist es denn gut, in diesen Kreis aufgenommen zu werden?

Plötzlich hebt Arran eine Flasche in die Höhe. Ich kenne den Umriss – Whisky. Ich schaudere beim Gedanken an Calders selbstzerstörerische Trinkgewohnheiten, als wir uns kennengelernt haben, doch ich weiß, dass er heute standhaft bleiben wird. Seit fünf Jahren hat er keinen Tropfen Whisky mehr angerührt und mir versprochen, nie wieder welchen zu trinken, da er ihn völlig hemmungslos macht.

Arran geht im Kreis herum und gießt den Anwesenden Whisky in ihre Becher. Alison lacht, als sie ihren in einem Zug austrinkt.

Janey nippt an ihrem Becher und sieht aufs Wasser hinaus. Hamish lehnt ab. Arrans Gesicht glänzt, seine Augen leuchten wild. Er drückt mir ein Glas in die Hände. Als er sich vorbeugt, um mir einzuschenken, berührt seine Stirn meine, und ich rieche seinen würzigen Schweiß. Ich halte die Luft an, will diesen Mann nicht einatmen, in mir haben.

»Lass los«, flüstert er mir ins Ohr.

»Wie bitte?« Unbewusst atme ich ein, als er ausatmet, und nehme ihn doch in mich auf.

»Akzeptiere die Freude, dass man uns Calder zurückgegeben hat«, flüstert er. Er ist besessen von Calder, davon, ihn in seine seltsame Gemeinde aufzusaugen. Sein Gesicht ist zu nahe an meinem. Ich reiße die Hand hoch, verschütte meinen Drink und schlage mit dem Glas gegen seine Zähne.

»Calder ist zu uns zurückgekommen. Er ist der Gerettete. Lass los«, verkündet er mit blitzenden Augen. »Akzeptiere Gottes Vergebung, und lebe!« Dann geht er weiter.

Ich zittere. Um mich zu erden, stampfe ich mit den Füßen auf. Er ist nur ein Mann, kein Zauberer. Aber das hier wirkt alles so … unheimlich. Warum redet er ständig von Vergebung? Was will er von Calder? Es ist, als kenne er unsere Geheimnisse. Ich stolpere, als mich jemand von hinten anstößt. Die Menge schließt sich um mich, schiebt mich zum Feuer.

Als Arran zu Calder tritt, ist die Flasche fast leer. Er gießt die braune Flüssigkeit in ein Glas. Ich versuche, Calders Blick zu erhaschen, ihn zu warnen, er solle nicht trinken, doch Calder sieht zu Janey. Was tut er da? Ohne zu zögern, trinkt er das Glas aus, dann starrt er ins Feuer, wiegt sich vor und zurück, als würde er gleich in die Flammen fallen.

Ein altes Fass auf dem Holzstapel zerbricht, und ein Funkenschauer steigt empor.

Alle schnappen nach Luft.
Dann ertönt ein Schrei vom Ufer.
Alle drehen sich um, und im Licht der fallenden Funken sehen wir, dass etwas auf den Schiefer gespült wurde.
Eine Leiche.

KAPITEL ZWEIUNDZWANZIG

Ich wusste, dass sich das Meer rächen würde.
Rausch. Klirr. Rausch. Klirr.
Die Wellen werfen die Leiche auf den Strand und ziehen sie mit den Schieferstücken wieder zurück. Immer wieder schlägt der Kopf gegen die Steine, während alle wie gelähmt zusehen.
Einige halten die flackernden Fackeln hoch und bilden einen Lichterbogen über der im Wasser auf und ab wippenden Leiche. O mein Gott, den kahlen Kopf kenne ich. Ich trete näher. Sehe das große C im Nacken. Dasselbe wie in Janeys Laden.
Eine riesige Welle reißt die Leiche wieder zurück in die nasse Schwärze.
»Sie wird aufs Meer getrieben!«, ruft jemand. »Wir müssen sie an Land ziehen.«
Mehrere Männer waten in die eisige Brandung, zögern dann jedoch.
»Ich mach's!«, ruft Arran, stapft knietief ins Wasser und blickt mit dem Rücken zu uns auf die Leiche hinab.
Er stöhnt leise, weicht stolpernd zurück und fällt nach hinten.
Die Männer wollen ihm zu Hilfe eilen, doch er rappelt sich auf und hält eine Hand in die Höhe. »Zurück!«, ruft er. »Es geht mir gut. Ich hole ihn an Land.« Er watet hinter die Leiche, bis ihm das Wasser bis über die Taille reicht, und packt sie unter den Achseln. Im Fackelschein sieht es aus wie irgendeine merkwürdige New-Age-Taufe. Doch das hier ist keine Wiedergeburt.
Arran schiebt die Leiche durch das Wasser Richtung Land. Als es zu seicht wird, hebt er sie wie ein Liebender hoch und trägt sie auf den Schieferstrand. Die Nässe glänzt im Fackelschein.

»Zurück!«, ruft er, als er die Leiche mit dem Gesicht zum Feuer ablegt und das goldene Licht darauf fällt. Sie ist mit Tang bedeckt, die Haut ist gräulich und teilweise verwest. Ein Krebs krabbelt aus der Kleidung. Alle keuchen auf. Die Leiche, er, sieht aus wie eine Halloween-Puppe, die wir gleich auf dem Feuer aufrichten werden.

Ich sehe zu Calder und schüttele leicht den Kopf. Er soll sich nichts anmerken lassen.

Er sieht genauso entsetzt zu wie alle anderen, doch auf mich wirkt sein wilder Blick auffällig. Ich gehe zu ihm und packe ihn fest am Arm. »Sei still«, zische ich.

»Wer ist es?«, ruft Janey und drängt sich durch die Menschenmenge. Sie starrt auf die Leiche, dann fällt sie neben ihr auf die Knie, der Feuerschein beleuchtet ihr Gesicht. »Rob! O mein Gott, Rob.«

Ich halte Calder fester, als er zu ihr will.

Wer? Wer ist es? Robert Walker? Was hat er hier gemacht? Ist er es wirklich?

Janey berührt Rob, doch Arran zieht sie sanft zurück. »Nein, Janey, wir müssen vorsichtig sein und dürfen eventuelle Beweise nicht zerstören.« Sie will ihn abwehren, doch schließlich lässt sie zu, dass sich einige Frauen um sie kümmern.

Ich höre lautes Flüstern, die Leute werfen sich Blicke zu. *Hat bekommen, was er verdient hat. Karma. Wohlverdiente Strafe.*

»Es ist meine Schuld!«, sagt Janey weinend. »Er wollte mich besuchen und ist dabei ertrunken. Was schaut ihr alle so?«

»Wir müssen die Polizei auf dem Festland informieren«, sagt Arran und zückt sein Handy. »Niemand berührt die Leiche. Ich rufe sie an.«

»Ich glaube nicht, dass er ertrunken ist«, bemerkt einer der Männer, die zuerst ins Wasser gewatet sind.

»Ein Seil ist um seinen Hals gebunden«, ruft ein anderer.

Ich verrenke mich und sehe ein dünnes dunkles Seil, das in Robs Fleisch schneidet. Wie kann das sein?

»Hat er sich umgebracht? Armer Kerl«, sagt der erste Mann.

Ich sehe zu Calder, der verwirrt das Gesicht verzieht. Echte Verwirrung – oder …?

»Wovon reden die da?«, flüstere ich.

Er schüttelt den Kopf.

Am Feuer ist es heiß, doch in mir herrscht Eiseskälte.

»Was? Nein!«, schreit Janey. »Warum? Warum sollte er so etwas tun?«

Ein Raunen geht durch die Menge. *Hat sich umgebracht. Caitlin. Schuldgefühle.*

Wie kann Rob sich das Leben genommen haben? Calder hat gesagt, er hätte ihn von der Klippe gestoßen.

Nachdem Arran das Gespräch mit der Festlandpolizei beendet hat, hebt er die Hand und bittet um Ruhe. »Alle mal herhören. Bitte seid ruhig.«

Janey tritt vor. »Jetzt? Jetzt sollen sie ruhig sein?«, ruft sie aufgebracht. »Weil du dich eingemischt hast, haben alle über Rob geredet.« Dann dreht sie sich zu der Menge. »Und ihr redet immer noch über ihn, nicht wahr? Ihr alle habt ihn gequält mit euren widerlichen Anschuldigungen. Wegen euch hatte er Angst, auf der Insel gesehen zu werden.«

Ich will zu ihr gehen, doch dieses Mal hält Calder mich zurück.

»Wir müssen Rob ins Trockene bringen«, sagt Arran laut. »Wir tragen ihn ins Pub.« Er will Janey den Arm um die Schultern legen, doch sie schüttelt ihn ab.

»Wenn er sich umgebracht hat, dann wegen euch und eurem endlosen Gerede.«

»Wir stehen alle unter Schock«, erwidert Arran.

»Ihr habt alle gedacht, er hätte seine Tochter missbraucht!«, schreit Janey.

»Nein, ich ...«

Sie stößt Arran weg, und er stolpert nach hinten. »Du hast die üblen Gerüchte angeheizt, hast Caitlin dauernd in die Kirche geholt, auf sie eingeredet, versucht, ihr Worte in den Mund zu legen. Du hast sie gegen ihre Familie aufgehetzt und die Gemeinde gegen Rob.«

»Nein, das stimmt nicht!«, ruft er. »Ich wollte mich nur vergewissern, dass es ihr gut ging. Ich habe nie Anschuldigungen erhoben. Aber ich musste sorgfältig sein.«

»Mit deinen frommen Zweifeln hast du dem Ganzen erst Glaubwürdigkeit verliehen.«

Langsam tritt Alison ans Feuer, die anderen weichen zur Seite. Ausdruckslos blickt sie auf Robs Leiche hinab. Wie kann sie ihren Fast-Ex-Mann, den Vater ihres Kindes, so ansehen? Ohne jede Reaktion?

»Bist du jetzt glücklich?«, ruft Janey. »Die Gerüchte waren alle gelogen, nicht wahr, Alison?« Janey geht zu ihr, rüttelt sie an den Schultern. »Komm schon, hast du nicht schon genug Schaden angerichtet? Er ist tot, gib es endlich zu. Er hat Caitlin nie angefasst, richtig?«

Alison schüttelt sie ab.

Alle schweigen.

»Gib es zu!«, brüllt Janey.

»Hat seine Krallen in dich geschlagen, was?«, erwidert Alison kalt.

»Du wusstest es? Was hast du mit ihm gemacht?«

»Was hast *du* gemacht?« Alison stößt Janey auf den Schiefer.

»Hört auf«, schaltet sich Arran ein, doch Janey schlägt seine Hand weg.

Alison dreht sich um und marschiert den Strand hinauf Richtung Dorf.

»Was bist du nur für ein Mensch?«, brüllt Janey ihr hinterher. »Selbst jetzt kannst du deine Lügen nicht eingestehen!«

Arran hält sie davon ab, der Frau zu folgen. »Janey, dafür ist jetzt keine Zeit. Wir bringen Rob ins Pub und warten dort auf die Polizei. Alle anderen gehen bitte nach Hause.«

»Ich bleibe bei ihm«, beharrt Janey.

Arran nickt. Er legt seinen grauen Mantel auf den Boden, hebt Rob vorsichtig darauf und deutet auf vier Männer. Sie schultern die Leiche und machen sich auf den Weg Richtung Dorf, wobei sie auf den unebenen Schieferstücken um Gleichgewicht ringen müssen.

»Calder, Fergus, helft bitte«, ruft Arran. »Haltet den Mantel in der Mitte, damit der Tote gerade liegt.«

Calder gehorcht mit ausdrucksloser Miene.

Die Menge flankiert die Prozession, ihre Fackeln erleuchten den Weg.

Calder trägt die Leiche des Mannes, den er getötet hat. Er hat gesagt, er hätte ihn von der Klippe gestoßen. Doch ein Seil liegt um Robs Hals. Hat er sich in irgendwelchen Netzen verfangen? Oder hat Calder mich belogen? Hat er Robert erwürgt und dann ins Meer geworfen? Das alles kann nicht nur von dem unglücklichen Schlag kommen, von dem Calder mir erzählt hat. Aber warum? Weil Rob Caitlin doch missbraucht hat?

Wegen meiner eigenen Schuldgefühle war ich naiv, habe mich zur Komplizin machen lassen, und jetzt bin ich in seinem Netz aus Lügen gefangen.

Ich folge der Prozession in einiger Entfernung. Gina mit Mason im Tragegestell und Hamish gehen neben mir her.

»Kommst du zurecht?«, fragt Hamish.

»Ja. Ich stehe nur etwas unter Schock, wie alle.«

»Gehen wir zurück zu eurem Cottage«, sagt Gina. »Mason muss ins Warme. Und wir müssen alle etwas essen und uns aufwärmen. Ich habe ein Festmahl eingekauft, und was auch immer dem armen Mann zugestoßen ist, wir sollten auf uns achten und uns den Hochzeitstag nicht verderben lassen.«

Es heißt, dass Menschen einem sagen, wer sie sind. Und Calder hat gesagt: »Ich bin ein Mörder.« Ich dachte, er hätte Schuldgefühle wegen eines Unfalls.

Ist mein frisch angetrauter Ehemann in Wahrheit doch ein kaltblütiger Killer?

KAPITEL DREIUNDZWANZIG

Der Küchentisch sieht wie ein Altar aus, den Gina mit Teelichtern und den Schieferplättchen, die die Gemeinde hier ausgelegt hatte, geschmückt hat. Sie und Hamish haben keine Ahnung, wie unangemessen dieses Essen ist. Und Calder und ich dürfen keine Aufmerksamkeit auf die Rolle lenken, die wir bei Robs Tod gespielt haben. Sie denken, er ist ein Fremder, der einfach Pech hatte. Die Schieferplatten klappern, als Gina den Tisch deckt.

Nachdem ich alle Heizlüfter eingeschaltet und unsere nasse Kleidung zum Trocknen ausgelegt habe, kommt Calder wieder zurück.

»Was passiert gerade?«, flüstere ich.

»Die Leiche ist im Pub, und Arran wartet auf die Polizei«, sagt er grimmig.

»Die lässt sich aber ganz schön Zeit«, meint Gina.

»Auf der Insel gibt es keine Polizei«, erklärt Calder. »Sie müssen vom Festland herüberkommen, das dauert.«

»Wie geht es Janey?«, frage ich.

Er zuckt mit den Schultern. »Sie weicht nicht von seiner Seite. Arran will sie überreden, dass sie sich hinlegt, aber sie sitzt nur da und wiegt sich vor und zurück.«

»Klar, die arme Frau tut mir leid, aber es klingt so, als ob er ein Päderast gewesen wäre und ihn seine Verbrechen eingeholt hätten«, meint Gina.

»Das stimmt nicht«, braust Calder auf, bemerkt dann aber meinen Blick.

»Als wir noch hier gelebt haben, wurde viel geredet«, sagt Hamish leise.

»Aber du weißt doch, dass das alles von Alison kam«, knurrt Calder.

»Sicher wissen wir es nicht«, entgegnet Hamish.

»Sie war meine Freundin. Ich hätte doch gewusst, wenn …«

»Calder, du solltest dir eine andere Hose anziehen«, falle ich ihm ins Wort, »deine ist ganz nass. Komm mit, ich suche dir eine trockene heraus.«

Calder stapft mit mir ins Schlafzimmer, und ich schließe die Tür.

»Hast du gelogen und ihn gar nicht gestoßen?«, zische ich.

»Nein, ich habe dir genau das erzählt, was passiert ist.«

»Aber das kann nicht stimmen.«

»Du glaubst, dass ich ihn … stranguliert habe?«

»Ich weiß es nicht.«

»Ich habe keine Ahnung, was ihm zugestoßen ist. Das schwöre ich bei meinem Leben.« Er sieht mich mit weit aufgerissenen Augen an, wirkt vollkommen ehrlich.

»Wir machen den Champagner auf!«, ruft Gina. »Kommt schon, ihr zwei.«

»Verdammt, ich glaube nicht, dass ich dieses Essen durchstehe. Glaubst du, die Polizei wird mich holen?«

»Warum sollten sie? Es gibt keine Verbindung zu dir. Aber vielleicht sollten sie das doch tun?« Ich nehme meinen kleinen gläsernen Wasserfall vom Nachttisch.

»Nein!«, ruft er, als ich ihn gegen die Wand schleudere und er zerbricht.

Fünf lange Jahre habe ich das fragile Souvenir behalten. Und jetzt sehe ich, was es in Wahrheit ist. Billiger Krimskrams. Total kaputt. Wie unsere Beziehung.

Es klopft nachdrücklich.

»Alles okay da drin?«, ruft Gina.

Ich öffne die Tür.

»Was ist denn hier los?«

»Alles okay.«

Stirnrunzelnd sieht sie mich an. »Ich weiß, dass das alles sehr aufwühlend ist, aber kanntet ihr den Mann etwa gut oder so?«

»Nein, nur flüchtig, aber an unserem Hochzeitstag ist das ein ziemlich schlechtes Omen.« Ich meide Calders Blick.

»Kommt jetzt, wir machen uns einen schönen Abend, soweit möglich. Ihr braucht einen Drink. Es ist schließlich eure Hochzeitsnacht.« Sie grinst und stupst Calder vielsagend an.

Calder marschiert in die Küche, ich folge ihm.

Gina hat die kleinen Lampen aus dem Wohnzimmer geholt und das Küchenlicht ausgeschaltet. Auf dem gedeckten Tisch stehen diverse Dips, Brote, Salate und Lasagne. So viele Farben, Gerüche und Konsistenzen. Im flackernden, gedämpften Licht sieht alles wunderschön aus. Früher wäre es mein perfektes Hochzeitsessen gewesen.

Okay. Ich muss nur den heutigen Abend überstehen, dann kann ich entscheiden, was zu tun ist.

Gina steht am Kopf des Tischs und hält zwei Gläser mit Whisky hoch. Sie sieht aus wie eine Hohepriesterin, die gleich eine unheilvolle Zeremonie abhalten wird. Hamish sitzt wie ihr Vertrauter neben ihr und nippt an einem großen Glas Whisky.

»Hier, für euch, zum Aufwärmen«, sagt Gina.

Wir nehmen die Gläser und trinken sie in einem Zug aus. Wen kümmert es jetzt noch, dass wir Whisky trinken.

»So ist's recht. Jetzt vergessen wir die schreckliche Entdeckung am Strand und feiern eure Hochzeit.«

»Geht es Mason gut, allein im Wohnzimmer?«, frage ich. »Ich sehe mal kurz nach ihm.«

»Nein, lass nur, er schläft tief und fest in seiner Babytrage«, sagt Gina und hält ein Babyfon hoch. »Ich höre es, sobald sich der kleine Scheißer bewegt.«

»Gina!«, ermahnt sie Hamish.

»Ach, komm schon, ich liebe ihn über alles, aber seien wir mal ehrlich.« Sie verzieht das Gesicht.

»Wo du recht hast ...«, meint er lachend.

Die beiden wissen gar nicht, was für ein Glück sie haben mit ihrer harmonischen Ehe, den Kindern, den kleinen häuslichen Ärgernissen. Am liebsten würde ich sie anschreien: *Genießt es, seid euch bewusst, was ihr habt, bevor euch alles genommen wird.*

Wir sitzen um den Tisch. Es ist fast wie früher. Nur dass wir heute ein Theaterstück aufführen. Calder schenkt Whisky in die niedrigen runden Gläser ein, dann trinkt er einen großen Schluck.

»Lasst uns einen Toast auf euch zwei ausrufen!«, sagt Gina. »Ihr habt die Hölle durchgemacht und es auf die andere Seite geschafft. Auf euch, Mr und Mrs Campbell.«

»Danke«, sage ich und sehe Calder in die Augen, als wir alle anstoßen und trinken.

»Los, eine Rede!«, verlangt Gina.

Ich trinke mein Glas aus und stehe auf, wobei der Stuhl über den Boden scharrt. Die erdige Wärme breitet sich in Mund, Nase und Magen aus. »Vielen Dank euch beiden, dass ihr uns geholfen habt. Ihr wisst gar nicht, wie viel Glück ihr habt. Das weiß keiner von uns. Bis einem alles genommen wird.«

Gina runzelt die Stirn.

»Ich glaube, ich kann offen und ehrlich sagen, dass der Unfall uns beide verändert hat. Ich sehe einen neuen Calder, und ich fühle mich wie eine neue Nancy.« Ich blicke Calder an. »Es gibt keinen Weg zurück. Auf meinen frisch angetrauten Ehemann.« Ich schenke mir Whisky nach und trinke das Glas aus.

»Kurz und irgendwie süß.« Gina lacht. »Calder?«

Er winkt ab, doch sie schüttelt den Kopf. »Komm schon.«

Er steht auf und sieht mich an. »Auf meine Frau, das Beste in meinem Leben, zu der ich immer ehrlich war und immer ehrlich sein werde.«

Gina hebt die Augenbrauen. »Meine Güte, das ist aber eine hohe Messlatte für eine Ehe. Nicht wahr, Hamish?« Wir stoßen an, und Hamish schenkt uns nach. Seine körperliche Nähe vor Ginas Augen bereitet mir Unbehagen. Wie sollen wir diesen Abend nur überstehen?

Nach und nach zeigt der Alkohol seine Wirkung, und ich spiele geradezu manisch meine Rolle, lasse unsere Londoner Freunde erzählen, von schlechten Theaterstücken und guten Restaurants. Calder ist ein Mörder. Ich bin eine Ehebrecherin. Und wir reden über argentinische Steakhäuser. Ich bin genauso überdreht wie Gina, lache mit Hamish und sehe Calder an, wenn er mich ansieht.

Elizabeth Frankenstein wurde in ihrer Hochzeitsnacht von einem Monster getötet. Was plant Calder, sobald Gina und Hamish in ihr Cottage zurückgefahren sind?

Wir öffnen noch eine Flasche Whisky. Ist das wirklich schon die zweite?

Calder weiß, dass ich weiß, dass er gelogen hat.

Der Abend schreitet voran. Wir knabbern an dem Essen. Ich bringe nichts herunter, trinke aber dafür schnell. Es ist mir egal, ich bin müde, halluziniere fast. Ein Whisky nach dem anderen. Mason wacht nur einmal auf, und Gina gibt ihm das Fläschchen. Sie sitzt mit ihm vor mir und stöhnt, wie viel Arbeit dieses reizende Baby macht. Aber natürlich haben sie ein Vorzeigekind. Einfache Geburt, unkompliziertes Baby, leichtes Leben.

»Stillst du nicht mehr?«, frage ich undeutlich.

»Himmel, nein. Ich habe einen Monat durchgehalten, dass man an mir herumsaugt, um die Antikörper zu übertragen oder was auch immer in der Milch ist. Außerdem schlafen sie mit Milchpulver viel besser.« Ärger und Eifersucht durchzucken mich, dass sie diese intensive Nähe einfach so aufgeben kann.

»Es ist wirklich unglaublich, wie dieser Tisch wackelt«, sagt Gina, als sie ihr Glas abstellt und alles klappert. »Also, wie ist das Leben hier oben wirklich?«, fragt sie verschwörerisch, als die Kerzen flackern. »Langweilst du dich zu Tode? Jetzt, da Calder wieder gesund ist?«

»Nein«, antworte ich scharf. »Wir lieben es hier.«

»Na, jeder, wie er es mag.« Gina trinkt einen Schluck und stellt ihr Glas wieder ab, das leicht zur Seite rutscht. »Kann bitte jemand etwas unter das Tischbein legen?«, stöhnt sie. »Das nervt so sehr.«

»Nimm etwas aus der Werkzeugkiste, sie steht hinter dir«, sagt Calder gedehnt.

Gina holt einen Schraubenzieher heraus und schwingt ihn wie ein Schwert. »Werdet ihr das Hauen und Stechen in London wirklich nicht vermissen?« Dann hält sie inne und kichert verlegen. »Hoppla, also, das habe ich jetzt nicht wörtlich gemeint.«

Calder ist totenbleich geworden, und ich sehe, wie Hamish den Kopf in Ginas Richtung schüttelt.

Alle sind wie erstarrt.

»Was für ein Hauen und Stechen? Wovon redet ihr?«, will ich wissen. »Gina? Hamish?«

»Von gar nichts, das war nur eine blöde Formulierung«, wiegelt Gina ab, wirkt dabei aber alles andere als ehrlich.

»Calder?«, frage ich. »Was meint sie damit?«

Er starrt zu Boden.

»Tut mir leid, aber kann mir das jetzt bitte jemand erklären?«

»Ich wusste nicht, dass du es nicht weißt«, sagt Gina unschuldig.

»Was weiß ich nicht?«, rufe ich.

»Die Schlägerei«, platzt Hamish heraus.

»Welche Schlägerei?«, frage ich ungläubig, denke, dass Gina und Hamish irgendwie von der Auseinandersetzung zwischen Calder und Rob erfahren haben müssen, von dem Mord. »Woher wisst ihr das? Wir haben niem…«

Calder steht so abrupt auf, dass sein Stuhl laut polternd nach hinten kippt. »Sie meint etwas, in das ich in London verwickelt war«, sagt er mit bedeutungsvollem Unterton. Er hat gemerkt, dass ich unser Geheimnis beinahe verraten hätte.

»Und was war das? Und wann?«, frage ich verständnislos.

»Es gab da … einen unglücklichen Vorfall«, sagt Hamish. »Ein Streit ist eskaliert, zwischen Calder und Mike, unserem anderen Vertreter. Sie sind aneinandergeraten, und Mike musste danach ärztlich versorgt werden.«

»Wie bitte?« Ich starre Calder an, der den Blick abwendet. »Was soll das heißen?«

»Mike musste ins Krankenhaus, wegen eines Stichs mit dem Schraubenzieher. Aber es war nur eine Fleischwunde.«

»Du hast auf jemanden mit einem Schraubenzieher eingestochen?«

»Es ist doch nichts passiert.«

»Er musste ins Krankenhaus!« Wie oft hat er mich eigentlich noch belogen?

»Jetzt komm schon, Nancy, reg dich nicht auf.« Hamish streckt die Hand nach mir aus.

»Fass mich nicht an.«

»Schon gut, Nancy, lass es nicht an Hamish aus«, sagt Gina. »Er hat nichts falsch gemacht.«

»Ha!«, rufe ich. »Wirklich?«

»Was hast du denn jetzt mit Hamish?«, fragt sie alarmiert.

»Nichts, gar nichts«, rudere ich zurück. Ich habe das Gefühl, als würde ich einen schweren Topf voll Wasser balancieren, der schon übergeschwappt. »Ich kann nur einfach nicht fassen, dass ich davon nichts wusste. Worum ging es bei dem Streit? Wieso ist er so eskaliert?«

»Kinder«, sagt Hamish ausdruckslos.

»Wie bitte?« O mein Gott, weiß er etwa, dass ich von ihm schwanger war?

»Es war total dumm«, fährt er zögernd fort. »Die anderen Jungs haben alle Kinder, und sie haben Calder aufgezogen, dass er wohl nur mit Platzpatronen schießt.«

»Verdammt, Hamish«, sagt Calder aufgebracht. »Lass das doch. Sie waren Idioten, und ich war betrunken und habe überreagiert. Dieser Mike ist ein überheblicher Arsch. Er hat es nicht anders verdient.«

»Und dann ist praktischerweise deine Mutter gestorben«, füge ich hinzu, »und du hast gesagt, du wolltest hierherziehen und ›ruhiger leben‹.«

Calder fährt hoch. »Ich habe es dir doch gesagt!«, brüllt er. »Du bist ohne mich besser dran. Ich verschwinde.« Er rennt aus dem Haus. Gina will ihm nachgehen.

»Lass ihn«, sage ich ausdruckslos.

Sie dreht sich zu mir. »Es tut mir leid, dass ich es dir nicht erzählt habe, aber du hattest ... so viel anderes im Kopf.« Sie meint die Fehlgeburt.

Und dann sehe ich den bedeutungsvollen Blick, den sie und Hamish tauschen, und mir ist klar, dass sie ihm von der Fehlgeburt erzählt hat.

»Das hast du nicht, oder?«, knurre ich.

»Hey, ganz ruhig«, sagt sie abwehrend. »Ich weiß, du wolltest nicht, dass ich es ihm erzähle, aber er ist mein Mann.«

Hamish sieht mich eindringlich an. Wie lange hat er es schon gewusst? Hat er sich zusammengereimt, dass das Kind von ihm war? Natürlich hat er das.

»Wann hast du es ihm erzählt?«

»Es ist mir erst letzten Monat herausgerutscht«, antwortet Gina, »als wir befürchteten, ich wäre wieder schwanger. Am Tag vor Calders Unfall, und ich wollte es dir beichten, aber als es dann um sein Leben ging, konnte ich es nicht.«

»Ich hatte dich doch gebeten, es für dich zu behalten.« Ich bin so wütend. »Aber du konntest einfach nicht den Mund halten. Weil ihr zwei eine so wundervolle Ehe habt und alles miteinander teilt. Ich bin der Trottel, der alles aufgegeben hat und für einen Mann hierhergezogen ist, den ich kaum kenne«, kreische ich und wende mich dann an Hamish. »Du wusstest es also?«

Hamish sieht zu Boden. »Es hat mir so leidgetan, als ich es erfahren habe«, murmelt er. Ich kann es nicht ertragen, dass er von dem Kind weiß. Unserem Kind.

»Es war wirklich sehr traurig, dass du das Baby verloren hast«, sagt Gina. »Aber immerhin weißt du jetzt, dass du und Calder schwanger werden könnt. Ihr müsst es einfach weiter versuchen.«

»O ja, was für ein Glück.« Ich fange Hamishs Blick auf. Er weiß ganz sicher, dass das Baby von ihm war. »Ein Kind zu verlieren ...«

»Das habe ich nicht gesagt«, wehrt sich Gina.

»Doch, das hast du. Du mit deinem vierten Kind, das du nicht mal mehr stillen magst, weil du sonst keinen Alkohol trinken kannst.«

»Was? Ich ...«

»Sei ruhig. Seit du hier bist, hast du dich nur über dein Baby beschwert. Du hast so viel Glück. Ich habe kein Kind und sitze hier mit einem Mann fest, den ich eigentlich gar nicht kenne. Verheiratet bin mit dem Scheißkerl, weil du dich unbedingt einmischen musstest.«

Gina funkelt mich an. »Nur weil ich einen tollen Mann habe und wir uns immer die Wahrheit erzählen, heißt das nicht, dass ich etwas Falsches getan habe. Es tut mir leid, dass dich dein Mann belogen hat.«

Ich starre zurück, dieses fruchtbare Vollweib, das die Kinder hat, das Geld, den Job und das sich selbst nicht anzweifelt, und am liebsten würde ich Gina schlagen.

»Fick dich.«

Sie steht auf und verengt die Augen. »Wir sollten ein Taxi rufen, Hamish«, sagt sie eisig und nimmt ihre Tasche auf. »Komm schon, lassen wir Nancy in Selbstmitleid baden.«

Ich schenke mir noch einmal nach und trinke, lasse die brennende Flüssigkeit die Kehle hinabrinnen. Sie gehen gerade durch die Haustür nach draußen, als ich sage: »Er ist nicht, was du denkst.«

»Calder ist nicht mein Mann«, erwidert Gina und dreht sich zu mir. »Es ist mir wirklich egal.«

»Nicht Calder. Hamish, dein ›perfekter‹ Mann.«

»Nein, Nancy«, warnt mich Hamish und stellt sich vor mich. »Am besten gehen wir alle schlafen, bevor wir noch etwas sagen, das wir danach bereuen.«

Gina sieht Hamish an, dann mich.

»Ah, ich verstehe. Er hat dich gevögelt, richtig?« Sie zuckt mit den Schultern.

Als keiner von uns beiden antwortet, verdreht sie die Augen.

»Niemand, den ich kenne«, faucht sie ihn an. »Das war meine einzige Bedingung. Niemand, den ich kenne. Und dann suchst du dir ausgerechnet eine meiner besten Freundinnen aus? Kein Wunder, dass du nicht wolltest, dass ich herkomme. Wolltest nicht im selben Raum sein wie deine Frau und deine Geliebte.«

»Ich bin nicht seine Geliebte. Es ist nur einmal passiert. Und es tut mir so unendlich leid, Gina. Einmal, als ich unfasslich betrunken war. Nachdem ich wieder nicht schwanger geworden war. Ich erinnere mich nicht einmal daran, nur dass ich neben ihm aufgewacht bin. Und ich habe mich schrecklich gefühlt.«

»Ach ja? Super, dass du dich schrecklich gefühlt hast – danach!« Sie wischt theatralisch einen Teller vom Tisch, der klirrend zerbricht. Dann holt sie tief Luft und sieht mich an. »Und wo war dein kostbarer Calder, als ihr es getrieben habt?«

»Er war in Birmingham, bei dem Ausbau für das Airbnb.«

»Im August also«, sagt sie ungläubig. Sofort wird mir klar, was ich getan habe. Ich sehe, wie sie im Kopf nachrechnet. »Und die Fehlgeburt war im … September.« Bei der Erkenntnis lächelt sie abfällig. »Meine Güte, was für ein geschmackloses kleines Geheimnis. Ihr seid nicht einfach nur mal in die Kiste gehüpft. Er hat dich geschwängert.«

Hamish sieht zu Boden.

»Die Fehlgeburt hat nicht gezeigt, dass du und *Calder* schwanger werden könnt. Sondern du und mein überaus fruchtbarer *Ehemann* könnt es.«

Alle schweigen.

»Deshalb bist du also so überstürzt hergefahren?«, sagt Gina eisig zu Hamish. »Nicht um Calder zu helfen, sondern ihretwegen?«

»Gina, es tut mir so leid, wir wollten nicht, dass das passiert«, jammert er.

Plötzlich merke ich fröstelnd, dass die Haustür offen steht und kalte Luft hereinzieht. Ich gehe zur Schwelle und sehe hinaus in die Dunkelheit.

Und da bemerke ich das rote Glühen einer brennenden Zigarette.

»Calder?«, rufe ich.

Er kommt langsam auf mich zu, zieht an der Zigarette. »Also, das war wirklich sehr interessant. Kein Wunder, dass du Vergebung gepredigt hast«, sagt er, tritt vor mich und bläst mir den Rauch ins Gesicht. Er lächelt schief.

»Ich …«

Er dreht sich um und marschiert in die Dunkelheit davon.

KAPITEL VIERUNDZWANZIG

Etwas klappert in der Küche, und ich springe vom Sofa im Wohnzimmer auf, in der Hoffnung, dass Calder zurückgekommen ist. Ich muss eingeschlafen sein, denn mein Mund ist ausgedörrt, ich fühle mich stumpf und leer.

Doch es sind Gina und Hamish.

Sie bellt Anweisungen ins Handy. »Ja, ich bin noch hier, hast du gebucht? Dann beeil dich. Ja, ich warte so lange.« Sie hält die Hand über den Lautsprecher. »Wir holen nur noch die Sachen, die ich gestern hiergelassen habe«, teilt sie mir kurz angebunden mit. »Ein Taxi wartet auf uns.«

»Okay?«, murmelt Hamish.

Ich zucke mit den Schultern.

Er wirft Gina einen Blick zu, die ihn ignoriert. »Richtig, zwei Plätze – einen für eine Erwachsene, einen für eine Babytrage. Erste Klasse, Glasgow – London, einfache Fahrt.« Hamish sieht zu Boden. Sie runzelt die Stirn bei der Antwort. »Danke.« Sie beendet das Gespräch. »Na los, Hamish. Bring alles ins Taxi, und sieh nach, ob ich nichts vergessen habe.«

»Hast du Calder gesehen?«, frage ich. Die Geschichte von dem Schraubenzieher belastet mich immer noch, doch meine Angst, dass er sich etwas angetan haben könnte, ist größer.

»Redest du mit mir?«, fragt Gina.

»Hast du?«

»Nein. Ich könnte mir vorstellen, dass er die Enthüllungen von gestern nicht gut aufgenommen hat. Er hat nicht meine flexiblen Moralvorstellungen.« Sie weiß nicht, wie flexibel meine mittlerweile sind. »Kopfwehtablette?«

»Für mich?«, frage ich verblüfft.

»Wenn es dir wie mir geht, dann brauchst du eine.« Sie hält mir eine Packung hin. Ich schlucke drei Tabletten mit dem Glas Wasser, das sie mir gibt, während Hamish mit dem Gepäck an uns vorbeitrottet. Vor seiner Brust schläft Mason tief und fest in seinem Tragegestell. »Uff, halt ihn von mir fern. Kater und Babys vertragen sich nicht. Übrigens verlasse ich Hamish. Ein für alle Mal. Du kannst ihn gern haben.«

»Nein, Himmel, ich …«

»Ich muss von dieser gottverlassenen Insel und nach Glasgow zu meinem Flieger. Was du jetzt mit ihm anstellst, ist deine Sache, nicht meine.«

Gina trinkt Wasser und mustert mich.

»Du wusstest, dass Hamish fremdgegangen ist?«, frage ich schließlich.

Sie zuckt mit den Schultern. »Das mit dir wusste ich nicht.«

»Es tut mir so leid. Ich kann mich wirklich an nichts erinnern. Ich …«

Sie hebt die Hand. »Ja, ich weiß, dass er untreu ist. Gelegentlich.«

»Das hast du mir nie erzählt.«

Sie hebt eine Augenbraue. »Nun ja, es ist ja auch peinlich.« Plötzlich wirkt sie ungewohnt verletzlich. »Es gefällt mir nicht«, fährt sie fort, und ihre Stimme wird wieder härter. »Aber ich akzeptiere es. Ab und zu hat er eine unbedeutende Affäre und kommt immer wieder zu mir zurück.« Sie seufzt. »Mit dir hat er aber die Regeln gebrochen. Hat mich dumm dastehen lassen.«

»Ich …«

»Lass mich ausreden. Ich habe gesehen, wie du betrunken bist. Damals, bevor du Calder kennengelernt hast, habe ich dich aus Autos von Fremden gezogen, und am nächsten Tag hast du dich an nichts erinnert. Ich weiß, dass du Calder liebst. Und ich weiß, dass du eifersüchtig auf mich und mein brüllendes Baby bist.«

Ich öffne den Mund, doch sie hebt wieder die Hand.

»Aber du merkst nicht, dass ich manchmal neidisch auf dich bin. Hamish und ich kommen die meiste Zeit gut miteinander aus. Aber es ist nicht das, was ihr habt. Ich habe gehört, wie du die letzten Wochen am Telefon geklungen hast. Völlig vernichtet. Aber Gott weiß, was er jetzt mit diesem neuen Wissen anfängt. Das ist das Problem mit echter Liebe. Sie zerspringt. Das zwischen Hamish und mir ist zäh und hält alle Stürme aus, doch bei euch heißt es: alles oder nichts.«

»Es tut mir so leid. Ich weiß, dass das keine ausreichende Erklärung ist, sich an nichts erinnern zu können.«

»Es ist passiert, das Leben geht weiter«, sagt sie bestimmt.

»Kannst du mir das je verzeihen?«

Sie zuckt mit den Schultern. »Ich muss zu Hause erst einmal viel klären. Aber du kommst wahrscheinlich bald zurück nach London? Vielleicht können wir dann reden?«

»Ich … ich weiß nicht, wie es weitergeht. Ich habe Calder geliebt. Doch jetzt bin ich unsicher. Ich hatte keine Ahnung von der Schlägerei in London«, sage ich leise. »Ich wusste vieles nicht. Er ist nicht der, als den ich ihn gesehen habe.«

»Jede Beziehung hat Geheimnisse. Keiner erfüllt die Erwartungen des anderen. Dein Problem ist, dass du die echte, große, wahre Liebe willst. Kompromisse sind viel leichter«, sagt sie und geht Richtung Wohnzimmer, wo Hamish gerade Sachen zusammenpackt. »Aber irgendwann nicht mehr.«

Ich nicke.

»Das Taxi wird ein Vermögen kosten, wir sollten uns also beeilen. Hamish!«, ruft sie.

Er kommt mit einer Babydecke und einem Schnuller.

»Nancy, wir müssen reden«, sagt er leise.

»O mein Gott«, ruft Gina, »kannst du dich bitte einen Moment von ihr losreißen, damit ich und dein Sohn zu unseren anderen drei Kindern kommen?«

Er zuckt zusammen. »Ich wollte nur sehen, ob sie zurechtkommt«, murmelt er.

Gina macht ein missbilligendes Geräusch. »Bring uns zur Fähre, dann kannst du so viel nach ihr schauen, wie du willst.«

Er geht nach draußen, um Mason in den Autositz zu schnallen.

Gina wendet sich wieder zu mir. »Ich bin sehr, sehr wütend auf dich. Aber eins muss ich noch sagen.« Sie runzelt die Stirn.

»Was?«

»Ich habe Calder wirklich gemocht. Aber irgendetwas an ihm war auch immer ... undurchschaubar. Ich hätte dir von dem Vorfall in London erzählen sollen. Hamish hat viele Fehler, aber ich kenne ihn, und komischerweise vertraue ich ihm in einer Krise immer noch voll und ganz. Aber Calder ... sei vorsichtig.«

Sie geht ins Freie und setzt sich ins Taxi. Hamish wirft mir einen letzten Blick zu und setzt sich dann auf den Rücksitz zu seinem Sohn. Endlich rollt der Wagen knirschend über den Schotter, um die Kurve, und ich bin allein.

Wo ist Calder? Ich eile mit dem Fernglas nach draußen. Er ist nirgends zu sehen. Er kann aber nicht die ganze Nacht im Freien verbracht haben, da wäre er erfroren. Ich weiß nicht, ob ich Angst um ihn oder Angst vor ihm haben soll.

Ich wusste immer, dass Calder aufbrausend sein kann. Wir hatten leidenschaftliche Streits, aber er war nie, nie gewalttätig. Und es tat ihm immer leid. Aber sagen das nicht dumme, nichts ahnende Ehefrauen? Habe ich mir nicht erlaubt, seine Abgründe wahrzunehmen? Früher habe ich seine aufbrausende Art mit der harten Hand seiner Mutter erklärt. Und jetzt weiß ich vom Temperament seines Vaters und den Todesumständen, vielleicht durch die Hand seiner Mutter. Was hat Calder getan? Rob stranguliert? Weil der seine Tochter vergewaltigt hat?

Ich versuche, ihn anzurufen, lande jedoch direkt auf der Mailbox.

Bei Ginas und Hamishs Abfahrt schien die Sonne, doch jetzt ist die Luft feucht und schwer, und Wolken ziehen auf. Ein gewaltiger Sturm droht. In der letzten Nacht war es kalt, aber trocken. Heute wird es in Strömen regnen und stürmen.

Wo ist Calder?

Er bleibt den ganzen Tag verschwunden. Entweder hat er die Insel verlassen oder sich umgebracht. Wie betäubt denke ich über die Möglichkeit nach. Ich döse, nehme noch mehr Schmerztabletten und erbreche Wasser. Wenn ich aufwache, schwanke ich jedes Mal zwischen kalter Angst und glühender Wut. Ich habe mir so viel gefallen lassen, Lügen über Lügen, und jetzt bin ich wieder allein. Ich weiß, dass ich einen schweren Fehler begangen habe, und er hat es auf die schlimmstmögliche Weise erfahren. Aber sein Fehler ist eine ganz andere Liga.

Als es dunkel wird, gehe ich wieder nach draußen, wäge unsere Sünden gegeneinander ab, kann keinen klaren Gedanken fassen. Dann sehe ich einen schwarzen Fleck, der sich vor dem wolkenverhangenen Himmel den Hügel hinunterbewegt. An seinem beharrlichen Gang erkenne ich ihn. Endlich sind unsere Geheimnisse gelüftet, und wir können einander ehrlich gegenübertreten. Ich war von seinem besten Freund schwanger. Er hat Rob umgebracht, weil er Caitlin missbraucht hat.

Schwer atmend bleibt er vor mir stehen.

Der Himmel öffnet seine Schleusen, und im Handumdrehen sind wir durchnässt. Aber keiner von uns bewegt sich. Wir stehen da, in der eiskalten, schweren Regenwand.

Wir sehen einander an.

Schließlich drehe ich mich um und gehe zurück ins Haus. Als ich mit einigen schiefergrauen Handtüchern aus dem Bad komme, schließt Calder die Haustür.

»Also, sind sie weg?«, fragt er ausdruckslos.

»Ja.«

»Gut. Ich hätte Hamish umbringen können.«

Ich schlucke. »Es tut mir leid. Es hatte nichts zu bedeuten. Aber ich ...«

»Dein Liebhaber kam also wegen dir auf die Insel, nicht um mir bei der Arbeit zu helfen.«

»Nein, ich wusste ja nicht mal, dass er kommt. Es war ein schrecklicher Fehler, ich war unfasslich betrunken – genau wie du einen schrecklichen Fehler begangen hast. Wenn es denn ein Fehler war?«

Aufgebracht wirft er den Kopf in den Nacken. »Ich habe dir wegen Mr Walker die Wahrheit gesagt. Was du mir alles zutraust, ist deine Sache.«

»Woher soll ich wissen, was die Wahrheit ist? Du lügst doch immer weiter.«

Er verengt die Augen. »Woher *du* wissen sollst, was die Wahrheit ist? Habe ich mich verhört? Du hast mit Hamish geschlafen, bist schwanger von ihm geworden. Hattest eine Fehlgeburt. Und das alles hast du mir nicht erzählt?«

»Ja, aber ...«

Er geht an mir vorbei ins Wohnzimmer. »Woher weiß ich, dass ihr hier oben nicht weitergemacht habt?«

»Calder.« Ich packe seinen Arm.

»Lass mich los.« Er schüttelt mich ab.

»An dem Tag stand ich völlig neben mir, weil ich erfahren hatte, dass ich wieder nicht schwanger war. Du hast gesagt, ich solle mit ihm was trinken gehen ...«

»Ja«, knurrt er, »was trinken gehen. Aber nicht von ihm schwanger werden. Und dann hast du es mir nicht erzählt.«

»Ich konnte es nicht. Vor allem nicht, als ich gemerkt habe, dass ich schwanger bin und es von ihm sein musste.«

»Warum?« Er tritt gegen einen Stuhl. »Warum musste es von ihm sein? Wir hatten Sex, bevor ich nach Birmingham gefahren bin. Warum hätte es nicht von mir sein können?«

»Ja, theoretisch hätte das sein können, aber ... wir hatten es schon so lange versucht.«

Er lächelt verächtlich. »Ah, ich verstehe. Zwei Jahre habe ich bei dir versagt, und dann kommt Hamish mit seinem ganzen Nachwuchs?«

»Nein, das habe ich nicht gemeint.«

»Du hättest mein Kind verloren haben können und dachtest nicht daran, dass ich das wissen sollte.« Er sieht mich mit kalter Verachtung an. »Der arme alte Calder«, sagt er gedehnt, »der es einfach nicht bringt. Ganz im Gegensatz zu Hamish, dem Zuchthengst?«

»Nein, ich ...«

Er lächelt mich abfällig an. »Doch, sei ehrlich. Genau das hast du gedacht, oder?«

»Ich ...«

Das Schweigen hängt schwer zwischen uns.

Er grinst herablassend. »Da haben wir's.« Er schluckt. »Nun, dich konnte ich vielleicht nicht schwängern ... aber jemand anderen.«

Ich reiße die Augen auf.

Er tut es mir nach.

»Wen?«

»Caitlin.«

Ich hole zischend Luft. Nein.

»Doch. Bist du jetzt zufrieden?« Er lässt sich auf einen Stuhl fallen und hebt aggressiv ein paar Nüsse von der Tischplatte auf.

»Hat sie es behalten?«

»Ich weiß es nicht«, explodiert er. »Sie hat gesagt, sie wolle es nicht behalten. Ich hätte sie bei allem unterstützt. Deshalb war ich kaum überrascht, dass sie die Insel ohne mich verlassen hat.«

Fassungslos setze ich mich ihm gegenüber. »Also noch mehr Lügen. So lange haben wir uns fertiggemacht, warum wir nicht schwanger werden – und jetzt sagst du mir, dass Caitlin von dir schwanger war? Robs Tochter.«

Sein selbstgerechter Zorn verraucht etwas. »Das ändert doch nichts daran, was dann mit Rob passiert ist.«

»Ach wirklich?«

Calder schlägt mit der Faust auf den Tisch, dann zuckt er vor Schmerz zusammen. »Verdammt noch mal. Ich habe dir nicht von Caitlin und der Schwangerschaft erzählt, weil ich dich nicht verunsichern wollte. Weil ich dachte, wenn du glaubst, dass ich zeugungsfähig bin, dass *du* dann unfruchtbar sein musst.«

Ich lache kalt. »Also sind wir beide fruchtbar und haben es voreinander versteckt, um uns gegenseitig zu schützen. Hattest du in London Kontakt mit Caitlin?«

Er stöhnt. »Du spinnst doch.« Seine Empörung wirkt sehr glaubhaft. Aber warum kommen Caitlins Postkarten aus dem Viertel, in dem wir gewohnt haben?

»Hast du Rob deshalb umgebracht?«

Er starrt mich an. »Was?«

»Weil er wütend war, dass du seine Tochter geschwängert hast?«

»Himmel noch mal, es war ein Unfall. Du hast gesagt, du glaubst mir.«

»Ich weiß nicht mehr, was ich noch glauben soll.«

»Dann ist es ja gut, dass wir nicht schwanger geworden sind, nicht wahr?«, spuckt er mir entgegen. »Nach allem, was du von mir hältst.«

Schweigend starren wir uns an.

»Wieso bist du so sicher, dass Caitlins Baby von dir war – und nicht von Rob?«, frage ich langsam.

»Sei nicht albern.«

»Die ganze Insel denkt, dass Rob sie missbraucht und sich dann vor lauter Schuldgefühlen umgebracht hat. Aber nur ich weiß, dass du ihn getötet hast.« Ich sollte aufhören, ihn zu reizen, aber ich bin so in Rage wegen der vielen Lügen, dass ich mich nicht zurückhalten kann. »Entweder hast du es getan, weil er wütend war, dass du sie geschwängert hast – oder du hast herausgefunden, dass das Kind von ihm war. Wie auch immer, du hast mich belogen.«

»Jetzt fantasierst du wieder. Ich habe dir gesagt, was passiert ist. Ich habe ihn geschlagen, er ist unglücklich gestürzt.«

»Du hast ihn mit einem Seil stranguliert.«

Plötzlich ertönt ein lautes Krachen über uns. Das ganze Haus bebt.

»Was zur Hölle?«, schreie ich, als Staub auf uns niederrieselt.

»Raus hier!«, brüllt Calder.

»Stürzt das Dach ein?«, frage ich hustend, während ich zur Tür eile.

»Nein. Das muss ein Baumstamm oder ein Felsen sein, der von der Anhöhe über uns abgerutscht ist.« Calder greift nach einer Taschenlampe, und wir stolpern ins Freie. Er leuchtet das Dach ab. »Da sieht alles gut aus«, sagt er, während wir beide den Hals recken.

»Es klang, als wäre es von da drüben gekommen.« Ich deute in die Richtung. Es ist stockfinster, der helle Sternenhimmel ist hinter der dichten Wolkendecke verborgen. Calder lässt den Lichtstrahl übers Dach schweifen, während wir um das Haus herumgehen. Alles sieht intakt aus.

»Da ist nichts«, sagt er.

»Aber irgendetwas war da. Das haben wir uns doch nicht eingebildet.«

Dann hören wir ein schreckliches, gequältes Stöhnen, und wir zucken zurück.

»Was war das?«

»Bleib hier«, sagt Calder und geht hinter das Cottage. Doch ich kann nicht allein bleiben, ich muss wissen, woher dieses furchtbare Geräusch stammt.

Als ich um die Ecke biege, sehe ich im Schein der Taschenlampe ein großes Schaf, das auf der Seite liegt. Seine Augen sind weit aufgerissen, Blut sickert aus einem Riss. Eines der gefallenen Schafe, von denen Arran gesprochen hat.

»Es muss von da oben hinuntergestürzt sein«, sagt Calder, während wir uns dem Tier nähern. Er hebt den Kopf an, der sich ungewöhnlich leicht bewegen lässt, und das Schaf brüllt auf. »Das Genick ist gebrochen, und es hat Gott weiß wie viele innere Verletzungen. Geh rein, ich kümmere mich darum.«

»Was meinst du damit? Was willst du tun?«

»Ich muss es von seinen Qualen erlösen.«

»Was?«

»Nancy, es hat Schmerzen. Wir können es nicht so liegen lassen.«

»Nein, bitte nicht.« Ich umklammere seinen Arm.

»Du willst, dass es qualvoll verendet?«

»Ich, nein … Aber man kann doch bestimmt …«

Das Schaf stößt einen durchdringenden Schrei aus und atmet schwer. Es sieht uns an und verdreht die Augen.

»Es ist von da oben hinuntergefallen«, sagt Calder, »viele, viele Meter. Es kann nicht gerettet werden. Schau dir das arme Tier doch an.«

»Aber wir sollten es wenigstens versuchen?«

»Wir können es nicht leiden lassen. Geh rein«, murmelt er, während er die Taschenlampe so hinlegt, dass ihr Schein das Schaf erfasst.

»Nein!«, rufe ich.

Er zuckt mit den Schultern und zieht eines von Islas Messern mit den gelben Griffen aus der Tasche. Warum hat er es überhaupt mitgenommen? Er holt tief Luft und bückt sich. Die Klinge glänzt im Lichtschein.

Mit schwarzen Augen sieht er zu mir, dann packt er den Kopf des Tieres.

»Du solltest nicht zuschauen.«

»Bitte …«

»Schau nicht hin …« Seine Pupillen sind so groß und schwarz wie bei seiner Rettung aus dem Meer. Er hebt das Messer und schneidet dem Schaf in einer geschmeidigen Bewegung die Kehle durch. Blut spritzt hoch.

Das Schaf zuckt und erschlafft. Es ist tot.

KAPITEL FÜNFUNDZWANZIG

Ich laufe um das Cottage herum und den Hügel hinauf. Keine gute Idee im Dunkeln. Aber es ist mir egal. Mein Kopf ist leer. Bei der Blutfontäne habe ich Calders tote, seelenlose Augen gesehen.

»Nancy«, höre ich ihn in der Ferne rufen. Ich würde gern mit meinem Handy den Weg vor mir beleuchten, will Calder aber nicht auf meine Position aufmerksam machen. »Nancy, komm zurück, es ist eiskalt!«, ruft er. Seine Stimme klingt falsch, er will mich beherrschen. Und wird immer leiser, je höher ich komme. Plötzlich stolpere ich und stürze nach vorn auf den harten, steinigen Boden. Der Schmerz reißt mich aus meiner Taubheit, während ich kleine Steinchen von meinen Handflächen reibe. Ich muss mich konzentrieren.

»Nancy«, ertönt es leise.

Die kalte Luft schnürt mir die Kehle zu. Es ist stockfinster. Trotzdem marschiere ich weiter. Einen halben Meter kann ich etwa vor mir erkennen, muss mich auf meine Erinnerung verlassen.

Ich muss weg von diesem Mann da unten, diesem Lügner und Mörder. Ich muss mich betäuben, bis mein Verstand wieder funktioniert. Als ich vor Schuldgefühlen wegen meiner Eltern noch wie gelähmt war, zwei Jahre nach ihrem Tod, meldete ich mich für Motorradstunden an. Es war mir egal, ob ich dabei starb. Aber irgendwie hat mich die potenziell tödliche Gefahr aus meinem dumpfen Horror gerissen. Genauso wie ich mich jetzt durch den gefährlichen Aufstieg im Finsteren kämpfen muss, um gestärkt daraus hervorzugehen.

Schließlich erreiche ich das hölzerne Tor, hinter dem der Weg in die Hügel weiterführt. Ich stelle mir vor, dass ich geradeaus und leicht nach rechts gehen muss, durch das Farngebüsch zu beiden Seiten. Mit beiden Händen streiche ich über die weichen Pflanzen, während ich vorsichtig einen Fuß vor den anderen setze. An der Abzweigung wartet ein Grat, und ich rechne jeden Moment damit, ihn zu erreichen. Doch erst nach einer gefühlten Ewigkeit steigt der Weg steil an, und ich stolpere nach vorn. Schwer atmend knie ich auf dem lehmigen Boden. Ab hier wird es schwieriger. Die Panik, die mich bis hierher gebracht hat, ist abgeflaut, doch ich kann nicht zurückgehen. Ich versuche weiter, mir den Weg vorzustellen, im Dunkeln ist jedoch alles so anders. Ich weiß, dass der Pfad am Hügel entlangführt, ohne Abzweigungen, ich kann mich also nicht verirren. Er wird mich zum letzten felsigen Anstieg und dann zur Hügelkuppe bringen. Dort werde ich meine Umgebung mit dem Handy ableuchten, um meine Position zu überprüfen, und dann den einfachen Weg zum Dorf hinuntersteigen.

Aber zuerst muss ich dorthin kommen.

Mein Geist ist in einem Tunnel. Ich kann nur nach vorn gehen. Nicht zurück.

Der Wind wird stärker, und nachdem ich ein paar Minuten dagegen angekämpft habe, lege ich mich flach auf den Boden. Es hat wieder anfangen zu regnen. Ich hebe den Kopf, muss weitergehen. Auf der anderen Seite ist es sicherer. Hier bin ich zu ungeschützt.

Der Wind weht von der Seite, drückt mich dabei aber sicher gegen den Hang. Quälend langsam setze ich einen Fuß vor den anderen, muss mich immer wieder abstützen.

Doch plötzlich schlägt der Wind um. Ich stolpere und rudere verzweifelt mit den Armen, bis ich wieder gegen den Hang falle.

Der Wind könnte mich mit Leichtigkeit über den Rand schleudern. Auf allen vieren krieche ich weiter, bis ich endlich festen Felsen unter meinen Händen spüre. Ich habe die Hügelkuppe erreicht.

Ich hole mein Handy aus der Tasche und versuche, es vor dem Regen zu schützen, während ich ungeschickt die Taschenlampenfunktion einschalte. Ich bin am Fuß des Felsenkamms, wie ich es gedacht hatte. Der Sturm wird immer stärker. Ich leuchte abwechselnd direkt vor mich und weiter nach oben, um den Weg zu sehen, doch da ich nicht gleichzeitig das Handy halten und klettern kann, schiebe ich es wieder in die Tasche. Langsam, Stück für Stück, ziehe ich mich an den Felsen nach oben. Meine Hände sind taub und aufgeschrammt, mein Gesicht brennt, meine Muskeln protestieren schmerzhaft. Doch dann habe ich es geschafft, ich bin auf dem Kamm. Das Schlimmste habe ich hinter mir. Jetzt kann ich über den breiten Weg nach unten ins Dorf gehen.

Aber was dann? Es fahren keine Fähren. Zu Janey oder Arran kann ich nicht gehen. Mein einziger Gedanke war, vor Calder zu fliehen. Weiter habe ich nicht gedacht.

Ich hole das Handy wieder hervor, hier habe ich sogar Netz. Ich weiß, wen ich anrufen kann.

»Nancy?«

»Hamish, bist du noch auf der Insel?«

»Ja. Ich wollte dich auch anrufen, aber ich wusste, dass du bei ihm bist.«

»Ich brauche deine Hilfe.«

»Was? Ich kann dich nicht hören.«

»Hallo? Kannst du mich hören?« Der Wind heult, die Verbindung ist schwach. Ich sehe aufs Display, das Gespräch scheint noch zu bestehen.

»Hamish?«

»Ja, jetzt kann ich dich wieder hören.«

»Ich brauche deine Hilfe.«

»Na klar.« Er klingt kindisch selbstzufrieden. »Soll ich dich abholen?«

»Nein, schon gut. Ich komme über den Hügel zu dir.«

»Was?«

»Schon gut, den schwierigsten Teil habe ich hinter mir. Ich … Hallo?«

Ich werfe einen Blick aufs Display und gerate ins Stolpern. Das Handy rutscht mir aus der Hand, und als ich es auffangen will, stürze ich auf den Boden, Ich rolle über Steine und niedrige Büsche, bis ich in einer weichen Senke lande. Regungslos bleibe ich liegen, betäubt von dem Sturz. Wenigstens bin ich nicht komplett abgestürzt. Doch dann spüre ich, wie der Boden unter mir absackt. Langsam gibt der weiche Untergrund nach, bis ich mit einem dumpfen Aufprall in einer Grube lande. Mit dem Hinterkopf schlage ich auf feuchter Erde auf. Ich schnappe nach Luft.

Vor Schmerzen stöhnend rolle ich mich zusammen. Der überwältigende Gestank nach Erde, Blättern und Verwesung umhüllt mich, erdig, harzig und faulig. Ich befinde mich in einer Art Rinne. Einem verrottenden Grab aus klebrigem Mulch. Ich schaue nach oben, zu einem schwachen Lichtschimmer, und merke, dass ich in eine der Spalten gefallen sein muss, die sich während des heißen Sommers gebildet haben. Hier unten ist es finster und ekelerregend feucht, wirklich wie in einem Grab und genauso eng. Stöhnend setze ich mich auf, zucke vor den weichen, schleimigen Wänden zurück. Tastend suche ich nach etwas, woran ich mich festhalten kann. Als ich einen Stein über mir spüre, ziehe ich daran.

Und halte ihn in der Hand.

Doch es ist kein Stein. Sondern heller, länger. Ein Zweig? Eine Wurzel?

Mit meiner anderen Hand befühle ich das Ende. Es ist dick, abgerundet.

Ein Knochen.

Schreiend lasse ich ihn fallen, meine Stimme hallt von den Wänden durch mich hindurch. Erde und Insekten rieseln auf mich herab. Winzige Beinchen huschen über mich hinweg, und ich schreie erneut.

Wie erstarrt sitze ich da, die Hände gekrümmt, den Kopf eingezogen.

Der Knochen war über mir. In der Wand. Ich greife zaghaft nach oben und fühle eine wollige Masse. Noch ein Schaf? Armes Ding. Der Knochen muss eines der dürren Beinchen sein – oder eine Rippe. Igitt. Das Schaf muss abgestürzt und stecken geblieben sein. Hier gestöhnt haben, immer schwächer geworden und schließlich hier gestorben sein. Vor so langer Zeit, dass das Fleisch verwest ist. Oder verzehrt wurde, von was auch immer hier bei mir ist und über mich hinwegkrabbelt.

Ich kann auf keinen Fall hier unten bleiben, um wie dieses arme Schaf zu verenden.

Ich habe zu viel Angst, die Wände zu berühren. Als ob eine Skeletthand nach mir greifen und mich hier gefangen halten würde, wenn sich der Spalt schließt. Nein, stopp. Es ist nichts Übernatürliches passiert. Die Erde hat mich nicht verschluckt und der Gnade irgendwelcher Geisterknochen ausgeliefert. Das hier ist eine Hitzespalte. Der Knochen stammt von einem Schaf, das schon lange tot ist.

Ich starre auf den schwachen Lichtschimmer über mir.

Vor Calder hatte ich keinen festen Boden im Leben. Mit Arbeit, Alkohol, Drogen und Sex hielt ich mich in Bewegung, um etwas zu fühlen, wie flüchtig es auch sein mochte. Calder zu finden, war wie ein Erdbeben. Er hat mich geliebt. Aber es war alles eine Lüge. Es gab keinen festen Boden. Und jetzt ist die Erde unter mir eingestürzt. Ich bin mutterseelenallein und werde hier unten erfrieren, wenn ich nichts unternehme. Denk logisch. Blende alles andere aus. Das da in der Wand sind einfach nur Schafsknochen. Kohlenstoff. Ungefährlich. Ich greife in die Schwärze und fühle erst feuchte, klebrige Erde, dann etwas Hartes in der Wolle. Ganz ruhig. Es sind nur Knochen. Wie mein eigenes Skelett. Und zottelige Wolle. Von einem armen Schaf.

Doch dann läuft etwas, das definitiv größer als ein Insekt ist, über meine Hand. Eine Maus? Eine Ratte?

»AAAGH!«, schreie ich laut und schlage um mich, um das Tier zu verscheuchen. Die Wand bricht über mir ein, Erde und Knochen rieseln auf mich hinab. Ich zucke zurück und schütze meinen Kopf mit den Händen. Bin ich von allen guten Geistern verlassen? Die Wände sind hochgradig instabil, ich könnte lebendig verschüttet werden. Was auch immer über mich hinwegkrabbelt, ich werde die Ruhe bewahren, nicht mehr schreien oder um mich schlagen. Ich unterdrücke ein Würgen, bohre die Fingernägel in meine Handflächen und presse die Zunge gegen den Gaumen, um den Staub in meiner Kehle nicht doch noch auszuhusten. Ich muss hier raus. Sofort.

Die Spalte ist schmal, ich sollte mich also irgendwie nach oben schieben können. So hoch sind die Wände nicht. Knapp drei Meter vielleicht. Das schaffe ich. Ich taste um mich herum, bis ich etwas finde, wo ich meinen Fuß abstützen kann. Der Vorsprung hält mein Gewicht. Ich halte mich an der schlüpfrigen Wand fest, taste mit dem anderen Fuß und spüre etwas Hartes, eine Wurzel – oder einen Knochen. Es gibt sofort unter meinem Gewicht nach, und ich rutsche ab. Erde prasselt nach unten.

Ich versuche es erneut und komme einen Schritt weiter als zuvor, bevor die Wand abbricht. Ich atme langsam und bewusst und versuche, die Möglichkeit auszublenden, dass ich hier unten lebendig begraben werde oder erfriere. Was für eine Ironie, dass mich die Kälte töten wird, nachdem sie Calder das Leben gerettet hat. Ich denke an Arran, den Pastor, der vom Weg abgekommene Schäfchen zur Herde zurückführt. Dieses arme tote Schaf hier konnte sich nicht mehr in Sicherheit bringen, aber ich werde es schaffen.

Neuer Versuch. Ich stemme einen Fuß flach gegen die Wand und dann den anderen, strecke die Hände aus und versuche, mein Gewicht auf alle vier Gliedmaßen zu verteilen. Langsam verlagere ich den Druck von einer Extremität auf die anderen drei, bewege sie und verteile das Gewicht dann wieder. Ich schwitze, rutsche ab, suche nach neuem Halt. Doch ich bewege mich in meinem Erdsarg nach oben. Die Luft wird immer klarer. Ich werde nicht abstürzen.

Endlich schiebe ich Kopf und Brust aus der Spalte. Im Dunkeln kann ich ein paar Schatten erkennen. Um mich herum ist alles nass. Die Spalte befindet sich am Grund einer Senke, in der das Wasser steht. Langsam ziehe ich mich hoch, in das eiskalte Wasser, schiebe mich von der Spalte weg. Ich darf nicht zurückrutschen. Es regnet immer noch, alles ist rutschig. So kurz davor bin ich zu entkommen und gleichzeitig so weit davon entfernt. Ich greife nach der Kante, rutsche aber zurück und schwinge hin und her. Hektisch spreize ich mich in die Spalte, finde wieder Halt. Doch jetzt stecke ich fest.

Dann höre ich ein Dröhnen über mir. Ich kenne das Geräusch von Calders Rettung. Ein Hubschrauber. Und plötzlich werde ich von Scheinwerferlicht erfasst. Man hat mich gefunden. Calder muss den Rettungsdienst gerufen haben, als er mich nicht finden konnte. Ich versteife mich, darf nicht nachlassen.

»Nancy?«, ruft jemand in der Nähe.

Aber es ist nicht Calder.

KAPITEL SECHSUNDZWANZIG

»Hamish.« Meine Stimme ist rau und wird von Wind und Regen fortgerissen.

»Nancy! Red weiter! Ich habe den Rettungshubschrauber alarmiert«, ruft er.

»Ich bin hier drüben, beeil dich!« Ich bin so müde, aber seine Stimme verleiht mir die Kraft, mich weiter gegen die rutschigen Wände zu stemmen.

»Red weiter, ich komme.«

»Hamish! Hier bin ich, Hamish! Hier drüben!«

Nach einer gefühlten Ewigkeit steht er plötzlich über mir, sein Umriss zeichnet sich scharf vor dem Licht des Helikopterscheinwerfers ab. Wieder werde ich zu Calders Rettung zurückversetzt, doch jetzt werde ich gerettet. Wie das Negativ eines Fotos.

Hamish hebt den Fuß, will auf mich zugehen.

»Nein, nicht!«, brülle ich. »Bleib stehen!« Er hält inne. »Geh zurück. Der Boden ist zu weich, er wird unter dir nachgeben. Unter mir ist eine Spalte. Ein falscher Schritt, und wir sind beide tot.«

»Okay, keine Angst, halt einfach still.« Er geht um die Senke herum, hält sich an den Felsen und den Ginsterbüschen fest und leuchtet den Bereich mit einer großen Taschenlampe ab. »Lass nicht los.«

»Lange schaffe ich es nicht mehr!«, rufe ich. Mir ist so kalt, meine Muskeln zittern. Allmählich geht mir die Kraft aus.

»Okay, mach dich bereit zum Fangen.« Er stellt sich auf einen Felsen, nimmt eine Leine vom Rücken und wirft sie mir zu.

Ich will danach greifen, doch sobald ich mich nur noch mit

einer Hand festhalte, rutsche ich ab, weshalb ich mich wieder gegen die Wand stemme.»Ich kann nicht loslassen. Aber festhalten kann ich mich auch nicht länger.«

»Keine Panik. Du machst das super, Nancy.« Er tastet sich an meine rechte Seite heran, überprüft den Boden und kniet sich so dicht zu mir wie möglich.

»Bis ganz zu dir schaffe ich es nicht, der Untergrund ist zu nachgiebig. Aber ich hole dich da raus, versprochen.« Seine Stimme ist stark und fest.

»Ich rutsche gleich ab!«, schreie ich. Meine Arme sind mittlerweile taub und nutzlos.

»Nein, das wirst du nicht. Wag es ja nicht aufzugeben. Ich bin hier. Hör auf meine Stimme.«

Ich spüre unsere Verbindung. Er wird mich nicht abstürzen lassen. Er entfernt sich. Ich drehe den Kopf, um zu sehen, was er macht, muss die Augen jedoch gegen den eisigen Regen zusammenkneifen. Hamish kauert über der Leine, und als er aufsteht, hält er ein kleines Lasso in der Hand. Ein Ende befestigt er hinter sich und verknotet es fest.

»Nancy, gib ja nicht auf. Bleib bei mir. Das hier ist ein starkes Kletterseil, es wird dein Gewicht aushalten, versprochen. Ich muss es dir nur umlegen.« Er späht zu mir hinunter. »Kannst du dich mit den Ellbogen festhalten und die Unterarme und Hände heben, damit ich das Seil darüberwerfen kann?«

»Ich weiß es nicht«, stöhne ich.

»Doch, das kannst du. Na los.«

Langsam verlagere ich mein Gewicht so, dass ich den rechten Ellbogen auf die Kante der Senke stützen und die Hand heben kann. »Beeil dich! Lange schaffe ich das nicht.«

Er macht sich bereit. »Halt still, selbst wenn ich das Seil über deine Hand werfe.«

»Okay. Bitte, beeil dich.«

Er wirft, trifft jedoch mein Gesicht. »Autsch.« Ich zucke zurück und rutsche ab.

»Tut mir leid, tut mir leid. Ich versuche es noch einmal.« Wieder stemme ich die Arme in die Kante.

Er wirft das Seil, dieses Mal jedoch viel zu kurz, und es fällt ins Wasser. Er holt es wieder ein.

Der Schmerz, der von meinem Ellbogen aus den ganzen Arm durchzieht, ist unerträglich. »Ich kann nicht mehr.«

»Doch, du kannst. Du bist so viel stärker, als du denkst. Halt durch.«

Mein Ellbogen bringt mich um, mein Arm bebt. Ich rutsche zur Seite, in dem Moment, in dem die Seilschlaufe über meine Hand fällt. Hamish zieht den Schiebeknoten zu, und die Schlaufe legt sich fest um mein Handgelenk. Das Seil reißt mich zurück, bevor ich ganz abstürze.

»AAAAH!« Mein gesamtes Gewicht hängt nur an meinem Handgelenk mit dem Seil, und ich habe das Gefühl, als würde die Hand gleich abreißen.

»Nancy!«, ruft Hamish. »Ich habe dich!«

Ich bin eine gefühllose Puppe. Quälend langsam zieht er mich nach oben, und ich gleite durch das eiskalte Wasser und den Schlamm, schramme an Felsen entlang, bis ich endlich auf festem Boden bin. Mein Arm schmerzt höllisch. Sobald Hamish mich nahe genug zu sich herangezogen hat, packt er meine schlaffe Hand und schleift mich über den schroffen Untergrund aus Steinen und Ginster, bis ich endlich harten Felsen unter mir spüre.

Dann hilft er mir auf, und ich schluchze in seinen Armen.

»Ist ja gut, du bist in Sicherheit.«

Ich klammere mich an ihn, als uns der blendend weiße Scheinwerfer des Helikopters erfasst. Hamish sieht nach oben und zeigt den gestreckten Daumen. »O Gott, ich dachte, ich würde dich verlieren.«

»Nicht nur du«, sage ich erstickt, bevor ich mich vor Schmerzen krümme.

»Der Helikopter kann hier nicht landen. Ich muss dich hinuntertragen.« Vorsichtig nimmt er mich auf den Rücken und macht sich an den Abstieg hinunter Richtung Dorf. Der Schmerz durchläuft mich in Wellen. Mein rechter Arm hängt schlaff herab. »Das arme Schaf«, stöhne ich. »Das arme Schaf.«

»Denen geht es gut«, sagt er abwesend und setzt vorsichtig einen Fuß vor den anderen.

»Autsch.«

»Tut mir leid, ein paar Minuten noch.«

Ich konzentriere mich auf die Lichter des Dorfs unter uns und seinen festen Griff. Der Helikopter landet wie bei Calders Rettung wieder auf der Wiese.

Als wir ihn erreicht haben, brechen wir im Gras zusammen. Hamish sitzt hinter mir und umarmt mich keuchend.

»Wie hast du es eigentlich geschafft, mir das Seil überzuwerfen?«, frage ich atemlos.

Er streicht mir eine Strähne aus dem Gesicht. »Ringwerfen.«

»Was?«

»Das Kinderspiel. Mit Calder und Caitlin habe ich das stundenlang gespielt. Wir hatten vier bunte Reifen, die wir über Stäbe geworfen haben. Je weiter entfernt der Stab, desto mehr Punkte gab es.«

Ich drücke seinen Arm.

Dieselben Sanitäter wie bei Calders Rettung springen aus dem Helikopter, und diesmal legen sie mich auf eine Trage, verfrachten mich in den Hubschrauber und fliegen mich ins Krankenhaus.

»Das arme Schaf«, murmele ich, während die Sanitäter mit mir beschäftigt sind. Um Haaresbreite bin ich seinem Schicksal entkommen.

Als ich die Augen öffne, liege ich in einem Krankenhausbett hinter blauen Vorhängen. Mein gesunder Arm ruht auf der Bettdecke, mit meinem immer noch neuen Ehering.

Im Helikopter hat Hamish die ganze Zeit meine Hand gehalten, während ich dieselbe Reise wie Calder machte. Im Krankenhaus hat man mich wegen Unterkühlung behandelt und diverse Wunden versorgt, außerdem meine ausgekugelte Schulter wieder eingerenkt. Durch einen Schmerzmittelschleier habe ich die Ärzte um mich herumhuschen sehen. Mein Handgelenk ist an zwei Stellen gebrochen und mit Metallschrauben fixiert. Ich stehe unter Schock, auch wenn es sich nicht so anfühlt. Es ist so surreal, dass ich mit dem Mann verheiratet bin, der mich auf den Hügel gejagt hat, dass ich so lange mit ihm zusammen war, ohne ihn wirklich zu kennen, dass mir nie bewusst war, wozu er fähig ist.

Ich versuche, meinen verletzten Arm zu bewegen, und stumpfer Schmerz durchläuft in Wellen meinen Körper.

Eine Schwester kommt zu mir. »Ich gebe Ihnen noch mehr Schmerzmittel, Nancy. Wie geht es Ihnen?«

»Ich habe keine Ahnung.«

»Das wird schon wieder, wir haben alles eingerenkt und gerichtet. Zur Sicherheit haben wir Sie über Nacht hierbehalten, aber Ihre Vitalfunktionen sind gut.«

»Wann werde ich entlassen?«

»Bald. Ihr Mann ist draußen und wartet auf die Besuchszeit um neun. Aber ich glaube, wir können ihn jetzt schon reinlassen.«

»Nein, lassen Sie ihn nicht rein«, sage ich stöhnend, während ich die Bettdecke zurückwerfe und aufzustehen versuche.

»Ah, da ist er ja schon.«

Der Vorhang wird zurückgezogen, und da steht ... Hamish. Ich lege mich zurück und breche in Tränen aus.

»Also, normalerweise sind Frauen nicht gleich in Tränen aufgelöst, wenn ich einfach nur den Raum betrete.«

Ich lächele schwach. »Du bist immer noch hier?«

»Natürlich. Tut mir leid, dass ich mich als dein Mann ausgegeben habe, aber ich wusste nicht, ob ich sonst zu dir gedurft hätte. Ich wollte letzte Nacht hierbleiben, aber sie haben mich rausgeworfen. Ich bin dann mit Nachtbussen herumgefahren, bis ich wieder herkommen konnte.«

»Danke, Hamish. Vielen, vielen Dank. Wenn du mich nicht gefunden hättest ... Danke.«

»Kein Problem.« Er setzt sich auf einen Stuhl mit hoher Lehne. »Jetzt bist du schon zweimal mit dem Helikopter abtransportiert worden. Langsam wird das zur Gewohnheit.«

»Oh, noch mal muss das nicht sein. Ich glaube, sie entlassen mich bald.«

»Ich bringe dich überallhin, wohin du möchtest«, sagt er und sieht, wie ich die Stirn runzele. »Oder auch nicht. Tut mir leid, ich wollte mich nicht aufdrängen.«

»Doch, doch, aber ich weiß nur nicht, wohin ich soll.«

»Ich bin hier, um dir zu helfen.« Er nimmt meine Hand. »Du bist mir sehr wichtig. Aber ich weiß, dass das der schlechteste Zeitpunkt ist, um dir das zu sagen.«

Ich ziehe meine Hand zurück. »Hamish, du bist ... warst Calders bester Freund. Du bist Ginas Mann. Es geht nicht ...«

»Ja, absolut. Ich habe so ein verdammtes Chaos angerichtet. Mich brauchst du gerade am allerwenigsten. Einen elenden Schürzenjäger. Aber ich verspreche dir bei meinem Leben, dass es bei dir anders war.«

»Ich … Ich kann gerade nicht richtig denken.«

»Vergiss mich. Mach dir keine Gedanken. Konzentrier dich erst mal darauf, wieder gesund zu werden.«

»Entschuldigung«, sagt die Schwester verwirrt, »ich habe hier noch einen Mann am Telefon, der behauptet, Ihr Ehemann zu sein.« Mit hochgezogenen Augenbrauen sieht sie zu Hamish.

»Danke, ich weiß, aber ich will nicht mit ihm reden.«

»Er klingt wirklich verzweifelt, besteht darauf, mit Ihnen zu sprechen. Er ruft immer wieder an.«

»Soll ich mit ihm reden?«, bietet Hamish an.

»Nein, ich mache das schon.«

Die Schwester gibt mir ein Headset. »Bitte nicht zu lang, das ist das Stationstelefon.«

»Hallo?«, sage ich leise.

»Nancy!« Calder klingt wirklich verzweifelt.

Ich sehe zu Hamish, der aufsteht und davongeht. »Nein, schon gut …«, rufe ich ihm nach, doch er reagiert nicht.

»Nichts ist gut«, sagt Calder am anderen Ende der Leitung. »Gott sei Dank habe ich dich gefunden.«

»Ich habe nicht mit dir geredet.«

»Was?«

»Es geht mir gut.«

»Oh, Nancy, es tut mir so leid. Ich wusste nicht, was passiert war. Ich dachte, du wärst zu ihm gegangen, und ich bin zurück nach Hause und habe mich dort betrunken. Heute Morgen habe ich dann erfahren, was passiert ist. Es tut mir so leid.«

»Ich bin gestürzt, habe mir das Handgelenk gebrochen und die Schulter ausgekugelt. Aber es geht mir gut. Ich kann jetzt nicht länger reden. Ich rufe dich an, wenn … ich weiß, was ich sagen möchte.«

»Leg nicht auf. Bitte. Ich war außer mir vor Sorge. Ich komme sofort zu dir.«

»Nein, bloß nicht.«

»Aber ich …«

»Ich rufe dich an, sobald ich weiß, wie es weitergeht. Ich muss jetzt aufhören.« Ich beende das Gespräch und gebe der Schwester das Headset zurück.

Hamish kommt zurück. »Alles okay?«, fragt er zögernd.

»Ich glaube, ich habe ihn gerade verlassen.«

Er zieht die Augenbrauen hoch. »Kann ich dir irgendwie helfen?«

»Was passiert auf der Insel wegen Rob, ich meine, Mr Walker?«

»Soweit ich weiß, ermitteln sie wegen Selbstmord.«

»Davon gehen sie aus?«

»Ja, ziemlich sicher, glaube ich. Seit Jahren gab es Gerüchte wegen ihm und seiner Tochter. Die Rückkehr auf die Insel hat vermutlich alles wieder hochgeholt, und die Schuldgefühle waren dann wohl zu viel.«

Wie leicht sie aus Gerüchten und Fakten eine Geschichte gestrickt haben. Aber sie kennen den Mittelteil nicht, in dem Calder Rob getötet hat. Sollte ich es der Polizei erzählen? Aber ich habe bereits Informationen zurückgehalten. Und was, wenn ich eins und eins zusammenzähle und drei dabei herauskommt und der Hauch einer Chance besteht, dass Calder unschuldig ist? Ich muss von hier weg und einen klaren Kopf bekommen. Aber ich fahre auf keinen Fall zurück auf diese verdammte Insel.

Bis zum Nachmittag hat man noch einmal mein Handgelenk geröntgt, mir Schmerzmittel verabreicht und mir gesagt, dass ich in einer Woche noch mal zur Nachuntersuchung kommen sollte. Das könnte ich auch in London.

»Da ist noch ein Anruf für Sie«, sagt die Schwester, als ich gerade meine Sachen zusammenpacke.

»Ich will nicht mit ihm reden.«

»Nein, dieses Mal ist es die Polizei.«

»Oh, okay.« Sie wissen es.

Ich nehme das Headset. »Hallo?«

»Spricht da Nancy Campbell?«

»Ja.« Wie lange habe ich diesen Namen gewollt, und jetzt klingt er einfach nur noch grotesk.

»Hier ist Detective Inspector Murray vom Major Investigation Team der Polizei Schottland.«

»Hallo, wie kann ich Ihnen helfen?« Sie wissen offenbar schon mehr.

»Wir ermitteln im Tod von Mr Robert Walker.«

»Ach, ja?«

»Wann kommen Sie auf die Insel zurück?«

»Tut mir leid, ich fahre heute noch nach London. Ich bin schon auf dem Weg. Worum geht es denn?«

»Ich muss leider darauf bestehen, dass Sie so bald wie möglich auf die Insel zurückkehren. Wir müssen Sie in einer dringenden Angelegenheit befragen.«

»Warum? Was ist passiert?« Woher wissen sie, dass ich weiß, was Calder getan hat? Hat er es ihnen gesagt?

»Laut der Sanitäter, die Sie gestern versorgt haben, haben Sie in der Spalte Knochen entdeckt und ständig davon geredet.«

»Ja, das stimmt. Schafsknochen – das arme Tier muss irgendwie da unten eingeklemmt worden sein.«

»Möglich. Sogar wahrscheinlich. Doch angesichts der Leiche, die man am Strand gefunden hat, und der Wahrscheinlichkeit von Mr Walkers Selbstmord ermitteln wir nun in eine andere Richtung. Es gibt Gerüchte, dass er seine Tochter missbraucht haben könnte, als sie sechzehn war, und sie scheint heute nirgends gemeldet zu sein. Wir ziehen in Betracht, dass sie die Insel nie verlassen hat und die Knochen, die Sie gefunden haben, vielleicht Mr Walkers Tochter gehören.«

»Wie bitte? Nein, das waren Schafsknochen. Ich habe die Wolle gespürt.«

»Wahrscheinlich haben Sie recht. Aber wir schicken eine Spezialeinheit auf die Insel, während wir weiter versuchen, Caitlin Walker aufzutreiben, wenn sie den Namen noch verwendet. Ich muss Sie bitten, für eine Befragung auf die Insel zurückzukehren, während wir versuchen, die Knochen zu bergen.«

O mein Gott. Das waren doch Schafsknochen. Oder?

KAPITEL SIEBENUNDZWANZIG

Der tief hängende Nebel ist nahezu undurchdringlich. Von der Fähre aus ist die Insel kaum zu sehen. Als würde sie ihre Geheimnisse hüten.

Dieses Mal steht Hamish neben mir. Bis auf uns und ein Auto ist die Fähre leer. Calder wartet auf der Insel auf mich. Er ruft ständig an und schreibt, doch ich ignoriere alles. Ich habe Angst davor, mit ihm allein zu sein. Weiß er, was oder wer da oben begraben ist? Hat er Rob deshalb getötet?

Was soll ich der Polizei sagen? Ihr Calders Version von Robs Tod erzählen, die überhaupt keinen Sinn ergibt, ihnen sagen, dass er geglaubt hat, dass Caitlin von ihm schwanger war? Doch angesichts der Gerüchte hätte Caitlin auch von ihrem Vater schwanger gewesen sein können, und vielleicht hat Calder sie deshalb umgebracht. Oder hat er ihn umgebracht, weil er herausgefunden hat, dass Rob seine Tochter getötet hat? Und fand seine Tat irgendwie gerechtfertigt? Nachdem Rob ja tot ist, sollte ich Calder jetzt sein Geheimnis lassen? Oder schweigt die Inselgemeinschaft wieder eisern, wie damals, als Isla Douglas getötet hat?

»Du denkst doch auch, dass es Schafsknochen sind, oder?«, frage ich Hamish zum tausendsten Mal.

»Ich hoffe es zumindest.«

»Natürlich sind das keine Menschenknochen, ich habe doch die Wolle gespürt.« Bald wird alles geklärt sein, und dann fahre ich zurück nach London.

Hamish legt mir den Arm um die Schultern und drückt mich leicht an sich. »Ist dir warm?«

»Ja, alles in Ordnung.« Er hat mir in Glasgow neue Kleidung gekauft, darunter einen riesigen lila Mantel, dessen glänzendes Material bei jeder Bewegung raschelt. Er ist groß genug, um den Reißverschluss trotz meines Armes, der in einer Schlinge ruht, zu schließen. Was sehr gut ist, da es nieselt und bitterkalt ist. Dieselben liebevollen Einkäufe habe ich für Calder erledigt, daher weiß ich, was es bedeutet, dass Hamish so viel für mich macht. Ich bin erleichtert, dass er bei mir ist, fühle mich aber unendlich schuldig, weil seine Ehe zerbrochen ist. Vielleicht, da wir beide jetzt frei sind …?

»Es tut mir leid, dass Gina es erfahren hat«, sage ich.

Er zuckt mit den Schultern. »Ich nicht. Ich bedaure, dass ich sie nicht schon früher verlassen habe.«

»Nein, sag das nicht.« Ich drehe mich zu ihm.

Er lächelt. »Im Ernst, mit ihr war ich nie richtig glücklich. Irgendwann wäre es sowieso so weit gewesen. Wir waren zwei Menschen, die eine Beziehung wollten, und fanden einen Weg, wie es für uns funktionierte. Aber das reicht nicht.«

»Was für ein Chaos«, sage ich. »Wenn wir an dem Abend damals nur nicht so betrunken gewesen wären.«

Er berührt meinen Arm. »Ich weiß, ich habe gesagt, es sei ein Fehler gewesen. Aber seither habe ich ständig an dich gedacht. Und als Gina mir von deiner Schwangerschaft erzählt hat – unserer Schwangerschaft …« Er sieht mich so liebevoll an. Am liebsten würde ich mich an ihn lehnen und mich von ihm umsorgen lassen.

»Hamish, ich kann jetzt nicht an uns denken. Ich muss mit der Polizei reden, meine Sachen aus dem Cottage holen und nach London zurückfahren. Vielleicht dann …«

Er nickt. »Natürlich. Ich muss auch erst einmal viel klären. Aber ich bin für dich da, wenn du etwas brauchst.«

Mittlerweile umhüllen uns die weißen Nebelschwaden.

»Du glaubst nicht, dass Caitlin da oben begraben ist, oder?«, frage ich leise.

»Nein, aber ...«

»Was?«

»Na ja, alle wirken so überzeugt, dass Mr Walker sie missbraucht hat. Wer weiß?«

»Aber du dachtest auch, dass Caitlin die Insel verlassen hat?«

»Ja. Laut ihrer Mutter schickt sie seither jedes Jahr eine Postkarte aus London.«

»Hast du eine Ahnung, warum sie nicht mit Calder weggegangen ist?«

»In den Wochen davor hatten sie viel gestritten.«

Ich werde hellhörig. »Ach ja?« Das hat Calder mir nie erzählt. »Worüber?«

»Ich weiß es nicht. Sie hatte da schon lange eine seltsame Laune, war unfreundlich zu allen, und am letzten Abend bekamen sie sich richtig in die Haare. Wir waren alle oben auf dem Hügel und tranken, ich ging dann irgendwann heim und habe sie allein weiterstreiten lassen. Am nächsten Tag sagte Calder, er könne Caitlin nicht finden. Irgendetwas muss sie richtig aufgeregt haben, dass sie einfach so abgehauen ist. Wahrscheinlich wollte sie einen klaren Bruch.«

»Oder sie hat die Insel nie verlassen ...«

Der Nebel wird noch dichter. Woher weiß die Fähre überhaupt, wohin sie fahren soll?

»Wie war Calder früher?«, frage ich leise.

»Wann?«

»Als Kind, Jugendlicher. Bevor er die Insel verlassen hat.«

»Er war, keine Ahnung, ganz schön launisch, aufbrausend, aber ein guter Kumpel. Er wuchs auf der anderen Seite der Insel auf, nicht im Dorf, und war ein Einzelkind. Das hat ihn sehr eigenständig werden lassen. Und sein Dad war, nun ja, ein Säufer. Ein brutaler Säufer.«

»Hat er Calder geschlagen?«

Hamish zuckt mit den Schultern. »Manchmal ist Calder mit einem blauen Auge aufgetaucht und hat irgendetwas von einem Unfall erzählt. Er hat nie viel über seine Familie geredet, aber ich glaube, er hat viel Gewalt zwischen seinen Eltern mitangesehen.«

»Und was ist mit seinem Vater passiert, was glaubst du? Calder weiß nicht viel darüber. Er war ja in jener Nacht mit dir auf dem Festland.«

»Äh, nein, das war er nicht.«

»Wie bitte?«

»Er war nicht mit mir auf dem Festland. Wer hat dir das erzählt?«

»Calder.« O Gott.

Er schüttelt den Kopf. »Nein, er, Caitlin und ich hatten am Donnerstagnachmittag die Schule geschwänzt, wir wollten zu einem Konzert. Doch Calder war irgendwann verschwunden, weshalb Caitlin und ich alleine gingen. Wir erfuhren nie, wo er in der Zwischenzeit war.«

Noch eine Lüge.

»Ich weiß, das klingt gefühllos«, fährt Hamish fort. »Aber es war gut für Calder, dass Douglas ertrunken ist. Er war ein fürchterlicher Mann. Calders Leben war nach seinem Tod definitiv leichter.«

Während der Nebel um die Fähre zieht, durchziehen die vielen Lügen meinen Kopf – die Schlägerei in London, dass er Rob erwürgt hat, Caitlins Verschwinden, Douglas' Tod durch Ertrinken. Und was ist das verbindende Element? – Calder.

Während sich die Fähre dem Pier nähert, kann ich seine große Gestalt mit den langen Haaren undeutlich erkennen. Er sieht in unsere Richtung. Wartet.

Der stämmige Fährmann wirft mir einen Blick zu, als er an mir vorbeigeht. Er winkt den Wagen an Land, wir Fußgänger folgen. Im dichten Nebel stolpere ich, doch Hamish fängt mich auf.

Calder tritt aus den weißen Schwaden, registriert Hamishs Berührung, sieht mich an. Sein Gesicht ist ausgezehrt, seine Augen dunkel und verhangen.

»Hallo«, murmelt Calder.

Unbehaglich stehen wir nebeneinander.

»Ich gehe dann mal, ja? Wenn du zurechtkommst?«, sagt Hamish schließlich.

»Sie kommt ausgezeichnet zurecht«, knurrt Calder.

»Hört auf«, zische ich. Ich werfe Hamish ein schwaches Lächeln zu. »Könntest du da drüben auf mich warten? Ich komme gleich.«

»Danke«, sagt Calder und tritt neben mich. »Dass du Nancy geholfen hast.«

Hamish nickt. »Ich bin gleich da drüben«, sagt er zu mir und geht davon.

»Ich kann jetzt nicht reden, ich muss direkt ins Pub«, teile ich Calder mit. »Die Polizei erwartet mich.«

»Was wirst du ihnen erzählen?« Er packt meinen Arm. Ich senke den Blick, und er lässt mich los.

»Was soll ich ihnen denn erzählen? Du hast darüber gelogen, was in jener Nacht passiert ist.«

»Nein, ich habe dir die Wahrheit gesagt.«

»Ach ja?«

»Es tut mir so leid, was gestern passiert ist. Ich hätte dich nie allein da hochgehen lassen dürfen.«

»Weil sie da oben liegt?«

»Was?« Er wirkt ehrlich verwirrt, aber ich weiß, dass ich mich nicht wieder einwickeln lassen darf.

»Dazu werden sie mich befragen: die Knochen da oben auf dem Hügel.«

»Was für Knochen?«, fragt er scharf und sieht zu dem Hügel, der sich im Nebel verbirgt. Er wirkt völlig verblüfft.

»Als ich gestern da oben in den Spalt gefallen bin, habe ich Knochen gefunden.«

»Was?« Er blinzelt mich an. Entweder hat er keine Ahnung, wovon ich rede, oder er ist ein fantastischer Lügner.

»Liegt Caitlin da oben?«

KAPITEL ACHTUNDZWANZIG

»Sie haben also Wolle ertastet und waren deshalb überzeugt, dass es sich um Schafsknochen handeln musste, Mrs Campbell?«, sagt Detective Inspector Murray. Er ist ein schwerer Mann mit schütterem Haar und müden Augen.

»Ja, genau.«

Die Stühle im Pub sind hochgestellt, die Glasscherben von meinem letzten dramatischen Besuch weggeräumt. Statt des Fisches hängt jetzt eine Karte der Insel an der Wand. Nachdem das Gespräch mit Calder nichts Sinnvolles mehr ergeben hat, bin ich direkt hierhergekommen. Ich antworte ehrlich, sage aber nicht mehr als nötig.

»Konnten Sie ein vollständiges Skelett ertasten?«

»Nein, ich habe aber auch nicht danach gesucht. Ich wollte einfach nur da rauskommen.«

»Sie haben aber definitiv Wolle gespürt?«

»Ja, ich dachte und denke immer noch, dass es Schafsknochen waren. Schafe stürzen hier öfter ab, als man denkt.« Mir ist nur allzu bewusst, dass ich wie Arran rede.

»Vielleicht haben Sie recht«, sagt DI Murray und schiebt seinen Stuhl zurück. »Das hier könnte ein teurer Schuss ins Blaue werden. Oder auch etwas anderes. Bald werden wir es wissen.«

Ein schlaksiger jüngerer Officer kommt zu uns. »Sir, die Spezialeinheit ist mit den einheimischen Kletterern gerade oben auf dem Hügel angekommen, aber der Untergrund ist instabil, deshalb wird es eine Weile dauern. Ich halte Sie auf dem Laufenden.« Er geht in den hinteren Bereich des Pubs, wo einige Polizisten um einen Tisch mit Funkgeräten sitzen. Murray mustert mich schweigend. Will er mir die Gelegenheit geben, mehr zu erzählen? Sollte ich das? Ich fürchte, er glaubt, dass ich als Zugezogene das schwache Glied, was die Vorgänge hier auf der Insel betrifft, sein könnte. Diese Verhörtechnik habe ich in unzähligen Polizeifilmen gesehen, trotzdem muss ich irgendetwas sagen.

»Gerade in der betreffenden Nacht war ein Schaf auf unser Cottage gestürzt, daher weiß ich, dass sie öfter verunglücken, als ich gedacht hatte«, plappere ich drauflos. »Es tut mir leid, wenn ich jetzt eine teure Suchaktion in Gang gesetzt habe. Die Knochen haben mir einen großen Schrecken eingejagt, deshalb habe ich es den Sanitätern erzählt. Aber ich habe immer wieder gesagt, dass es Schafsknochen sind.«

Ich habe nicht gelogen. Wegen der Knochen. Calder habe ich jedoch mit keinem Wort erwähnt. Aber weil ich weiß, dass Calder Rob ermordet hat, habe ich das Gefühl, als würde ich dennoch lügen.

»Warum waren Sie überhaupt im Dunkeln da oben?«, fragt Murray so beiläufig, als würde er sich nach der Uhrzeit erkundigen.

»Mein Mann und ich hatten uns gestritten, und ich wollte den kürzesten Weg ins Dorf nehmen.«

»Im Dunkeln?«

»Ja, was in der Rückschau natürlich sehr dumm war. Aber ich war aufgebracht.«

»Worüber?« Oh, er ist schlauer, als er mit seinen unschuldigen Fragen auf den ersten Blick wirkt. Ich will keinen Verdacht auf Calder lenken, denn Robs Ermordung könnte auch eine Vergeltungsmaßnahme der Inselbewohner gewesen sein.

»Es war nur ein Missverständnis.«

»Das war dann aber ein großes ... Missverständnis?«

»Ja. Aber Paare streiten. Sind Sie verheiratet?«

»Geschieden.«

Ich hebe die Augenbrauen. »Na dann.«

Er nickt, als wäre das Thema fürs Erste beendet. »Sie kennen Miss Muir«, sagt er und sieht auf seine Notizen.

»Janey, ja. Ein wenig. Wir haben uns vor ein paar Wochen kennengelernt, als ich auf die Insel gezogen bin.«

»Aber Mr Walker kannten Sie nicht.«

»Nein. Janey hat erwähnt, dass er ihr Freund war. Sie wollte aber nicht, dass es sich herumspricht.«

Murray blickt auf. »Oh. Warum nicht?«

»Weil er immer noch mit Alison verheiratet war, die auf der Insel wohnt. Und es hatte Gerüchte gegeben, er hätte seine Tochter Caitlin missbraucht. Meinem Eindruck nach waren es wirklich nur Gerüchte, aber ich bin ja noch nicht lange hier. Die Einheimischen wissen da sicher mehr.«

»Sie haben Mr Walker also nie getroffen?«

Ich zögere, und er legt den Kopf schräg.

»Einmal habe ich ihn kurz gesehen. Bei Janey im Laden, er war gerade im Begriff, zu gehen. Wir haben nicht miteinander geredet.«

»Wann war das?«

»Ein paar Tage, bevor ...« Verdammt, ich muss vorsichtig sein. »Ein paar Tage, bevor Janey ihn zuletzt gesehen hat, wie sie sagt.«

Murray runzelt die Stirn, bemerkt meine leicht zitternde Stimme. »Aber Sie haben keine Ahnung, was mit Mr Walker passiert ist?«

Ich zwinge mich, ruhig zu atmen. »Ich wusste, dass Janey nichts von ihm gehört hatte, weil sie mir öfter erzählt hat, wie sehr sie sich darüber ärgert, aber sie sagte auch, sie hätten gestritten. Ich kannte die beiden als Paar überhaupt nicht. Daher weiß ich nicht, ob das ungewöhnlich war. Und dann sagte sie, sein

Handy sei ausgeschaltet oder er lese ihre Nachrichten nicht oder so etwas. Sie sagte, sie sei nach Oban zu seiner Wohnung gefahren, dort sei er auch nicht gewesen. An die Einzelheiten kann ich mich nicht mehr erinnern, das war direkt vor der Trauung. Und dann wurde seine Leiche angespült. Mehr weiß ich nicht.«

»Dafür, dass Sie sie erst so kurz kennen, scheinen Sie aber doch recht viel zu wissen.«

»Wir sind zwar noch nicht lange befreundet, aber sie hat mir ihre Befürchtungen erzählt. Das ist aber alles ihre Version, ich kann nichts dazu beisteuern.«

Er sieht mich lange an und steht dann auf. »Also gut, bald werden wir wissen, was sich da oben befindet.« Er geht zur Bar, um sich aus der dort auf einer Warmhalteplatte stehenden Kanne Kaffee nachzuschenken.

»Haben Sie noch Fragen?«

»Nein, ich habe ja Ihre Nummer. Ich gehe davon aus, dass Sie auf der Insel bleiben?«

»Ich wollte eigentlich …« Er runzelt die Stirn. »Ja, dann bleibe ich.«

»Die Ermittlungen laufen noch, und wir müssen vielleicht noch einmal mit Ihnen reden.«

Ich verlasse das Pub und stelle mich zu der Gruppe Einheimischer, die auf dem winzigen Dorfplatz um den Weihnachtsbaum versammelt sind. Alle sehen zum Hügel, der immer noch in Nebel gehüllt ist.

Hamish steht an der Seite und nickt mir leicht zu. Janey sitzt allein auf einer niedrigen Mauer. Arran unterhält sich mit Alison. Calder ist nirgends zu sehen. Das können einfach keine menschlichen Knochen sein. Oder? Falls doch, müssen es Caitlins Überreste sein. Hat Rob sie ermordet? Die Richtung, die meine Gedanken gerade einschlagen, ist mir unheimlich.

»Wie war's?«, fragt Calder, der plötzlich neben mir auftaucht.

Ich sehe zu Hamish, der das Gesicht fragend verzieht, ob ich ihn brauche, doch ich schüttele den Kopf.

Calder bedeutet mir, mit ihm beiseitezutreten. »Was hat man dich gefragt?«, flüstert er.

»Ich habe dich nicht erwähnt.«

Er schluckt.

»Sie sind nicht menschlich. Die Knochen. Richtig? Es sind keine Menschenknochen, oder, Calder?«

»Ich bezweifle es.«

»Du weißt es nicht?«, sage ich leise. Janey sieht zu uns herüber. Er runzelt die Stirn. »Woher soll ich das denn wissen?«, entgegnet er aufgebracht, und alle sehen zu uns.

»Nicht so laut«, zische ich und lächele den Zuschauern leicht zu, die sich aber schon wieder dem Hügel zuwenden.

In der Mitte des Dorfplatzes steht eine alte Winde, eine Erinnerung an die Zeit des Schieferabbaus. Heute ist sie nicht mehr in Gebrauch, doch irgendetwas wird da oben aus den Tiefen der Vergangenheit ans Licht geholt. Lange vergrabene Geheimnisse.

»Nance, ich ...«

»Calder, ich finde, du solltest der Polizei die Wahrheit erzählen, was mit Mr Walker passiert ist.«

»Zu spät. Das würde mich als kaltblütigen Killer dastehen lassen. Ich habe dir die Wahrheit gesagt. Ich habe ihn geschlagen, und er ist unglücklich gestürzt. Und das werde ich auf ewig bereuen. Aber jetzt wird man mir das nicht mehr glauben.« Er klingt so überzeugend.

»Oder war das irgend so eine Insel-Vergeltungsmaßnahme?«

»Was?«

»Ich weiß nicht, was ich glauben soll.« Ich lasse ihn stehen und gehe zu Hamish.

»Alles gut überstanden?«, fragt er.

Ich nicke und stelle mich zu den Leuten, die immer noch Ausschau nach dem Suchtrupp halten, der sich auf dem Hügel aufhält.

Janey drängt sich zu mir durch und packt mich am Arm. »Ist es Caitlin?«, fragt sie.

»Ich weiß es nicht.«

Sie sieht über die Schulter zu Calder. »Ihr lügt doch beide.«

»Ich ...«

Sie dreht sich um und geht davon.

Nieselregen setzt ein, und alle ziehen die grauen Kapuzen über.

»Kommt in die Kirche, lasst uns dort warten«, ruft Arran.

Ich gehe mit den anderen und meide Calders Blick. Schließlich folgt er uns mit etwas Abstand.

Die Kirche ist immer noch mit den Blumen von unserer Hochzeit geschmückt, doch die weißen und roten Blütenblätter sind welk, und über allem liegt ein Geruch nach Verwesung. Die Dorfbewohner sitzen in den Bankreihen, Arran schenkt Tee aus. Jemand hat Sandwiches gemacht, große Ziegelsteine mit dick Margarine und Käse. Ich bringe nichts runter. Calder und ich sitzen mit etwas Abstand nebeneinander auf einer Bank. Direkt neben ihm will ich nicht sitzen, will aber auch nicht angestarrt werden, wenn ich mich woandershin setze.

Die Minuten vergehen, viele sind mit ihren Handys beschäftigt, während der Regen gegen die Buntglasfenster prasselt. Wenn sich der Spalt mit Wasser füllt und der Boden aufgeweicht ist, wird die Bergung des Schafes sehr langsam vorangehen. Es laufen einige Heizlüfter, doch in der Kirche ist es trotzdem kalt.

Calder geht immer wieder nach draußen und raucht.

Arran kommt zu mir und klopft mir auf die Schulter. »Geht es dir gut?«

»Ich konnte doch nicht wissen, dass es Menschenknochen sind. Falls sie es sind«, sage ich. »Aber nein, das sind sie nicht. Es war so dunkel. Du hattest mir von den fallenden Schafen erzählt, und dann ist tatsächlich eins auf unser Cottage gestürzt. Ich …«

»Schon gut. Tief durchatmen. Bald wissen wir mehr.«

Ich würde so gerne beichten, was Calder mir erzählt hat. Dass er Rob getötet hat. Ich fühle mich so mitschuldig. Als ob alles aus den Fugen geraten würde. Aber was ist, wenn das da oben keine Schafsknochen sind, sondern Caitlins, die von Rob ermordet wurde? Dann würde ich Calder ja für ein nachvollziehbares Verbrechen ins Gefängnis schicken.

»Vielleicht sollten sie das«, sage ich unvermittelt.

Er runzelt die Stirn.

»Mir die Schuld geben. Ich habe die Knochen gefunden. Ich habe das Gefühl, als hätte ich etwas Düsteres, Abgründiges entfesselt.«

»Wir alle haben Sünden begangen«, sagt Arran langsam. Was meint er damit? »Keiner von uns ist völlig unschuldig. Aber wir können nicht jeden Tag an unseren Fehlern festhalten. Ich habe gesehen, wie Menschen von ihrer Schuld zerfressen werden. Sie verbrennt einen von innen, bis man nur noch eine Hülle ist. Wenn du vor Gott deine Sünden bekennst, kann er dich reinwaschen.«

»Was meinst du …«

Die großen Kirchentüren werden aufgestoßen.

»Sie kommen!«, ruft einer der Inselbewohner.

Alle stürzen hinaus, fest in die grauen Regenmäntel gewickelt. Alle starren zu der Gruppe in neonfarbener Einsatzkleidung, mit Seilen auf dem Rücken und Helmen auf dem Kopf. Ihre Gesichter sind ernst.

»Ist sie es?«, ruft Alison. Arran legt den Arm um sie, doch sie schüttelt ihn ab.

DI Murray führt die Gruppe an und geht zu Alison, um mit gesenktem Kopf leise mit ihr zu sprechen.

Sie nickt, ist einen Moment lang wie erstarrt und macht dann eine ausgreifende Geste. »Sagen Sie es allen, na los!«, ruft sie.

Murray wendet sich an die Menge. »Es tut mir leid, es Ihnen mitteilen zu müssen, aber wir haben jetzt die Gewissheit, dass sich da oben menschliche Überreste befinden.«

Die Menge schnappt nach Luft.

»Wir müssen noch Tests durchführen, aber aufgrund der bisherigen Beweislage gehen wir davon aus, dass es sich um Caitlin Walker handelt.«

Alison ist kreidebleich. »All die Jahre bin ich hiergeblieben und habe auf die Postkarten gewartet«, sagt sie dumpf. »Und dabei war sie die ganze Zeit da oben. In der Erde.«

Caitlins Knochen habe ich angefasst. Calders damals sechzehnjährige Freundin. Seine schwangere Freundin. All die Jahre lag sie da oben. Robert muss sie getötet haben. Und als er zurück auf die Insel kam, haben ihn die Schuldgefühle überwältigt, und er hat sich umgebracht. Bitte, lieber Gott, lass das die Erklärung sein. Denn wenn nicht ... Ich sehe zu Calder, dann zu den anderen Inselbewohnern, die sich alle Blicke zuwerfen.

»Wir haben ein vollständiges Skelett gefunden«, erzählt einer der einheimischen Kletterer, die die Spezialeinheit begleitet haben. Wir sind zurück in der Kirche. Arran schenkt wieder Tee aus.

»Es war echt gruselig«, erzählt der Mann weiter. »Die Leiche lag in der Wand des Spalts, wie auf einem Regalbrett. Aber mit dem Gesicht nach unten.«

Die Zuhörer schnappen nach Luft. »Ein satanisches Zeichen«, sagt einer. »So können sie nicht so leicht von den Toten zurückkehren.«

Gott, jetzt sind alle verrückt geworden. Doch als ich mich in der düsteren Schieferkirche umsehe, zu dem riesigen Schieferaltar blicke, der das Licht reflektiert, scheint irgendwie alles möglich.

Alison sitzt mit versteinertem Gesichtsausdruck in einer Bankreihe.

»Alison, möchtest du das wirklich hören?«, fragt der Kletterer.

»Erzähl einfach weiter«, murmelt sie. »Ich will es wissen. Alle Einzelheiten. Sie ist tot. Worte können mir nichts mehr anhaben.« Sie ist so schrecklich ruhig. Wieso weint sie nicht?

»Na gut. Also, der Boden war neben der Stelle eingebrochen, an er sie all die Jahre gelegen hatte. Als wollte er sie freigeben. Hätte sich der Riss dreißig Zentimeter weiter links oder rechts aufgetan, hätte man sie nicht gefunden. Nur die Beinknochen sind durcheinander«, fährt er fort. »Das ist vermutlich passiert, als Sie eingebrochen sind.« Er deutet zu mir.

Ich nicke.

»Aber wie konnte man sie so schnell identifizieren?«, fragt Arran mit einem merkwürdigen Unterton.

»Sie mussten die Erde vorsichtig entfernen und den Spalt immer wieder abstützen, damit die Wände nicht abrutschen, aber nach und nach haben sie ein weibliches Skelett mit langen Haaren freigelegt. Weil der Boden so torfig ist, sind die Kleider und sogar die Haare und etwas vom«, er sieht zu Alison, die ihm aber bedeutet weiterzusprechen, »Gesicht erhalten. Und sie trug eine dicke Wolljacke.«

Eine Jacke. Kein Schaf. Diese weichen, feuchten Wände ... Ich habe meine Hände geradewegs in die Überreste der Freundin meines Mannes gedrückt.

»Ich wusste sofort, um wen es sich handelt, weil ich mich an die Jacke erinnert habe«, fährt der Mann fort. »Ich habe es gleich gemeldet. Doch richtig identifiziert hat man sie anhand ihres Rucksacks mit Blumenmuster, der noch vollständig erhalten ist. Darin stand der Name ...«

»In Lackglitzerschrift«, sagt Alison ausdruckslos und starrt vor sich hin. »In Großbuchstaben. CAITLIN. Den Rucksack habe ich ihr gekauft. Sie hat ihn geliebt, hat ihn stundenlang verziert.« Sie schüttelt den Kopf. »Rob hat immer wieder gesagt, dass sie nicht einfach so davonlaufen würde. Ich hätte ihm glauben sollen. Ich hätte die Polizei zwingen sollen zu ermitteln.«

Die Leute flüstern.

»Bevor ihr jetzt wieder alle anfangt«, fährt sie scharf fort, »Rob war das nicht. Ich habe ihn wirklich inbrünstig gehasst. Aber er hat sie auf gar keinen Fall getötet.«

Arran kniet sich vor Alison.

»Du musst mir vergeben«, sagt er leise. »Ich weiß etwas, das erklärt, warum er es wahrscheinlich doch getan hat.«

»Was?«, ruft sie und packt seine Schultern.

»Danach habe ich mir so viele Jahre die Schuld gegeben«, sagt Arran. »Ich dachte, dass sie wegen dem, was er mir erzählt hat, die Insel verlassen hat. Doch jetzt verstehe ich, dass er sie ... deswegen getötet hat.«

»Nein, das hat er nicht!«, ruft sie. »Dazu wäre er nicht fähig gewesen.«

»In jenem Sommer kam sie in die Kirche, um um Vergebung zu bitten.«

»Wofür?«

»Für ... die Abtreibung, die sie durchführen lassen wollte.«

Alison schnappt nach Luft und schlägt die Hände vor den Mund.

»Ich habe ihr gesagt, dass ich sie unterstützen würde. Mit dem Baby helfen oder eine Adoption vermitteln, wenn sie das wollte.« Er wischt sich über die Augen. »Sie hat behauptet, der Vater sei jemand vom Festland. Ich glaubte, wie viele, dass das Kind … von Rob war.«

»Das war es auch nicht«, sagt Alison langsam. »Ich habe gelogen.«

»Was?«

»Rob hat Caitlin nie angefasst«, sagt sie stöhnend. »Ich war so wütend, und er sollte leiden. Deshalb habe ich diese Gerüchte gestreut. Es war gelogen. Er hat sie nicht umgebracht. Das schwöre ich bei meinem Leben.«

»Aber die Schwangerschaft …«

Sie schüttelt den Kopf. »Nach Caitlins Geburt hatte er eine Vasektomie. Er kann nicht der Vater gewesen sein.« Sie lässt sich zurücksinken, und endlich rinnt eine einzelne Träne ihre Wange hinunter.

»Von wem war sie dann schwanger?«, fragt Arran.

Ein lautes Poltern ertönt, als ein Pult umgeworfen wird.

»Was hast du getan?«, brüllt Hamish und rennt auf Calder zu. »Du Mistkerl. Du verdammter Mörder.« Er verpasst Calder einen Kinnhaken. Der stolpert zurück und stürzt sich dann auf Hamish. Sie ringen miteinander, fallen zu Boden.

Ich weiche zurück. Bisher habe ich den Gedanken nicht an mich herangelassen, doch jetzt weiß ich, dass es stimmt.

Arran und die anderen versuchen, die beiden zu trennen.

»Du hast sie als Letzter gesehen«, brüllt Hamish. Speichel spritzt durch die Luft, während er die Männer abschütteln will, die ihn zurückhalten.

»Du hast sie umgebracht?«, schreit Alison. »Aber sie hat dich geliebt.«

Hamish tritt nach Calder. »Die arme, liebe Caitlin. Du hast sie umgebracht und da oben verscharrt.«

Calder schüttelt den Kopf. »Nein, das war ich nicht. Ich schwöre es. Ich war es nicht.« Verzweifelt sieht er zu mir, doch ich wende den Blick ab.

Alison trommelt mit den Fäusten auf ihn ein. Niemand hält sie auf. Die Menge bildet einen Kreis um ihn.

Drei Polizisten drängen sich durch die aufgebrachte Menge und ziehen Calder nach draußen, wo sie ihn in einen Streifenwagen verfrachten.

Calder hat Caitlin getötet, weil sie von ihm schwanger war. Die Wärme des Heizlüfters neben mir wird mir zu viel, und ich rutsche ans andere Ende der Bankreihe. Er hat Robert getötet, weil der herausgefunden hat, dass er Caitlin getötet hat. Meine Zunge löst sich vom Gaumen, während ich versuche, wieder zu Atem zu kommen. Damals in London hat er in einem Wutanfall auf einen Kollegen eingestochen. Ein Schweißtropfen fällt auf meine Hand. Und mit vierzehn hat er seinen eigenen Vater umgebracht. Die flackernden Lichter der Kirche fangen mich ein, als würde ich durch einen langen Tunnel gehen. Die arme Caitlin lag all die Jahre in diesem Spalt. Ich sehe vor mir, wie Calder über ihrer Leiche steht, sie mit der Stiefelspitze anschiebt und sie nach unten rollen lässt, wo die Erde sie verschluckt.

Und dann wird alles schwarz.

Als ich wieder zu mir komme, liege ich auf einer Bankreihe, und Hamish beugt sich über mich.

»Nancy, Gott sei Dank, da bist du wieder.«

»Lass ihr etwas Raum«, sagt Arran. »Hier, heißer Tee mit Zucker. Das hilft gegen den Schock.«

Ich setze mich auf und trinke, werde schnell wieder wacher.

»Kein Wunder, dass du ohnmächtig geworden bist«, sagt Arran. »Das ist ganz schön viel.«

Über mir ist das berühmte Buntglasfenster mit der Darstellung der Jungfrau Maria. Die Lichter im Raum werden von der Scheibe zurückgeworfen und färben meine Jeans bunt. Maria sieht glückselig mit Jesus im Arm auf mich hinunter.

Das Meer und die Erde haben ihre Geheimnisse preisgegeben. Und jetzt hat der Himmel über das Buntglasfenster ein Geheimnis enthüllt.

Ich brauche keine Beweise. Ich weiß bereits, dass es stimmt.

»Es geht mir gut.« Ich stehe auf. »Ich muss mich nur ein bisschen hinlegen.«

»Du kannst mit zu mir kommen«, bietet Hamish an.

»Nein. Ich nehme ein Taxi zum Cottage. Ich muss allein sein.«

Das klapprige Taxi fährt knirschend davon, während ich in unser Bad mit den Schieferstücken gehe. Ich habe noch den letzten von zehn Schwangerschaftstests aus der Zeit, als Calder und ich versuchten, ein Kind zu bekommen. Gefühlt ist das ein ganzes Leben her. Ich pinkele auf das Testfeld des Stäbchens, halte es zwar mit meiner unverletzten Hand, treffe aber trotzdem auch meine Finger. Schließlich kann ich die blaue Kappe mit dem verletzten Arm auf das Stäbchen schieben und lege es an den Waschbeckenrand, während ich mir unbeholfen die Hände mit der grauen Seife wasche. Hier ist alles so verdammt grau. Wenn ich wieder in London bin, wenn nach alldem hier ein neues Leben möglich ist, werde ich nie wieder etwas Graues kaufen – bunte Handtücher, helle Seife, weiße Teller. Alles, nur nicht grau.

Man soll eigentlich drei Minuten warten, aber ich sehe sofort nach. In dem kleinen Rechteck steht bereits »schwanger«. Und es besteht kein Zweifel, dass es dieses Mal von Calder ist. Ich bin schwanger von einem Mörder. Von einem Serienmörder. Ich muss es nicht nur der Polizei sagen, weil es jetzt das Richtige ist, sondern auch, weil ich diesen Mörder nicht in meine Nähe und die meines Kindes lassen darf.

Ich habe Calder von den Toten zurückgeholt. An jenem Morgen hätte er im Meer sterben sollen – für den Mord an Douglas, Caitlin und dann an Robert. Ich hätte ihn niemals zurückkommen lassen dürfen.

Ihn sollte man mit dem Gesicht nach unten begraben, damit er niemals zurückkehren kann.

KAPITEL NEUNUNDZWANZIG

Der positive Schwangerschaftstest liegt vor mir auf dem Tisch. Attila springt auf meinen Schoß und macht es sich gemütlich, legt sich vor meinen Bauch, als wollte sie ihn beschützen. Es ist das erste Mal, dass sie zu mir gekommen ist. Ich kann die grausame Ironie nicht fassen, dass endlich eingetreten ist, wonach ich mich so lange gesehnt habe, nämlich von Calder schwanger zu sein – nur dass es jetzt das Schlimmste ist, was ich mir vorstellen kann. Das Kind dieses gewalttätigen Mannes wächst in mir. Und es wäre das Kind eines gewalttätigen Mannes, der selbst Nachkomme eines gewalttätigen Mannes ist. Was für ein Kind würde ich da auf die Welt bringen? Ich lege die Hände auf den Bauch. Calder breitet sich in mir aus. Es ist unglaublich, dass ich, die ich unbedingt ein Kind wollte, jetzt überlege, ob ich es vielleicht besser nicht behalten sollte. Wenn ich sein Baby bekomme, werde ich für immer an dieses Monster gebunden sein. Selbst wenn er lebenslänglich im Gefängnis sitzen sollte.

Mein Drehbuch liegt auf dem Tisch. Im hinteren Teil des Manuskripts habe ich ein Zitat von Frankensteins Monster eingearbeitet, als es sich verzweifelt nach einer Gefährtin sehnt: *Wenn ich nicht Liebe einflößen kann, dann will ich Furcht und Entsetzen verbreiten.* Wenn Calder weiß, dass ich ihm nicht glaube und zur Polizei gehen werde, was wird er mir dann antun? Ich habe die Abgründe in seinen Augen gesehen. Gott sei Dank hat man ihn festgenommen.

Die Nacht verbringe ich zwischen Wachen und Dösen und warte darauf, mich auf den Weg um die Insel herum zur Neun-Uhr-Fähre zu machen. Egal was DI Murray gesagt hat, ich muss sofort von der Insel, so weit von Calder weg wie möglich. Dann werde ich mit der Polizei sprechen.

Plötzlich wird die Haustür schwungvoll geöffnet. Calder steht im Türrahmen.

»Nancy, du bist noch hier. Gott sei Dank.«

Der blau-weiße Schwangerschaftstest liegt vor mir auf dem Küchentisch. Vor ihm. Das Wort »schwanger« ist immer noch deutlich sichtbar.

»Calder. Sie haben dich gehen lassen? Bist du okay?« Ich höre selbst, wie falsch ich klinge.

Attila faucht Calder an, und ich nutze den Moment der Ablenkung, um meinen Schal über den Test zu werfen.

Er zuckt mit den Schultern. »Sie haben mich wegen der Schlägerei verwarnt und mich befragt, konnten mich aber wegen Caitlin nicht festhalten. Morgen muss ich allerdings noch mal hin, um nach der Obduktion offiziell vernommen zu werden.«

»Ich habe gewartet. Aber man wollte mir nichts sagen, deshalb bin ich irgendwann hergekommen.«

Ich gehe um den Tisch zu ihm. Er darf nichts von dem Baby wissen. Die letzte Frau, die er geschwängert hat, hat er umgebracht. *Wenn ich nicht Liebe einflößen kann, dann will ich Furcht und Entsetzen verbreiten.* Ich darf ihm nicht zeigen, dass ich Angst vor ihm habe. Aber er ist nicht dumm und kennt mich sehr gut. Ich muss meine Lüge, dass ich ihn noch liebe, selbst glauben.

»Es ist so lächerlich«, explodiert er. »Außer den Gerüchten und dem ganzen Aufstand hatten sie null Beweise.«

»Wahrscheinlich müssen sie einfach jedem Verdacht nachgehen.«

Er hält inne. »Du glaubst mir doch, oder?«

»Ja, natürlich«, lüge ich.

Er tritt vor mich, und ich weiche automatisch einen Schritt nach hinten. Er sieht mich aufmerksam an.

»Stimmt etwas nicht?«

»Ich stehe nur immer noch unter Schock.« Ich umarme ihn.

Ich bin allein mit ihm, in einem einsam gelegenen Cottage. Ich muss ihn davon überzeugen, dass ich ihm glaube. Dass ich auf seiner Seite bin. Ich muss innerlich abstumpfen, den Mörder Calder vor mir durch den Calder aus London ersetzen. Den ich früher mal geliebt habe. Ich muss glaubhaft sein.

Ich betrachte seine alte Windpockennarbe über der rechten Augenbraue, die ich so gut kenne, die ich gestreichelt und geküsst habe. Ich muss wieder die Nancy sein, die das getan hat. Ich streichle die Narbe. Ich lächle, als mein Blick über seinen Mund wandert und ich mich an sein Grinsen erinnere, als er mich aus dem Regent's Canal gezogen hat. Ich streiche mit den Händen über seine Arme und die Hände, die meine gehalten haben, als er mir beigebracht hat, Steine übers Wasser hüpfen zu lassen. In Gedanken setze ich das zerbrochene Wasserfall-Souvenir wieder zusammen und sehe es im Sonnenlicht auf unserem Ausflug zu den Stromschnellen glitzern. Ich beuge mich vor und atme seinen Moschusduft ein, während ich die Fotomontage unseres glücklichen gemeinsamen Lebens im Schnelldurchlauf abspiele und anhalte, als wir voller Hoffnung auf der Insel ankamen. Diese Nancy bin ich jetzt.

»Ich koche dir einen Tee. Du bist bestimmt erschöpft«, sage ich sanft.

»Danke«, sagt er und wirft seinen Mantel über einen Stuhl. »Das alles ist ein verdammter Albtraum.«

Das Rauschen des Wassers aus dem Hahn erfüllt den Raum. Als ich zwei Tassen herüberziehe, sehe ich die lange Reihe von

Tassen, die er mir in den letzten fünf Jahren gekocht hat, mir kocht, wenn er wusste, weiß, dass ich gestresst bin, aber nicht wusste, nicht weiß, was er sagen soll. Ich stelle den Kessel fest auf den Herd und zünde das Gas an. Ich denke an die unpassenden Ohrringe, die er mir gekauft hat, mir kauft, die ich vorgab, vorgebe, zu lieben, weil er sich darüber freute, freut, wenn er mich glücklich gemacht hat. Ich drehe ihm den Rücken zu. Höre, wie er sich bewegt, seinen schweren Atem, das Rascheln seiner Kleidung. Ich zwinge meine Schultern nach unten, warte auf den Schlag, den Stoß, den Stich ... Doch dann höre ich endlich, wie er sich hinsetzt. Ich drehe mich um, und er lächelt mich an.

Ich bin die alte Nancy – die Calder liebt.

»Dann bin ich eben der Letzte, der Caitlin lebend gesehen hat, na und?«, sagt er. »Sie war an dem Abend total aufgeregt, sagte, sie fühle sich gefangen, egal in welche Richtung sie sich drehe. Wir saßen da oben auf dem Hügel, tranken beide viel und redeten über die Schwangerschaft und was sie tun wollte. Und dann ... schlief ich irgendwann ein. Als ich ein paar Stunden später aufwachte, war sie verschwunden, und sie hatte mir einen Zettel hinterlassen, auf dem stand, ich solle ihr nicht folgen. Die Polizei hat keine Beweise, dass ich etwas damit zu tun habe. Weil ich es auch nicht getan habe.«

Ich merke, dass er seine Geschichte vor mir übt, um sie später der Polizei zu erzählen.

Das Wasser beginnt zu kochen, der Kessel pfeift erst leise, dann immer lauter, während ich versuche, langsam zu atmen.

Er klingt so glaubhaft. Aber so klang er auch, als er den »Unfall« mit Rob beschrieb. Und das war alles gelogen. Und dann behauptete er, er sei nicht hier gewesen, als Douglas ertrank. Aber auch das war eine Lüge. Und jetzt fabriziert er diese Geschichte zu Caitlin. Was ganz eindeutig eine Lüge ist. Er ist ein begnadeter Lügner. Ein Psychopath.

Der Wasserkessel pfeift kreischend. Ich ziehe ihn vom Gas, der Dampf trifft mich am Arm, und ich lasse den Kessel fallen, wobei kochendes Wasser herausspritzt.

»Was machst du denn da?«, ruft Calder, als er mich zum Spülbecken zerrt und meinen Arm unter das kalte Wasser hält. Er ist schnell und grob, will mir eindeutig helfen, aber ich versuche trotzdem, mich aus seinem Griff zu befreien. »Ich will dir doch nur helfen!«, ruft er, als ich meinen Arm wegziehe. »Bist du verrückt geworden?«

Er starrt mich an und atmet dann plötzlich scharf ein.

»Hast du Angst vor mir?«

»Nein, natürlich nicht. Du hast mir wehgetan. Sonst nichts.«

Er tritt zu nahe heran und lächelt kalt. »Was glaubst du denn, was ich tun werde?«, sagt er in einem seltsamen Ton.

»Nichts, ich hatte keine Angst, es war nur mein Arm.« Ich halte die verbrannte Stelle wieder unter das kalte Wasser. »Es tut wirklich weh. Kannst du mir etwas Eis holen? Bitte.«

Nach kurzem Zögern geht er zu unserem Kühlschranksarg.

Mit einem Arm in der Schlinge und dem anderen verbrannt fühle ich mich verletzlich. Wie kann ich mich wehren?

Er kommt mit einer Tüte gefrorener Erbsen zurück. »Setz dich hin und leg das auf deinen Arm. Ich mache den Tee.«

Ich tue so, als würde ich mich mit meinem Arm beschäftigen. Doch sobald er sich zum Spülbecken umdreht, greife ich mit meinem Schal den Schwangerschaftstest und halte beides über den Beutel mit Erbsen, als wollte ich meine Hand vor der Kälte schützen.

Calder stellt zwei Tassen Tee vor uns ab. »Es ist eiskalt hier drin«, sagt er und holt uns Decken.

»Danke.« Ich versuche, wie die Nancy von früher zu klingen.

»Mir tut das alles so leid«, sagt er langsam. »Ich wollte dich nicht anschreien. Es ist nur so ein Schock, dass Caitlin die ganze Zeit da oben war. Aber ich hatte nichts mit ihrem Tod zu tun.«

»Ich weiß, dass du es nicht warst.«

Er mustert mich.

Ich sehe ihm in die Augen.

Ich denke nach.

Oder spielt er etwa das gleiche Spiel wie ich?

»Sie haben dich nicht nach mir und Mr Walker gefragt?«, will er wissen.

»Nein, natürlich nicht.«

Calder ist klug, obwohl ich immer dachte, dass er ziemlich geradlinig ist. Aber vielleicht hat er sich nur bewusst so gegeben? Hat er mich all die Jahre ausgetrickst? War ich eine Art Tarnung? Waren meine schönen Erinnerungen nur eine Fassade? Es klingt lächerlich. Aber Serienmörder haben nichts ahnende Ehefrauen, die das Essen kochen und die Kinder versorgen, und alle sagen immer: *Wie konnte sie das nicht wissen?* Ist das nicht genau das, was ein Mörder tun würde? Sich eine gefügige Freundin zulegen, um nach außen normal zu erscheinen?

»Das ist ein Albtraum«, wiederholt er und fährt sich mit den Händen durch die Haare. »Ich kann verstehen, dass alle mich für schuldig halten. Aber das bin ich nicht. Du glaubst mir doch, oder?«, vergewissert er sich erneut.

»Natürlich.«

Ich lege den gefrorenen Beutel auf den Tisch und streiche ihm über die Haare. Er umfasst meine Taille und stützt den Kopf an meinen Bauch. Genau das habe ich mir so lange ersehnt. Und jetzt ist es einfach nur noch grotesk.

»Danke. Ich wüsste nicht, was ich ohne dich tun sollte«, murmelt er.

Er wirkt so glaubhaft. Wie hatte ich die Dunkelheit in ihm nur nie sehen können? Ich muss dafür sorgen, dass er verurteilt und für immer weggesperrt wird.

»Ich habe 48 Stunden nicht geschlafen, ich bin völlig im Eimer.«

»Sollen wir uns hinlegen?«

»Ja, gute Idee.«

Wir gehen ins Schlafzimmer, wo ich meine klamme Kleidung ausziehe, in diverse trockene Schichten schlüpfe, mit denen ich später das Wetter draußen aushalten werde, und lege mich neben Calder aufs Bett. Ich verlangsame meine Atmung und versuche, so entspannt dazuliegen, als sei ich eingeschlafen.

Er rollt sich an mir ein, legt seinen schweren Arm über mich.

Sobald er eingeschlafen ist, muss ich fliehen.

Wenn ich noch eine Sekunde länger still liegen soll, schreie ich, aber ich denke an das Baby und halte durch. Ich muss hier raus. Ich glaube, Calder schläft. Seit einer Weile atmet er ruhig und gleichmäßig. Aber vielleicht täuscht er es auch nur vor. Um mich auf die Probe zu stellen.

Doch ich kann nicht länger warten, ich muss hier weg. Mit meinem unverletzten Arm halte ich mich am Metallbettgestell fest und ziehe mich unter Schmerzen unter seinem Arm hervor, Zentimeter um Zentimeter. Dann fällt sein Arm auf die Matratze, und ich halte den Atem an, ob er aufwacht. Aber er atmet weiter ruhig und gleichmäßig.

Ich setze mich langsam auf und schleiche aus dem Schlafzimmer, um Jacke und Stiefel zu holen. Ich habe sie gerade zugeschnürt, als das Licht über mir aufflackert.

»Na, wo soll's denn hingehen?«

Ich richte mich auf, und wir starren einander an. Er weiß, dass ich ihm kein Wort geglaubt habe. Er weiß, dass ich weiß, was er getan hat.

Dann wird es plötzlich dunkel.

KAPITEL DREISSIG

»Stromausfall«, ruft Calder. »Beweg dich nicht. Ich suche meine Taschenlampen und die Kerzen meiner Mutter.«
Über uns ertönt ein lautes Krachen.
»Noch ein Schaf!«, kreische ich auf.
»Nein, das ist Donnergrollen.«
Wir tasten uns zu dem kleinen Fenster vor und sehen nach draußen. Ein Blitz zuckt über der Küste über den Himmel und beleuchtet das aufgewühlte Meer. Der Wind heult, es regnet in Strömen.
»Das ist kein normaler Sturm«, sagt Calder. »So einen gab es mal, als ich jünger war. Er hat großen Schaden auf der Insel angerichtet. Und auf dieser Seite sind wir ihm ausgeliefert. Wir müssen das Cottage so gut wie möglich absichern.«
Und mich im Haus festhalten?
Plötzlich wird das Fenster nach innen gedrückt, kalte Luft und Regen peitschen uns entgegen, während Calder sich bemüht, es wieder zu schließen.
»Wir müssen die Fenster vernageln!«, ruft er. »Ich hole die Taschenlampen.« Er stolpert zum Schrank, und gleich darauf durchbricht der starke Lichtstrahl seiner riesigen Taschenlampe den Raum. Das Fenster schlägt hin und her, immer mehr Regen prasselt herein. »Hier, nimm.« Er gibt mir die Taschenlampe und greift nach einer kleineren. »Ich hole den Werkzeugkasten!«, ruft er, »such schon mal alles Holz zusammen, was du finden kannst.«
Der rostige Werkzeugkasten seines Vaters wird klirrend auf den Boden gestellt, während ich eine alte Schublade bereithalte.

Er schlägt die Seiten ab und nagelt die Bretter dann über das Fenster.

Ein lautes Krachen ertönt über uns.

»Kommt das Dach runter?«, rufe ich.

»Wahrscheinlich der Schornsteinkopf. Ich muss den Kamin abdichten.«

Wir rennen zum Wohnzimmer. Als Calder die Tür aufstößt, leuchte ich in den Raum, in dem schwarzer Ruß und Aschereste herumwirbeln.

»Ich hole die alten Zeitungen und das Holz. Wir müssen den Kamin verschließen.«

Er füllt den Schacht und vernagelt die Öffnung mit Holz.

»Alles okay?«, fragt Calder danach misstrauisch und leuchtet mir ins Gesicht.

Ich beschatte die Augen. »Ich bin nur müde.«

»Komm, setz dich hin. Ich zünde die Kerzen an. Wir müssen sparsam mit den Taschenlampenbatterien umgehen. Gott weiß, wie lange das da draußen gehen wird oder wann der Strom zurückkommt.«

Es ist eiskalt. Vor den Fenstern heult der Wind, und der Regen prasselt gegen die Scheiben. Calder zündet Kerzen an und stellt sie auf den Tisch. Das flackernde Licht verbreitet eine schaurige Atmosphäre und taucht unsere Gesichter in einen seltsamen Schein. Ich schlinge die Arme um den Bauch. Ich werde dich beschützen. Ich werde dich retten. Vor ihm.

»Ich muss mir den Ruß abwaschen!«, rufe ich und gehe zum Badezimmer. Dabei nehme ich heimlich Calders Autoschlüssel und schiebe ihn in meine Tasche.

»Nancy!«, ruft er.

»Ja?« Ich schließe die Finger um den Schlüssel, um mich notfalls damit zu verteidigen.

»Hier, nimm die mit.« Er gibt mir eine Kerze.

Ich wasche mir Hände und Gesicht. Hier drin ist es viel lauter, das Fenster klappert im Rahmen, und der Regen trommelt gegen die Hauswand.

»Wir müssen mit den Flammen aufpassen!«, ruft Calder. »Ich räume mal den Tisch frei.«

Plötzlich fällt mir der Schal ein. Der den Schwangerschaftstest verbirgt.

»Nein, ich …«

Als ich die Badezimmertür aufreiße, steht Calder im flackernden Kerzenlicht, lässt meinen Schal auf den Tisch fallen und mustert das Stäbchen.

»Du bist schwanger?«

Ich nicke.

»Von Hamish?«

»Was? Nein. Natürlich ist es von dir.«

»Woher soll ich das wissen?«, knurrt er.

»Weil es nur einmal passiert ist. In London. Und ich erinnere mich noch nicht mal daran.«

»Zu ihm wolltest du also vorhin gehen. Zu Hamish.«

»Verdammt noch mal, wir sind nicht zusammen. Das Kind ist von dir.«

»Wie beim letzten Mal?«

Ich weiche vor ihm zurück, hinter den Tisch. »Du hast gesagt, du glaubst mir. Es war ein einmaliger Fehler, als ich schrecklich betrunken war.«

»Du hast mich einmal betrogen. Warum solltest du es nicht noch einmal tun?«

»Und du hast einmal getötet. Warum solltest du es nicht noch einmal tun?«

Er starrt mich an. »Was soll das heißen?«

»Du hast gesagt, du hättest Rob getötet, als du ihn vor lauter Wut gestoßen hast und er über die Klippe gestürzt ist.«

»Das ist auch die Wahrheit.«

Ich weiß, ich sollte still sein, doch ich kann mich nicht mehr zurückhalten. »Und woher kommt dann das Seil um seinen Hals? Du hast ihn nicht im Affekt vor lauter Wut getötet. Sondern du hast ihn stranguliert und dann ins Meer geworfen. Weil er wusste … dass du Caitlin ermordet hattest?«

Aufgebracht wirft er die Arme hoch. »Nein, das habe ich nicht. Und ich hatte auch nichts mit Caitlins Tod zu tun.«

»Sei ruhig, sei ruhig, sei ruhig!«, schreie ich. »Hör auf zu lügen. Die Fakten sprechen gegen dich. Du bist ein Serienmörder.«

»Ach herrje. Wen soll ich denn noch umgebracht haben?«

»Deinen Vater.«

Mit offenem Mund starrt er mich an.

Dann drückt der Wind das Brett vor dem kaputten Fenster nach innen und weht die Kerzen um.

Ich schreie.

Licht flackert auf, als mein Schal auf dem Tisch durch die umgestürzten Kerzen Feuer fängt. Die Flammen breiten sich rasend schnell aus. Calders Gesicht wird vom Schein erleuchtet, seine Augen sind riesig. Der ganze Tisch brennt, steht zwischen uns und der Haustür, dem einzigen Weg nach draußen. Schwarzer Rauch füllt den Raum und bringt uns zum Husten.

»Wir müssen hier sofort raus!«, brüllt Calder und schiebt mich Richtung Schlafzimmer.

Er wirft die Tür hinter uns zu und stopft die Decken vor den Türspalt. Als trotzdem Rauch ins Zimmer dringt, reißt er das winzige Fenster auf.

»Raus, sofort!«, ruft er.

Ich klettere auf den Stuhl, den er mir hinschiebt, und zwänge mich durch die Öffnung. Schwer komme ich auf dem Boden auf. Der Schmerz schießt durch meinen verletzten Arm bis in die Schulter, als ich mich mit den Handflächen auf dem Boden abstütze, und ich schreie auf. Ich kann mich auf die unverletzte Seite abrollen und aufrappeln, während Calder sich ebenfalls durch die Fensteröffnung zwängt.

Als er zu Boden stürzt, explodiert etwas im Cottage.

»Das Benzin im Herd!«, ruft er. »Geh so weit weg wie möglich. Ich muss die restlichen Kanister in den Garten schaffen. Alles kann jeden Moment in die Luft fliegen.«

Er rennt davon. Während ich mich hinkend vom Haus entferne, schiebe ich die Hände in die Taschen und merke, dass ich noch den Autoschlüssel habe. Doch ich kann nicht fahren. Ich habe es nie gelernt. Aber ich saß oft neben ihm, wenn er fuhr. Zum Glück hat der Wagen Automatik. Schlüssel einstecken, Zündung betätigen, aufs Pedal treten und steuern. Ich muss es einfach versuchen.

Im Licht der Flammen haste ich zum Wagen. Die Fahrertür ist unverschlossen. Ich springe hinein und schlage sie hinter mir zu.

»Nancy?«, höre ich Calder gedämpft rufen.

Ich habe Mühe, den Schlüssel mit meiner verletzten rechten Hand in die Zündung zu schieben, muss mich drehen und es mit der linken versuchen. Endlich gelingt es mir, und ich starte den Wagen. Nichts passiert.

Ich hebe den Kopf, Calder rennt vom Cottage auf mich zu.

Ich verriegele erst die Fahrertür, dann die Beifahrertür und die hinteren Türen.

Bei den hastigen Bewegungen schreie ich vor Schmerzen. Calder hat mittlerweile das Auto erreicht. »Was machst du da, Nancy?«, brüllt er und hämmert gegen das Fenster. »Komm raus, du bist zu nahe dran, das Haus wird in die Luft fliegen, und das Auto dann auch!«

Ich drehe noch einmal den Schlüssel, und dieses Mal startet der Wagen. Ich trete auf das Pedal. Der Wagen bebt, rührt sich aber nicht vom Fleck. Die Handbremse. Panisch zerre ich daran, doch auch sie bewegt sich nicht.

»Was soll das? Du kannst doch gar nicht fahren!«, brüllt Calder.

Meine Hände sind schweißfeucht und rutschig, doch endlich ertaste ich den Knopf am Ende der Handbremse.

»Geh weg!«, rufe ich, während ich den Knopf ungelenk mit der linken Hand drücke, an der Handbremse ziehe und das Gaspedal durchtrete. Das Auto macht einen Satz nach vorn auf den Weg, schrammt mit einem widerlich quietschenden Geräusch an der Wand entlang, und der Seitenspiegel bricht ab. Als ich auf den Schieferstapel von Islas Grab zurase, nehme ich den Fuß vom Pedal, und das Auto kommt am Klippenrand abrupt zum Stehen.

Calder rennt hinter mir her.

Wo schaltet man das verdammte Innenlicht ein? Überall sind Knöpfe mit irgendwelchen Symbolen.

»Nancy, hör auf, du bringst dich noch um!«

Endlich sehe ich ein kleines Halboval mit Linien an der geraden Seite. Ich drücke darauf, und das Licht geht an. Ich bin viel kleiner als Calder, habe aber keine Zeit, den Sitz richtig einzustellen, weshalb ich nach vorn an den Rand rutsche, um das Gaspedal besser zu erreichen. Ich packe das Lenkrad und trete aufs Pedal. Der Wagen rollt im Schneckentempo voran, während ich ihn von der Klippe wegsteuere. Ich darf nicht zu viel Gas geben, sonst stürze ich ab. Irgendwie schaffe ich es, das Steuerrad weit genug zu drehen, um wieder auf den Weg zu gelangen. Schweißüberströmt krieche ich voran, während ich angestrengt nach vorn sehe, als hinter mir ein Knall ertönt. Calder hat auf den Kofferraum geschlagen. Ich trete fester auf das Gaspedal, und der Wagen schießt nach vorn. Dieses Mal fahre ich weiter, während Calder im Rückspiegel immer kleiner wird.

KAPITEL EINUNDDREISSIG

Es ist, als würde man in einem schwarzen Nichts fahren. Nirgendwo brennt Licht, nicht einmal an der Weggabelung. Der Stromausfall muss unsere ganze Gegend betreffen. Es regnet immer noch in Strömen. Ich sollte den Schalter für die Scheibenwischer suchen, traue mich aber nicht anzuhalten. Mein rechtes Bein krampft vor Anstrengung, das Gaspedal zu kontrollieren.

Plötzlich holpern die Räder auf der linken Seite über eine Erhöhung. Ich bin vom Weg abgekommen. Das Auto neigt sich in einem bedenklichen Winkel. Ich kurbele das Lenkrad mit meinem unverletzten Arm Richtung Straße und trete auf das Pedal, doch die Räder drehen durch, ohne dass sich das Auto bewegt. Ich steige aus, um zu sehen, was passiert ist. Im schwachen Schein der Rücklichter erkenne ich, dass das Hinterrad im tiefen Schlamm versunken ist und durchdreht. Aber in meinem Zustand kann ich es nicht freilegen. Ich muss etwas darunter schieben, damit das Rad greift. Etwas Hartes, das das Gewicht des Autos tragen kann.

Schiefer!

Die ganze verdammte Insel ist aus dem Zeug.

Mit dem Fuß schiebe ich Schieferstücke hinter das Rad, blende die Schmerzen dabei aus, bis ich genug aufgetürmt haben dürfte. Ich werfe einen Blick zurück auf die Straße. Noch ist niemand zu sehen, doch er wird mich bald einholen. Ich setze mich wieder hinter das Steuer und trete das Pedal erneut durch. Die Räder greifen, das Auto macht einen Satz und ist wieder in der Spur.

Als ich mich dem Dorf nähere, bin ich verwirrt, dass auch hier keine Straßenlaternen brennen.

Hinter der Kurve, die hinunter zu den Häusern führt, sehe ich, dass die »Metropole« im Dunkeln liegt, der Ort scheint gar nicht zu existieren. Der Strom muss auf der ganzen Insel ausgefallen sein. Vorsichtig fahre ich bis zum Rand der Cottages, wage mich aber nicht weiter vor, aus Angst, mit etwas zu kollidieren.

Ich schaue zurück, sehe aber niemanden. Oder folgt Calder mir mit etwas Abstand? Falls ja, ist er zu Fuß unterwegs und mindestens eine halbe Stunde hinter mir – es sei denn, er ist im Dunkeln über den Hügel gegangen? Das würde er bei diesem Wetter doch nicht riskieren, oder?

Doch, das würde er. In etwa fünfzehn Minuten wird er hier sein. Ich brauche Hilfe. Sofort. Als ich zwischen den beiden weißen Häuserreihen hindurchgehe, sehe ich in einigen Fenstern Fackeln und Kerzen und dunkle Schatten, die sich bewegen. Der Himmel schickt eine wahre Sintflut, und ich bin völlig durchnässt. Ich weiß nicht, wohin ich gehen soll.

Alle halten Calder für einen Mörder, und ich als seine Frau stecke mit ihm unter einer Decke.

Ich klopfe bei Hamishs Cottage, doch niemand reagiert. Ich klopfe noch fester. Nichts. Wo ist er nur? Ich rufe ihn an, lande aber direkt auf der Mailbox.

Arran – er wird mir bestimmt helfen. Ich laufe zur Kirche, die jedoch im Dunkeln liegt, die großen Türen sind verschlossen. Dann sehe ich flackerndes Licht im Pfarrhaus nebenan. Ich laufe hinüber und klopfe ans Fenster.

»Nancy?«, ruft Arran, als er hinausspäht. »Gott sei Dank. Komm zur Tür!«

Er öffnet die hölzerne Eingangstür und zieht mich aus dem Regen in den muffigen Flur. »Was machst du bei dem Wetter da draußen?«

»Kann ich hier auf die erste Fähre warten?«, frage ich keuchend.

Er runzelt die Stirn. »Zum Festland?«

»Ja. Ich … Ich muss hier weg.«

»Ich weiß, dass das alles sehr aufwühlend war, aber warum bist du nicht bei Calder?« Er gibt mir ein Handtuch.

»Das … kann ich jetzt nicht erklären.«

Er runzelt wieder die Stirn. »Ich hole dir trockene Kleidung. Warte hier.« Er nimmt eine kleine tropfende Kerze von einem Beistelltisch, gibt sie mir und geht mit einer weiteren davon.

Ich trete in sein niedriges Wohnzimmer. Im Kerzenschein ist wenig zu erkennen, doch man sieht, wie karg es eingerichtet ist. Einfache Holzstühle. Ein Tisch. Fast schon klösterlich. Dann bleibt mein Blick an einer Kommode hängen, auf der gerahmte Fotos stehen: Alle zeigen Calder. Calder als Kind im Fußballdress, Calder als Teenager mit kurz geschorenen Haaren, sogar ein Foto von ihm und mir, das wir Isla geschenkt hatten. Und ein Foto von uns bei unserer Hochzeit. Sogar ich habe noch keine Bilder von diesem Tag bekommen. Was soll diese Besessenheit von Calder?

Ich höre eine leise Stimme. Arran telefoniert in einem anderen Zimmer mit jemandem. Vorsichtig schleiche ich zurück in den Flur.

»Ja, sie ist jetzt hier … Nein, ich werde ihr nichts sagen … Keine Angst, ich lasse sie nicht weg … Ich weiß … Natürlich mache ich das. Okay, tschüss, Calder. Bis gleich.«

O mein Gott! Sie stecken unter einer Decke, und Arran soll mich für Calder festhalten. Was geht hier auf der Insel nur vor? Wem kann ich überhaupt noch trauen?

Ich schleiche mich zum Wohnzimmer zurück und wirbele herum, als ich seine knarzenden Schritte höre.

»Suchst du etwas?«, fragt er.

»Nein. Ich wollte nur ... schauen, wo du bist.«
Wir mustern einander. Weiß er, dass ich ihn gehört habe?
»Hast du sie nicht mitgebracht?«
»Was meinst du?« Er kommt auf mich zu.
»Du wolltest mir doch trockene Kleider holen?« Er sieht auf seine leeren Hände und dann zurück zu mir. Ich versteife mich, bereite mich auf seinen Angriff vor. »Mir ist wirklich kalt.«
Er zögert und dreht sich um. »Ach ja, tut mir leid. Bleib am besten im Wohnzimmer, damit du im Dunkeln nicht stolperst.« Er zieht die quietschende Tür, die offenbar klemmt, fest ins Schloss. Ich muss hier raus, bevor er zurückkommt. Wer weiß, was er im Schilde führt. Ich gehe zum Fenster und will es öffnen, doch es rührt sich nicht. Ich ziehe einen der schweren Holzstühle heran, steige darauf, halte mich an der Vorhangstange fest und trete gegen den Metallriegel, bis er nachgibt und das Fenster mit einem lauten Krachen auffliegt. Ich balanciere auf dem Fensterbrett, überlege hinauszuspringen, als hinter mir die Tür aufgerissen wird.
»Nancy, nicht.«
Ich springe, lande in einem durchweichten Blumenbeet und schreie auf, als der Schmerz durch meinen Körper zuckt.
»Nancy, lauf nicht weg!«, ruft Arran, doch ich renne schon zum Dorf hinunter. Ich muss mich irgendwo verstecken, sofort. Da, das Buswartehäuschen. Ich ducke mich dahinter und schnappe keuchend nach Luft. Arran macht also gemeinsame Sache mit Calder. Warum sonst stehen die Fotos in dem sonst so karg eingerichteten Wohnzimmer? Aber viel wichtiger ist, wie kann ich mir die beiden vom Leib halten, bis die Fähre kommt?
Mein Handy sagt, dass es zwanzig nach acht ist, und es wird allmählich hell. Um neun soll die erste Fähre zum Festland ablegen. Gott sei Dank. Bald bin ich für immer von hier weg.

Gina wird mir bei der Anwaltssuche halfen, falls man mich noch mal befragen muss. Ich weiß, dass sie mir helfen wird, sobald ihr die Umstände klar sind. Aber wo soll ich mich bis zur ersten Fähre verstecken? Auf der anderen Straßenseite steht ein altes Toilettenhäuschen, dorthin flüchte ich mich. Noch nie war ich so froh über den Gestank nach Urin und Putzmittel. Ich lasse mich auf die kalten Fliesen sinken und weine vor Erleichterung.

Eine halbe Stunde später öffne ich die Tür. Der Regen ist schwächer, der Wind abgeflaut. Der Sturm hat eine Schneise der Verwüstung hinterlassen. Gartenzäune sind umgeknickt, Stühle und Tische liegen auf dem Dorfplatz, Mauern sind eingestürzt. Boote liegen auf der Seite, halb unter Wasser. Doch am Pier stehen ein paar Männer, die auf die erste Fähre warten. In zehn Minuten bin ich weg von der Insel. Dann wird alles gut.

Als ich aus der Tür trete, läuft Hamish auf der Straße vorbei. »Hamish, hier drüben!«

Verwirrt dreht er sich um, sieht mich und rennt zu mir ins Toilettenhäuschen.

»Gott sei Dank habe ich dich gefunden!«, ruft er und umarmt mich. »Du bist ja total durchnässt.«

»Sie sind hinter mir her«, sage ich und schließe hastig die Tür hinter ihm.

»Wer?«

»Calder. Und Arran. Calder hat Caitlin umgebracht und dann Rob, weil der es herausgefunden hatte. Und Arran hilft ihm.«

»Das ist nicht dein Ernst.« Er schüttelt ungläubig den Kopf. »Zum Glück ist Calder erst einmal im Gefängnis.«

»Nein, sie haben ihn gehen lassen.«

»Was?«

»Er hat gesagt, es gäbe keine stichhaltigen Beweise gegen ihn. Deshalb muss ich so schnell wie möglich von der Insel. Ich nehme die erste Fähre. Komm mit mir.«

»Nein«, sagt er entschieden.

Das war's. Ich bin auf mich gestellt. Er war meine letzte Hoffnung. Ich dachte, er würde alles für mich tun. »Schon gut. Aber ich muss jetzt los. Ich …«

»Nein, natürlich helfe ich dir«, sagt er und packt meine Schultern. »Ich meine, die Fähre kann nicht auslaufen.«

»Warum, wegen des Sturms?«

»Ja, er hat den losen Schiefer vom Meeresgrund ins Hafenbecken gespült. Nichts kann ein- oder auslaufen. Die Aufräumarbeiten werden Wochen dauern.«

Ich lehne mich gegen die Toilettenkabine. Erschöpft. Gefangen. Warte auf das Unausweichliche.

»Vertrau mir«, sagt Hamish und drückt meinen Arm. »Sie werden dich nicht erwischen, dafür sorge ich. Mein Truck steht gleich da drüben.«

Ich nicke, spüre die warme Verbindung zwischen uns. Ich kann doch jemandem trauen. Vielleicht besteht noch Hoffnung. Ich öffne die Tür einen Spalt und spähe ins Freie. Arran nähert sich in einiger Entfernung in seinem langen grauen Regenmantel. »Da hinten kommt Arran«, flüstere ich.

»Nancy!« Rufe schallen vom Strand herauf, und ich sehe, dass Janey mir hektisch zuwinkt. Sie läuft schnell über die Schieferplatten, und bei ihr ist … Alison. Beide tragen lange graue Gemeinderegenmäntel. Wieso reden sie überhaupt miteinander? Hassen sie sich nicht? Janey winkt Arran zu und deutet auf das Toilettenhäuschen, mein Versteck. Er nickt und wedelt mit beiden Armen. Ich entdecke durch den Türspalt noch mehr grau gekleidete Gestalten, die sich nähern. Sind sie etwa alle hinter mir her?

»Sie sind alle hinter uns her!«, zische ich Hamish zu. »Wir müssen sofort hier weg.«

»Nancy, alles in Ordnung?«, brüllt Arran. »Hast du Hamish gesehen?« Er zeigt auf das Toilettenhäuschen. »Calder, sie ist da drin.«

Ich sehe, wie Calder die Straße entlangkommt, auf uns zu. In einem langen grauen Regenmantel. Er ist tatsächlich einer von ihnen.

Arran hat uns fast erreicht.

Janey und Alison überqueren die Straße.

Die grauen Gestalten rücken näher.

»Wir müssen rennen!« Hamish legt einen Arm um mich.

Wir stürzen ins Freie und rennen an der Seite entlang, wo Hamishs ramponierter Truck steht. Er reißt die Tür auf, und wir klettern hinein.

Arran hat den Truck fast erreicht, als ich die Tür zuschlage. »Los, los, los!«, schreie ich.

Der Truck setzt sich in Bewegung.

Doch Janey und Alison versperren uns den Weg, stehen mit erhobenen Händen vor uns, die Regenmäntel flattern im Wind.

Hamish beschleunigt. Im letzten Moment weichen die Frauen zur Seite.

»Wir müssen an Calder vorbeifahren, um aus dem Dorf zu kommen!«, ruft Hamish. »Wir sind fast bei ihm. Verriegle deine Tür.«

Calder brüllt und gestikuliert, das Gesicht zu einer wilden Grimasse verzogen. Er schlägt mit der Faust gegen meine Tür. Heult auf, als wir an ihm vorbeirasen.

Wir sind ihnen entkommen. Gott sei Dank. Aufatmend lehne ich mich an Hamish, dann sehe ich durch das Rückfenster hinaus. »Hast du die grauen Regenmäntel gesehen? Sogar Calder trägt einen. Das ist doch eine Sekte.«

»Was?«

»Die Kirche. Die ganze Gemeinde. Sie haben ihre eigenen Gesetze. Janey hat mich gewarnt. Und Calder gehört dazu.«

»Ja, die halten zusammen, vor allem bei dem Auserwählten«, sagt Hamish düster.

»Calder?«

Er nickt. »So war es, als wir Kinder waren. Arran war da schon in ihn vernarrt. Die ganze Gemeinde war ständig um ihn herum. Ich habe nie hierhergepasst.«

Dunkle Mächte herrschen hier. Und Calder steht im Mittelpunkt. Wir müssen sofort weg. »Was sollen wir jetzt tun? Wie kommen wir von der Insel?«

»Wir können mein Ausflugsboot nehmen, wenn der Sturm es nicht erwischt hat. Es liegt im Bootshaus, in einer geschützten Höhle, es könnte also überlebt haben. Aber es führt nur ein langer Schotterweg dorthin, und wenn sie uns folgen, gibt es keine Fluchtmöglichkeit. Wir sollten besser beten, dass das Boot seetüchtig ist.«

Ich nicke entschlossen, und er beschleunigt wieder. Entweder fahren wir in die Freiheit. Oder enden als leichte Beute.

KAPITEL ZWEIUNDDREISSIG

Wir fahren auf der anderen Seite der Insel, die neu für mich ist, hoch oben über die Klippen. Dann biegt Hamish auf eine lange Schotterstraße ab, und wir parken an einem steilen Abhang, der hinunter zu einer kleinen einsamen Bucht führt. Es nieselt nur leicht, als wir aussteigen, doch der Himmel ist immer noch von dicken schwarzen Wolken überzogen. Neben einem Holzsteg steht eine große Blockhütte.

Ich schreie auf, als ich aus dem Truck klettere und stolpere.

»Alles okay?«, ruft Hamish, kommt um den Wagen herum und hilft mir auf.

»Nur mein Arm. Los, wir haben nicht viel Zeit.«

»Du zitterst ja.« Er holt ein paar Kleidungsstücke vom Rücksitz, dann gehen wir los.

»Glaubst du, der Sturm ist vorbei?«, frage ich und sehe zweifelnd zu den dunklen Wolkentürmen hinauf.

»Ich denke bei Stürmen nie, dass sie vorbei sind«, sagt Hamish. »Sie lassen ... nur nach.« Eine seltsame Formulierung.

Ich beiße die Zähne zusammen und schlinge die Arme gegen die Kälte um den Oberkörper. Das alles kann nicht gut für mein Baby sein. *Mein Baby.* Das ich behalten werde, das weiß ich jetzt.

»Alles okay? Ist dir schlecht?« Er hat gesehen, wie ich meinen Bauch berührt habe.

»Nein, nein, nur kalt.«

»Du musst was Trockenes anziehen«, sagt er, während er das schwere Vorhängeschloss an der Blockhütte öffnet, die Tür aufzieht und das Licht auf sein orangefarbenes Ausflugsboot fällt.

»Sieht gut aus, aber ich bin besser vorsichtig. Bei der wertvollen Ladung! Zieh dir schnell trockene Sachen an und darüber den Tour-Overall, während ich das Boot fertig mache. Beeil dich.«

In dem winzigen Büro, das voller Ausrüstung und Seile ist, schlüpfe ich in Hamishs Jeans, T-Shirt und einen großen blauen Pullover. Seine Kleider zu tragen, fühlt sich sehr intim an. Sein Geruch umhüllt mich, gibt mir Sicherheit. Ich ziehe den wasserdichten Overall über, in dem ich fast ertrinke, und trete ins Freie.

»Bereit für den Catwalk«, verkünde ich.

»Dir steht alles«, sagt er mit einem verlegenen Lächeln.

Er hilft mir in eine Rettungsweste und überprüft die Gurte. »Ich werde nicht zulassen, dass sich die Geschichte wiederholt, keine Angst.«

»Was meinst du damit?«

»Dass Calder seine Freundin umbringt. Dich wird er nicht töten.«

Er springt in das Boot und hilft mir an Bord, dann startet er den Motor. Ein Blitz zuckt über den Horizont.

»Ist es denn sicher, bei dem Wetter hinauszufahren?«

»Keine Angst, der Blitz war weit weg, und es donnert nicht. Und der Sturm zieht auch erst auf.«

Ich setze mich neben ihn ins Heck und halte mich mit meinem unverletzten Arm fest. Hamish fährt aufs aufgewühlte graue Meer hinaus. Das Boot ist schnell, und Calder hat keine Ahnung, wo ich bin oder wohin ich auf dem Weg sein könnte. Wir werden es schaffen.

»Glaubst du, die anderen wissen, was Calder getan hat? Arran, Janey, Alison?«

»Diese Gruselgemeinde schützt sich gegenseitig – und Calder war immer ihr Liebling. So sportlich, so attraktiv, so besonders.«

»Ich danke dir so sehr, Hamish«, sage ich. »Du tust so viel für mich. Ich habe das Gefühl, als hätte ich dein Leben komplett auf den Kopf gestellt.«

Er schüttelt den Kopf. »Sei nicht albern. Ganz im Gegenteil. Du hast mich befreit.«

Ich nicke. »Und du mich. Wirst du mit mir nach London kommen?«

Er lächelt. »Natürlich. Ich werde die ganze Zeit bei dir sein. Wenn du das möchtest.«

»Natürlich möchte ich das. O Gott, Calder ist ein Psychopath ... Wie konnte ich das nicht sehen?«

»Weil du ein guter Mensch bist und er dich hinters Licht geführt hat. Ich habe es auch nicht gesehen, und ich bin sein bester Freund.«

»Danke.«

»Für dich würde ich alles tun.« Er umarmt mich unbeholfen, und ich lehne mich an ihn, blicke nach vorn, auf unseren Fluchtweg Richtung Festland.

Doch als wir die Bucht verlassen, nähert sich ein Boot von der Landzunge und steuert direkt auf uns zu. Es ist eines der Boote vom Pier, ein kleines Gefährt, das auf der rauen See zerbrechlich wirkt. Die dunklen Haare des Steuermanns flattern im Wind. Calder. Er winkt uns hektisch zu.

»O mein Gott, er verfolgt uns.«

»Keine Angst, mit dem hier kann ich ihn abhängen«, ruft Hamish. Er beschleunigt und rast an Calder vorbei, durchnässt ihn mit der hoch aufspritzenden Gischt und schießt in Richtung Festland davon. Wir lassen ihn weit hinter uns. Er kann uns auf keinen Fall einholen.

Ich atme ruhiger. Wir werden es schaffen.

Dann verringert Hamish plötzlich die Geschwindigkeit, dreht abrupt und steuert direkt auf Calder zu.

»Was machst du da?«, schreie ich.

»Solange er am Leben ist, wirst du nie richtig frei sein!«, ruft er zurück.

»Was? Kehr um, Hamish. Lass uns einfach ans Festland fahren, bitte.«

»Nein, wir müssen ihn ein für alle Mal aufhalten.«

Ich stürze mich auf Hamish, will seine Hände vom Steuerrad reißen, doch er klammert sich fest und starrt stur geradeaus. Mein rechter Arm ist nutzlos, ich bin zu schwach. Wieder zucken Blitze über den Horizont, dieses Mal jedoch gefolgt von Donnergrollen. Der Sturm kommt näher.

»Hör auf!«, schreie ich. »Das ist doch verrückt.«

Er steuert weiter direkt auf Calder zu, als wollte er sein Boot rammen.

»Hamish, du wirst ihn umbringen, was machst du denn da?«

»Glaubst du, du wirst ihn je los sein, wenn wir das jetzt nicht tun?«, ruft er zurück. Er bremst ab, und ich setze mich wieder auf die Bank, wo ich mich verzweifelt festhalte.

Calder ruft uns etwas zu, doch über dem Dröhnen der Motoren, dem Rauschen des Meeres und dem stärker werdenden Regen kann ich ihn nicht verstehen. Wir fahren weiterhin direkt auf ihn zu, und ich wappne mich gegen den Zusammenprall. Ich habe ihn aus diesem wilden Meer gerettet, und jetzt soll ich ebendiesem Meer helfen, zu beenden, was es angefangen hat.

In letzter Sekunde weicht Calder mit dem kleineren Boot aus. Und da verstehe ich endlich, was er mir zuruft.

»Hamish hat sie alle getötet!«

»Was?«, rufe ich zurück, doch er ist schon wieder zu weit weg. »Hamish, wovon redet er?«

»Er ist total irre!«, brüllt Hamish.

Das kann nicht sein. Hamish war bei Robs Tod auf Geschäftsreise. Gina hatte doch gesagt, dass er unterwegs wäre, als ich sie wegen Calders Unfall anrief. Ich werde zur Seite geschleudert, als Hamish abbremst, um Calder wieder zu rammen.

»Hör auf, Hamish, ich falle sonst ins Wasser.«

Er ignoriert mich und rast wieder auf Calder zu, schneidet ihm den Weg ab, sodass Calder fast aus dem Boot geschleudert wird. Der gestikuliert wild. »Pass auf, Hamish!«, brüllt er. »Sie ist schwanger.«

Plötzlich werden wir langsamer, als Hamish zu mir sieht. »Du bist schwanger? Von ihm?«, ruft er.

Ich nicke.

»Wie beim letzten Mal.« Er schüttelt den Kopf und macht einen Schritt auf mich zu.

O mein Gott. Was hat er vor?

»Was meinst du damit?«

Er starrt mich wütend an.

»Hamish?«

Dann tritt er zurück ans Steuer, beschleunigt und hält wieder auf Calder zu.

»Hamish, hör auf!«

Dieses Mal verlangsamt er das Tempo, als er Calder erreicht. Gott sei Dank. Doch als wir längsseits gehen, springt Hamish auf unseren Bootsrand und von dort auf Calders Boot. Er stürzt über den Rand, rappelt sich aber schnell wieder auf.

Unser Boot schwankt gefährlich und treibt ab. Doch der Motor läuft noch, weshalb ich schnell nach dem Steuerrad greife und es zurücklenke.

Wovon redet Calder da eigentlich? Will er mich immer noch manipulieren? Aber was tut Hamish da? Ich weiß überhaupt nicht mehr, wem ich glauben soll.

Der Himmel ist von schwarzlila Wolken bedeckt, eisiger Regen prasselt auf uns hernieder. Immer wieder sage ich »Nein, nein, nein«, doch was will ich eigentlich nicht? Dass Hamish Calder tötet? Oder dass Calder Hamish tötet?

Plötzlich stottert mein Motor und erstirbt. Calder mit seinen wilden schwarzen Haaren ist einen halben Kopf größer als der drahtige, rothaarige Hamish.

»Calder, Hamish!«, brülle ich, doch meine Stimme wird von Wind und Meer verschluckt.

Sie stehen einander gegenüber. Hamish holt zum Schlag aus.

Sie kämpfen miteinander, versuchen, den jeweils anderen über Bord zu werfen. Ich ringe auf dem schwankenden Boot in dem aufgewühlten Wasser um Gleichgewicht.

»Calder!«, rufe ich.

Abgelenkt sieht er zu mir, und Hamish nutzt die Gelegenheit, ihn umzuwerfen. Im wild taumelnden Boot ringen sie miteinander. Ich versuche, den Motor zu starten, jedoch vergeblich.

Die Boote werden wie Spielzeug herumgeworfen. Ich sehe nicht, was passiert. Plötzlich erleuchtet ein riesiger Blitz die Szenerie. Alles wird weiß.

Eine Gestalt steht auf, doch ich bin immer noch geblendet von dem grellen Blitz.

Dann wird alles dunkler als zuvor.

Verzweifelt kneife ich die Augen zusammen.

Lauter Donner grollt ganz in der Nähe, als wären die Felsen, die an der Landzunge aus dem Wasser ragen, die Stachel von wütenden Ungeheuern des Meeres.

Endlich sehe ich wieder klar.

Calder steht in seinem Boot.

Doch hinter ihm erhebt sich ein dunkler Schatten.

»Pass auf!«, schreie ich.

Calder sieht zu mir, als Hamish sich auf ihn stürzt.

Und dann fallen beide über Bord.

Verzweifelt suche ich die Oberfläche nach ihnen ab.

Mein Boot stößt beinahe gegen Calders, und ich habe schreckliche Angst, sie zu zerquetschen.

Dann taucht Calder Wasser spuckend vor mir auf.

»Calder, schwimm zur Leiter.« Er keucht und schluckt Wasser, doch er schafft es zu der kurzen Leiter und klettert zu mir ins Boot. Mit einem Ruder halte ich ihn auf Abstand. Ich weiß immer noch nicht, ob ich ihm trauen soll.

»Er hat Caitlin getötet!«, brüllt Calder. Er zittert vor Kälte.

»Nein, das warst du!«, knurrt Hamish, der auf der anderen Seite über den Bootsrand klettert. »Weil sie dein Kind abtreiben wollte!«

Ich drehe mich zwischen den beiden hin und her, weiß nicht, wem ich glauben soll.

»In ihrem Tagebuch stand, dass du sie nicht in Ruhe gelassen hast!«, brüllt Calder. »Und die Haare in Caitlins Faust waren rot.« Er geht auf Hamish zu. »Sie hat sie dir ausgerissen, als du sie erwürgt hast. Die Polizei hat Arran heute Morgen Bescheid gegeben. Seither suchen dich alle.«

Alle haben nach Hamish gesucht? Nicht nach mir?

»Ich war es nicht«, schreit er und weicht vor Calder zurück.

»Gerade wird eine DNA-Analyse der Haare gemacht. Du weißt, wie das Ergebnis aussehen wird.«

»Hamish?«, rufe ich.

Er sieht mich voller Abscheu an. »Wie konntest du von ihm schwanger werden, nach allem, was ich getan habe, damit wir zusammen sein können?«

Ich stoße ihn fest mit dem Ruder an. »Tut mir leid!«

Er fällt nach hinten. Calder reißt mir das Ruder aus der Hand und verpasst Hamish damit einen Schlag an die Kopfseite, woraufhin der schlaff liegen bleibt.

Calder holt Rettungsdecken unter den Sitzen hervor, wickelt mich in eine und deckt Hamish mit der anderen zu.

»Sie glauben, er könnte auch Mr Walker getötet haben«, sagt Calder.

»Was?«

»Das Seil um seinen Hals passt zu den Leinen auf seinen Ausflugsbooten.«

Der Donner rückt näher.

Hamish stöhnt und setzt sich auf.

»Bleib unten«, befiehlt Calder drohend.

»Nancy«, fleht er. »Hilf mir.«

Calder stößt ihn wieder mit dem Ruder an. »Du kannst genauso gut aufgeben, Hamish, die Beweise lügen nicht. Du hast Caitlin und ihren Vater umgebracht.«

Hamish starrt ihn finster an, doch dann lacht er wild, reibt sich den Kopf und wendet sich zu mir.

»Du hast wirklich keine Ahnung, Nancy, was?«

Entgeistert schaue ich ihn an.

»Ich bin an dem Abend auf die Insel gekommen, um dich zu sehen, gleich nachdem Gina mir erzählt hast, dass du unser Baby verloren hast. Ich wusste, das war ein Zeichen, dass wir füreinander bestimmt waren. Am Festland lag eins meiner Ausflugsboote, mit dem ich mich auf den Weg zur Insel gemacht habe. Ich entdeckte jemanden im Wasser. Mr Walker, halb tot, aber noch bei Bewusstsein. Er war von eurer Bucht in die nächste geschwommen. Ich zog ihn an Bord, doch er brabbelte etwas von wegen, Calder hätte ihn von der Klippe gestoßen und dass wir die Polizei holen müssten. Ich konnte aber nicht riskieren, dass die Polizei dort herumschnüffelt, weil Caitlin nicht weit davon entfernt lag.

Ich durfte mich nicht der Gefahr aussetzen, dass man sie zufällig da fand, wo ich sie begraben hatte. Deshalb musste ich ihn mit der Bootsleine erwürgen und ihn zurück ins Wasser werfen.«

»Aber warum Caitlin, Hamish?«

»Das wollte ich nicht. Ich habe sie geliebt«, sagt er hustend. »Ich habe an jenem Abend gehört, wie sie und Calder stritten. Als Calder eingeschlafen war, bin ich zu ihr gegangen und habe gesagt, ich würde ihr mit dem Baby helfen. Doch sie wollte diesen betrunkenen Büffel, wollte mit ihm nach London gehen und mich hierlassen. Als ich sie küssen wollte, hat sie mich weggestoßen und laut geschrien. Ich wollte sie doch nur zum Schweigen bringen.«

Ich sehe Calder an, erkenne, wie sehr ich mich in allem geirrt habe.

Hamish steht auf und hält sich an einem Griff fest. »Ich habe dich gerettet, obwohl ich wusste, dass Caitlin dort lag und man sie finden könnte. Weil ich dich liebe. Es ist so unfair. Ich bin der Schlaue, Calder ist so ein verdammter Büffel. Erst entscheidet sich Caitlin für ihn und wird schwanger und dann auch noch du.«

Calder starrt mich an, merkt, wie falsch er mich eingeschätzt hat.

Blitze zucken über den Himmel, es donnert genau über uns. Wir sind im Auge des Sturms. Es weht nur ein schwacher Wind, aber das Boot beginnt, sich zu drehen.

»Wir sind zu nahe an den Strudeln!«, ruft Hamish.

Das Boot kippt, und wir halten uns alle verzweifelt fest.

»Das Boot ist zu groß, um nach unten gezogen zu werden«, sagt Calder, während er zurück zum Steuer geht.

Ich will Calder gerade folgen, doch dann höre ich Hamish hinter mir lachen. Er steht im Bug und schwingt ein langes Messer.

»Ohne Luft ist das Boot nicht mehr so sicher«, ruft er und hebt das Messer über den Kopf.

Wenn ich nicht Liebe einflößen kann, dann will ich Furcht und Entsetzen verbreiten.

»Bon voyage«, ruft er.

Ich werfe mich auf ihn und will ihn wegstoßen.

Doch er bekommt meinen Arm zu fassen und steigt auf den Bootsrand, will mich mit sich ziehen. Calder stürzt zu uns und packt meine andere Hand.

Beide zerren an mir.

Wieder zuckt ein Blitz über den Himmel, eine Sekunde ist alles weiß, Hamishs Augen glänzen silbrig im hellen Licht. Dann beugt sich Calder vor und löst Hamishs Finger von meinem Arm. Hamish heult auf, als er rückwärts in die brodelnde See stürzt. Wir sehen zu, wie er zum Strudel getrieben und wild um sich schlagend nach unten gezogen wird.

Calder bringt mich ins Heck, wickelt mich wieder in eine Rettungsdecke und nimmt das Steuer. Er startet den Motor, das Boot macht einen Satz über eine Welle, setzt auf dem Wasser auf und rast zur Küste.

Wir blicken uns nicht um.

KAPITEL DREIUNDDREISSIG

»Wir haben einen Mann getötet«, sage ich leise. Die Worte hängen in der Luft. Nicht zu glauben. Und doch wahr. »Wie soll man uns das je vergeben?«

Calder sieht starr nach vorn.

Es ist der letzte Abend des Jahres. Wir sitzen in der kalten Schieferkirche in verschiedenen Bankreihen, vom Mittelgang getrennt. Eine Woche ist vergangen, seit Hamish in den eisigen Strudel gezogen wurde, zu Douglas. Die Kirche ist für den Neujahrsgottesdienst am nächsten Tag geschmückt, mit weißen Lilien, die für Reinheit und Wiedergeburt stehen. Doch wir fühlen uns alles andere als rein. Nachdem wir es zurück an Land geschafft hatten, wurde Calder im Krankenhaus über Nacht wegen Unterkühlung behandelt. Meine Schulter und mein Handgelenk mussten neu gerichtet werden, und man hat mich zwei Tage zur Beobachtung dabehalten. Wundersamerweise haben wir beide überlebt, und ich bin immer noch schwanger. Dr. Viner hat gesagt, er glaubt nicht an Wunder. Ich bin mir da nicht mehr so sicher. Wir sind in die Fänge unbekannter Kräfte geraten auf dieser Insel, auf der sich alttestamentarische Bestrafung erhalten hat.

»Braucht ihr denn Vergebung?«, fragt Arran seltsam ausdruckslos. Er sitzt vor uns auf den Stufen zum Schieferaltar. »Vergebung von wem?«

»Von … keine Ahnung, deinem Gott?«, sage ich. »Anderen Menschen. Uns selbst. Redest du nicht ständig davon?«

Ich drehe mich auf der harten Sitzbank zur Seite. Mein Körper erholt sich, auch wenn ich immer noch steif und angeschlagen bin. Doch mein Geist ist erschöpft und langsam.

Ich sehe zu Calder auf der anderen Gangseite und denke an die Nacht, als unser Cottage ausgebrannt ist und wir uns schreckliche Anschuldigungen an den Kopf geworfen haben. Werden wir uns je vergeben können, was wir gesagt haben? Was wir dem anderen zugetraut haben?

»Ich hätte Hamish mit zurückgebracht«, sagt Calder dumpf. »Doch er konnte es nicht ertragen zu verlieren.« Er hustet und holt dann tief Luft. »Er hat es immer gehasst, gegen mich zu verlieren, schon als Kind. Stundenlang hat er Ringwerfen geübt, damit er mich schlagen konnte.« Er schlingt die Arme um den Bauch und krümmt sich. »Ich habe meinen besten Freund umgebracht.«

»Hamish war ein sehr eifersüchtiger Mann«, sagt Arran langsam. »Einmal habe ich ihn erwischt, wie er die neuen Reifen an deinem Fahrrad durchstochen hat, Calder.« Er schüttelt den Kopf. »Er hat gesagt, ›es ist nicht fair‹, in einem ganz seltsamen Ton, als wäre er im Recht. Er wollte Caitlin, weil sie deine Freundin war, und dann Nancy … Mir war alles klar, als ich an dem Tag in der Gasse bemerkt habe, wie er dich ansieht.«

»Deshalb wolltest du mich also vor ihm warnen.«

»Ich wusste natürlich nicht, dass er Caitlin getötet hatte, aber ich sah die Dunkelheit von früher in seinen Augen.«

Die Polizei hat bestätigt, dass Hamish sowohl Robert als auch Caitlin umgebracht hat. Das Kletterseil, mit dem Hamish Rob stranguliert hat, gehört zu dem Seil aus Hamishs Bootshaus, die Schnittflächen passen exakt zusammen. Und die DNA aus den Haaren in Caitlins Faust, die ihr torfiges Grab bewahrt hat, beweist Hamishs Schuld. Calder und ich wurden stundenlang befragt, nachdem man unsere Verletzungen versorgt hatte. Doch unser Bericht von Hamishs Geständnis stimmt mit den Beweisen überein. Calders Anteil an Robs Tod wurde von der Polizei als Unfall eingestuft.

»Ich bin mir nicht sicher, ob Vergebung möglich ist«, sagt Calder und sieht hinauf zu dem Schieferkreuz.

»Wir müssen darauf vertrauen, dass wir reingewaschen werden können. Dass ein Neuanfang möglich ist«, sagt Arran.

»Aber wir haben Hamish getötet«, entgegne ich. »Und ich habe Calder beschuldigt, Rob umgebracht zu haben, Caitlin und sogar seinen eigenen Vater. Es tut mir so leid.«

»Ich habe dich auch beschuldigt«, sagt Calder. »Dass du fremdgehst, lügst und dass unser Kind von Hamish ist.«

Wir sehen einander an, unsere Seelen nackt und bloß.

Arran steht auf und geht hinauf zum Altar, wo er die Hände über die glatte, glänzende Oberfläche gleiten lässt. »Ihr könnt euch vergeben, wenn ihr es von Herzen wollt, und Gott kann euch vergeben, wenn es euch von Herzen leidtut.« Er spricht die Worte wie ein Gebet, die Hände immer noch auf dem Altar.

Ich schüttele den Kopf. »Arran, lass das doch bitte einen Moment. Es sind nur Worte. Leere Ratschläge. Ich weiß, dass du es gut meinst, aber hast du jemals etwas getan, das wirklich Vergebung erfordert?«

Arrans Schultern beben.

»Es tut mir leid, ich wollte dich nicht aufregen.« Ich stehe auf. Doch dann höre ich, dass er lacht.

»Was ist so lustig?«, frage ich irritiert.

Er sieht hinauf zu dem Buntglasfenster mit der Darstellung der Jungfrau Maria, holt tief Luft und dreht sich dann zu uns um.

»Du hast recht«, sagt er. »Was hat es für einen Sinn, ständig von Vergebung zu schwadronieren. Ich bin ein Heuchler.«

»Das habe ich nicht gesagt.«

»Ständig predige ich davon, habe unzähligen Menschen gesagt, sie sollen ›ihre Sünden loslassen‹. Aber was soll das eigentlich heißen?«

Calder blickt auf.

Arran geht die Stufen hinunter zu ihm. »Ich habe ihr versprochen, dass ich es nie jemandem verraten würde. Doch Isla ist jetzt bei ihrem Schöpfer, und ich …«

Calder schüttelt den Kopf. »Nein, ich will es nicht wissen. Lassen wir sie in Frieden ruhen.«

»Bitte. Ich kann diese Last nicht länger tragen.«

Calder wirft ein Gesangbuch nach Arran, der es ruhig an sich abprallen lässt. Blut tritt aus einem Kratzer an seiner Wange.

»Hör auf, Calder!«, rufe ich und stürze zwischen die beiden. »Alles okay, Arran? Wovon redet ihr überhaupt?« Ich blicke zwischen den beiden Männern hin und her. »Calder?«

Er hat die Fäuste geballt, seine Knöchel leuchten weiß. »Wenn sie ihn ermordet hat«, ruft er, »hat sie es getan, um mich zu beschützen, verdammt noch mal. Lass sie in Ruhe.«

Arran sieht ihn an, reißt sich dann den weißen Priesterkragen ab und wirft ihn zur Seite. Er geht zurück zum Altar, stellt sich dahinter und bekreuzigt sich. »Als Roberts Leiche am Strand angespült wurde, dachte ich, er wäre gekommen, um sich an mir zu rächen.«

Ich erinnere mich an Arrans entsetzten Gesichtsausdruck, als er die Leiche aus dem Wasser geholt hat.

»Rob wollte sich an dir rächen?«

»Nein. Douglas.«

»Lass es gut sein«, sagt Calder leise.

Arran schüttelt den Kopf. »Als ich hier als junger Pastor anfing, war Douglas der wichtigste Mann auf der Insel. War Kirchenältester, hat alle Bauarbeiten erledigt. Ich habe es nicht gewagt, mich einzumischen, als ich Isla mit Prellungen in der Kirche gesehen habe. Sogar als sie einmal mit einem blauen Auge kam, Calder. Gott helfe mir. Eines Tages hat sie mich angerufen und gebeten, zu ihr zu kommen.« Er sieht zu Calder, der den Blick senkt. »Überall war Blut.«

Calder stöhnt leise.

»Isla hat ihn umgebracht?«, frage ich leise.

Er nickt. »Sie hat gesagt, sie hätten gestritten, und sie hätte ihn von sich weggestoßen. Da sei er nach hinten gefallen und hätte sich den Kopf an dem Metallstiefelkratzer auf dem Boden aufgeschlagen.«

Ich schaudere. Dieser verfluchte Stiefelkratzer, den ich poliert habe, bis er geglänzt hat.

»Sie war außer sich, sagte, sie würde ins Gefängnis kommen, und dann hätte Calder niemanden mehr. Ich sagte, ich würde für sie eintreten, aussagen, es sei Notwehr gewesen. Doch ich wusste, sie hatte recht. Du warst erst vierzehn, Calder.«

Calder lässt den Kopf hängen. Ich gehe zu ihm und lege ihm den Arm um die Schultern.

»Wegen meiner jämmerlichen Feigheit ist es zu dieser Tragödie gekommen. Douglas war schon tot, weshalb sollten Isla und du also für mein Versagen büßen müssen?« Calder schüttelt den Kopf. »Als es dunkel wurde, brachten wir Douglas hinunter in die Bucht und legten ihn in sein kleines Boot. Isla und ich fuhren mit meinem Boot hinaus und zogen Douglas in seinem hinter uns her. Es war Vollmond, die Strudel sind dann besonders tief. Wir warteten bis zum Gezeitenwechsel und beschwerten seine Leiche, damit sie sank, das Boot wollte ich zerstören.«

»Du hast ihr also nur geholfen, die Leiche loszuwerden? Das klingt, als könnte es vergeben werden«, sage ich.

Er schüttelt den Kopf. »Was ich getan habe, *ist* unverzeihlich.«

Calder blickt auf.

»Als wir uns den Strudeln näherten, löste ich gerade das Seil, als … Douglas die Augen öffnete.«

Calder zuckt nach vorn und wischt dabei einen Stapel Gesangbücher zu Boden. Das Poltern hallt durch die ganze Kirche.

»Was hast du getan?«, brüllt er.

»Ich sagte zu Isla, wir müssten ihn zurück an Land bringen«, fährt Arran erstickt fort. »Doch sie war wie gelähmt, hat ihn nur angestarrt. Dann setzte sich Douglas plötzlich auf, beschimpfte sie und schrie: ›Dieser Weichling von Sohn gehört mir jetzt allein!‹« Ich drücke Calders Schulter, doch er schüttelt mich ab, als Arran weiterspricht. »Wir waren dicht an den Strudeln. Douglas versuchte, in unser Boot zu klettern. Isla stand immer noch unter Schock. Er löste das Gewicht, das wir ihm umgebunden hatten. Jeden Moment würde er zu uns herüberspringen. Ich musste innerhalb einer Sekunde entscheiden, was ich tun sollte.« Er ballt die Fäuste und blickt auf. »Dann überzog ein gewaltiger Blitz den Himmel. Douglas und sein ganzer Hass waren hell erleuchtet. Gott helfe mir!«, ruft er. »Mit meinem Metallhaken habe ich ein Loch in sein Boot geschlagen und es losgebunden. Dann habe ich zugesehen, wie es sich mit Wasser gefüllt hat und in den Strudel gezogen wurde. Douglas schrie. Das Boot kenterte, und er wurde in die Tiefe gerissen.«

Wir sind regungslos, nur vereinzelte Staubkörner schweben in der Luft. Nach einer Weile geht Arran die Stufen vom Altar hinunter und bleibt vor Calder stehen. »Ich habe deinen Vater umgebracht.«

Calder hebt die Faust. Verharrt. Dann lässt er sie wieder sinken.

Plötzlich fallen Sonnenstrahlen durch die Fenster auf den Schieferaltar, der das Licht reflektiert und an die Wände wirft.

Calder setzt sich wieder, und ich umarme ihn.

»Danach habe ich so gut wie möglich auf dich aufgepasst, aber ich konnte dir nie ein Vater sein«, sagt Arran leise. »Ich habe die ganze Gemeinde dazu motiviert, für dich da zu sein.«

Arran weint. Nach einer Weile beruhigt er sich und sieht uns an.

»Deshalb war Mum also danach so besessen von der Kirche?«, fragt Calder.

»Ja. Sie wollte nicht zur Polizei gehen, weil du sie noch brauchtest. Sie würde als Mittäterin verurteilt werden. Wir kamen überein, nichts zu sagen. Sie war mir dankbar, vor allem deinetwegen, konnte aber kaum mit dem leben, was wir getan hatten. Ich musste ihr helfen, damit sie sich nicht weiter wegen meiner Sünde quälte. Deshalb sprach ich oft mit ihr über Vergebung, doch sie bestrafte sich weiter und tat ständig Buße.«

»Sie hat mich gezwungen, wie sie auf dem Boden zu schlafen«, erzählt Calder. »Ich habe es nicht verstanden. Wir mussten fasten, Abschnitte aus der Bibel auswendig lernen …«

»Es tut mir leid«, sagt Arran.

»Manchmal liege ich immer noch gern auf dem Boden.« Calder wirft mir einen Blick zu.

»Es hat sie innerlich aufgefressen. Das ganze Ritual, Sünden auf Schiefertafeln zu schreiben und sie dann abzuwischen, habe ich für sie entwickelt. Doch jedes Mal schrieb sie MÖRDERIN, und ich musste die Tafel so schnell wie möglich abwischen, damit niemand sie sah.«

Calder dreht sich zu mir. »Ich habe an dem Tag die Schule geschwänzt, wie Hamish es gesagt hat, weil Mum mich angerufen hatte. Dad war wieder völlig betrunken und cholerisch. Doch ich hatte die Nase voll. Ich ertrug es nicht, zu dem Geschrei und den Auseinandersetzungen nach Hause zu fahren. Ich werde mir nie verzeihen, dass ich auf dem Festland blieb und mich betrank, statt ihr zu helfen. Am nächsten Morgen habe ich die erste Fähre genommen. Zu Hause hat sie manisch die Küche geputzt und gesagt, sie wisse nicht, wo Dad ist. Nur dass er betrunken mit seinem Boot rausgefahren sei. Ich dachte mir immer, dass sie ihn umgebracht hat. Und als man dann sein Boot gefunden hat, hat sie gesagt, er sei wohl ertrunken. Sie war danach wie besessen von dem verdammten Boden. Hat wohl immer wieder das Blut weggewischt.«

»Du warst ein Junge.« Arran legt ihm die Hand auf die Schulter. »Ich hätte viel früher eingreifen sollen. Danach wollte ich eine solche Tragödie um jeden Preis verhindern. Deshalb war ich auch wegen Caitlin so besorgt und habe Robert mit meinen Befürchtungen von der Insel vertrieben. Ich hatte schreckliche Angst, noch einen häuslichen Missbrauch nicht zu sehen. Aber damit habe ich einen unschuldigen Mann von seiner Familie fortgetrieben. Verhindert, dass man Caitlin früher gefunden hätte. Soll ich den Behörden gestehen, dass ich deinen Vater getötet habe?«

Calder schüttelt den Kopf. »Das würde nichts ändern. Du hast deine Buße getan. Und du hältst diese Gemeinde zusammen.«

»Aber ich bin ein Sünder«, entgegnet Arran.

Calder bückt sich und hebt den Priesterkragen auf, gibt ihn Arran zurück. »Wer wäre da besser geeignet, anderen zu helfen?«

KAPITEL VIERUNDDREISSIG

Rausch. Klirr. Rausch. Klirr.

Die Wellen schlagen an den Strand und reißen den Schiefer mit sich zurück. Ein Monat ist vergangen, und Calder steht bis zum Hals im eisigen Wasser.

»Nur ein paar Minuten«, sagt er nervös.

Mir reicht das Wasser bis zu den Oberschenkeln, und weiter werde ich nicht hineingehen, wegen des Babys.

»Du wirst es überleben«, sage ich lachend. »Arrans ›Eisbrecher‹ schwimmen zehn Minuten jeden Morgen. Egal wie alt oder fit. Wir müssen es hinter uns bringen.«

»Eigentlich fühlt es sich gar nicht so kalt an. Nicht wie …«

»Was sollen wir damit machen?« Ich sehe hinauf zu den Überresten des Cottages. Die Ruine ist ausgebrannt, die Fenster geschwärzt, das Dach eingestürzt.

»Das entscheiden wir, sobald wir uns wieder in London eingelebt haben.«

Ich tauche die Hände ins kalte Wasser, meine Haut kribbelt, und ich fühle mich lebendig.

»Einmal untertauchen?«, frage ich.

Er nickt lächelnd.

»Wir haben voneinander das Schlimmste angenommen, das müssen wir jetzt loslassen«, sage ich.

»Reingewaschen. Wir sind die Geretteten«, verkündet er mit einem Lächeln, macht den Singsang der Inselbewohner beim Wintersonnenwendfeuer nach.

»Reingewaschen. Wir sind die Geretteten«, spreche ich ihm sarkastisch nach.

Ich tauche Gesicht und eine Oberkörperhälfte ins Wasser, während er komplett unter der Oberfläche verschwindet. Kreischend tauchen wir wieder auf, waten zurück ans Ufer und trocknen uns ungeschickt mit vor Kälte steifen Fingern ab, bis unsere Haut rot und wund ist. Lachend stolpern wir über den Schiefer. Danach ziehen wir uns wieder an. Calder besteht darauf, meine Haare immer wieder trockenzureiben und sie dann in einen Handtuchturban zu wickeln.

»Ich bin nicht aus Zucker«, sage ich lachend. »Nur schwanger.«

Wir setzen uns hin und trinken die heiße Schokolade aus der Thermoskanne, die Arran uns eingepackt hat. Das Getränk ist süß und köstlich. Meine Haut kribbelt, und ich fühle mich so lebendig. Immer noch verwirrt, aber ganz im Moment. Hier. Auf dem Schiefer. Mit meinem Mann.

»Wenn wir die Fähre und den Zug nach Glasgow schaffen wollen, müssen wir jetzt los«, sagt Calder.

»Fünf Minuten noch.«

Er packt unsere Sachen, während ich über den Strand spaziere und dabei die Schieferplatten unter meinen Füßen mustere, die alle unterschiedlich aussehen. Ich fühle mich lebendig und warm.

Jemand, vermutlich ein Kind, hat aus dem Schiefer eine Art Festung mit drei Wänden gebaut. Ich krieche hinein und blicke aufs Meer, das Grab von Douglas und Hamish. Nach dem Tod meiner Eltern hatte ich mich in meine eigene Schieferfestung zurückgezogen. Dann habe ich mich auf die Sicherheit gestürzt, die mir Calder bot, und so getan, als wären wir perfekt. Ich habe versucht, meinen Betrug mit Hamish zu verheimlichen, indem ich hierhergezogen bin. Ich habe versucht, mit Calders Tat zurechtzukommen, indem ich eine Rechtfertigung für sie gesucht habe. Und als ich ihn dann für einen Mörder gehalten habe, habe ich versucht, bei Hamish neue Sicherheit zu finden, nur um wieder zu Calder zurückgeschleudert zu werden. Ich muss aufhören, mich an die nächste eingebildete Sicherheit zu klammern und offen und ehrlich mit mir sein.

Calder wirft sich vor, dass er seine Mutter hätte retten können. Ich werfe mir vor, dass ich den Tod meiner Eltern verursacht habe. Kein Wunder, dass da von Anfang an diese tiefe wortlose Verbindung zwischen uns war. Zwei schuldige Menschen auf der Suche nach Frieden. Die Schuldgefühle wegen Hamish und Calder habe ich einfach auf die Schuld geladen, die mein innerstes Wesen ausgemacht und schwer auf meiner Brust gelastet hat. Ein Leben ohne sie kann ich mir nicht vorstellen. Als ich erwogen habe, sie bei der Schieferreinigungszeremonie in der Kirche loszulassen, habe ich mich so verloren gefühlt. Doch Isla haben ihre Schuldgefühle hart gemacht. Arran ist zum Kontrollfreak geworden. Hamish hat seine Schuld vor sich gerechtfertigt und weitergemacht. Wir sind aus einem bestimmten Grund auf diese Insel der Vergebung gekommen. Wir müssen uns vergeben. Endlich.

Neben ihrem abschreckenden Beispiel hat Isla uns aber noch etwas ganz Konkretes hinterlassen: Sie hat ihr Cottage hoch versichern lassen, sodass wir genug Geld haben, um in London neu anfangen zu können. Calder wird Arbeit in der Baubranche finden. Das Frankenstein-Drehbuch wird mir einen guten Notgroschen einbringen, aber auch mein letzter Lektoratsauftrag sein. Ich werde mich an eigene Texte wagen. Kein Werkeln hinter den Kulissen an den Schöpfungen anderer Menschen mehr. Ich muss das Risiko eingehen, meine eigene Stimme zu finden.

In den Zinnen der Festung entdecke ich zwei Schieferplatten in der perfekten Größe und ziehe sie vorsichtig heraus. Sie sind flach und oval, mit abgerundeten Kanten. Und sie sind von goldenen Linien und Flecken durchzogen. Pyrit, Katzengold, das früher viele Menschen an der Nase herumgeführt hat. Ich werde mich nicht mehr von eingebildeten Ängsten und alten Schuldgefühlen an der Nase herumführen lassen. Sie sind nicht real, egal wie sehr sie glitzern und meine Aufmerksamkeit erregen wollen. Beim Zurückgehen höre ich das Jenga-Klirren des Schiefers und weiß, dass ich das Geräusch vermissen werde. Eine Tafel gebe ich Calder, zusammen mit einem der zwei Stück Kreide, die Arran uns ebenfalls eingepackt hat. Die zweite Tafel behalte ich.

»Wir müssen unsere Schuld loslassen«, sage ich. »Ein für alle Mal. Lass uns alles aufschreiben.«

Ich schreibe: *Weil ich Dad abgelenkt habe, habe ich meine Eltern getötet. Ich habe an meinem Mann gezweifelt. Ich habe Hamish getötet.*

Calder schreibt: *Weil ich Mum im Stich gelassen habe, habe ich Dad getötet. Ich habe an meiner Frau gezweifelt. Ich habe Hamish getötet.*

Wir sehen uns an und nicken.

Ich hoffe, wir können uns selbst und einander vergeben.

Wir gehen zur Wasserlinie und gehen in die Hocke. Waschen die Tafeln langsam im Meer, sehen, wie die weißen Worte mit dem grauen Wasser verschmelzen. Dann zertrümmern wir die Tafeln auf dem Boden. Sie können nicht mehr zusammengesetzt werden.

»Fertig?«, fragt Calder.

Ich nicke, stecke ein kleines Schieferstück in die Tasche und richte mich auf.

Ich nehme Calders Hand und drehe dem wunderschönen Meer den Rücken zu.

Wir fahren zurück ins Dorf und bringen Arran die Sachen zurück, die er uns geliehen hat. Wir umarmen ihn zum Abschied.

»Kommt ihr irgendwann wieder zurück?«, fragt er.

»Vielleicht, eines Tages«, antwortet Calder.

Janey winkt uns aus einiger Entfernung zu. Sie hält Abstand zu Calder, hat aber akzeptiert, dass er Rob nicht getötet hat. An jenem schrecklichen Morgen hat sie zusammen mit Alison und den anderen Gemeindemitgliedern Hamish gesucht und uns vor ihm gerettet.

Sie kommt zu uns und sagt: »Ich wollte dir noch mehr Schiefertrank zur Heilung von irreparablen Schäden geben, aber ...« Sie wirft uns einen Blick zu. »Ich glaube, den brauchst du nicht. Ich melde mich dann, wenn euer zweiter Familienzuwachs alt genug ist.«

Bei der Begutachtung der Brandschäden am Cottage haben wir entdeckt, dass Attila in der Ruine vier Junge zur Welt gebracht hat. Deshalb war sie Calder gegenüber plötzlich so aggressiv. Es hatte nichts mit ihm zu tun, sie hat nur sich selbst geschützt. Attila weigert sich, die Ruine zu verlassen, und passt für uns darauf auf. Arran, Alison und Janey nehmen je eins der Jungen. Wir bekommen das vierte, das seiner Mutter wie aus dem Gesicht geschnitten ist, sobald es von ihr getrennt werden kann. Wir haben ihn schon Prinz Csaba getauft, nach einem von Attilas Söhnen, der der Sage nach angeblich vom Nachthimmel heruntterritt, um Eindringlinge abzuwehren. So eine Kraft brauche ich jetzt.

Ich umarme Janey und Arran ein letztes Mal, wir gehen zum Hafen und auf die Fähre.

Dann legt sie ab, wir sind auf dem Weg zum Festland. Von dort fahren wir weiter nach London. Mit der linken Hand liebkose ich das kleine Schieferstück in meiner Tasche. Es soll mich daran erinnern, dass man sich im Leben immer von etwas reinwaschen und einen Neuanfang wagen kann.

Ich streichele meinen Bauch, und Calder legt seine Hand auf meine, während wir zur Insel sehen, die nach und nach wieder von den Nebelschwaden verschluckt wird, bis sie völlig verschwunden ist.

ANMERKUNG DER AUTORIN

Die Idee zu diesem Buch kam mir, nachdem ich von dem ungewöhnlichen medizinischen Phänomen gelesen hatte, dass man bei starker Unterkühlung zwar klinisch tot sein kann, aber immer noch eine Chance hat, wieder ins Leben zurückgeholt zu werden. Ich habe viele Artikel gelesen, unter anderem über Anna Bågenholm, die schwedische Radiologin, die 1999 bei einem Skiunfall in Norwegen achtzig Minuten lang in eiskaltem Wasser unter einer Eisschicht gefangen war und die über mehrere Stunden keinen Herzschlag und die niedrigste jemals bei einem überlebenden Erwachsenen gemessene Körpertemperatur hatte. Dann waren da noch die sieben dänischen Teenager, die sich mit ihrer Klasse auf einem Schulausflug befanden, als ihr Boot im eiskalten Præstø-Fjord vor der Insel Seeland sank, die klinisch tot und sechs Stunden ohne Herzschlag waren, bevor man sie zurückholen konnte, sowie die Englischlehrerin Audrey Schoeman, die 2019 in den spanischen Pyrenäen beim Wandern in einen Schneesturm geraten war. Ihr Herz stand sechs Stunden lang still, bevor man es wieder zum Schlagen bringen konnte.

Alle waren klinisch tot – kein Herzschlag, keine Atmung. Normalerweise wären ihre Gehirne und Organe durch den Sauerstoffmangel schon nach wenigen Minuten irreparabel geschädigt gewesen. Aber sie waren alle extrem unterkühlt. Wie einer ihrer Ärzte sagte: »Man ist erst tot, wenn man warm und tot ist.« Das waren extreme Erfahrungen für die Betroffenen, ihre Familien und für das wunderbare medizinische Personal, das sie ins Leben zurückgeholt hat.

Aufgrund dieser Ereignisse und der Arbeit der Ärztinnen und Ärzte konnte die Medizin große Fortschritte machen. Seither werden Patienten nach Herzstillstand oft extrem heruntergekühlt, um die Organfunktion zu erhalten, bis das Herz wieder zum Schlagen gebracht werden kann. Ein überaus spannendes Gebiet, in dem die Grenzen dessen, was wir als Todeszeitpunkt definieren, immer weiter verschoben werden.

DANKSAGUNG

Großer Dank geht an meine fantastische Lektorin Lesley Crooks und an alle Mitarbeiterinnen und Mitarbeiter meines wunderbaren Verlags Allison & Busby, darunter Publishing Director Susie Dunlop, Sales and Marketing Executive Libby Haddock, Head of Sales Daniel Scott, Publishing Assistant Fiona Paterson und Copy Editor Sara Magness. Christina Griffiths danke ich von Herzen für das bezaubernde Coverdesign.

Außerdem danke ich meiner wunderbaren Agentin Liv Maidment für ihre Unterstützung während des gesamten Schreibprozesses, von der ersten Idee für dieses Buch bis zu den letzten Textversionen, sowie der Madeleine Milburn Literary, TV & Film Agency, insbesondere Madeleine Milburn selbst. Weiterhin danke ich Liane-Louise Smith, Georgina Simmonds, Valentina Paulmichl und Amanda Carungi von der Abteilung International Rights, den Agenturlektorinnen Georgia McVeigh und Rachel Yeoh sowie Hannah Ladds aus der Abteilung Film & TV.

Dieses Buch hätte ich nicht ohne die großartige Unterstützung meiner Schreibmentorin Sarah Clayton schreiben können, die die »Write Wild Method for Writers« lehrt, deren zentraler Bestandteil der Aufenthalt in der Natur zur Erweiterung und Förderung der Kreativität ist (https://write-wild-books.cademy.co.uk/). Mein erster Besuch der Slate Islands im Westen Schottlands fand im Rahmen eines ihrer inspirierenden Schreib-Retreats statt. Während der Arbeiten an diesem Buch nahmen sie und ihr reizender Ehemann Mike Clayton mich auf eine zweite Rechercherreise auf die schottischen Slate Islands mit, fuhren mit mir durch die atemberaubende Landschaft und stellten mich vielen wunderbaren Menschen vor.

Auf beiden Reisen wohnten wir im Garragh Mhor B&B in Ellenabeich, das ich nur wärmstens empfehlen kann. Unsere Gastgeber Jan McSkimming und Darren Ainsworth haben sich beide Male aufmerksam um uns gekümmert. Jan ist eine brillante Köchin für gesundes, köstliches Essen und eine Heilerin, und Daz ist ein unfasslich kreativer Schmied. Beide haben ihr umfangreiches Wissen über die Gegend großzügig mit mir geteilt und mir einen einzigartigen und lebensbejahenden Ort für meinen Aufenthalt geboten.

Für das Lokalkolorit danke ich Baron of Bachuil und Chief of Maclea; Robert und Iris Smith von der Explore Lismore Land Rover Tour; Seafari, Ellenabeich, der Corryvreckan Wildlife Tour; Norman Bissell, brillanter Autor von *Barnhill*, der auf Luing lebt; und dem Personal von The Oyster Bar, Ellenabeich.

Außerdem danke ich all jenen, die über ihre Erfahrungen mit der Wiederbelebung stark unterkühlter Menschen ohne Herzschlag geschrieben und Interviews dazu gegeben haben. Und ich danke den brillanten Ärztinnen und Ärzten, die sie behandelt sowie über die sich ständig erweiternden wissenschaftlichen Erkenntnisse zu diesem Phänomen und ihre Erfahrungen mit ihren Patientinnen und Patienten berichtet haben.

Von Herzen bedanken möchte ich mich bei einigen Menschen für die vielen unglaublich hilfreichen Anmerkungen während des Schreibprozesses: bei Sarah Clayton, meiner Mentorin; bei Jo Pritchard, Katherine Tansley, Marija Maher-Diffenthal und Sarah Lawton, meiner wunderbaren Writer's Group, die mich immer unterstützt hat; bei meinem Lektor Jon Appleton, dem nichts entgeht und der mich immer angetrieben hat; bei Laura Marshall, einfühlsame Leserin und Absolventin der Faber Academy; bei

Beth Underdown, Autorin fantastischer historischer Kriminalromane; bei Holly Seddon, Autorin brillanter Thriller; und bei Anna Barrett, wunderbare Lektorin bei The Writer's Space.

Von Herzen danke ich Sophie Hannah und ihrem Dream-Author-Programm dafür, dass sie mir durch alle Höhen und Tiefen des Schreibens Halt gegeben haben.

Naomi Adams und Faith Tilleray von »A for Author« danke ich für meine Website und Fotograf Ben Wilkin für mein Porträtfoto.

Außerdem danke ich Berry Beaumont für ihre Unterstützung, Sue Cowan-Jenssen für ihre Warmherzigkeit und Claudine Toutoungi für ihre Freundschaft und das gemeinsame Lachen über das Leben als Autorin. Und ich danke dem brillanten Dramatiker Andrew Viner, dessen Namen ich mit seiner Erlaubnis für meinen Herzspezialisten verwenden durfte.

Unendlicher Dank geht an meinen lieben Mann Andy, der mich immer unterstützt, und meinen wunderbaren Sohn Archie für ihre Geduld, Ermutigung und Liebe.

Unsere Leseempfehlung

512 Seiten
Auch als E-Book
erhältlich

Am Ufer eines Sees in Norwegen wird die Leiche einer jungen Frau gefunden. Kriminalkommissar Anton Brekke von der Polizei Oslo beschleicht ein fürchterlicher Verdacht: Hat der flüchtige Serienmörder Stig Hellum sein grausames Werk wiederaufgenommen und bereits sein nächstes Opfer im Visier? Für Brekke beginnt ein Kampf gegen die Zeit und gegen unvorstellbar Böses. Denn der Fall ist mit einem Mann verbunden, der in Texas in der Todeszelle sitzt und nun sein Schweigen über eine verhängnisvolle Nacht vor über zehn Jahren bricht …

goldmann-verlag.de

GOLDMANN

Unsere Leseempfehlung

560 Seiten
Auch als E-Book
erhältlich

Vor 500 Jahren: Acht Märtyrer wurden bei lebendigem Leib verbrannt. Vor 30 Jahren: Zwei Mädchen verschwanden für immer. Vor zwei Monaten: Ein Pfarrer hat sich in der Kapelle erhängt. Willkommen in Chapel Croft. Für die Pfarrerin Jack Brooks und ihre Tochter Flo sollte es ein Neustart sein: neuer Job, neues Zuhause. Aber Jack stößt auf eine Dorfgemeinschaft, in der Misstrauen gegenüber Fremden tief verwurzelt ist. Schon bald muss sie sich fragen: Wer schickt ihnen düstere Drohbotschaften? Chapel Crofts Geheimnisse liegen verborgen in einem dunklen Grab - aber nun kehren die alten Gespenster zurück...

goldmann-verlag.de

Unsere Leseempfehlung

416 Seiten
Auch als E-Book
erhältlich

Ben Harpers Leben änderte sich für immer, als sein älterer Bruder scheinbar grundlos getötet wurde. Weder Ben noch seine Eltern kamen je über den Verlust hinweg. Zwanzig Jahre später ist Ben einer der besten Journalisten des Landes und lebt wieder in seiner Heimatstadt. Als ein Mordfall neue Hinweise zum Tod seines Bruders liefert, beschließt er, zusammen mit der Polizistin Dani Cash der Wahrheit auf die Spur zu kommen. Doch je mehr er in die Ermittlungen eintaucht, desto verdächtiger werden diejenigen, die ihm am nächsten stehen …

goldmann-verlag.de